Unter Freibeutern

Robert Bringston wurde 1961 in einer Kleinstadt nahe Heidelberg geboren. Seine Vorfahren kamen aus England. Daher stammt auch sein Faible für die englische Historie, die immer wieder als Hintergrund für seine erotischen Geschichten dient. Robert Bringston wohnt heute auf einem alten Bauernhof am Teutoburger Wald, wo er sich ganz dem Schreiben widmet.
www.bringston.webs.com

Robert Bringston

Unter Freibeutern

Ein erotischer Männerroman

BRUNO GMÜNDER

Kleiststraße 23-26, D-10787 Berlin
info@brunogmuender.com

Umschlaggestaltung: Henning Wossidlo
Coverfoto: © Guillem Medina, www.guillemmedina.com

Printed in South Korea

ISBN: 978-3-86787-078-8
Alles über unsere Bücher und Autoren:
www.brunogmuender.com

Für Josua
Ich danke Dir

Prolog

Das Jahr 1586, Plymouth in der Grafschaft Devon im Südwesten von England. Man sieht der Stadt an, dass sie zu den reichsten des Landes gehört. Plymouth hat sich im Laufe der letzten Jahre zu einem wichtigen Handelshafen entwickelt – eine Tatsache, der viele Bürger einen beachtlichen Wohlstand verdanken. Vor allem Kaufleute sind für ihre Geschäfte auf sichere Schiffsrouten nach Frankreich und Spanien angewiesen. Nur so können sie Waren aus anderen Teilen Europas zu günstigen Marktpreisen erstehen und ihre eigenen Erzeugnisse gewinnbringend verschiffen. Seit einiger Zeit aber gehen immer öfter ganze Schiffsladungen auf den stürmischen Meeren verloren. Dabei ist nicht das Wetter die größte Gefahr für die kostbare Fracht. Freibeuter und Piraten kapern die schwerfälligen Handelsschoner. Mit ihren leichten und wendigen Karavellen haben sie leichtes Spiel mit der Beute und ihre barbarische Gewaltbereitschaft macht jede Gegenwehr zwecklos. Die wenigen Männer, die die Kämpfe überleben, berichten von entsetzlichen Gefechten mit den Seeräubern. Gefangene, wenn es überhaupt welche gibt, werden als Sklaven in die neuen Kolonien nach Übersee verkauft.

Zwei Jahre später, im August 1588, wird Vizeadmiral Sir Francis Drake, im königlichen Auftrag ihrer Majestät Elisabeth I. von England, mit 34 Schiffen aus dem Hafen von Plymouth auslaufen und die spanische Armada besiegen. Aber das ist eine andere Geschichte. Mein Abenteuer beginnt an einem Frühsommerabend in einer verlassenen Hütte am Waldrand von Dartmoor …

Es war alles vorbereitet. Eine Flasche Wein lag gut gekühlt in einem Eimer mit frischem Quellwasser, der Duft von frischem Brot durchzog jeden Winkel unserer bescheidenen Behausung. Heute würden wir uns für lange Zeit zum letzten Mal sehen. Sehnsüchtig erwartete ich meinen Liebsten. Ja, inzwischen ging mir dieses Wort viel leichter über die Lippen. Jedes Mal schlug mein Herz schneller, wenn ich an ihn dachte. Aus den zaghaften Trieben einer ehrlichen Freundschaft war eine duftende Blüte inniger Liebe entsprungen, die uns zu einer Ebene vollkommener Harmonie führte, die wir beide nie zuvor erlebt hatten. Ich sehnte mich nach seinen zärtlichen Händen auf meiner Haut. Nach den geflüsterten Schmeicheleien, die er mir ins Ohr raunte, was mich regelmäßig zum Beben brachte. Nach seinem befreienden Lachen, das so ansteckend war, dass wir prustend übereinander herfielen, uns neckten und knufften, um irgendwann erschöpft beieinanderzuliegen, während seine blauen Augen meinen erhitzten Körper verschlangen.

Mein Schwanz kribbelte bereits bei der Vorstellung an die nächsten Stunden und schlängelte sich erwartungsvoll im rechten Hosenbein nach unten. Ich machte es mir bequem an unserem Lieblingsplatz, der uns schon so oft Zuflucht geboten hatte. Eine große Decke auf frischem, duftendem Heu sollte heute unser

Nachtlager werden. Dort wo jetzt noch einzelne Sonnenstrahlen durch die fehlenden Dachziegel fielen und durch den tanzenden Staub schillernde Muster an die Wände malten, würden bald die ersten Sterne auf uns herableuchten und diese letzte Nacht zu einer ganz besonderen machen. Voller Vorfreude schloss ich die Augen. Meine Gedanken wanderten einige Monate zurück, zu der Zeit, in der alles begann …

Wie so oft in den vergangenen Wochen sollte ich für meinen Onkel Walter Moore einen dringenden Botengang erledigen. Gut gelaunt und stolz, dass er mir die wichtige Depesche anvertraut hatte, war ich am Morgen in aller Frühe aufgebrochen. Den Brief trug ich, doppelt in Leder eingeschlagen, in einem verschließbaren Futteral auf dem Rücken. Die treue Küchenmagd meines Onkels hatte mich überdies mit reichlich Wegzehrung ausgerüstet.

»Hier, nimm noch diesen Schlauch mit, ich hab ihn mit frischem Quellwasser gefüllt«, zwinkerte sie mir schelmisch zu: » … und mit etwas kühlem Bier veredelt.«

Noch zogen einzelne Nebelfetzen über die feuchten Wiesen, aber die ersten Sonnenstrahlen blitzten schon über die Baumkronen des nahegelegenen Waldes. Es sollte ein warmer, sonniger Tag werden.

Der Kaufmann, dem ich das Schreiben überbringen sollte, wohnte auf einem Landsitz nicht weit hinter der Stadtgrenze von Plymouth.

»Thomas, du besuchst mich fast so selten wie dein Onkel«, begrüßte er mich herzlich. »Konnte er sich wieder einmal nicht von der Arbeit losreißen? Es wird noch ein schlimmes Ende nehmen mit ihm. Gut, dass er wenigstens dich hat, der ihm bei der vielen Arbeit zur Hand geht.«

William Ambrose war ein kleiner, untersetzter Mann mit allmählich ergrauendem Haar, das auf seinem Hinterkopf bereits merklich dünner wurde.

»Das waren noch Zeiten, als dein Onkel und ich gemeinsam zur See fuhren. Junge, was haben wir für Abenteuer erlebt. Aber komm doch erst einmal rein, Thomas. Den Beutel kannst du dort auf die Anrichte legen. Du kommst gerade rechtzeitig zum Mittagessen. Du bleibst doch, oder? Natürlich bleibst du. Dein Onkel wird dich schon ein paar Stunden entbehren können. Setz dich! Habe ich dir schon von dem schrecklichen Taifun damals vor Sumatra erzählt? Nein! Das war das allergrößte Mistwetter, das du dir vorstellen kannst. Es war nur dem Geschick deines Onkels zu verdanken, dass wir nicht mit Mann und Maus abgesoffen sind. Na ja … Ich habe natürlich auch meinen Teil dazu beigetragen. Aber dieser unfähige Kapitän hätte uns beinahe alle auf dem Gewissen gehabt. Ah, da kommt das Essen. Herrliche geschmorte Wachteln in Pilzsoße. Mir läuft das Wasser im Mund zusammen. Wo war ich stehen geblieben? Ach ja, der Sturm … «

Es war der weithin bekannten Gastfreundschaft von William Ambrose zu verdanken, dass sich mein Aufenthalt bis spät in die Nachmittagsstunden ausdehnte. Onkel Walter hatte schon gewusst, warum er mich geschickt hatte, anstatt selbst zu Ambrose zu gehen. Wir mochten den alten Kaufmann zwar beide, aber seine Geschichten wiederholten sich seit einigen Jahren immer wieder. Wo ich als kleiner Junge noch an seinen Lippen gehangen und immer neue Abenteuer eingefordert hatte, wurde ich an diesem Tag ungeduldig.

»Ich muss mich nun wirklich auf den Weg machen, Mister Ambrose. Mein Onkel wird sich Sorgen machen, wenn ich nicht vor Anbruch der Dunkelheit zurück bin.«

»Schade aber auch, mein junger Freund. Ich wollte dir unbedingt noch meine neuesten Trophäen zeigen. Erst gestern eingetroffen. Mehrere kapitale Hirschgeweihe und, mein ganzer Stolz, ein schwarzes Bärenfell für das große Kaminzimmer. Habe ich dir schon erzählt, wie mir der Kerl beinahe das Bein zerfetzt hätte? Wir waren gerade dabei … «

»Ich werde mir dieses Abenteuer mit Freuden beim nächsten Mal anhören«, unterbrach ich ihn. »Zu meinem großen Bedauern muss ich jetzt wirklich aufbrechen.« Ungeduldig stand ich an der Tür des riesigen Salons, dessen Wände schon jetzt über und über mit ausgestopften Tierköpfen aus aller Welt geschmückt waren, sodass ich mir beim besten Willen nicht vorstellen konnte, wo sich noch Platz für weitere Trophäen finden sollte.

»Ja, ja, natürlich. Beim nächsten Mal, beim nächsten Mal. Und viele Grüße an den Onkel. Es ist immer wieder eine Freude, mit ihm Geschäfte zu machen. Nun aber los, mein Junge!«

Er drängte mich förmlich zur Tür und entließ mich mit einem Schwall weiterer bester Wünsche, während er mir grinsend eine kleine Börse zusteckte.

Auf dem Rückweg fuhren meine Finger zufrieden über die Münzen in meiner Hosentasche. Obwohl ich die 20 längst überschritten hatte, war ich für Mister Ambrose noch immer der kleine Lausbub, dem er schon früher Leckereien zugesteckt hatte. Kopfschüttelnd schlug ich den schmalen Pfad ein, der über die Waldschneise führte. Vor ein paar Jahren, als ich wirklich noch ein Kind gewesen war, hatte ich diesen Weg nur in Begleitung von Onkel Walter zu betreten gewagt. Fest hatte ich seine Hand gehalten und mich an ihn gedrückt, wenn sich die Kronen der hohen Bäume wie ein dunkles Dach über uns schlossen und die Büsche links und rechts des Weges immer dichter wurden. Das unheimliche Knacken in den Wipfeln und das Rascheln im Unterholz – all das war für mich mehr als beunruhigend und ließ mich zusammenzucken.

»Denk an den leckeren Braten, den Mrs. Hambrow schon für uns in den Ofen geschoben hat«, hatte Onkel Walter dann versucht mich abzulenken. »Kannst du ihn nicht schon riechen?«

Beim Gedanken daran lief mir auch jetzt noch das Wasser im Mund zusammen. Ich dachte daran, wie die Köchin heute Morgen in aller Frühe einem Hasen das Fell abgezogen hatte.

»Komm nicht zu spät, sonst bleibt nichts für dich übrig«, hatte sie mir dabei winkend hinterhergerufen.

Es wurde bereits dunkel. Ich würde mich sputen müssen, um noch rechtzeitig zum Abendessen zu Hause sein. Mit beschleunigtem Schritt hastete ich den schmalen Weg entlang, als plötzlich, wie aus dem Nichts, eine Gestalt vor mir auftauchte. Breitbeinig stand sie in der dunstigen Abenddämmerung vor mir. Der Höllenfürst persönlich, schoss es mir durch den Kopf.

»So eilig unterwegs und ganz alleine, Bürschchen?« knurrte der Schatten hämisch. »Du bist doch Tom Moore, nicht wahr?«

»Ja der bin ich«, gab ich trotzig zurück. »Was wollt Ihr von mir?«

Obwohl meine Knie schlotterten, versuchte ich mir meinen Schrecken nicht anmerken zu lassen. Die Fratze des dreisten Gesellen war durch eine Narbe, die sich vom rechten Haaransatz schräg über die Stirn bis zur linken Wange zog, entstellt. Er musste im Dickicht auf unbedarfte Reisende gewartet haben. Nein, es war nicht der Teufel, den das dunstige Zwielicht da ausgespuckt hatte, sondern ein rotziger Straßenräuber. Wenn der aber glaubte, in mir eine leichte Beute gefunden zu haben, hatte er sich getäuscht. Ich drehte mich auf dem Absatz um, machte einen kräftigen Satz, lief los und … prallte gegen seinen Komplizen. Er war schmächtiger als sein Kumpan und der Zusammenstoß brachte uns beide aus dem Gleichgewicht. Er riss mich mit sich zu Boden. Mein geistesgegenwärtiger Fluchtversuch war gescheitert.

Sie waren sogar zu dritt. Schon stand ein weiterer Halunke lachend über uns und höhnte: »Hat man so was je gesehen. Was für einen Trottel haben wir denn da geschnappt?« Gleich darauf war der Anführer neben mir, packte mich und zog mich unsanft in die Höhe.

»Nun, mein hübsches Bürschchen. Von dir woll'n wir erst mal noch gar nichts. Das wundert dich jetzt aber, was? Hast schon die Hosen voll, weil du glaubst, wir geh'n dir an den Kragen.« Er leckte sich mit der Zunge über seine rissigen Lippen. Speichel tropfte über das unrasierte Kinn auf sein fleckiges Hemd. Der Kerl war fast einen Kopf größer als ich, breitschultrig und hatte Oberarme dick wie Baumstämme. Die Hände locker in die Hüften gestemmt, stand er nun feixend vor mir.

»Aber sach deinen Onkel, er schuldet dem Einarmigen noch'n paar Goldstücke. Bald is' Zahltag.«

Sein finsteres Lächeln wurde auch durch die schwarzen Zahnlücken in seinem grinsenden Maul nicht einladender.

»Ansonsten nehmen wir auch gerne dich. Als eine Art Anzahlung sozusagen!« Für einen Augenblick blitzte sein gezückter Dolch auf, in dessen polierter Klinge sich die letzten Sonnenstrahlen spiegelten. Dann trat er mit zwei schnellen Schritten auf mich zu und riss mein Hemd auseinander.

»Klamotten runter. Und zwar alle.« Seine Kumpane hatten sich hinter mir aufgestellt.

»Na los, Jüngelchen. Worauf wartest du noch?« Zaudernd folgte ich den Anweisungen.

»Wird's heute noch was werden, oder soll ich nachhelfen?« Seine Augen funkelten lüstern, als ich völlig nackt vor ihm stand. Von hinten klatschte eine Hand auf meinen nackten Hintern. Die beiden Handlanger lachten düster.

»Schnauze dahinten!«, fauchte der Anführer boshaft. »Wenn hier einer Späße macht, dann ich.«

Grob packte er meine Eier, zog sie mit einem Ruck nach unten, dass mir der Atem wegblieb, und blies mir seinen schlechten Atem ins Gesicht.

»Gar nicht mal so schlecht. Wer hätte so ein kleines Juwel in dieser Einöde erwartet. Schöne Kerle wie du bringen einen guten Preis, wusstest du das? Es gibt viele nette Herren, die sich gerne mit dir amüsieren würden.«

Er drückte seine Klinge gegen meine Kehle und fuhr dann langsam mit der Spitze abwärts zu meiner rechten Brustwarze. Ein Zittern durchfuhr mich. Angstschweiß lief von meinen Achseln die Arme hinunter.

»Ah, das ist der Duft, den ich mag«, grunzte der Anführer zufrieden und steckte seine Nase unter meinen Arm.

»Machst dir wohl gleich doch noch in die Hosen. Ach nee, geht ja nicht. Hast ja gar keine mehr an.« Er lachte dreckig. »So eine jämmerliche Gestalt wie du ist mir schon lange nicht mehr untergekommen.«

Verächtlich steckte er das Messer zurück in seinen Gürtel. Mit der freien Hand kniff er plötzlich in meine Brustwarze. Vor Schmerz schrie ich ihn laut an: »Mieser Schurke!«

»Willst wohl ein bisschen mutig sein, Jüngelchen? Leider kann dich hier aber niemand hör'n. Zu schade aber auch.« Sein kehliges Lachen ließ mich zurückfahren.

Auffordernd nickte er seinen Gefährten hinter mir zu. Aus dem Augenwinkel nahm ich nur noch eine schnelle Bewegung wahr, dann traf mich ein dumpfer Schlag am Hinterkopf. Im Fallen hörte ich den Anführer noch sagen: »Packt seine Sachen und dann weg von hier. Als Warnung soll das reichen.« Dann wurde es schwarz um mich herum.

In meiner Ohnmacht hatte ich einen seltsamen Traum: Aus tiefster Dunkelheit kam ein Lichtschein auf mich zu. Das Feuer einer hell lodernden Fackel brannte auf meinem Gesicht. Dahinter erschien ein Wesen mit dem Antlitz eines Engels. Blonde, lockige Haare umrahmten vollkommen ebenmäßige Gesichtszüge. Sinnliche Lippen formten sich zu einem wunderschönen Lächeln, blaue Augen sahen mich verständnisvoll an. Dann erlosch das warme Licht und das Gesicht verschwand wieder in der Finsternis. Ich fühlte, wie mein Körper schwebte. Dann fand ich mich auf dem Rücken eines Pferdes wieder. Hinter mir schmiegte sich der Engel dicht an mich. Mit seinem starken Arm hielt er meinen Oberkörper fest gegen seine Brust gedrückt. Kräftige Beine pressten sich von hinten gegen meinen Hintern. Mit der freien Hand hielt der Engel locker die Zügel. Er schnalzte mit der Zunge und wir fielen in eine langsame Gangart. Kurz darauf spürte ich seine Hand auf meiner nackten Brust. Das weiche Leder des Handschuhs streifte flüchtig über meine harten Brustwarzen. Ein warmes Prickeln breitete sich auf meiner Haut aus. Die rhythmischen Bewegungen des Pferdes ließen meinen Schwanz in pulsierenden Wellen aufsteigen. Bei jedem Schritt des Tieres wurde er größer und härter, wippte bald abwechselnd gegen den Knauf des Sattels und gegen meinen Bauch.

Auch in meinem Rücken reckte sich eine schnell größer werdende Schlange nach oben. Sie schien erst auf der Höhe meines Bauchnabels anzuhalten, um sich dann doch nochmals ein kleines Stück weiter emporzuzüngeln. Hart pochte der Lustpfahl meines Begleiters auf meiner Haut. Seine tiefen Atemzüge trieben mir kleine Schauer über den Rücken. Seine heißen Lippen ganz nah an meinem Ohr flüsterten geheimnisvolle Worte. Die Zügel hatte er losgelassen. Stattdessen hielt seine Hand meinen Schwanz fest umschlossen. Langsam zog er die Vorhaut über der strammen Eichel zurück, um sie dann vorsichtig wieder nach vorne zu schieben. Gemächlich steigerte er das Tempo. Das Pferd schien dahinzufliegen, während der Bursche meine Schwanzspitze bis zum Bersten vollpumpte. Es kostete ihn immer mehr Mühe, die Vorhaut über meine geschwollene Eichel zu stülpen. Gleichzeitig wurden meine Eier lustvoll und schmerzhaft zwischen dem Sattel und seiner Hand eingeklemmt. Ich stöhnte auf, woraufhin er zusätzlich meine Brustwarzen zu zwirbeln begann.

Ich wollte mehr, streckte suchend meinem Arm nach hinten und zog seinen Kopf zu mir. In dem Moment, in dem unsere Lippen sich berührten, sprang eine brodelnde Hitze auf meinen Körper über und breitete sich wie ein Lauffeuer in mir aus. Animalische Laute drangen aus meiner Kehle. Heiße Lava stieß in mächtigen Wellen aus meinem Schwanz und strömte über seine Hand.

Wilde Zuckungen schüttelten meinen ganzen Körper. Kühler

Nachtwind strich über meine Haut. Wieder umgab mich tiefe Finsternis. Doch schon bald erschien wieder das Gesicht meines Beschützers über mir – eingerahmt von einem Lichtkranz.

»Bist du ein Engel?«, fragte ich.

»Schön, dass du wieder wach bist. Du hast den ganzen Tag geschlafen. Ich heiße Brian und … Nein, ich bin kein Engel«, erwiderte der Fremde mit einem freundlichen Lächeln.

»Ich hab dich gestern Abend bewusstlos am Waldrand gefunden und hierher zum Landsitz meines Vaters Lord Hamilton gebracht. Man hat dir offenbar übel mitgespielt. Du hattest eine dicke Beule am Kopf. Aber heute Morgen sieht alles schon viel besser aus.«

Vorsichtig hob ich den Kopf und sah mich um. Ich lag auf einem riesigen, weichen Bett, mit einem Himmel aus schweren Stoffbahnen, die seitlich auf den Boden herabhingen. Die wenigen Möbelstücke in dem großen Zimmer waren aus dunklem, edlem Holz. Ein loderndes Kaminfeuer wärmte den Raum. Durch das kunstvolle Glasmosaik der hohen Fenster schien die dunkelrote Abendsonne herein.

Ein plötzlicher Schmerz am Hinterkopf ließ mich laut aufstöhnen. Mein Retter eilte zu mir und half mir hoch.

»Immer schön langsam«, meinte er. »Sonst fällst du mir gleich wieder um.«

Seine starken Arme hatten mich fest im Griff, trotzdem machte mich sein sanfter Blick etwas schwindelig. Die dünne, weiße Bettdecke konnte meinen steil aufgerichteten Schwanz nicht verbergen.

»Es freut mich zu sehen, dass auch hier alles wieder in Ordnung kommt«, sagte er und legte seine Hand behutsam auf das gespannte Tuch.

»Ich hatte einen Traum«, gestand ich verlegen. »Du hast mich auf einem Pferd hierhergebracht und … «

Ich stockte.

»Das war kein Traum«, flüsterte Brian und küsste mich flüchtig auf den Mund. Unsere Blicke trafen sich, eine Zeit lang herrschte vollendete Stille. Das erste Mal in meinem Leben hatte ich die Gewissheit, dass ein anderer Mensch tief in meine Seele sah. Schutzlos öffnete ich diesem fremden Mann mein Innerstes und sah dabei tief in seine blauen Augen. Ich wusste, dass er mich verstand. Mein Herzschlag jagte durch meinen Körper. Ein nie gekanntes, wohliges Gefühl breitete sich in mir aus. Benommen schloss ich die Augen. Als ich sie wieder öffnete, saß mein Engel immer noch neben mir.

»Also doch kein Traum«, murmelte ich.

»Ich habe nebenan ein Bad für dich herrichten lassen. Gleich dort vorne!«

Im Aufstehen zeigte Brian auf eine Seitentür hinten links.

»Mach langsam. Du kannst dir Zeit lassen. Ich hole uns schon mal etwas zu Essen und bin bald wieder bei dir.« Im Türrahmen blieb er stehen und sah noch einmal zurück.

»Wie heißt du eigentlich? Vielleicht machen sich deine Eltern Sorgen. Wir sollten sie benachrichtigen!«

»Ich heiße Tom, Tom Moore. Eltern habe ich keine mehr. Ich wohne bei meinem Onkel, dem Kaufmann Walter Moore, in der Penrose Street in Plymouth.«

»Dann werde ich ihm eine Nachricht zukommen lassen, dass es dir gut geht.«

Damit war er verschwunden. Vorsichtig versuchte ich, mich aus dem Bett zu rollen ohne meinen Kopf dabei allzu hastig zu bewegen. Ein Bad würde jetzt guttun. Alle meine Glieder schmerzten entsetzlich. Der Rücken fühlte sich an, als ob ich den ganzen Tag Getreidesäcke geschleppt hätte. Zögernd öffnete ich die Tür zum Nebenraum und war aufs Neue überrascht. Aus einem großen Holzbottich, der mitten im Raum stand, stieg heißer Wasserdampf auf. So einen Luxus konnten sich wirklich nur wohlhabende Adlige leisten. An der Stirnseite des Raums prasselte Feuer in einem kleinen Kamin. Über der Lehne eines Stuhles hingen weiche, dicke Tücher. Das Wasser duftete nach frischem Tannengrün. Vorsichtig stieg ich hinein. Augenblicklich umgab mich eine wohlige Wärme, die mich alle Schmerzen vergessen ließ. Noch einmal schloss ich die Augen und dachte über die vergangene Nacht nach, dann nahm ich mir meine verschmutze Haut vor. Ich rieb sie mit einem weichen Lappen ab. Auch meinem Schwanz ließ ich eine wohltuende Behandlung zukommen. Vorwitzig richtete er sich auf. Nur ein paar kräftige Bewegungen meiner Hand brachten ihn zu seiner vollen Größe. Die pralle Spitze hatte bereits neugierig die Wasseroberfläche durchstoßen, als mich ein leises Räuspern neben mir erschreckte.

»Entschuldigen Sie bitte, Sir. Mein Name ist James. Ich bin der Diener des jungen Lord.«

Ruckartig beugte ich mich nach vorne, um meinen harten Ständer zu verstecken, aber der Mann sprach unbeeindruckt weiter: »Mir wurde aufgetragen, beim Bad behilflich zu sein. Darf ich Euch den Rücken einseifen? Es hat den Anschein, dass Ihr hier nicht alle Spuren Eures gestrigen Unfalls entfernen konntet.«

»Äh ... ja ... Ich heiße Tom«, stotterte ich verdutzt. »Rücken waschen ... Natürlich ... Das wäre wunderbar. Da komme ich selber nicht so gut hin.«

Verlegen sah ich zu ihm hoch. James schien nur wenig älter zu sein als ich, machte durch sein übertrieben vornehmes Auftreten aber einen viel älteren Eindruck. Er tauchte einen kleinen Waschlappen ins warme Wasser und verteilte gleichmäßig Seife darauf. Dann begann er, kräftig meine Schultern abzureiben. Er hatte sich weit zu mir heruntergebeugt. Mit einer Hand stützte er sich am Wannenrand ab, mit der anderen arbeitete er sich langsam rechts und links an meinem Rücken weiter nach unten. Er schien die ihm übertragene Aufgabe wirklich sehr ernst zu nehmen.

»Ziemlich kräftige Muskeln hat der Herr«, bemerkte er anerkennend. Er hatte den Lappen inzwischen beiseitegelegt und rieb mit seinen flachen Händen in weiten Kreisen über meinen Rücken. Mir gefiel diese ungewohnte und fürsorgliche Behandlung.

Als James am Rücken fertig war, verlagerte er seinen Eifer auf meine Ober- und Unterarme. Anschließend steuerte er seine Hände behutsam von der Schulter abwärts zu meiner Brust.

»Ziemlich kräftige Muskeln hat der Herr«, bemerkte er wieder, sein besonderes Interesse aber galt meinen Brustwarzen. Zwischen Daumen und Zeigefinger geklemmt, zog und rieb er sie, bis beide als pralle Knoten hervorstanden. Ein Schauer überlief mich.

»Mmh … Das tut wirklich gut.«

»Dann darf ich also weitermachen?«, fragte James vorsichtig. Ohne eine Antwort lehnte ich mich gegen die Rückwand des Holzzubers und ließ ihn gewähren. Seine Hand wanderte weiter abwärts, tauchte immer tiefer ins seifige Wasser und erkundete die kleinen Muskelberge auf meinem Bauch. Kurz bevor James den Bauchnabel fand, stieß er auf meinen strammstehenden Wachposten.

»Oh … So groß!« Das war das Einzige, was er sagte, bevor er ohne eine weitere Erklärung seine Hände zurückzog. Ich sah ihn enttäuscht an, doch sein schelmischer Gesichtsausdruck beruhigte mich.

»Wie es aussieht, muss ich meine wohl Dienste vertiefen«, sagte James und begann unter meinen erstaunten Blicken, Stück für Stück seine Kleidung auszuziehen. Sorgfältig legte er jedes Teil über einen Stuhl. Die maßgeschneiderte Hausdieneruniform hatte schon vorher seinen guten Körperbau erahnen lassen. Seine kantige Brust und seine starken Arme nun aber unverhüllt zu sehen, übertraf meine Erwartungen. Unbewusst ließ er die anmutigen Muskeln spielen. Eine feine Linie dunkelbrauner Brusthaare zog sich über seinen flachen Bauch hinunter bis zum Nabel. Der Anblick der dicken Beule in seiner Hose ließ mich unwillkürlich schlucken. Langsam schälte sich der Diener aus seinen Beinkleidern. Sein Schwanz sprang erwartungsvoll aus dem engen Versteck hervor. Und auch mein bestes Stück versuchte verzweifelt, die Wasseroberfläche zu erreichen, um einen Blick zu erhaschen.

»So, jetzt besteht keine Gefahr mehr, dass meine Garderobe nass wird. Rutsch ein bisschen nach vorne, Tom!« Diesmal ließ James die förmliche Anrede beiseite. Auch sein Gesicht strahlte nun viel zwangloser. Er lächelte freudig erregt, während er sich, bereit für seine nächste Aufgabe, hinter mir ins Wasser kniete. Mit seinen kräftigen Händen begann er, meinen Nacken zu massieren.

»Knie dich ein wenig nach vorne, und lehn dich mit deinen Armen auf den Rand. So ist es viel bequemer für dich und ich kann auch den Rücken weiter unten besser einseifen. Dort konnte ich eben nicht richtig weitermachen.«

Sorgfältig kneteten James' geschickte Händen an meiner Rückseite hinunter. Vom Nacken bis zum Anfang meiner Arschspalte war es ein weiter Weg. Aber der gewissenhafte Hausdiener arbeitete sich gründlich und ausdauernd weiter voran.

»Hier bist du ja vollkommen verspannt. Diesen Bereich werde ich wohl besser etwas losklopfen«, stellte James fest und ließ im nächsten Moment seinen harten Schwanz auf mein Hinterteil klatschen. Ein wohliges Seufzen drang aus meinem Mund.

»Na also, das hört sich doch schon sehr gut an. Aber warte nur ab, es wird noch besser«, flüsterte James, und beugte sich über meinen Rücken. Sein dicker Schwanz rieb hart über meine Arschspalte. Seine Hände umfassten meinen Brustkorb, und seine Finger kreisten um meine Brustwarzen. Die rechte Hand wanderte weiter abwärts. Mit großer Hingabe massierte er meine Bauchdecke. Mein strammer Schwanz schlug dabei immer wieder aufgeregt gegen seine Hand.

»Du willst wohl mehr?«, hauchte er in mein Ohr. Er griff meinen steinharten Kolben und setzte seine Massage fort. Ein angenehmes Kribbeln breitete sich in meinen Lenden aus. Begierig stieß mein Hinterteil gegen seinen Ständer.

»Gerne würde ich dich auch von innen lockern und dir meinen Schwanz in deinen warmen Hintern schieben, aber dafür ist er nicht glitschig genug.«

»Was muss ich tun?«, hauchte ich ungeduldig.

»Ein bisschen Mundsaft würde die Sache erleichtern«, grinste er. Blitzschnell drehte ich mich um. Im nächsten Moment prangte sein dicker Schwanz direkt in Augenhöhe vor mir. James war aufgestanden und hielt mir sein Teil erwartungsvoll vors Gesicht. Die zurückgeschobene Vorhaut klemmte stramm hinter der prallen Eichel. Glänzende Adern schlängelten sich den mächtigen Schaft entlang. Der dicht behaarte Sack wurde von schweren, großen Eiern hinuntergezogen. Prüfend nahm ich sie in die Hände, knetete sie leicht und ließ bedächtig meine Zunge über die raue Sackhaut kreisen. Sofort federten die Eier nach oben und der zuvor locker herabhängende Sack zog sich zusammen. Grunzend blickte James auf mich herab.

»Du wolltest doch meinen Schwanz nass machen.« Mahnend schwenkte er seinen strammen Brocken vor meinem Mund hin und her. Ich schnappte danach, doch James schlug ihn lässig gegen meine Wangen.

»Etwas mehr Mühe musst du dir schon geben.«

Beherzt griff ich mit beiden Händen zu. Ich quetschte seinen Kolben absichtlich etwas grob, sodass die Eichel dunkel anlief, dann rollte ich meine Lippen über die Schwanzkuppe. Meine Zunge spielte mit dem kleinen Schlitz an der Spitze, als ich unerwartet einen süßen, würzigen Saft schmeckte. Genussvoll verteilte ich den Sirup und begann seinen Schwanz von allen Seiten abzulecken. Ich spürte seine pulsierenden Adern, während meine Zunge an dem langen Stamm auf und ab fuhr. Meine beiden Hände waren inzwischen auf der Suche nach einem neuen Ziel fündig geworden. Fest umklammerte ich seinen festen Arsch. Meine neugierigen Finger erkundeten bereits seinen zuckenden Hintereingang.

Nur zu gerne hätte ich seinen dicken Ständer noch weiter verwöhnt, aber seine hitzigen Bewegungen zeigten mir deutlich, dass er bereits dem Höhepunkt entgegenfieberte. Nur mit Mühe gelang es mir, meinen Mund von James' forderndem Schwanz zu befreien.

»Ich glaube, das reicht«, schnappte ich nach Luft. »Du kannst dich jetzt wieder deiner eigentlichen Aufgaben widmen.«

Stehend beugte ich mich nach vorn und stützte mich mit den Händen am Wannenrand ab. Ich drehte meinen Kopf nach hinten und sah erwartungsvoll in ein lüsternes Augenpaar. James' linke Hand legte sich gerade auf meinen Rücken, mit der rechten wischte er etwas Feuchtigkeit von seinem Schwanz und begann mein Arschloch damit einzuschmieren. Ich drängte mich ihm förmlich entgegen, als er seinen saftigen Finger weit hineinschob, um ihn anschließend wieder ein Stück herauszuziehen. Kreisend erforschte seine Fingerspitze meinen engen Kanal. Dann nahm er einen zweiten und auch noch einen dritten Finger hinzu. Sacht weitete er meinen strammen Muskelring. Bei jeder Bewegung zuckte mein Schwanz freudig auf und ab. Vor meinen Augen zuckten grelle Blitze. Als James seine Finger ganz herauszog, wollte ich schon protestieren. Doch plötzlich drängte seine pralle Eichel gegen das enge Loch. Behutsam verstärkte er den Druck und ich spürte, wie seine Schwanzspitze in mich glitt. Ein leichter Schmerz durchfuhr mich. Er ließ mich zusammenzucken. James hielt sofort inne und wartete.

»Geht es?«, fragte er besorgt. «Vielleicht ist er doch etwas zu groß für dich.«

Doch ich entspannte mich und ließ mich tapfer weiter auf seinen harten Pfahl herabsinken. Stück für Stück rutschte ich James entgegen. Die starke Spannung in meinem Schließmuskel drohte, mich zu zerreißen. Bebend stockte ich, gab noch etwas nach, dann war das Ende erreicht. Bis zum Anschlag steckte der riesige Hammer in meinem Hintern. Deutlich fühlte ich das Pulsieren in mir. Zaghaft, aber mit einem angenehmen, ausgefüllten Gefühl, lehnte ich mich gegen James.

»Ich fühle meinen Schwanz in dir pochen«, sagte er.

»Ja, ich auch«, antwortete ich. »Er ist riesig. Aber er passt jetzt wunderbar.«

Vorsichtig schob ich mich wieder etwas nach vorne. Der anfängliche Schmerz wurde allmählich von einem wohligen, warmen Gefühl abgelöst, das meinen Hintern durchströmte. James stand noch immer regungslos hinter mir, während ich seinen Schwanz mit behutsamen, schaukelnden Bewegungen immer schneller und tiefer in mich gleiten ließ. Bald tastete seine kräftige Hand an meinem Bauch entlang. Sie umschloss meinen Schwanz, drückte ihn zärtlich. Mein leises Stöhnen ließ keinen Zweifel daran, wie aufregend diese Berührung für mich war. Und auch mein Ständer pulsierte in seiner Hand und füllte die enge Faust wie zur Bestätigung. Deutlich fühlte ich zwei oder drei dicke Schwielen in seiner Handfläche, die meinen Schaft entlang rieb. Dieser Dienstbote konnte also auch kräftig zupacken und scheute keine schwere Arbeit. Als hätte James meine Gedanken erraten, zog er mich grob zu sich heran.

»Du scheinst langsam Gefallen an meinem Teil zu finden«, erriet er. »Dein steifer Riemen zeigt mir, dass du bereit bist für Mehr.«

Ohne auf eine Antwort zu warten, ließ er meinen Schwanz los, fasste mit beiden Händen meine Hüften und stieß seinen Kolben fest in mein Loch. Nur mit Mühe konnte ich mich am Rand des Zubers festhalten. Das Wasser spritzte zu allen Seiten und schwappte über den Rand. Mein Schwanz schlug wild gegen meinen Bauch, während seine hitzigen Stöße immer leidenschaftlicher wurden.

»Ich habe etwas Leckeres zum Essen mitge… « Brians Stimme brach ab. Unbemerkt war er zurückgekommen und kam nun mit in die Hüfte gestemmten Fäusten völlig außer sich auf uns zu.

»James. Was tust du da?«, schrie er unbeherrscht. »Tom hat doch eine schwere Kopfverletzung!«

James bremste seine forschen Stöße, allerdings ohne ganz damit aufzuhören.

»Der junge Herr verlangte nach einer kräftigen Behandlung«, versuchte er sich zu rechtfertigen.

»Aber doch nicht ohne eine weiche Auflage für seinen Kopf«, erwiderte Brian besorgt. Er kam eilig auf mich zu, zog mit einem Ruck seine Hose herunter und hielt mir seinen steifen Ständer vors Gesicht: »Hier, Tom, nimm das, um dich besser abzustützen.«

Verdutzt sah ich ihn an.

»Ja, nimm ihn ruhig in den Mund. Ich werde damit die schlimmsten Hiebe von diesem Flegel abfangen.«

An James gewandt meinte er dann spitzbübisch: »Du solltest doch auf mich warten. Ich bin wohl gerade noch rechtzeitig gekommen.«

James fand schnell wieder zu seinem alten Rhythmus zurück. Kräftig rieb der harte Kolben in meinem Hintern. Seine Eier schlugen im Takt gegen meine Schenkel. Fest im Griff seiner starken Hände, bugsierte er mich hin und her. In meinem Mund steckte Brians pulsierender Schwanz. Die pralle Eichel rieb über meine Zunge und kitzelte hinten im Rachen – vor allem wenn James mich weit nach vorne drängte und den Schwanz dadurch besonders tief in meinem Mund trieb. Brian hatte dabei seine Hände auf meine Schultern gelegt. Behutsam knetet er meine Muskeln.

»Du musst einsehen, so geht es viel besser, oder Tom?«, fragte er. »Schließlich sollst du doch von allen Seiten gepflegt werden. Ja, lutsch ruhig fest an meinen Schwanz. Uhh … ja … noch mehr. Ja, das ist wirklich … eine himmlische Art, dich bei deinem Schutzengel zu bedanken.«

Brians Hammer war durch meine Behandlung noch dicker geworden. Immer wilder stieß er sein imposantes Stück in meine Kehle. Begeistert fühlte ich die hervorgetretenen Adern, die sich den harten Riemen entlangzogen. Auch James ungestüme Bewegungen gewannen jetzt noch einmal an Wucht. Gleichzeitig mit Brian stieß er zu, sodass ich völlig hilflos zwischen den beiden eingekeilt war. Mein harter Riemen schlug unbeherrscht gegen meinen Bauch. Nur zu gerne hätte ich ihn jetzt in den Händen gehalten. Doch als ob James meine Gedanken gelesen hätte, tastete er nun seinerseits nach meinem Ständer. Ungeduldig griffen seine Finger nach dem gespannten Schaft. Mein unterdrücktes Stöhnen wurde von Brians Riesengerät augenblicklich erstickt, als er fester zupackte. James benutzte seine eisern um meinen Schwanz geschlossene Faust nun dazu, um mich tief auf seinen Kolben zu pressen. Weit zerrte er dabei meine Vorhaut zurück und quetschte lustvoll meine Eier. Zog er dann meinen Ständer nach vorne, drückte er mich damit fest auf Brians Schwanz, während sein eigener Kolben nur noch bis zur Spitze in mir steckte. Langsam verlor ich die Beherrschung. Überall in mir bebte eine animalische Lust, ein ungezügeltes Verlangen von diesen beiden Mannsbildern bezwungen zu werden. Hemmungslos saugte ich an Brians Schwanz, als er plötzlich dröhnend und wild bebend seinen Samen in meinen Mund spritzte. Der heiße Saft rann unaufhörlich in meine Kehle. Zwischen seinen Beinen breitete sich ein betörender, scharfer Geruch aus. Gierig sogen meine offenen Nüstern ihn auf. Zusammen mit dem würzigen Geschmack seiner Sahne, badete ich in diesem schwülen Rausch der Begierde.

In diesem Moment jaulte James laut auf, und stieß sein glühendes Eisen bis zum Anschlag in meinen Hintern. Dabei traf er zielsicher meinen Lustpunkt. Das war zu viel für mich. Schon die nächste kräftige Bewegung seiner Hand an meinem Schwanz ließ meine weißen Ladungen ins warme Badewasser klatschen. James hielt den Atem an. Wie versteinert stand er da, nur sein dicker Schwanz pulsierte in mir. Heftig schnaubend ließ er sich auf meinen Rücken fallen, hielt sich an meinen Schultern fest und pumpte dann heftig bockend seine kochende Flüssigkeit in mein Innerstes. Erschöpft lehnte er sich mit seinem ganzen Gewicht gegen mich. Den Kopf zur Seite gedreht, fühlte ich seine Wange, an meiner Schulter liegen. Schweißperlen rannen über meinen Rücken.

»Das hatte ich jetzt nötig«, murmelte er. »Du lässt dich wirklich gut einseifen, Tom.«

Seine kurzen Brusthaare kratzten auf meinem verschwitzten

Rücken. Sein breiter Brustkorb hob und senkte sich. Es dauerte lange, bis sein keuchender Atem wieder langsamer ging. Brian hockte vor mir. Zärtlich küsste er meine Lippen. Mit der Zunge leckte er die Reste seines Samens von meinem Gesicht.

»Geht es dir gut?«, fragte er besorgt.

»Ja, alles bestens«, grinste ich ihn an. »Ihr habt mich ganz schön abgefüllt. Aber hattest du nicht eben etwas von Essen gesagt? Die Vorspeise war ja schon ziemlich ergiebig. Eine Kleinigkeit zu beißen könnte ich trotzdem noch vertragen.«

»Ja, natürlich. Ich konnte doch nicht ahnen, dass James es so eilig hat. Sonst hätten wir uns natürlich noch vorher gestärkt«.

Lachend stand Brian auf und holte von einem Stuhl einige große Handtücher.

»Hier, James, du hast Tom nass gemacht, also reib ihn auch wieder gründlich trocken«, hielt er seinem Diener auffordernd die Tücher hin. James richtete sich gehorsam auf. Dabei rutschte zu meinem Bedauern sein schöner Schwanz aus meinem Hintern. Seufzend stellte auch ich mich hin. James und Brian ließen es sich nicht nehmen, mich sorgfältig abzutrocknen. Zu meinem eigenen Erstaunen weckte das kräftige Rubbeln erneut alle meine Lebensgeister. Brian erblickte als erstes meinen pochenden, wieder hochzuckenden Freund.

»Mit dir werden wir offenbar noch viel Arbeit haben«, bemerkte er.

»Wie Eure Lordschaft wissen, bin ich jederzeit gern bereit zu helfen, wenn es erwünscht ist«, mischte sich James ein.

»Und ob ich es wünsche. Bei diesem Kerl werden alle Hände gebraucht«, erwiderte Brian übertrieben ernst.

»Ich hoffe, es werden nicht nur die Hände sein, die zum Einsatz kommen«, protestierte ich lachend. Schmunzelnd half James, jetzt wieder ganz der perfekte Diener, Brian und mir in weiche Bademäntel.

»Ganz wie Ihr wünscht, Master Tom.«

Er verneigte sich höflich, nahm nackt wie er war seine Kleidung über den Arm und ging zur Tür. Dort drehte er sich noch einmal um. Sein Schwanz baumelte locker zwischen seinen Beinen hin und her. Ein wahrhaft imposantes Teil besaß dieser Kerl. Und er verstand auch noch, damit umzugehen.

»Ich bereite noch den kleinen Tisch für das Nachtmahl vor. Wenn ich danach nicht mehr gebraucht werde, würde ich mich gerne zurückziehen.«

»Ja, tu das James«, sagte Brian. »Wir kommen nun allein zurecht.«

»Und vielen Dank für das gründliche Bad, James«, rief ich ihm hinterher und machte eine galante Verbeugung. Lächelnd erwiderte er die Geste. Dann schloss er leise die Tür hinter sich.

Behaglich und warm in den Morgenrock eingehüllt, führte Brian mich zurück ins angrenzende Zimmer. Der Kamin knisterte und verteilte angenehme Wärme im Raum, die letzten Sonnenstrahlen ließen die gegenüberliegende Wand wie in blassrotem Feuerschein erglühen. Wie versprochen hatte James das Mahl angerichtet. Auf einem kleinen Tisch am Fenster stand ein silberner Leuchter mit fünf langen Kerzen. Das Brot war noch warm und roch herrlich verführerisch. Unter einer großen Silberhaube dampften ein saftiger Schweinebraten und einige knusprige Hähnchenkeulen. Mir lief das Wasser im Mund zusammen. Die Weingläser waren bereits gefüllt. Brian hielt mir sein Glas entgegen. Liebevoll sah er mir in die Augen.

»Auf unsere Freundschaft, Tom. Möge sie lange halten und uns noch viele glückliche Stunden bescheren.«

»Auf meinen Retter und auf unsere Freundschaft«, entgegnete ich. Wir tranken die Gläser in einem Zug leer. Brian kam auf mich zu und drückte seine feuchten Lippen auf meinen Mund. Fest zog ich ihn an mich und berauschte mich an unserer innigen Vereinigung. Für diesen kurzen Moment schien die Welt um mich herum in Ruhe und Frieden zu versinken.

»Lass uns schnell etwas essen«, drängelte ich dann aber doch. »Mir wird schon ganz schwindlig. Ich glaube, ich hab hier ein kleines Loch.« Ich drückte eine Faust gegen meinen Bauch, die tatsächlich ein ganzes Stück darin verschwand.

»Später hätte ich gerne noch eine kleine Nachspeise.« Dabei wanderte mein Blick zum frisch bezogenen Bett auf der gegenüberliegenden Seite des Raums.

»Eins nach dem anderen«, grinste Brian. »Nun setz dich erst mal und fang an. Ich will nicht schuld daran sein, wenn du gleich wieder ohnmächtig am Boden liegst. Erzähl mir ein bisschen von dir. Wo kommst du her? Wo wohnst du? Bei deinem Onkel hattest du gesagt?«

»Ja, ich wohne jetzt schon seit über zehn Jahren bei Onkel Walter. Er hat mich damals aufgenommen, nachdem meine Eltern bei dem großen Stadtbrand in Plymouth umgekommen waren. Du wirst dich erinnern, ein ganzes Stadtviertel wurde damals eingeäschert. Die Flammen schlugen bis zum Himmel. Ich war bei einem Freund, als ich den Rauch sah und Lärm in den Gassen hörte. Als ich unser Haus erreichte, brannte es bereits lichterloh. Es war eines der ersten, das einstürzte … Ich war erst zwölf damals und plötzlich allein, ohne jegliche Verwandte. Onkel Walter war zu diesem Zeitpunkt erst seit einem Jahr wieder in der Stadt. Meine Mutter hatte vorher wenig von ihm erzählt. Er war in der Familie wohl immer das schwarze Schaf gewesen, ein Taugenichts, wie mein Vater es ausdrückte. Jahrelang war er verschwunden. Niemand wusste, wo er steckte. Doch als er wieder zurück war, kaufte er sich ein großes Anwesen in der Penrose Street und hatte plötzlich die besten Beziehungen zu vielen reichen Kaufleuten. Wohlhabende Edelmänner gingen bei ihm ein und aus. Er soll sogar in London beim Erzbischof empfangen worden sein. Mein Onkel hat mir später erzählt, dass er bei seinen weiten Reisen einfach nur eine glückliche Hand gehabt hat. Nachdem er genug von der Welt gesehen hatte, ist er in seine alte Heimat zurückgekommen, um sich hier endgültig niederzulassen. ›Und sobald man Geld hat, hat man plötzlich viele neue Freunde‹, sagt er immer.

Jedenfalls fand ich bei ihm mein neues Zuhause. Es war keine leichte Zeit für mich, aber er hat sich immer gut um mich gekümmert. Und es gab immer wieder Lichtblicke. Mein Hauslehrer Mister Dickens, den mein Onkel für mich ausgesucht hatte, war mir über viele Jahre ein sehr strenger aber auch gerechter Lehrmeister und Freund. ›Parlez-vous français? Hablas español?‹ waren seine ersten Worte zu mir. Später habe ich stundenlang französische und spanische Gedichte rezitieren müssen. Ich habe dicke Bücher gelesen und zum Schluss sogar in meinen Träumen Spanisch gesprochen. ›Du musst deine Feinde verstehen können, Tom‹, sagte Onkel Walter immer. Mit den Feinden meinte er seine Geschäftsfreunde aus Spanien. ›Wenn dir jemand ein verlockendes Angebot macht, musst du gleich erkennen, ob er dir nicht doch eine bleierne Ente andrehen will. Dazu musst du seine Sprache besser verstehen als er selbst. Also sei fleißig und folge Mister Dickens Anweisungen.‹

Ja, mein Onkel hat es wirklich gut gemeint mit mir. Morgen früh muss ich unbedingt zu ihm zurück. Er macht sich sicher große Sorgen und wird wissen wollen, was passiert ist.«

»Sí señor. Nadie nace enseñado.«

»Wie recht du hast. Es ist tatsächlich noch kein Meister vom Himmel gefallen. Und mein Meister hat mehr als einmal an meinem Verstand gezweifelt.

»Oui monsieur. As tu remercié ton oncle de ses bons services?«, näselte Brian in akzentfreiem Französisch.

»Oui, je l'en ai remercie. Ja ich habe mich für die harten Lehrjahre bei meinem Onkel bedankt.«

Während meines Berichts hatte Brian an einem Stück Brot gekaut und aufmerksam zugehört.

»Das tut mir leid mit deinen Eltern«, sagte er dann nachdenklich. »Meine Mutter ist bei meiner Geburt gestorben. Sie stammte von einer französischen Familie ab. Um ihr Andenken zu bewahren, habe ich mich ebenfalls durch die französischen Dichter und

Denker gequält. Auch um meinem Vater einen Gefallen zu tun. Er hat ihren frühen Tod nie ganz verwunden. Später dann war er viel auf Reisen. Oder wochenlang auf seinen Ländereien im Norden. Und kaum war er ein paar Tage zu Hause, wurden schon wieder die Koffer gepackt und mein Vater machte sich auf den Weg nach Paris, Madrid, Florenz oder sonst wo in Europa. Zum Glück habe ich James. Mit ihm ist es hier nicht mehr so einsam für mich.« Ein flüchtiges Lächeln huschte über sein Gesicht.

»Aber nun greif doch endlich zu. Du hattest doch so großen Hunger.«

Wir schwelgten noch einige Zeit in Jugenderinnerungen, den guten und den schlechten. Währenddessen schlemmten wir genussvoll von den vorzüglichen Speisen. Die Tafel leerte sich langsam. Auch der Wein ging zur Neige. Innerhalb kürzester Zeit hatte ich das Gefühl, diesen jungen Lord bereits eine kleine Ewigkeit zu kennen.

Allmählich senkte sich wohlige Müdigkeit auf uns herab. Brian sank in seinem Stuhl immer tiefer. Zwanglos schob er sein Bein unter dem Tisch hindurch auf die Vorderkante meines Stuhls und rieb mit seiner Fußsohle gedankenverloren meinen Schwanz. Der freute sich über die so viel Aufmerksamkeit und stieg langsam zuckend in die Höhe. Mit einem erleichterten Seufzen rutschte ich ebenfalls tiefer und kam Brians Fuß mit meinem Luststab entgegen. Die Augen geschlossen, ließ ich meinen Kopf gegen die hohe Stuhllehne sinken.

»Bist du müde?«, fragte Brian leise. »Lass uns in Bett gehen. Dann machen wir es uns noch gemütlich.«

Geschmeidig wie eine Katze erhob er sich und schlenderte zum Bett herüber.

»Na, mach schon«, drehte er sich auffordernd um. » Beweg dich, sonst nickst du noch am Tisch ein.«

Auf dem Weg durchs Zimmer war ihm der Umhang von den breiten Schultern gerutscht. Der flackernde Schein des Kaminfeuers zeichnete ein tanzendes Schattenspiel auf die helle Haut seines makellosen Körpers. Beim Anblick seines strammen Hinterns mit den weißen, halbrunden Kugeln, seiner schmalen Taille und seines nach oben hin breiter werdenden Rückens stockte mir der Atem.

Brian drehte sich um und legte verführerisch die Hände auf seine gewölbte Brust. Wie zufällig strich er mit dem Daumen über seine Brustwarzen, die sofort hart wurden. Er lehnte sich an den mannshohen Bettpfosten und winkte mich zu sich. Sein Schwanz federte leicht nach oben, als er anfing, seinen Hintern an dem dicken Pfeiler zu reiben.

»Komm, hol dir deinen Nachttrunk«, flüsterte er geheimnisvoll, ließ eine Hand zwischen die Beine sinken und massierte seinen pulsierenden Kolben.

Mit zwei schnellen Schritten war ich bei ihm, fiel auf die Knie und erwischte gerade noch rechtzeitig den ersten Lusttropfen, der von seiner prallen Eichelspitze tropfte. Brian stöhnte, als meine Zunge seinen steifen Ständer berührte. Kurz darauf versank sein Teil tief in meinen Mund.

»Du willst wohl nichts verkommen lassen, mein Freund?«, freute er sich über meinen stürmischen Vorstoß. Dann ließ er sich rücklings mit gespreizten Beinen auf die weiche Unterlage fallen. Ich warf mich lachend auf ihn. Kraftvoll presste ich meinen harten Schwanz gegen seinen und drückte meine Zunge tief in seinen Mund. Wir küssten uns lange und leidenschaftlich, rangen liebestoll wie zwei junge Welpen durch das zerwühlte Bett, bis wir ganz außer Atem waren.

»Ich ergebe mich, ich ergebe mich … «, rief ich irgendwann völlig geschafft. Ich lag flach auf dem Bauch und Brian mit seinem ganzen Gewicht auf meinem Rücken. Seine Zähne hatten sich in meiner Schulter verbissen, meine Handgelenke waren fest im Griff seiner starken Hände. Das Aufregendste war allerdings sein steinharter Hammer, der an meiner verschwitzten Arschspalte angriffslustig Einlass begehrte.

»Besiegt bist du erst, wenn mein harter Rammbock dein verschlossenes Tor durchstoßen hat«, keuchte Brian in meinem Nacken. Seine heiße Zunge kitzelte mein Ohr. Noch bevor ich meinen Kopf wegdrehen konnte, hatten seine Zähne liebevoll zugebissen und hielten mich fest. Mein Schwanz reagierte sofort. Unter mir, eingekeilt zwischen Bauch und Bett, zuckte er unablässig. Spielerisch versuchte ich Brian abzuwerfen. Ich bockte, schüttelte und wand mich unter seiner Last. Zum Glück vergebens. Mühelos schoben sich seine kräftigen Beine zwischen meine und drückten sie mit den Knien weit auseinander. Zielsicher richtete er seine Speerspitze auf den Widersacher und machte sich zum Angriff bereit.

Brian stieß ein verblüfftes Keuchen aus, als er den vermeintlich verbarrikadierten Eingang unverschlossen vorfand. Ohne große Mühe glitt sein Stab in mich hinein.

»Ich hatte doch gesagt, dass ich mich ergebe«, hauchte ich, als Brian schließlich auf mir lag und sein Schwanz bis zum Anschlag in meinem Lusttor verschwunden war. Dann passierte eine ganze Zeit lang nichts. Regungslos lag er auf mir. Nur sein Schwanz pulsierte in mir und schien immer weiter anzuschwellen. Ich beantwortete diese unerwartete Waffenruhe, indem ich plötzlich und völlig unerwartet für den siegessicheren Eroberer meinen Schließmuskel bis zum Äußersten anspannte. Lustvoll und mit aller Kraft hielt ich Eindringling fest.

»Wer ist nun der wahre Sieger?«, triumphierte ich lachend und stieß meinen Arsch gnadenlos gegen Brians eingeklemmten Riemen.

»Du Schurke … Na, warte«, knurrte der.

Aus dem anschließenden Kräftemessen gingen wir als ebenbürtige und besonnene Gegner hervor. Immer wenn Brians Hammer seinen gewonnenen Platzvorteil zu verlieren drohte, trieb er seinen Rammbock wieder tief in mich hinein. Gleichzeitig hinderte ich ihn so gut ich konnte daran, seine pralle Sperrspitze aus meinem

Hintern zu ziehen. Der Kampf hätte möglicherweise noch länger gedauert, wenn Brian nicht plötzlich eine neue Taktik erprobt hätte. Unversehens schob er einen Arm unter meinen Brustkorb, drückte mich fest an sich und rollte uns beide auf die Seite. Mit der anderen Hand packte er meinen ungeschützt emporspringenden Ständer und rieb ihn schnell und heftig. Meine Arschmuskeln zogen sich schlagartig zusammen, was Brian aber nicht daran hinderte, seinen Angriff auf meinen Hintereingang weiter voranzutreiben. Als er dann noch meine Brustwarze zu greifen bekam und zukniff, konnte ich mich nicht mehr beherrschen. Mit einem lauten Jaulen schoss ich meinen Saft heraus, dessen warmer Strom durch seine Hand auf meinen bebenden Bauch floss. In diesem Moment gab sich auch mein Gegner geschlagen.

»Wer den letzten Schuss hat, hat gewonnen«, triumphierte er hitzig. »Ja, jetzt bekommst du eine volle Ladung. Du bist erledigt. Hier kommt der Sieger.«

Wie einen zum Bersten gespannten Baumstamm spürte ich seinen zitternden Rammbock in mir, als er plötzlich in einem letzten Aufbäumen eine Flutwelle heißen Saftes in mich schleuderte. Erschöpft ließ sich der glorreiche Sieger auf seinen überwältigten Widersacher sinken. Sein warmer Körper deckte mich zu, ich spürte seinen schnellen Atem in meinem Nacken, sein Schwanz zuckte noch immer in mir.

Später lag Brian eng an mich geschmiegt hinter mir und streichelte zärtlich meinen Bauch.

»Ich liebe dich, Tom«, sagte er sanft. »Noch nie hab ich mich so glücklich gefühlt mit einem anderen Mann. So ruhig und zufrieden und zugleich so erregt und aufgewühlt. In deiner Nähe macht mir mein Leben endlich wieder Freude. Es ist alles vollkommen friedlich in mir, wenn ich dich so vertraut bei mir spüre.«

»Ich lieb' dich auch, Brian«, flüsterte ich. »Wir kennen uns erst so kurz, aber ich habe das Gefühl, als ob ich dich schon seit ewigen Zeiten gesucht und nun endlich gefunden habe.«

Ich ergriff seine Hand, zog sie zu meinem Mund und küsste zärtlich ihre Innenseite. Dann presste ich sie wieder gegen meine Brust, damit Brian das freudige Pochen meines Herzens fühlen konnte. Er zog die Bettdecke über uns und küsste mich sanft auf die Schulter. Das Letzte, was ich hörte, war das leise Prasseln des Kaminfeuers.

»Tom! Aufwachen, du Schlafmütze. Es ist ein herrlicher Tag.«

Dann ein kräftiges Rütteln an meiner Schulter. Ich lag flach ausgestreckt auf dem Bauch. Mein harter Schwanz scheuerte unsanft auf der Bettunterlage, während Brian ungeduldig versuchte, mich wach zu bekommen. Sein Schütteln wurde immer heftiger. Durch ein leises Knurren versuchte ich zu signalisieren, dass ich noch am Schlafen war. Erst als ein Paar warme Lippen meinen Mund berührten und ich den vertrauten Geschmack einer heißen Zunge spürte, öffnete ich schwerfällig die Augen. Brian stand tatsächlich schon fertig angezogen im sonnendurchfluteten Zimmer.

»Was ist los?«, fragte ich noch halb benommen, und hielt eine Hand schützend vors Gesicht.

»Dein Onkel hat einen Boten geschickt, der dich abholen soll. Ich hab den jungen Kerl erst mal mit James zu den Pferdeställen geschickt, da er sich sehr für unsere berühmten Zuchthengste zu interessieren schien. Obwohl ich fast das Gefühl hatte, dass er vor allem auf James schielte, als die beiden zu den Stallungen hinübergingen. Seine Hose wurde zumindest sichtlich enger im Schritt«, zwinkerte Brian mir zu. »Aber du solltest dich jetzt besser anziehen. Ich weiß nicht, wie lange James für die Besichtigung brauchen wird. Der Bote hat den Auftrag, dich möglichst schnell nach Hause zu bringen. Er hat sogar ein zweites Pferd mitgebracht. Dein Onkel scheint wirklich besorgt um dich zu sein.«

Bei dem Wort »Besichtigung« fasste sich Brian spielerisch in den Schritt. Dann zog er meine Bettdecke zurück und gab mir einen freundschaftlichen Klaps auf den Hintern.

»Unten in der Küche gibt's Frühstück«, lachte er und verschwand fröhlich pfeifend wie ein Lausejunge nach einem gelungenen Streich im Treppenhaus. Immer noch etwas benommen, setzte ich mich auf, und rieb mir den letzten Schlaf aus den Augen. Suchend blickte ich mich im Zimmer nach Kleidern um. Fein säuberlich zusammengefaltet lagen auf einem Stuhl Hemd und Hose. Braune, lederne Stiefel glänzten im Sonnenlicht.

Gedankenverloren drückte ich meinen aufgerichteten Hammer. Ich saß nackt auf dem Bett und dachte über die letzte Nacht nach. Wir hatten uns noch mehr als einmal stürmisch geliebt. Brian war ein gleichsam sanfter wie heißblütiger Liebhaber. Immer wieder hatte ich ihn dazu angestiftet, seinen kleinen Lord hervorzuholen und mich erneut fühlen zu lassen. Im Gegenzug vergewisserte sich Brians Zunge mehrmals eingehend, ob der Überfall im Wald auch keine bleibenden Schäden an meinem besten Stück hinterlassen hatte. Nur widerwillig riss ich mich von diesen aufreizenden Gedanken los.

Als ich endlich in die Küche kam, saßen Brian, James und ein junger Mann gemeinsam um den Tisch und unterhielten sich.

»Da bist du ja, Tom, wir warten schon auf dich«, sagte Brian. »Deine neuen Sachen passen dir ausgezeichnet.«

»Ich habe eben einen Blick für solche Dinge«, mischte James sich ein. Er sah auf das Paket zwischen meinen Beinen, das die enge Hose deutlich zur Geltung brachte.

»Das hier ist George.« Brian wies auf den jungen Kerl. »Er hat uns gerade erzählt, dass ihr euch noch gar nicht kennt, da er erst seit Kurzem für Walter Moore arbeitet.«

»Aber heute Morgen war er der Einzige, den dein Onkel entbehren konnte. Eines seiner Schiffe ist unerwartet schon früher im Hafen von Plymouth angekommen. Nun sind alle damit beschäftigt, die Fracht zu entladen. Aber George wird dich sicher zu deinem Onkel zurückbringen.«

»Du kannst ihm vertrauen, Tom«, setzte James hinzu, als ich etwas misstrauisch zu dem Fremden hinübersah. »Ich habe ihm unseren Stall gezeigt. George hat sogleich verstanden, worauf es auf einem guten Pferdegestüt ankommt. Er ist mir hilfreich zur Hand gegangen. Ich habe ihm dafür ein paar Geheimnisse im Umgang mit schwierigen Rappen verraten.«

Nun kam der Angesprochene seinerseits auf mich zu und streckte mir seine kräftige Hand entgegen.

»Ich bin George, der neue Hufschmied auf dem Hof deines Onkels. Dein Onkel lässt dir viele Grüße ausrichten. Er erwartet uns noch vor Mittag zurück. Während wir auf dich gewartet haben, war James so freundlich, mir die Ställe zu zeigen. Als Hufschmied bin ich immer neugierig, wie die heißen Eisen auf anderen Gütern geschmiedet und angepasst werden.«

George schüttelte immer noch meine Hand, nachdem er geendet hatte. Es schien sehr aufregend für ihn zu sein, dem Neffen seines Lohnherrn auf der einen Seite und einem echten Lord auf der anderen Seite gegenüberzustehen. Er war fast einen Kopf kleiner als ich. Seine kurzen, rotblonden Haare standen wirr nach allen Seiten ab und verliehen ihm einen jungen, übermütigen Ausdruck, auch wenn er in Wirklichkeit sicher einige Jahre älter war als ich. Sein freundliches Lächeln und seine himmelblauen Augen trugen zusätzlich dazu bei, dass ich ihn sofort sympathisch fand. Als er merkte, dass er noch immer meine Hand schüttelte, ließ er sie abrupt los, lachte verlegen und setzte sich wieder. Dabei nahmen seine Ohren eine deutlich rote Farbe an.

Ich zweifelte keinen Moment daran, dass James der Grund für Georges Verwirrung war. Das zufriedene Grinsen des Dieners war mir nicht entgangen, als ich die Küche betreten hatte. Sicher hatte er das angefachte Feuer und sein glühendes Eisen in dem prallen Arsch des Hufschmieds abgekühlt, sobald dieser ihm mit seinen kräftigen Unterarmen zur Hand gegangen war. Nun rutschte George sichtlich unruhig auf seinem Allerwertesten hin und her und warf James versteckte Blicke zu, während ich mich über das reichhaltige Frühstück hermachte. Auch Brian hatte längst begriffen, was hier lief.

»Geht ihr schon los und macht die Pferde fertig«, sagte er nach einer Weile. »Wir kommen gleich nach.«

James und Georg verzogen sich freudestrahlend.

»Die beiden scheint es wohl erwischt zu haben«, bemerkte Brian grinsend.

»Genauso wie uns«, pflichtete ich ihm bei, nahm seine Hand, drückte sie fest und sah tief in seine wunderschönen Augen. Eine ganze Weile sahen wir uns wortlos an, bis ich irgendwann leise hervorbrachte: »Ich muss jetzt los.«

»Wann kommst du wieder, Tom?«, fragte Brian, mit gedämpfter Stimme, sichtlich um Fassung bemüht.

»Sobald ich kann. In spätestens drei Tagen hast du Nachricht von mir.«

Nun versagte auch mir die Stimme. Ich zog Brian in meine Arme und küsste ihn leidenschaftlich.

»Ich verspreche es. Ich mache mich auf den Weg, sobald es nur möglich ist.«

Gemeinsam gingen wir nach draußen. James und George lösten sich gerade aus einer innigen Umarmung, als wir den Hof erreichten. James fuhr dem Hufschmied offenherzig durch die wirren Haare.

»Bis bald, George«, hörte ich ihn flüstern, als er ihm in den Sattel half.

Zum Abschied blickten mein Begleiter und ich uns beide ein letztes Mal um. Brian und James standen nebeneinander und sahen uns mit betrübtem Gesichtsausdruck hinterher. Dann setzten sich unsere Pferde in Trab.

Auf dem Weg war George in Gedanken versunken und redete kaum ein Wort. Und auch mir war nicht nach einer Unterhaltung. Zu viele verwirrende Gedanken schwirrten in meinen Kopf umher. Als wir eine Stunde später die Stadt und schließlich das Haus meines Onkels erreichten, stand Walter bereits auf der Freitreppe zum Eingang und kam uns freudig entgegen.

»Tom!«, rief er schon von Weitem. »Geht es dir gut? Bist du verletzt?«

Als wir vor ihm zum Stehen kamen, war er ganz außer Atem. Ich war kaum vom Pferd gestiegen, da schloss er mich in die Arme.

»Mein kleiner Junge. Ich hätte mir ewig Vorwürfe gemacht, wenn dir etwas zugestoßen wäre.«

»Klein bin ich schon lange nicht mehr, Onkel Walter«, protestierte ich, drückte ihn dabei aber ebenso herzlich. »Und außer einer kleinen Beule am Kopf ist mir auch gar nichts passiert. Zum Glück hat mich der Sohn von Lord Hamilton gefunden und bei sich aufgenommen. Er hat mich gut versorgt.«

»Ich kann mir schon denken, wer die Bande losgeschickt hat«, wetterte Onkel Walter. »Die Zeiten werden immer unsicherer. Aber eins verspreche ich dir, mein Junge: Ich werde dich so schnell nicht wieder in Gefahr bringen.« Wieder drückte er mich fürsorglich an sich, um mich anschließend ins Haus zu geleiten.

Beim Mittagessen musste ich Onkel Walter alle Einzelheiten des Überfalls erzählen. Besonders interessierte ihn die Beschreibung der drei Banditen. Brian erwähnte ich erst mal nur am Rande, bestand aber darauf ihn möglichst bald besuchen zu dürfen, um mich für seine Hilfe zu bedanken. Zunächst ging mein Onkel gar nicht darauf ein, doch schon zwei Tage später, als ich gerade frühmorgens in den Pferdeställen nach dem Rechten sah, stand auf einmal George neben mir und meinte: »Ich soll dir von deinem Onkel ausrichten, dass du dem Sohn von Lord Hamilton noch Dank schuldest. Da er nicht möchte, dass du allein reitest, hat er mich beauftragt, dich zu begleiten. Also müssen wir wohl uns wohl gemeinsam auf den Weg machen.«

Ein breites Grinsen legte sich über sein Gesicht. Er erzählte, dass Onkel Walter schon mit dem ersten Morgenrot ausgeritten war und ihn zuvor angewiesen hatte, mich an meine Pflicht zu erinnern. Nun grinste auch ich:

»Ich war ohnehin gerade auf dem Weg zu dir, um dich zu fragen, ob du mit mir ausreiten willst. Da wir jetzt einen offiziellen Auftrag haben, ist es natürlich umso wichtiger, keine Zeit mehr zu vergeuden.«

»Dein Onkel ist bis morgen geschäftlich unterwegs. Falls wir es nicht schaffen rechtzeitig vor der Dunkelheit wieder zurück zu sein, sollen wir lieber über Nacht bleiben, sagt er. Für diesen Fall hat er mir einen Brief für Lord Hamilton mitgegeben.«

George winkte mit einem Umschlag zu mir hinüber.

»Na, besser geht's ja nicht. Da wird Brian aber überrascht sein«, frohlockte ich, nahm das Schriftstück an mich und fügte lachend hinzu: »Und James natürlich auch«

Wenig später saßen wir auf den Pferden. Wir konnten es kaum erwarten, unsere Freunde wiederzusehen. Es war ein herrlicher Sommertag. Die Sonne strahlte aus einem wolkenlosen Himmel und trotz der frühen Morgenstunde war es bereits drückend warm. George trieb seinen Fuchs an, als wolle er sein Ziel in der halben Zeit erreichen. Und auch mich trieb ein unbändiges Beben zwischen den Schenkel zur Eile an. So flog die breite Allee nur so an uns vorbei. Nicht mal ein Bauer, der drohend seine Forke schwang, als wir quer über sein bestelltes Feld galoppierten, konnte uns aufhalten.

Eingehüllt in eine dicke Staubwolke erreichten wir den Landsitz der Hamiltons. James überquerte gerade den Hof. Erstaunt blickte er auf, um zu sehen, wer da so stürmisch auf ihn zuritt. Als er uns erkannte, strahlte er uns mit seinen weißen, makellosen Zähnen an.

»George! Tom! Welch eine Überraschung«, rief er. »Kommt rein. Ihr seht ja aus, als hätte euch der Teufel gejagt. Eure Staubwolke war schon von Weitem zu sehen. Ihr müsst durstig sein.«

Übertrieben sorgfältig klopfte James den Staub von Georges Jacke und Hose und sah ihm dabei immer wieder verschmitzt lächelnd in die Augen. Ich musste mich derweil selbst vom Schmutz befreien.

»So, jetzt kann ich euch hereinführen. Später dann vielleicht noch ein erfrischendes Bad?« Bei dieser Frage sah James mich augenzwinkernd an. Er hatte uns in die Mitte genommen und schob uns ins kühle Erdgeschoss des Hauses. Brian rannte freudestrahlend die große Freitreppe herunter.

»Ich hab euch schon gehört. Was für eine Freude, euch wiederzusehen.«

Stürmisch empfingen mich seine starken Arme und ebenso stürmisch drückte er mir seine heißen Lippen auf den Mund. Etwas überrascht, dass Brian mich so offen vor James und George begrüßte, zögerte ich kurz, bis auch ich meine Arme um ihn schlang und ihn ebenso herzlich an mich drückte. Diesmal war es James, der sofort begriff: »Ich wollte George noch unser neues Fohlen zeigen«, rettete er die Situation. »Wir sehen uns dann später beim Essen.«

Brian nickte ohne von meinen Lippen abzulassen. James und George waren schon längst lachend über den Hof verschwunden, als wir uns aus unserer innigen Umarmung lösten.

»Ich habe dich so sehr vermisst, Tom«, gestand Brian atemlos. »Die letzten zwei Tage erschienen mir wie eine Ewigkeit. Jede Stunde war eine Qual für mein Herz.«

»Mir ging es genauso. Aber schneller konnte ich nicht kommen. Onkel Walter hatte viel Arbeit für mich. Dafür kann ich heute Nacht bei dir bleiben.« Freudestrahlend zog ich den Umschlag aus der Tasche. »Ich habe einen Brief für deinen Vater dabei. Onkel Walter bedankt sich darin noch einmal für deine heldenhafte Tat und bittet deinen Vater für diese Nacht um eine sichere Unterkunft.«

»Dein Onkel ist wirklich ein sehr umsichtiger Mensch. Aber meinen Vater können wir leider nicht fragen. Er ist schon wieder zu seinen Ländereien unterwegs. Als sein Stellvertreter werde ich dir also noch einmal in meinen bescheidenen Räumen eine sichere Nacht gewähren müssen. Am sichersten wird es wohl sein, wenn ich dich ganz in meiner Nähe behalte und in meinem eigenen Zimmer unterbringe.«

»Ich danke Eurer Lordschaft für das großzügige Angebot«, erwiderte ich mit einer förmlichen Verbeugung.

»Ihr werdet sehen, ich werde mich Eurer Gastfreundschaft würdig erweisen und sie Euch gebührend zu danken wissen.«

»Das hoffe ich, Tom. Ich kann es kaum erwarten.«

Wieder drückte Brian mich an sich. Dieses Mal spürte ich deutlich seinen harten Schwanz gegen meinen Oberschenkel drücken.

»Aber noch ist etwas Zeit«, flüsterte er mir ins Ohr. »Ich will dir vorher unbedingt noch etwas zeigen. Drüben im Wald, nicht weit von hier, gibt es eine kleine Hütte. Dort habe ich für uns einen kleinen, versteckten Platz gefunden, an dem wir uns in Zukunft ungestört treffen können. Ich packe nur noch schnell die Satteltaschen. Jetzt, wo George hier ist, brauche ich James damit wohl gar nicht erst zu beauftragen. Mach du doch schon einmal die Pferde fertig. Dann können wir den ganzen Nachmittag im Wald verbringen.«

Schon war Brian verschwunden, und hantierte in der Küche, um den Proviant zu verstauen. Also machte ich mich auf den Weg zu den Stallungen, um die Pferde zu satteln. Gerne hätte ich Brian sofort meine Dankbarkeit bewiesen und den dicken Schwanz aus seiner Hose befreit. Mit meiner ungeduldigen Zunge hätte ich ihn so lange verwöhnt, bis er mich angefleht hätte, endlich seinen Riemen in meinen heißen Mund stecken zu dürfen. Bei diesem Gedanken zogen sich meine Eier zusammen und mein Lustpfahl zuckte in den viel zu engen Beinkleidern hoch. Auf dem Weg zum Stall versuchte ich meine Gedanken wieder zu beruhigen, doch die Vorstellung, bald Brians Haut auf meiner zu spüren, seinen Duft wie ein betörendes Rauschmittel einzuatmen ließ mich nicht los und machte das Laufen mit dem steifen, pochenden Schwanz in meiner Hose fast unmöglich. Unwillkürlich musste ich schmunzeln. Einem Beobachter, der mich von hinten über den Hof hätte gehen sehen, wäre mein schaukelnder Gang sicherlich sehr absonderlich vorgekommen.

Die großen Tore in der Mitte des langgestreckten Stallgebäudes standen weit offen. Als ich eintrat, scharrten die Pferde in den Boxen unruhig mit den Hufen, schnaubten durch ihre geblähten Nüstern. Ich hoffte, einen Stallburschen anzutreffen, der mir beim Satteln der Pferde behilflich sein könnte. Suchend blickte ich nach rechts und links den Gang entlang. Zu beiden Seiten gab es jeweils zehn Pferdeboxen, fast alle von großen, prachtvollen Hengsten besetzt. Doch ein Gehilfe, der mir zur Hand gehen konnte, war nicht in Sicht. Da hörte ich aus dem hinteren Bereich an der rechten Seite ein leises Fluchen. Loses Stroh flog durch ein offenes Boxengatter auf den Gang, es folgte ein merkwürdiges Schnaufen. Zielstrebig schritt ich den Gang hinunter. Gerade als ich die Box erreichte, hörte ich eine tiefe Männerstimme: »Jetzt geht es besser. Bleib so. Aaahhh … Jaa … Endlich!«

Es folgte ein lautes Stöhnen. Was sich meinem Blick dann darbot, konnte ich zunächst kaum glauben. Der herrschaftliche Diener James kniete nackt auf allen Vieren, sein Gesicht war der äußeren Stallwand zugewandt. Und hinter ihm: George, der Hufschmied meines Onkels. Breitbeinig, halb gehockt, den Oberkörper kerzengerade aufgerichtet schob er in diesem Moment seinen harten Hammer in James' Arschloch. Sein starker Rücken mit dem prallen Hintern bewegte sich vorsichtig auf James zu, bis die weit herunterhängenden Eier dessen Hintern berührten. Daraufhin zog George sich behutsam wieder ein Stück zurück, um dann erneut zuzustoßen. In gemächlichem Tempo arbeiteten seine Lenden weiter. Die kräftigen Beine mit den strammen Waden wurzelten fest wie Baumstämme auf dem Boden und bewegten sich kaum, das Becken dagegen schwang federleicht vor und zurück und trieb seinen harten Bolzen voran. Wieder wanderte mein Blick von den schmalen Hüften aufwärts, auf denen der eindrucksvollste Rücken thronte, den ich je gesehen hatte. Rechts und links der Wirbelsäule wölbten sich breite Muskelberge bis hinauf zu den starken Schultern. Der massive Nacken und die gestählten Arme verliehen diesem Hufschmied die Anmut einer antiken Statue. Seine verschwitzte Haut glänzte im staubigen Zwielicht, seine weißen Halbkugeln hoben sich durch eine scharf abgegrenzte Linie deutlich von der sonnengebräunten Rückenmuskulatur ab.

»So wolltest du es doch, oder?«, grunzte George zufrieden.

Die Antwort war ein unverständliches Schnaufen.

»Dann können wir jetzt von Schritt zum Trab wechseln?«

Wieder gab James nur ein zustimmendes Schnaufen zurück, das augenblicklich zu einem erstickten Keuchen wurde, als George seinen Hammer schneller in dem engem Loch versenkte. Erst jetzt sah ich, dass ein dicker, geflochtener Lederriemen zwischen James' Zähnen klemmte, dessen Enden George um sein linkes Handgelenk gewickelt hatte. Er hielt die eigenartige Trense wie ein geübter Reiter und jedes Mal wenn er seine Lenden nach vorne schob, zog er gleichzeitig das Zaumzeug stramm, um James mit mehr Nachdruck auf seinen Schwanz zu ziehen. Der Diener schien diese Behandlung zu genießen. Sein Keuchen und Ächzen wurde immer rauer und fordernder. Als George mit der Rechten auch noch eine lange Gerte über den verschwitzen Rücken seines Reittiers streichen ließ, erzitterte James am ganzen Körper. Sanft führte der Schmied den Stab über die Muskeln, lenkte das breite Ende geschickt ab, um dann seitlich hinabzuwandern und über die Brustwarzen zu reiben. Plötzlich richtete James sich ruckartig auf.

»Nicht so stürmisch, junger Hengst«, rief der Rittmeister zur Ruhe. »Oder gefällt dir unsere erste Reitstunde nicht? Schön brav weiter im Trab!«

Damit strich er mit dem Stock den hastig atmenden Bauch hinab. Abwechselnd schob er die Gertenspitze rechts und links an dem zuckenden Schwanz vorbei, schlug vorsichtig auf die sich zusammenziehenden Eier. Dabei schob er das Teil gerade so weit, dass er auch seinen eigenen Hammer traf, der sich daraufhin mit noch mehr Nachdruck tief in James' Hintern bohrte.

Längst hatte ich meinen eigenen Schwanz aus der engen Hose befreit und rieb den pochenden Schaft. Mit dem Rücken an die gegenüberliegende Boxentür gelehnt, genoss ich unbemerkt den Anblick der beiden kraftstrotzenden Männer vor mir. George wechselte nun vom leichten Trab in den Galopp. Bebend schleuderte er seine Lenden gegen James' heißen Lustpunkt. Seine Beine zitterten leicht, das Zaumzeug und die Gerte hatte er fallenlassen, seine mächtigen Hände packten James' Schultern. Der Diener bäumte sich auf wie ein steigender Hengst. Es hätte mich nicht gewundert, wenn aus seinem lustvollen Ächzen ein lautes Wiehern geworden wäre. Gerade steigerte der Reiter sein Tempo noch mehr, als ich plötzlich Brians Stimme hörte. Er rief meinen Namen. Kurz darauf tauchte er im Gang des Reitstalls auf. Verschwörerisch legte ich einen Finger an meine Lippen, um ihn zum Schweigen zu bringen. Verblüfft sah er mich an. Er hatte wohl kaum damit gerechnet, mich mit einer Hand am Mund und mit der anderen an meinem steifen Riemen vorzufinden. Ich winkte ihn heran und deutete auf das offene Gatter vor mir. Vorsichtig schob Brian sich neben mich. Es erging ihm ähnlich wie mir, als ich die beiden Lustreiter entdeckt hatte – er machte ein verdutztes Gesicht. Doch er erholte sich schnell von der Überraschung. Sein Blick wanderte hinunter zu meinem harten Schwanz. Er grinste, löste sanft meine Hand von dem steifen Prügel und schloss nun seinerseits die Finger um meinen zuckenden Schaft.

Ein tierisches Dröhnen lenkte unsere Aufmerksamkeit zurück zu den beiden Männern in der Pferdebox. James bäumte sich auf, legte den Kopf weit in den Nacken, schrie und krallte seine Hände in Georges Hintern. Der hatte seine Arme um James geschlungen, zwirbelte dessen Brustwarzen und pumpte seinen Schwanz zügellos in die willige Höhle.

»Ja … Fester … Tiefer…«, forderte James. »Stoß mir dein heißes Eisen in den Arsch und zeig mir, wie ein Hufschmied sein Pferd beschlägt.«

Die prallen Rundungen vor uns erzitterten. Der Hüne hielt kurz in seiner Bewegung inne, dann schoss er mit einem langen, tiefen Stoß seinen Saft in James' Hintern. Deutlich zuckten die Muskeln seiner Halbkugeln, ein kehliges Stöhnen drang aus seinem Mund. Die Hände des Dieners krampften sich in das weiße Fleisch des Hufschmieds. Dann schleuderte auch James in einem imposanten Höhepunkt all seine aufgestauten Kräfte heraus. Heller Samen flog an die Wand vor ihm und klatschte an den dunklen Putz, wo er in breiten Rinnsalen nach unten floss. James' gesamter Körper zuckte und erbebte immer wieder vor nicht enden wollender Lust. Er ließ sich gegen seinen Reiter fallen. Sein hastiges Keuchen verebbte nur langsam.

Gleichzeitig bückte Brian sich über meinen Schwanz. Gerade noch rechtzeitig. Er schob mein Teil weit in seinen Mund und schluckte lautlos den Saft meiner explodierenden Eier. Mein aufsteigendes Stöhnen erstickte ich, indem ich mir meine Faust in den Mund presste. Nachdem ich mich ein wenig beruhigt hatte, kam Brian hoch und flüsterte in mein Ohr: »Lass uns gehen. Die beiden brauchen jetzt bestimmt eine Weile ihre Ruhe.«

Tatsächlich lag George dicht neben James. Sanft streichelte er über den Rücken des Freundes, der es sich, sichtlich erschöpft, aber zufrieden, auf dem Boden bequem gemacht hatte. Lautlos schlichen Brian und ich zurück auf den Hof.

»Eine ziemlich ungewöhnliche Reitstunde haben die beiden da hinter sich gebracht«, sagte ich gedämpft.

»James scheint es aber gefallen zu haben. Und du hattest doch auch deinen Spaß dabei«, erwiderte Brian etwas vorwurfsvoll. Er schob mich gegen die nächste Mauer. Seine Zunge drängte in meinen Mund. Sie schmeckte noch immer nach meinem Samen. Vor allem aber spürte ich Brians zuckenden Schwanz gegen meine Lenden klopfen.

»Sollten wir jetzt nicht zu deinem Versteck reiten?«, unterbrach ich ihn. Mein Herz schlug mir vor Erregung bis zum Hals.

»Wenn wir jetzt die Pferde satteln, stören wir die beiden doch nur. Außerdem kann ich nicht mehr so lange warten.« Dabei drückte Brian mit der Hand seinen harten Schwanz durch den Stoff seiner Hose und verzog schmerzvoll das Gesicht.

»Und du kannst es doch auch nicht mehr erwarten, oder?«

Tatsächlich regte sich auch mein Riemen schon wieder. Unruhig pochte er in der Hose.

»Komm mit«, flüsterte Brian. Er lief an der Längsseite des Stalls entlang. Einige Pferde streckten neugierig ihre langen Hälse aus den Boxen. Ein schwarzer Hengst sah Brian hinterher, spitzte die Ohren, dann blickte er mich an, als wolle er sagen: »Worauf wartest du noch?«

Brian verschwand hinter der nächsten Mauer. Eilig folgte ich ihm, doch als ich um die Ecke bog, war er wie vom Erdboden verschwunden. Irritiert blieb ich stehen und sah mich um. Weiter hinten lag die Koppel für die Pferde, auf der anderen Seite gab es nur weite Wiesen. Den zurückliegenden Waldrand konnte er unmöglich schon erreicht haben. Irgendwie fühlte ich mich beobachtet. Da entdeckte ich plötzlich eine Leiter, die an der Stirnseite des Stalls lehnte. Mein Blick folgte den Sprossen nach oben. Dort stand Brian. Ungeniert und vollkommen nackt lehnte er lässig an einer der offenen Giebelluken, die sich den großen Dachstuhl entlangzogen.

»Wo bleibst du denn nur?«, grinste er zu mir hinunter, drehte sich um, zeigte mir frech seinen strammen Hintern und verschwand aus meinem Sichtfeld. Zwei Sprossen auf einmal überspringend stürmte ich die Leiter hinauf. In der Dunkelheit des riesigen Dachbodens konnte ich zunächst nichts erkennen. Orientierungslos blinzelte ich in das Schummerlicht hinein, als auf einmal von weiter hinten Brians Ruf ertönte: »Hier bin ich, mein Geliebter!«

Zum ersten Mal hatte er dieses Wort benutzt. Es klang seltsam und vertraut zugleich. In Gedanken hatte ich ihn schon oft so genannt, wenn er in meinen Armen gelegen und mit seinen blauen Augen zu mir hochgesehen hatte. Doch nun hatte er es ausgesprochen. Und es hörte sich richtig an. Ich war sein Geliebter. Das aus seinem Mund zu hören bedeutete, dass ein Teil von mir ab jetzt zu ihm gehörte. Genauso gehörte ein Teil von Brian von nun an zu mir. Dieser eine Ruf erzeugte ein warmes und prickelndes Gefühl, das vom Herz aus meinen ganzen Körper durchflutete. Ich atmete ruhig und tief aus. Wieder suchte mein Blick das Halbdunkel des Heubodens nach dem Liebsten ab. Endlich erkannte ich ihn. Brian saß in einem großen, alten Schaukelstuhl. Ein Bein lässig über die Lehne geschwungen, das andere auf dem Boden abgestützt, wiegte er sich langsam hin und her. Eine Hand hatte er hinter den Kopf gelegt, die andere strich verführerisch über seinen Bauch – fast so, als ob er sich nicht entscheiden konnte, ob sie nun aufwärts zu der Brust mit den vorstehenden Knoten oder abwärts zu seinem Schwanz wandern sollte. Das Prachtstück hing lang zwischen seinen Beinen herab. Die Vorhaut war schon halb zurückgeschoben. In freudiger Erwartung auf die nächsten Stunden sah mich der dicke Schwanzkopf hungrig und leicht bebend an.

»Ist das nicht eine grandiose Aussicht hier. Komm her, ich liebe es, hier zu sitzen und den Fernblick zu genießen.«

»Alles, was ich sehen will, liegt vor mir«, entgegnete ich lüstern. »Warum in die Ferne schweifen, wenn das Gute so nahe liegt?«

Langsam ging ich auf Brian zu. Beiläufig streifte ich unterwegs meine Schuhe ab. Auch die Hose rutschte im Gehen wie von selbst nach unten. Ich schaffte es, ohne zu stolpern aus ihr herauszusteigen. Die Hemdknöpfe flogen auf, dann stand ich nackt vor Brian. Seine Augen verengten sich, als würden sie einen unbekannten Gegenstand das erste Mal begutachten. Unbewusst leckte er sich mit der Zunge über seine sinnlichen Lippen. Ein zaghaftes Seufzen drang aus dem leicht geöffneten Mund. Ohne ein weiteres Wort stellte ich mich hinter den Schaukelstuhl, stützte mich mit verschränkten Armen auf die hohe Lehne und flüsterte: »Von welcher Aussicht hattest du gerade gesprochen?«

»Ich ... äh ... Ich wollte nur ... « Verwirrt suchte Brian nach Worten. Dann fasste er sich und zeigte mit ausgestrecktem Arm auf die offene Giebelseite: »Du solltest dir nur einmal das da ansehen.«

Ich sah auf. Was ich erblickte glich jenen Landschaftsgemälden, die gerade so in Mode waren und die in keiner guten Stube eines wohlhabenden Bürgers fehlen durften. Eingerahmt von den massiven, schwarzen Eichenbalken des Dachstuhls, breitete sich die für Plymouth typische, sanfte Hügellandschaft im Licht der Nachmittagssonne vor uns aus.

»Wenn ich einmal Ruhe brauche von dem Trubel auf dem Gut, komme ich hierher«, gestand Brian. »Sieh doch, diese sanften, grünen Hügel.«

Meine Hände rutschten behutsam auf seine Schultern und strichen langsam an den kräftigen Oberarmen entlang.

»Ja, ich kann sie fühlen«, antwortete ich leise.

»Dort rechts kann man noch die Ausläufer der Berge von Venton mit ihren kahlen Felsspitzen erkennen.«

Meine Hände wanderten weiter zu den vorstehenden Kuppen auf der gewölbten Brust. Vorsichtig drückte und rollte ich die empfindlichen Brustwarzen zwischen meinen Fingern. Brians Atem ging schneller. Er rutschte hoch und kam mir mit dem Oberkörper entgegen. Dabei stöhnte er wohlig unter meiner Behandlung.

»In dem kleinen Wäldchen unterhalb der Berghänge steht die Hütte, die ich dir eigentlich zeigen wollte. Dort können wir uns immer ungestört treffen. Wenn du genau hinsiehst, kannst du hinter dem dichten Blattwerk sogar die roten Dachschindeln erkennen.«

Ich sah nur kurz auf. Zielsicher fanden meine Augen die beschriebene Stelle.

»Besonders dicht finde ich den Wald hier aber nicht«, raunte ich dann und bezog mich schon wieder auf Brians Körper, auf dem meine Hände zärtlich durch die kurzen Brusthaare kraulten und dann der feinen Linie zum Bauchnabel folgten.

»Der kleine See zwischen den Hügeln dort mündet weiter unten ins Meer«, beschrieb Brian weiter das Panorama, während meine Finger nun die Landschaft links und rechts seiner Bauchmitte erforschten. Zart strich ich über jede Erhebungen und glitt in jede Mulde, bis die kleinen Muskelberge unter meinen Berührungen regelrecht erzitterten.

»Kurz vor den Klippen, steht auf einer Anhöhe der große Leuchtturm. Sobald es dunkel wird, entzündet man dort das Leuchtfeuer, um den Schiffen die sichere Hafeneinfahrt zu ermöglichen.«

Auch ich hatte längst meinen großen Leuchtturm erblickt. Stolz ragte er unterhalb von Brians Nabel in die Höhe und warf einen langen Schatten auf seinen Bauch. Die tief stehende Sonne tauchte ihn in goldenes Licht, sodass die Turmspitze schon jetzt leuchtete, obwohl es noch nicht dunkel war. Und auf dem höchsten Punkt des emporsteigenden Schwanzes glitzerte wie frischer Tau ein flüssiger Diamant.

Überrascht hielt Brian den Atem an, als das Kleinod mit der Zunge berührte. Ich hatte mich zwischen seine Beine gekniet, und leckte von der Spitze der pulsierenden Eichel langsam weiter abwärts, den langen Riemen hinunter.

»Oh, Tom«, seufzte Brian. «Das ist die schönste aller Aussichten.«

Ich sah zu ihm hoch. Sein strahlendes Lächeln erwärmte mein Herz. Sichtlich genoss er den Anblick, wie ich seinen steifen Hammer mit der Zunge verwöhnte. Eifrig züngelte ich weiter um diesen imposanten Leuchtturm herum, bis ich sein Fundament erreichte. Der Hodensack zog sich unter meinen Vorstoß zusammen. Gierig versuchte ich beide Eier in meinen Mund zu nehmen, was mir aber leider nicht gelang. Ein herber männlicher Duft stieg mir in die Nase, den ich tief in mich aufsog. Meine Nüstern öffneten sich und ein wildes Knurren drang aus meiner Kehle.

Brians Beine bebten. Ich hatte meine Hände an seine schmalen Hüften gelegt und er ließ mich sein Hinterteil widerstandslos weiter nach vorne ziehen. Weit spreizte ich seine Beine auseinander und legte sie auf die Stuhllehnen. Bereitwillig zeigte Brian mir seine verlockende Lustpforte.

»Du hast recht«, raunte ich gedämpft. »Es gibt hier wirklich herrliche Aussichten zu entdecken.«

Der Hauch meines Atems ließ ihn erschauern. Als ich meine Zungenspitze auf die sensible Haut setzte, zuckte der Eingang herausfordernd. Wie gebannt drang ich weiter vor. Eine heiße Ewigkeit schien zu vergehen, bis ich plötzlich, wie durch einen Nebel, mehrmals meinen Namen hörte und mich von der feuchten Pforte löste.

»Tom … Tom … Ich halt das nicht mehr aus.«

Keuchend und schweißüberströmt lag Brian im Schaukelstuhl. Seine Hände zitterten, sein pulsierender Schwanz tanzte wild auf und ab.

»Bitte nimm mich«, flehte er. »Ich will deinen dicken Schwanz in mir spüren, Liebster.«

Gehorsam richtete ich mich auf. Dabei leckte ich über den Sack, an der Rückseite des steifen Gliedes hinauf. Meine Zunge hinterließ eine feuchte Spur, die sich an der Schwanzspitze mit dem warmen Saft vermischte, der bereits zu allen Seiten aus Brians glühendem Lustschlitz floss. Ich führte meinen harten Schwanz an seinen Leuchtturm heran, packte die beiden Riemen mit einer Hand und verteilte den überquellenden Nektar auf meinem Schaft. Mit der anderen Hand stützte ich mich auf der Lehne ab. Gierig begann meine Zunge, seine spitzen Brustwarzen zu umkreisen. Brian knabberte an meinem Ohr.

»Du machst mich so glücklich. Ich will immer mit dir zusammen sein. Dieser Augenblick ist nur für uns.«

Ein stechender Schmerz ließ mich zusammenzucken. In seinem Übermut hatte Brian mir ins Ohrläppchen gebissen. Sofort nahm er meinen Kopf fest in die Hände und führte ihn sanft zu seinem Mund. Als unsere Lippen sich berührten, schmeckte ich einen Blutstropfen. Aufgewühlt und überwältigt von Gefühlen küssten wir uns voller Leidenschaft. Hemmungslos genoss ich das Aroma der süßen Liebe, die wir einander entgegenbrachten. Unbeherrscht saugte ich an seinen sinnlichen Lippen, bis der Kuss plötzlich zum zweiten Mal nach Blut schmeckte – diesmal nach Brians. Auf diese ganz besondere Weise schlossen wir Blutsbrüderschaft. Mir war klar, dass dieser Moment unser beiden Leben für immer verändert hatte.

Erst als meine Beine zu zittern begannen, löste ich mich wie berauscht aus der innigen Umarmung.

»Bekommst du etwa weiche Knie?«, fragte Brian, der belustigt zusah, wie ich mich aufrichtete und versuchte wieder gerade zu stehen.

»Ich habe eher das Gefühl mein Rücken bricht gleich durch. Und meinen Knien tut es auch nicht gerade gut, so lange vor dir zu kauern«, gab ich zu. »Obwohl ich die Aussicht sehr anregend fand und sie Lust auf mehr macht.«

Meine Zunge fuhr unwillkürlich über meine Lippen und hinterließ eine spürbar nasse Spur. Mein Schwanz ragte noch immer kerzengerade nach oben. Aufgeregt zuckte er hin und her.

»Dann habe ich jetzt genau das Richtige für dich«, schlug Brian begeistert vor. Mit Schwung sprang er aus dem Stuhl, wohl auch um mir deutlich zu machen, dass er mehr Einsatz von mir erwartete und keine Klagen über irgendwelche Wehwehchen hören wollte. Frech grinste er mich an. Sein steil vom Körper abstehender Hammer wippte dabei verwegen auf und ab. Draußen war die Sonne schon halb hinter den Hügeln verschwunden. Im dämmrigen Licht verblassten die Farben der Wälder und Wiesen allmählich. Allerdings hatte ich sowieso nur Augen für Brian. Der drehte nun den Schaukelstuhl um, sodass dieser der Giebelöffnung die Rückseite zuwandte. Dann kniete er sich auf die Sitzfläche und stützte seinen Oberkörper gegen die Lehne.

»Nun musst du dich entscheiden. Welche Aussicht ist dir lieber? Diese herrliche Idylle im Sonnenuntergang?« Mit einer ausladenden Geste zeigte er auf die vor ihm liegende Landschaft. »Oder findest du dieses Stück Natur hier interessanter?«

Damit streckte er mir das Hinterteil entgegen und zog seine beiden leuchtenden Arschbacken einladend mit den Händen auseinander. Als er sich zu mir umsah, funkelten seine Augen wie die einer Wildkatze bei Nacht. Ich spielte das Spiel mit. Mit einer Hand kratzte ich mich übertrieben nachdenklich am Kinn, mit der anderen rieb ich beiläufig meinen harten Schwanz.

»Keine einfache Entscheidung«, zögerte ich und trat übertrieben langsam hinter ihn. Brian versuchte mich zu beeinflussen, indem er aufreizend mit dem Hinterteil wackelte.

»Aber vielleicht muss ich auch gar nicht wählen!«

Die pralle Spitze meines feuchten Kolbens zielte nun genau auf Brians zuckenden Eingang. Erwartungsvoll umfassten meine Hände seine Lenden.

»Ich wusste du würdest das Richtige tun«, stöhnte mein Blutsbruder, als meine Eichel gegen seine empfindliche Stelle stieß.

»Viel besser als sehen ist doch fühlen, oder?«, fragte ich Brian.

Ein lang gezogenes »Jaaahh« gefolgt von einem zufriedenen Knurren war die Antwort. Also packte ich seine Hüften fester und zog sie ruckartig zu mir heran. Meine Schwanzspitze sprengte seine aufnahmebereite Pforte auf Anhieb. Mühelos schob sich die pralle Eichel in das warme Versteck.

»So ist es gut«, grunzte ich erleichtert. »Dort wollte ich schon die ganze Zeit hin, Liebster.«

Diesmal war das magische Wort aus mir herausgesprudelt. Einfach so. Plötzlich und unerwartet traf mich die Erkenntnis, dass ich diesen Mann tatsächlich liebte. Mein Herz schien in meiner Brust zu zerspringen. Ein süßer Schmerz, den ich noch nie erlebt hatte, durchströmte meinen Körper. Warme Wellen unbeschreiblicher Glücksgefühle breiteten sich in mir aus. Ja, ich war verliebt. Ein wohliger Seufzer entfuhr mir. Entsprungen in meinen brennenden Lenden, emporgehoben durch meinen bebenden Bauch, ermutigt von meinem klopfenden Herzen und herausgetragen vom Triumph der Lust, bahnte er sich seinen Weg aus meiner Kehle.

»Ich liebe dich, Brian.« Es war nur eine gehauchte Liebeserklärung, aber er hatte sie verstanden. Seine blauen Augen blickten sich um. Auch sie spiegelten eine grenzenlose Liebe wider. Sein bezauberndes Lächeln traf mich wie Amors Pfeil, gemeinsam mit einem geflüsterten »Ich dich auch, Tom«.

Sanft schob ich Brians Hintern wieder von mir weg. Mein harter Schwanz kam wieder zum Vorschein. Seine dunkle Haut hob sich deutlich von den beiden weißen Halbkugeln ab. Vor allem die dicken Adern konnte ich von oben gut erkennen. Ob Zufall oder Absicht – Brian hatte sein Gewicht so auf dem Schaukelstuhl verteilt, dass mir sein Arsch ohne mein Zutun, selbstständig wieder entgegenkam. Auch als ich ihn erneut von mir fortschob, sank er einfach auf meinen strammen Riemen zurück. Ich wiederholte dieses Spielchen eine Weile lang. Zwischendurch ließ ich ab und an eine Portion Speichel auf meinen Schwanz klatschen, wonach ich jedes Mal das Tempo ein wenig steigerte. Der Schaukelstuhl quietschte bereits gefährlich, wurde aber noch von Brians lautem Jauchzen übertönt. Wie ein kleiner Junge, der eine neue Entdeckung gemacht hatte, wippte er immer wilder auf und ab. Ich brauchte ihn nicht mal mehr zu halten. Es reichte, dass ich ihm meinen harten Hammer hinhielt. Schwungvoll federte er vor und zurück und rieb sich wollüstig an meinem Pfahl. Sein Rücken glänzte. Schweißtropfen rannen wie ein kleiner Bach an seiner Wirbelsäule hinab, zwischen seine Arschbacken, direkt auf meinen Kolben, um ihn noch besser zu ölen.

»Ich könnte stundenlang so weitermachen«, juchzte Brian überschwänglich. »Dein fetter Kerl fühlt sich prächtig an in meinem Hintern.«

Mit Schwung ließ er sich noch weiter zurückfallen, um mich noch tiefer in sich zu spüren.

»Ich weiß nicht, ob ich das noch lange aushalte«, gab ich keuchend zu bedenken. »Ich glaube, mein bestes Stück glüht bereits und wird in Kürze Feuer fangen.«

Da ich die Hände frei hatte, packte ich meine Brustwarzen und knetete sie kräftig. Immer fester zog und zerrte ich an den dicken Knoten. Mein Schwanz antwortete, indem er kräftig zuckte und Brian dadurch noch mehr reizte.

»Sieh dir die Landschaft an, das lenkt dich ab«, schnaubte Brian in flehendem Tonfall. »Ich will noch mehr von dir spüren.«

Kühle Abendluft kam mir entgegen, als ich den Kopf hob und in die Dämmerung hinaus schaute. Die Umrisse der weiten Hügelkette waren kaum noch zu erkennen. Die Sonne war längst hinter dem Horizont verschwunden. Nur der Himmel leuchtete noch immer in schwachem Dunkelrot. Doch der Reiz, den Brians enger Hintern auf meinen aufgeblähten Schwanz ausübte, war einfach zu stark. Ein Beben erschütterte meinen ganzen Körper. Meine Beine zitterten und drohten unter mir einzuknicken. Krampfhaft umfasste ich Brians Lenden und stieß meinen Hammer so fest in seinen Arsch, dass meine Eier schmerzhaft dagegen schlugen.

»Sieh nur«, rief Brian außer Atem. »Das Leuchtfeuer von Plymouth wird entzündet.«

Gerade als ich in der Ferne die Flammen emporlodern sah, bahnte sich mein heißer Saft den Weg von den Eiern durch meinen zuckenden Hammer. Ich brannte von innen heraus wie Feuer. Einen Augenblick glaubte ich sogar, meine Haut würde glühen wie eben noch die rote Abendsonne. Unbändige Hitze sammelte sich in meiner Schwanzspitze und mit einem animalischen Brüllen schleuderte ich meine Glut heraus in Brian Hintern. Eine Woge folgte der nächsten, ein Schrei dem anderen. Schwer atmend sank ich auf Brians Rücken.

Als ich meine Augen wieder öffnete, schien eine Ewigkeit vergangen zu sein. Wir hatten uns auf den Boden sinken lassen. Meine Beine hätten mich nicht länger getragen. Noch immer pochte mein Herz laut in meiner Brust, doch es beruhigte sich allmählich. Auch Brians Atem ging wieder langsamer. Tiefe Dunkelheit umfing uns. Nur in der Ferne sandte der Leuchtturm sein Licht nach allen Seiten aus, um die Schiffe sicher über das Meer zu geleiten.

»Das war wunderschön«, sagte ich leise zu Brian.

»Ja, das war es. Noch nie habe etwas so Heißes, Animalisches und gleichzeitig Beglückendes erlebt«, erwiderte Brian ernsthaft. Und als ob er meine hochgezogenen Augenbrauen in der Dunkelheit erahnt hätte, fügte er nochmals hinzu: »Ja, du machst mich wirklich glücklich!«

Liebevoll nahm ich ihn in die Arme und küsste seine Lippen. Ja, dachte ich, auch er macht mich glücklich. Wir ließen unseren

Gefühlen freien Lauf und lagen noch lange eng umschlungen beieinander. Erst als die kühle Nacht zum Aufbruch mahnte, suchten wir unsere verstreuten Kleider zusammen. Wir stiegen die steile Leiter hinab und versuchten den Hof so leise wie möglich zu überqueren, um die Pferde nicht in ihrem verdienten Schlaf zu stören. Über dem Herrenhaus hielt ein eingedellter Mond, der hinter langsam vorbeiziehenden Wolkenbergen hervorschielte, seine einsame Wache.

Unbemerkt erreichten wir den Seiteneingang des Hauses. Als wir in den dunklen Flur kamen, gab Brian mir seine Hand. Mit schlafwandlerischer Sicherheit führte er mich die Treppe hinauf, vorbei an den alten Ritterrüstungen, die überall in Ecken und Wandnischen Wache hielten. Ich konnte sie nur schemenhaft erkennen, was sie allerdings umso bedrohlicher erscheinen ließ. Wir hatten unser Ziel fast erreicht, als ich aus Versehen gegen eine alte Truhe stolperte auf der ein schwerer Messingkrug stand. Der Krug schwankte erst, dann fiel er laut polternd auf den Holzfußboden. Augenblicklich wurde gegenüber eine Tür aufgerissen. Im Gegenlicht erkannte ich James, der auf der Schwelle stand und uns mit erschrockenen Augen ansah. Wie zwei ertappte Einbrecher standen Brian und ich da. James Gesichtsausdruck wandelte sich von ernster Bestürzung über leichten Ärger bis zu einem amüsierten, selbstgefälligen Grinsen, das bis zu seinen großen Ohren hinaufzureichen schien.

»Sieh an, nächtlicher Besuch! Seine Lordschaft und der genesende neue Freund geruhen doch noch aufzutauchen. Wir hatten euch schon zum Abendessen erwartet«, James' Stimme hatte einen bissigen Unterton. »Aber wie ich sehe, haben eure Lordschaft mit dem neuen Freund lieber einen Heuboden besichtigt.«

Erst jetzt bemerkte ich die Strohreste auf Brians Kopf. Und auch er begann lächelnd, mir einzelne Halme aus dem Haar zu ziehen.

»Ich musste Tom unbedingt die Aussicht vom Dachboden des Pferdestalls zeigen. Dabei sind wir gestürzt«, entschuldigte sich Brian ohne beim Lügen rot zu werden. Er wusste, dass James sich mit dem Abendessen sicher wieder viel Mühe gemacht hatte. Seine Schelte war also nicht ganz unberechtigt.

»Und deshalb habt ihr gleich eure staubige Kleidung ausgezogen, um damit nicht das ganze Haus zu verschmutzen. Sehr löblich. Hat aber wohl nicht viel genutzt«, schüttelte James den Kopf und sah abschätzig an uns herunter. In der Tat waren wir nackt aufgebrochen und hatten unsere Sachen nur eilig unter den Arm geklemmt. Da fiel mir auf, dass auch James völlig nackt in der Tür stand. Mit seiner imposanten Größe füllte er den Rahmen fast komplett aus, während das unruhige Licht eines prasselnden Kaminfeuers überaus vorteilhaft seine kompakten Umrisse zur Geltung brachte. Er drehte sich zur Seite und blickte zurück in den Raum. Dabei wurde sein steil aufgerichteter Schwanz sichtbar, den das Dunkel bis jetzt verborgen hatte. Durch die ruckartige Bewegung schaukelte der riesige Ständer hin und her. Die krausen Sackhaare schimmerten im Gegenlicht. Über die breite Brust und die kantigen Bauchmuskeln huschten die lebhaften Schattenspiele der flackernden Flammen.

»Die beiden Vermissten sind wieder aufgetaucht«, rief James in den Raum. »Wie zwei Diebe haben sie versucht, sich an uns vorbeizuschleichen. Was machen wir denn jetzt mit ihnen?«

»Vielleicht erst mal hereinbitten.« Das war Georges Stimme, die aus dem Zimmer drang. »Die beiden sind sicherlich ganz durchgefroren. Sie sollen sich aufwärmen … Dann sehen wir weiter.«

In den letzten Satz mischte sich ein merkwürdiger Unterton. Ich ging auf James zu und sah an ihm vorbei durch die offene Tür. George lag der Länge nach ausgestreckt und splitternackt auf dem geräumigen Bett. Er kehrte uns den Rücken zu. Lässig stützte er den Kopf auf seine großen Hände. Seine breiten Schultern und der muskulöse Rücken lagen im Dunkeln, die wohlgeformten, strammen Halbkugeln leuchteten im hellen Schein einer Kerze dafür umso mehr.

»Dann kommt mal rein, ihr Herumtreiber.«

James trat einen Schritt zurück und winkte uns in den Raum.

»Aber ein bisschen Strafe muss sein«, sagte er grimmig und ließ seine flache Hand mit einem gezielten Hieb auf mein Hinterteil klatschen, als ich mich an ihm vorbeischob. Mehr vor Schreck als vor Schmerz stolperte ich und fand mich kurz darauf auf dem Fußboden vor dem Bettgestell wieder, wo ich kniend direkt zwischen Georges gespreizte Beine blickte. Der hatte sich inzwischen aufgesetzt, ließ seine Beine locker von der hohen Matratze baumeln und musterte uns belustigt. Sein dicker Schwanz ruhte schlaff auf seinem rechten Oberschenkel, hatte aber bereits in diesem Zustand eine beeindruckende Größe.

»Sei nicht so streng, James. Wenn die Herrschaften schon dein hervorragendes Abendmahl versäumt haben, können wir ihnen doch jetzt einen kleinen Happen anbieten«, meinte George versöhnlich. »Und wenn sie sich ein bisschen anstrengen, bekommen sie vielleicht sogar noch ein besonderes Getränk.«

Spielerisch griff er Hufschmied seinen Schwanz, zog genüsslich die Vorhaut zurück, um sie dann wieder über die dicke Eichel zu schieben. Im Schein des Kaminfeuers meinte ich, einen winzigen Tropfen klare Flüssigkeit auf der Schwanzspitze glitzern zu sehen. Jetzt verstand ich, von welchem gehaltvollen Trank George sprach. Ich zögerte nicht länger und versuchte mit der Zunge den besagten Tropfen einzufangen. Zärtlich umrundete ich die empfindliche Zone und schmeckte schon bald den süßen Saft.

»Kann ich noch mehr davon bekommen?«, bettelte ich George an.

»Bedien dich«, forderte er mich auf. »Ich hab genug davon. Auch noch für den vornehmen Lord dort drüben, dem anscheinend gerade die Augen übergehen.«

George hatte jede Scheu vor Brian verloren. Neugierig und in aller Seelenruhe musterte er den jungen Mann, der jetzt durchgefroren und nackt vor dem Kamin stand, um sich aufzuwärmen. In dieser Lage machte er wirklich keinen besonders herrschaftlichen Eindruck, zudem auch sein Schwanz durch den nächtlichen Ausflug in die Kälte ziemlich zusammengeschrumpft war. Man sah Brian nicht an, zu welcher Größe sein derzeit so unscheinbares Anhängsel anwachsen konnte. James ließ sich davon nicht beirren. Nun wieder ganz der beflissene Diener, stellte er sich hinter seinen Herrn, rieb ihm zuerst kräftig den Rücken, dann wanderten seine Hände langsam über die Schultern zur Vorderseite. Er kraulte Brians Brust, strich gefühlvoll über seinen Bauch und landete schließlich bei dem Kleinod zwischen seinen Schenkeln. Mit einem tiefen Seufzer entspannte sich Brian und lehnte sich gegen James.

»Jetzt wird mir langsam wieder warm«, würdigte er die wohltuenden Bemühungen seines Dieners.

»Warm ist schon mal gut. Aber ich will mehr«, raunte James leise und bearbeitete Brians Kolben immer fordernder, indem er seine Bewegungen allmählich hitziger werden ließ. Auch diese Maßnahme verfehlte ihre Wirkung nicht. Unter James' emsigen Handgriffen wuchs der pralle Hammer zu einer Größe, die ich heute schon mehrmals hatte begutachten dürfen. George gefiel, was er sah. Entspannt auf den Ellenbogen gestützt, hatte er die ganze Zeit aufmerksam auf dem Bett gesessen und die Vorstellung der beiden Männer verfolgt. Dabei war auch sein Schwanz zu neuem Leben erwacht. Der verlockende Ständer tanzte vor meiner Nase auf und ab. Ich konnte nicht widerstehen. Gierig schnappte ich danach. Als das dicke Teil in meiner Mundhöhle verschwand, entströmte dem Schoß des Hufschmieds der betörend vertraute Duft von frischem Tannengrün. George musste nach dem Abenteuer im Stall ein Bad genommen haben. Ich konnte mir lebhaft vorstellen, wie James seinem Reitlehrer gründlich den Rücken geschrubbt hatte – und nicht nur den.

George grunzte zufrieden, während ich seinen dicken Riemen

mit meinem Mund verschlang. Da kniete plötzlich Brian neben mir und sah mich mit großen Augen an.

»Du willst doch nicht alles für dich alleine haben, oder? Das Angebot galt auch für mich.«

»Aber natürlich. Mal sehen, wie lange es dauert, bis wir diesen Jungbrunnen zum Sprudeln bringen. Wenn du mir hilfst, geht es bestimmt doppelt so schnell.«

Nun begannen Brian und ich den wachsenden Kolben mit vereinten Kräften zu verwöhnen. George konnte es kaum fassen. Jetzt war er es, dem die Augen übergingen, während er fasziniert mit ansah, wie gleich zwei hemmungslose Mäuler ihn herausforderten. Mit glasigem Blick starrte er auf uns herab, aus seinem Mund drang ein leises, anfeuerndes Stöhnen.

»Mehr … noch fester, Jungs. Packt die wilde Rute und schiebt sie euch zwischen die Lippen. Ja, saugt alles aus mir raus, was ihr kriegen könnt!«

Nun stülpte Brian seinen Mund über die pralle Schwanzspitze. Der zuckende Hammer versank tief in seiner Kehle. George ließ sich seufzend aufs Bett fallen. Mein Liebster hatte sich tief über den steil aufgerichteten Ständer gebeugt, hatte die Hände auf den gespreizten Oberschenkeln abgestützt und ließ seinen Kopf rasant auf- und abschnellen. Bei jeder Abwärtsbewegung schaffte er es, ein Stück mehr von dem riesigen Brocken zu verschlingen.

Währenddessen erforschte meine Zunge die Eier des lüsternen Hufschmieds. Jedes Mal, wenn es mir gelang, die prächtigen Teile in meinen Mund zu saugen, knurrte der gepeinigte Besitzer vor Wollust laut los. Und auch Brian jaulte neben mir auf einmal laut auf. James hatte sich hinter ihn gestellt und ihm ohne Vorwarnung sein Riesenteil in den Hintern gestoßen.

»Ich hatte doch gesagt, dass eine kleine Strafe sein muss. Und diese Strafe gefällt mir ganz ausgezeichnet. Eure Lordschaft werden es jetzt hoffentlich einsehen, dass es besser ist, mich nicht mit dem fertigen Abendmahl warten zu lassen.«

Unerbittlich und zunehmend härter stieß James seinen Knüppel in den Hintern seines Herrn. Gleichzeitig traktierte er dessen Arschbacken durch regelmäßige, laut klatschende Schläge mit der flachen Hand. Doch Brian nahm all dies mit Fassung. Nachdem er sich wieder gefangen hatte, setzte er seine Arbeit an Georges Prachtstück unermüdlich fort. Das Zucken seines eigenen Schwanzes, der nun direkt vor meinem Gesicht baumelte, signalisierte mir, dass auch meinem Freund diese Art von Strafe ausgezeichnet gefiel. Ich drehte mich um und lehnte mich mit dem Rücken gegen das Bett. Ruckartig sah ich Brians Männlichkeit auf mich zukommen. James' harte Stöße schoben die herrliche, pulsierende Eichel ganz ohne mein Zutun in meine Richtung. Ich musste nur den Mund öffnen, schon berührten meine Lippen die empfindliche Spitze. Brian bemerkte sofort, dass sein bestes Stück einen warmen Platz gefunden hatte. Er sorgte dafür, dass der pralle, rote Kopf von nun an immer tiefer in mich hineinstieß. Sichtlich zufrieden schaukelte sein Hintern zwischen James' dickem Kolben und meinem gierigen Mund hin und her. Meine rechte Hand hatte selbstständig den Weg zu meinem eigenen Ständer gefunden. Genüsslich schob sie sich an dem harten Kerl auf und ab. Meine Linke kraulte James' Hodensack, brachte seine Eier dazu einen kleinen Tanz zu vollführen, sich abwechselnd zusammenzuziehen und zu entspannen. Spielerisch wanderten meine Finger an der strammen Naht weiter nach hinten, zu dem verschwitzten, feuchten Ringmuskel. James schob seinen Arsch voller Erwartung meinen tastenden Fingern entgegen. Die Freude über den unverhofften Besuch ließ ihn hörbar ächzen. Meine kleinen Frechheiten an dem gierigen Lustloch schienen sich direkt auf seinen Schwanz und den von Brian zu übertragen. Plötzlich füllte Brians Hammer meinen Mund gänzlich aus. Sein süßer Nektar tröpfelte nicht mehr, sondern floss in kleinen Strömen wie Blütenhonig meine Kehle hinunter. Ich konnte meinen Kopf kaum noch bewegen, so fest drückte Brian seinen Kolben gegen mein Gesicht. Meine bebenden Naseflügel steckten in seinen kurzen Schamhaaren. Die aufsteigende, männliche Hitze drang tief in meine Lungen vor und verbreitete sich von dort im ganzen Körper.

James' Hintern bockte heftig unter dem forschen Drängen meiner Finger, die immer rücksichtsloser in seinen warmen Arsch eintauchten. Sein enger Schließmuskel pulsierte fieberhaft. Doch plötzlich schien James einen Moment lang wie versteinert. Er hielt den Atem an, seine Beine begannen leicht zu zittern. Dann sog er tief die Luft ein wie ein Ertrinkender, der im letzten Moment aus dem Wasser auftaucht, und schleuderte mit einem brüllenden »Ja … Ich komme!« seinen Saft in Brians Hintern.

Fast gleichzeitig hörte ich George vom Bett aus enthemmt grollen: »Hier haben Eure Lordschaft den köstlichen Trunk. Nehmt alles.« Das ganze Bett bebte, während Georges Brunnen überfloss und Brian sich an seiner ergiebigen Quelle labte.

Mein eigener Hammer hüpfte in meiner Hand auf und ab. Durch den Schaft drang ein wohliges Brennen bis in die Eichelspitze vor, mein Herz klopfte bis zum Hals. Als ich schließlich Brians herbe Sahne auf meiner Zunge schmeckte, gab es kein Halten mehr. Mein Geliebter spritzte mir eine volle Ladung unter den Gaumen. Ich konnte unmöglich alles schlucken. Die warme Flut ergoss sich aus den Mundwinkeln auf meine Brust und vermischte sich dort mit der gerade hochschießenden Fontäne meines eigenen explodierenden Schwanzes.

Erschöpft sank ich gegen das Bett. Brian lag neben George auf der weichen Unterlage. Der kraftvolle Arm des Hufschmieds umschlang liebevoll seine Schulter, die großen Hände kraulten den verschwitzten Rücken. Sanftmütig und mit einer Zärtlichkeit, die man dem rauen Burschen gar nicht zugetraut hätte, versank er völlig in diesem sinnlichen Genuss. Auch James ruhte sichtlich zufrieden auf dem Boden. Er hatte alle Gliedmaßen von sich gestreckt und grinste mich versöhnt an. Sein ganzer Körper glänzte im warmen Licht des langsam erlöschenden Kaminfeuers.

»Damit hatte ich heute Nacht nicht mehr gerechnet, mein Freund«, sagte er.

»Ich auch nicht«, gab ich zurück. »Allerdings bin ich mir nicht sicher ob Brian wirklich Reue zeigt. Bei dieser Art von Strafe könnte er bald wieder der Versuchung erliegen, nicht pünktlich zum Essen zu erscheinen.«

»Glaub mir, Tom«, erwiderte James lächelnd. »Ich kenne Brian lange genug. Wenn er wirklich Hunger hat, kommt er. Meine Kochkünste sind eigentlich gar nicht so bemerkenswert, allerdings verzichtet Brian ungern auf meinen wirklich guten Nachtisch.«

Spitzbübisch kniff er ein Auge zu und zupfte lässig an seinen Schamhaaren. Sein dicker Schwanz baumelte nun schlaff zwischen seinen Beinen. Nur die hervorstehenden Venen, die den langen Schaft äderten, pulsierten noch immer ein wenig.

Die Nacht verbrachten wir zu viert in James' großem Bett. Brian hatte mich noch einmal lange und liebevoll geküsst. Dann hatte er sich selig lächelnd abgewandt und mit dem Rücken fest an meinen Bauch gedrückt. Bald spürte ich, wie sein Atem ruhiger und regelmäßiger wurde. Hinter mir rückten auch James und George unter der warmen Decke eng zusammen. Ihre leise geflüsterten Liebeserklärungen wirkten auf mich wie ein Wiegenlied, das mich in einen traumlosen, erholsamen Schlaf hinüberführte.

Am nächsten Morgen weckte uns das helle Sonnenlicht eines wolkenlosen Himmels. Ich streckte und dehnte mich ausgiebig. Rechts von mir lag Brian, noch tief versunken, mit engelsgleichem Gesicht. Auf der anderen Seite lag George, die Decke weit zurückgeschlagen, auf dem Bauch. Seine breiten Schultern und die kräftigen Rückenmuskeln, schienen selbst noch im Schlaf zu arbeiten. Die schmalen Hüften und die weißen, vollkommenen Halbkugeln – ich konnte mich einfach nicht sattsehen an diesem Mannsbild.

Ich bemerkte James erst, als er direkt vor mir stand. Er war bereits angezogen und wirkte in seiner engen Arbeitsuniform unverhofft aufreizend.

»Ist er nicht zum Anbeißen?«, fragte er leise.

Ich nickte nur stumm und glitt vorsichtig aus dem Bett. Leise suchte ich meine verstreuten Sachen zusammen.

»Wir können runtergehen. Ich habe schon das Frühstück vorbereitet«, meinte James leise.

Ich ließ mir mit dem Anziehen etwas länger Zeit, als ich eigentlich brauchte. Mir entging nicht, dass James mich dabei heimlich beobachtete und sich mit der Hand mehr als einmal zwischen die Beine langte, um seinem besten Stück mehr Platz zu verschaffen.

»Fertig«, flüsterte ich und winkte James hinter mir her. »Wir lassen die beiden ruhig noch liegen. Ich kann dir ja in der Küche etwas zur Hand gehen, bis sie nachkommen.«

Vergnügt ging ich zur Tür. Im Treppenhaus kam mir schon der Duft von frisch gebackenem Brot entgegen.

»Ich wusste gar nicht, dass du auch Bäcker bist«, stellte ich verdutzt fest. James antwortete mit einem beredten Schweigen. Als wir die Küche betraten, entwich mir angesichts des reichlich gedeckten Tisches, ein anerkennendes Pfeifen.

»Weiß Brian eigentlich, was er an dir hat?«, fragte ich James ganz offen. »Du hast wirklich eine Menge verschiedener Talente.«

Ich stand nur einen Schritt von ihm entfernt und blickte freimütig auf die dicke Beule in seiner Hose. Unweigerlich griff meine Hand nach dem gespannten Stoff und drückte den sich windenden Schwanz. James biss sich auf die Unterlippe und knurrte leise. Da erklangen plötzlich Stimmen von draußen.

»Gibt's hier was zu essen?«, tönte es über den Flur. Im nächsten Moment stürmten Brian und George durch die Küchentür.

»Ihr wolltet wohl ohne uns anfangen«, protestierte der Hufschmied mit einem hungrigen Blick auf die vor ihm ausgebreiteten Leckereien. Genüsslich fuhr er sich mit der Zunge über die breiten Lippen.

»Die Frage ist nur … womit?«, grinste Brian und blickte James und mich belustigt an. Als er sah, wie mir die Hitze zu Kopf stieg und mein Gesicht rot anlief, lachte er laut los. Auch James schmunzelte vergnügt.

»Jetzt sind andere Talente gefragt«, klopfte er mir freundschaftlich auf die Schulter. »Darf ich zu Tisch bitten, meine Herrschaften?«

Er verbeugte sich vornehm und ließ uns Dreien den Vortritt. Als ich an ihm vorbeiging, flüsterte er mir mit einem verschwörerischen Grinsen ins Ohr: »Aber später könntest du mir noch ein wenig beim Aufräumen helfen.«

Es wurde ein ereignisreicher Vormittag. James benötigte tatsächlich noch meine helfenden Hände, während George Brian in der Schmiede zeigte, wie geschickt er mit glühenden Eisen hantieren konnte. Viel zu schnell verging die kostbare Zeit, doch als die Sonne gegen Mittag ihren höchsten Stand erreichte hatte, mahnte George zum Aufbruch. Der junge Lord und sein Diener wollten uns zunächst nicht gehen lassen. Erst als wir versprachen, sehr bald wiederzukommen, ließen sie uns ziehen.

Zwei ganze Wochen sollten vergehen, bis ich meinen Liebsten wiedersah. Fast verdächtigte ich Onkel Walter, mir absichtlich so viel Arbeit aufzutragen, dass ich jeden Abend völlig erschlagen ins Bett fiel, um anschließend mit einem letzten sehnsüchtigen Gedanken an Brian augenblicklich einzuschlafen. Früh am nächsten Morgen warteten dann schon die nächsten Aufgaben auf mich. Mal schickte man mich mit einer langen Liste durch die ganze Stadt, um Besorgungen zu machen, dann sollte ich schon wieder einen dreitägigen Transport kostbarer Stoffe nach Exeter begleiten.

»Du wirst unseren Fuhrknecht Nathan begleiten und bei dieser Gelegenheit einige meiner Geschäftspartner aufsuchen, um ihnen diese Papiere zu überbringen«, hatte Onkel Walter entschieden. »Und verlier sie nicht mein Junge, unsere Zukunft hängt davon ab.«

Noch vor Kurzem wäre ich stolz gewesen, einen so gewichtigen Auftrag ausführen zu dürfen. Auch hätte ich alles dafür gegeben, mir die St.-Peter-Kathedrale von Exeter mit ihren bunten Glasfenstern von innen ansehen zu können. Oder die berühmte astronomische Uhr zu bestaunen. Oder durch den berühmten Hafen mit seinen großen Handelsschiffen aus aller Welt zu schlendern. Doch jetzt fehlte Brian mir so sehr, dass ich, reizbar und missmutig wie ich war, dem armen Kutscher die ganze Fahrt vermieste. Nathan war schon seit vielen Jahren in meines Onkels Diensten. Er war ein großer, grober Kerl, aber »mit dem Herz auf dem rechten Fleck«, wie Walter stets zu sagen pflegte. Kurzum: Einen besseren und vor allem ehrlicheren Knecht konnte man in ganz England nicht finden.

Die Fahrten nach Exeter waren nicht ungefährlich. Obwohl die Hauptstraßen von berittenen Patrouillen gesichert wurden, kam es häufig zu Überfällen vagabundierender Räuberbanden. Schon mehr als einmal hatte Nathan unsere Waren verteidigen müssen. Er hatte sie jedes Mal gerettet. Mit seinen harten Fäusten zeigte er frechen Schurken, was er von ihnen hielt. So manchen Wegelagerer hatte er mehr tot als lebendig im Straßengraben zurückgelassen und das Gesindel damit das Fürchten gelehrt. Aber all das imponierte mir im Moment nicht im Geringsten. Schon wieder hatte ich keine Zeit für Brian. Beim Packen hatte ich meine Wut rücksichtslos an meinen Kleidern und der Reisetasche ausgelassen. Laut fluchend hatte ich Hose, Hemd und Jacke in den viel zu kleinen Beutel gestopft und ihn dann verärgert in die Ecke geschleudert. Noch vor ein paar Tagen hatte Walter beteuert, mich nicht mehr so weit reisen zu lassen. »Die Zeiten werden immer unsicherer. Ich werde dich so schnell nicht wieder in Gefahr bringen, Tom«, hatte er gesagt. Diese Worte klangen noch deutlich in meinen Ohren. Warum konnte er nicht jemand anderen schicken? Hatte es vielleicht mit den unscheinbaren Dokumenten zu tun, die ich ausliefern sollte? Ich war versucht einen Blick auf die Briefe zu werfen, aber wie nicht anders zu erwarten waren sie natürlich verschlossen. Und zwar mit gleich zwei Wachssiegeln. Aufmerksam sah ich mir die Stempelabdrücke an. Das eine war das Wappen der Kaufmannschaft von Plymouth. Das andere zeigte einen Adler über einem Baumwipfel. Es war mir vollkommen unbekannt. Nach meiner Rückkehr musste ich Brian unbedingt danach fragen. Wenn es nur schon so weit wäre …

Die Reise nach Exeter verlief ohne Zwischenfälle. Ich hätte genauso gut zu Hause bleiben können. Vor Ort bezogen wir ein kleines Zimmer in einer Herberge und begaben uns an die Erfüllung unserer Pflichten. Erst machte Nathan sich auf den Weg. Nachdem er alle Einkäufe erledigt hatte, war ich dran. Die mir aufgetragenen Botengänge verliefen reibungslos. Schon am zweiten Tag überreichte ich den letzten Brief seinem Empfänger.

»Lass uns nach Hause fahren, Nathan«, bettelte ich anschließend. »Wenn wir uns beeilen, sind wir noch vor der Dunkelheit wieder in Plymouth. Mrs. Hambrow hat sicher noch ein herzhaftes Stück Braten für dich aufbewahrt, mit dem du es dir vor dem großen Kamin gemütlich machen kannst.«

»Kommt gar nicht Frage, Tom. Heute beginnt der große Jahrmarkt in Exeter. Den lasse ich mir nicht entgehen. Was ist bloß los mit dir, Junge? Da hast du einmal im Jahr einen freien Tag in einer fremden Stadt und denkst an nichts anderes als ans Essen? Es wird Akrobaten geben, die sich in der Luft überschlagen. Muskelbepackte Feuerspucker, die riesige Flammen über die Köpfe der Zuschauer jagen. Riesige, bunte Männer auf langen Stelzen, die zwischen den Leuten umherspazieren. Und … «, bei den folgenden Worten beugte er sich vertraulich zu mir hinunter. » … dann sind da natürlich noch die schönen Frauen an jeder Straßenecke. Eine offenherziger als die andere, wenn du verstehst, was ich meine. Mach dir um mich also keine Sorgen. Ich werde auch hier etwas Herzhaftes zu Beißen bekommen und gemütlich warm wird es sicher auch sein. Wenn auch vielleicht auf andere Weise, als du dir das vorstellst, mein Junge.«

Damit griff sich Nathan mit seiner riesigen Pranke zwischen die Beine und leckte mit der Zunge genießerisch über seine Lippen.

»Wir reisen erst morgen früh ab, basta. Was ist also? Gehst du mit mir? Komm schon, sei ein Mann!«

Doch ich schüttelte nur den Kopf, woraufhin Nathan fluchend das Zimmer der Herberge verließ. Ich legte mich aufs Bett und fiel schon bald in einen tiefen Schlaf.

Spät in der Nacht polterte Nathan betrunken ins Zimmer. Er schob eine Bierfahne vor sich her, die einem ganzen Regiment Ehre gemacht hätte. Als er sich unbeholfen auszog, sah ich im Mondlicht seinen riesigen Schwanz zwischen den Beinen baumeln. Sichtlich zufrieden strich er über den fetten Schlauch und murmelte: »Haben wir sie wieder alle zufriedengestellt, mein Großer. Hat sich keine der Damen beschwert, wie? Hi hi, die können alle noch was lernen vom alten Nathan.«

Er kraulte sich noch einmal genüsslich am Sack, fiel auf sein Bett und war im nächsten Moment eingeschlafen. Laut schnarchend lag er da. Auf dem Rücken, die Hände schützend über sein Gemächt gelegt. Ich musste unwillkürlich grinsen über diesen Kerl, der es verstand das Beste aus seinem Leben zu machen, egal was das Schicksal für ihn bereithielt. Nathan gehörte zu den Menschen, die nicht mit den Dingen haderten, sondern in allem noch etwas Gutes sehen konnten. Was regte ich mich eigentlich auf? Brian war im Moment zwar weit weg, aber ich wusste, dass er auf mich wartete. Und ich wusste, dass uns nichts trennen konnte. Was waren schon ein paar Tage, wenn wir den Rest unseres Lebens für uns hatten?

Zufrieden schlief ich wieder ein, bis Nathan mich am nächsten Morgen weckte.

»Los, Tom. Zeit, dass wir aufbrechen. Gestern hattest du es doch noch so eilig.« Er hielt beide Hände an seinen Kopf und schwankte zur Tür.

»Wenn du einverstanden bist, leg ich mich nachher hinten im Wagen noch ein bisschen aufs Ohr. War ziemlich hart gestern Nacht, verstehst du? Wärst du mitgekommen, hättest du heute etwas, womit du vor deinen Freunden prächtig angeben könntest.« Selig grinste er mich an. Dann wurde er wieder sachlich: »Du kannst schon mal die Pferde anspannen. Ich zahle noch den Wirt und komme nach.« Schon war er aus der Tür.

Nathan schlief bereits seinen Rausch aus, als wir das Stadttor von Exeter passierten. Ich versuchte meine Gedanken zu ordnen und legte mir schon einmal die passenden Worte für meinen Onkel zurecht. So konnte es nicht weitergehen. Auf dieser Reise war mir klar geworden: Ich war nicht Walters Dienstbote und schon gar nicht sein Sohn. Ich wollte mein eigenes Leben führen.

Später saß Nathan wieder neben mir auf dem Bock und versuchte, nicht vom Sitz zu fallen. Keiner von uns hatte rechte Lust zu reden, also schwiegen wir uns an. Erst als endlich Plymouth vor uns lag, räusperte Nathan sich unruhig und maulte: »Deine Laune ist unerträglich, Tom. Ich bin froh, wenn wir wieder zurück sind. Nicht einmal auf den großen Jahrmarkt bist du mitgekommen. Das Schauspiel hättest du sehen sollen. Als kleiner Junge warst du nicht mehr zu halten, wenn nur die ersten Kirchturmspitzen der Stadt in Sicht kamen, aber jetzt ... Ich werde es mir gut überlegen, dich noch einmal mitzunehmen.«

»Es tut mir leid, Nathan«, rechtfertigte ich mich kleinlaut. »Mir schwirren gerade so viele Gedanken im Kopf herum.«

Als wir später von der Penrose Street auf unseren Hof einbogen, klopfte Nathan mir freundschaftlich auf die Schulter.

»Nun lass den Kopf nicht hängen. Wir sind ja wieder zurück. Ich hoffe nur, du hast keinen Liebeskummer. Macht nämlich ganz den Anschein, mein Freund. Aber eines kann ich dir sagen: Weiber machen nur Ärger. Wenn du versuchst, es ihnen recht zu machen, ist es mit Sicherheit verkehrt.«

»Danke für den Rat, Nathan, aber das ist es nicht.«

Kopfschüttelnd sprang er vom Wagen und trottete Richtung Stallungen davon.

Wenig später nahm Onkel Walter mich zur Seite.

»Ich hab schon gehört, dass es dir in Exeter nicht gefallen hat. Nathan meinte, du wärst die ganze Zeit über so still und abweisend gewesen. Ihr habt euch doch hoffentlich nicht gestritten?«

»Nein, haben wir nicht. Ich hatte einfach keine Lust. Ich finde ... «, begann ich unsicher. »Ich finde, du mutest mir in letzter

Zeit eine Menge zu. Versteh mich nicht falsch, Onkel, ich mache die Arbeit ja gerne, aber … «

»Aber was? Wird es dir zu viel? Ich wollte dich nur schon mal ein bisschen auf das vorbereiten, was in nächster Zeit auf dich zukommt.«

Mit großen, fragenden Augen sah ich ihn an.

»Nun schau nicht so entsetzt«, lachte er und legte versöhnlich den Arm um mich. »Irgendwann musst du doch einmal lernen, mein Geschäft zu übernehmen. Und was ich in den letzten Tagen gesehen habe, hat mich sehr Stolz gemacht, Tom. Du bist tüchtig. Ich bin mehr als zufrieden mit dir. Du hast also in der Tat einen freien Tag verdient. Morgen ist Sonntag. Da kannst du am Nachmittag ja wieder einmal deinen Freund Brian besuchen.«

»Erst am Nachmittag?«, protestierte ich. »Dann haben wir ja nicht mehr als nur ein paar Stunden.«

Meine Stimmung war schlagartig auf einem Tiefpunkt angelangt.

»Nach dem Kirchgang morgen früh erwarte ich noch einige Kaufleute zum Essen. Die solltest du unbedingt kennenlernen. Auch das gehört zum Geschäft. Aber was hältst du davon, wenn ich dich erst wieder in … sagen wir, in drei oder vier Tagen zurückerwarte? Das wird euch beiden doch wohl reichen?«

Onkel Walter zwinkerte mir verschwörerisch zu. Und ich drückte ihn freudestrahlend an mich. So fest, wie ich es schon lange nicht mehr getan hatte.

»Ja«, sagte ich dann aus dem Brustton der Überzeugung. »Du kannst dich auf mich verlassen. Danach wird mir die Arbeit auch wieder mehr Spaß machen. Versprochen.«

Kaum hatte der Besuch am nächsten Tag das Haus verlassen, saß ich schon auf meinem Pferd und jagte durch die engen Straßen von Plymouth. Draußen vor der Stadt trieb ich meinen Braunen zur Eile an. Wie ein Wirbelwind fegten wir über die staubigen

Feldwege. In meiner Hast hätte ich beinahe einen tiefhängenden Ast übersehen. Gerade noch rechtzeitig zog ich den Kopf ein und klammerte mich fest in die Mähne meines treuen Pferdes. Unversehens musste ich an meinen ersten gemeinsamen Ritt mit Brian denken. Sofort schoss heißes Blut in meinen Schwanz. Ich konnte es kaum erwarten, wieder in seinen Armen zu liegen.

Schon aus der Ferne sah ich das Banner mit dem Familienwappen der Hamiltons auf dem prachtvollen Gutshaus flattern. Bei meinen letzten Besuchen war es mir nicht weiter aufgefallen. Jetzt aber schürte jedes Detail das heiße Verlangen nach meinem Geliebten. Wo würden wir uns heute Nacht lieben? Wieder in seinem Zimmer? Vielleicht vor dem Kamin? Unter den Bäumen an dem kleinen See hinter den Stallungen? Oder auf dem Dach unter der flatternden Fahne, wo uns nur die Sterne zusahen?

Als ich im Galopp den Innenhof erreichte, wurde mir sofort klar, dass etwas nicht stimmte. Mehrere Kutschen und Wagen standen durcheinander vor dem großen Portal. Berge von Kisten und Koffern standen wahllos verstreut herum. Köche mit weißen Mützen und Schürzen holten mit großem Getöse ihre sperrigen Töpfe und Pfannen aus einem übervollen Küchenwagen. Diener in bunten Uniformen liefen aufgeregt von einem Wagen zum anderen, entluden ihrerseits Kisten und Taschen, bis die Hälfte des weiten Atriums einem Schlachtfeld glich. Weiter hinten kläffte eine Meute Jagdhunde. Die Aufseher hatten sichtlich Mühe die Tiere in Schach zu halten. Zwei Ausreißer liefen bereits zwischen den Kutschen umher und brachten die Bediensteten vollends zur Verzweiflung. Auch mein Pferd tänzelte gereizt hin und her.

»Tom! Tom, komm hierher!« Es war Rupert, einer der Stallburschen, der jetzt winkend auf mich zugerannt kam. Rupert war ein aufgeweckter Bursche, groß und breitschultrig. Schon die letzten Male hatte er sich um meinen braven Dario gekümmert. Und er verstand sich auf den Umgang mit Pferden. Bei meinem letzten Besuch hatte ich ihn anmutig und stolz einen Zweijährigen einreiten sehen. Sanft und ohne Gewalt gelang es ihm, das junge Pferd an seinen Reiter zu gewöhnen. Auch jetzt legte er beruhigend seine Hand auf die Stirn meines nervösen Pferdes und rieb sanft darüber. Mit der anderen Hand griff er die Zügel und führte mich eilig in Richtung der Ställe davon.

»Was ist denn bloß los, Rupert? Solche Menschenmassen habe ich hier ja noch nie gesehen. Wird etwa ein Schauspiel veranstaltet?«, fragte ich amüsiert. Doch als Rupert mir sein entsetztes Gesicht zuwandte, blieb mir das Lachen im Halse stecken.

»Lord Hamilton ist heute Morgen überraschend zurückgekommen. Er hat getobt wie ein Wilder«, erklärte er aufgeregt. »Zwei Burschen hat er sogar ausgepeitscht, als er die Stallungen inspizierte. Er schimpfte über den angeblich miserablen Zustand seiner Pferde. Ich weiß wirklich nicht, was das Problem war. Die Ställe waren alle mit frischem Stroh ausgelegt und die Futtertröge so blank, dass man daraus hätte essen können. Auch die Pferde waren alle sauber und gestriegelt. Aber Lord Hamilton hat sich Mister Comstock, unseren Stallmeister, geschnappt und ist wutentbrannt mit ihm im Haupthaus verschwunden. Brian ist auch bei ihnen. Der kleine William aus der Küche hat berichtet, dass sie schon seit Stunden im großen Kaminzimmer sitzen. Es wird die ganze Zeit laut geschrien und sie werfen sich gegenseitig heftige Verwünschungen an den Kopf. Keiner von den Dienern wagt es, zu ihnen hineinzugehen. Du siehst ja selbst, welches Durcheinander hier herrscht.«

»Und ich wollte Brian überraschen«, seufzte ich »Zu gerne hätte ich mit ihm heute noch einen Ausritt gemacht.«

»Daraus wird nichts werden, fürchte ich. Tut mir wirklich leid, Tom. Ich bringe dich erst einmal von hier weg. Und Dario gehört auch noch ordentlich abgerieben. Du bist wohl wieder geritten, wie der Teufel persönlich.«

Damit zog Rupert mich mit Dario von dem hektischen Tumult im Hof fort. Er führte uns zu einem abgelegenen Lagerhaus.

»Hier ist es ruhiger. Dieser Teil des Gestüts wird nur noch selten genutzt. Hier gibt es genug leerstehende Boxen, in denen wir Dario unterbringen können. Willst du denn auf Brian warten oder dich gleich wieder auf den Weg machen? Ich kann wirklich nicht sagen, wann die Herrschaften fertig sein werden.«

»Ich würde schon gerne bleiben, vor allem weil ich erst in zwei oder drei Tagen von meinem Onkel zurückerwartet werde. Aber jetzt, wo Lord Hamilton wieder da ist. Ich weiß nicht recht … «

»Lass mich mal überlegen.« Rupert kratzte sich nachdenklich den krausen Haarschopf. »Du könntest gleich hier auf Brian warten. Oben unter dem Dach gibt es einen Raum, der nicht mehr benutzt wird. Früher wohnte dort der Stallmeister, aber der hat schon seit ein paar Jahren ein eigenes Haus auf der anderen Seite des Waldes. Nur wenn es Schwierigkeiten bei trächtigen Stuten gibt, werden sie hier untergebracht und Comstock schläft oben in der Kammer. Komm mit. Ich zeig dir, wo es lang geht. Sobald ich Brian sehe, schicke ich ihn sofort hierher.«

Ohne meine Antwort abzuwarten stiefelte Rupert voran. Eine Treppe am hinteren Ende des Stalls führte hinauf in eine geräumige Kammer.

»Pass auf, dass du nicht stolperst«, warnte Rupert mich beim Eintreten. »Hier liegen noch alte Sättel und Zaumzeug, das keiner mehr braucht. Ein Glück, dass Lord Hamilton das noch nicht gesehen hat. Wir müssen unbedingt aufräumen. Bestimmt wird er in den nächsten Tagen auch hier alles in Augenschein nehmen.«

Vorsichtig bahnten wir uns einen Weg durch das verstaubte Gerümpel. Ich folgte dem Stallburschen zu einer steilen Leiter am anderen Ende des Raums. Beherzt stieg er hinauf. Ich folgte ihm. Nach ein paar Tritten blieb Rupert plötzlich stehen. Beinahe hätte ich meine Nase in seinen Hintern gerammt.

»Vorsicht, die nächste Sprosse ist durchgebrochen.« Er machte einen großen Schritt, bei dem sich seine Hose fest über den strammen Hintern spannte. Zu gerne hätte ich meine Hände über

Ruperts pralle Kugeln gleiten lassen, doch der Stallbursche war schon einen Schritt weiter. Mit seinen muskulösen Armen zog er sich scheinbar mühelos durch eine offene Luke in der Decke. Als er oben war, sah er zu mir hinunter: »Du träumst wohl, Tom. Nicht ganz ungefährlich mitten auf einer Leiter. Komm hoch! Hier oben kannst du so viel träumen und auf Brian warten wie du willst. Er streckte mir seine Hand entgegen. Mit einer Kraft, die ich dem Burschen gar nicht zugetraut hätte, zog er mich zu sich hoch. Auf einmal standen wir direkt voreinander und sahen uns schweigend an. Ich spürte Ruperts schnellen Atem auf meinem Gesicht. Von ihm ging der herbe Duft eines erregten Mannes aus. Die Luft zwischen uns schien zu glühen. Doch dann senkte Rupert seinen Blick und drehte sich zur Seite. Mit einem Schlag war die Magie des Augenblicks verflogen. Er drehte mir den Rücken zu und kramte aus einer Schublade eine Laterne hervor.

»Hier ist eine Lampe mit genug Öl.« Ohne mich anzusehen, stellte er sie auf einen kleinen Tisch. »Und dort ist eine halbwegs bequeme Liege. Falls es doch länger dauern sollte, bis dein … Freund kommt.«

»Ich danke dir, Rupert. Es ist wirklich sehr hilfsbereit von dir, mich hier unterzubringen.«

Ich grinste ihn an und nahm ihn fest in den Arm. Für einen Moment meinte ich zu spüren, wie sein steifer Schwanz gegen meinen drückte. Dann löste er sich verlegen aus der Umarmung.

»Ich muss jetzt gehen.«

Kurz bevor sein Kopf in der Luke verschwand, traf mich ein mutloser Blick. Armer Rupert! Ich wünschte ihm von Herzen, dass auch er einen Menschen fand, der ihn so sehr liebte wie Brian und ich uns liebten. Ich atmete tief durch und ließ mich aufs Bett fallen. Es war bequemer als es auf den ersten Blick aussah. Das Stroh war trocken und roch gut, auch die große Decke war nur ein wenig angestaubt. Ich schloss die Augen und wartete auf meinen Geliebten.

»Die ganze Woche über haben wir uns abgerackert und jetzt diese himmelschreiende Ungerechtigkeit!«

»Wofür machen wir das hier eigentlich? Nur damit Seine hochwohlgeborene Lordschaft über uns herfallen kann, wie es ihm beliebt? Vielleicht sollten wir ihn mal spüren lassen, wie sich ein geschundener Rücken anfühlt.«

»Genau … Immer sind wir es, die es trifft.«

»Dan und Peter werden wohl für die nächsten Tage ausfallen. Die armen Kerle. Wir sollten etwas unternehmen.«

»Seid vorsichtig, mit dem, was ihr sagt. Wenn euch einer hört, vergammelt ihr im Kerker des Sheriffs, falls ihr überhaupt so weit kommt.«

Der letzte Satz kam von Rupert. Seine sonst so weiche Stimme hatte jetzt einen beschwörenden Unterton. Benommen setzte ich mich auf. Ich befand mich noch immer in der ehemaligen Kammer des Stallmeisters, in der ich auf Brian warten sollte. Draußen war es schon fast dunkel. Ich musste mindestens zwei Stunden geschlafen haben. Durch die Arbeit der vergangenen Wochen war ich offenbar müder, als ich es mir zunächst eingestanden hatte. Aber woher kamen diese Stimmen? Aus dem Raum unter mir? Vorsichtig schlich ich zu der offenen Luke.

»Wir sollten den Rest des Tages nutzen, es gibt noch viel zu tun«, ertönte nun eine mir unbekannte Männerstimme. Der Satz wurde von dem merkwürdigen Lachen der anderen beantwortet. Inzwischen war ich mir sicher, dass die Unterhaltung keineswegs eine Etage tiefer stattfand. Ein Blick durch die Luke bestätigte diesen Verdacht. Aus dem Augenwinkel nahm ich ein schwaches Licht wahr, das ein paar Schritte von mir entfernt durch eine angelehnte Tür fiel. Weil sie hinter einem klobigen Schrank verborgen war, hatte ich sie beim Heraufkommen überhaupt nicht bemerkt. Leise schlich ich auf den Lichtschein zu. Der Blick durch den Spalt zeigte einen schmalen Flur. In der Hoffnung, dass die alten Türangeln nicht das ganze Gestüt aufwecken würden, öffnete ich die Tür.

Mein Herz raste. Bahnte sich auf der anderen Seite etwa ein Anschlag auf Lord Hamilton an? Wer waren die Männer dort? Und was hatte Rupert mit ihnen zu tun? Die Tür öffnete sich, ohne ein Geräusch von sich zu geben. Auf Zehenspitzen schlich ich den kurzen Gang entlang. Er endete an einem mannshohen Torbogen mit einer niedrigen Holzbrüstung. Dahinter ging es über zehn Fuß in die Tiefe. Ich sah auf den riesigen Dachboden nieder, der über den leer stehenden Pferdeboxen lag. Auch dort türmten sich alle möglichen alten Gerätschaften. Ich konnte ein paar alte Möbel und ausgedientes Werkzeug erkennen, das hinterste Ende des Bodens aber blieb im Dunkeln verborgen. Was der Lichtschein in der Mitte des Raums allerdings ausreichend beleuchtete, ließ meinen Atem stocken. Da standen fünf Männer in einem von mehreren Laternen hell beschienenen Lichtkranz. Alle waren vollkommen nackt und rieben genüsslich ihre Schwänze.

»Wir Stallburschen müssen zusammenhalten«, sprach Rupert in die Stille hinein. Er stand mit dem Gesicht in meine Richtung und hatte beide Hände um seinen großen Riemen gelegt. »Jetzt haben wir sogar an unserem freien Tag geschuftet wie die Tiere. Nicht einmal in die Stadt bin ich gekommen, um bei Rosalinde meinen Druck abzulassen.«

Seine vier Kollegen nickten zustimmend und verständnisvoll. Ein großer Kerl mit stämmigen Beinen begann seinen Schwanz so kräftig zu würgen, als wolle er einen Knoten in ein dickes Seil machen. Lang genug schien mir sein Luststück dafür sogar zu sein, allerdings schien es inzwischen auch hart zu sein wie eine Eisenstange. Steil federte der geschundene Prügel nach oben, als der Kerl seine Bemühungen aufgab und sich dafür heftig in die Brustwarzen zwickte.

»Nur nicht so hastig, Bradley. Ich werde dir helfen. Wäre doch gelacht, wenn wir deinen Sack heute Abend nicht leer kriegen«, sagte ein Bursche mit langen blonden Haaren, die er locker zu einem Pferdeschwanz zusammengebunden hatte. Er war mir bereits bei meinem ersten Besuch aufgefallen und ich wusste von James, dass er erst seit Kurzem auf dem Gestüt arbeitete. Seine makellosen Gesichtszüge und sein schlanker Körper unterschieden ihn von den anderen Stallburschen, obwohl auch er auf seinen schmalen Hüften einen Oberkörper mit ansehnlichen Muskeln trug. Jetzt ließ er sich vor Bradley auf die Knie sinken und nahm dessen Schwanz so weit wie möglich zwischen seine Lippen. Bradley stieß seinen Riemen ungeduldig nach vorne und jaulte auf: »Mann, Robin, schluck ihn bis zum Anschlag. Ja … Mehr … Noch tiefer.«

Auch Rupert kniete inzwischen auf dem Boden. Abwechselnd machten sich seine Lippen an den zuckenden Kolben der beiden übrigen Kerle zu schaffen, die sich derweil gegenseitig die Zungen in den Hals steckten. Ich war wie gebannt. Regungslos stand ich da und sah den Stallburschen bei ihren ungewöhnlichen Vergnügungen zu. Zugegeben, nicht völlig regungslos. Wie von selbst hatte mein Prachtstück den Weg aus der engen Hose in meine Hände gefunden, die sich meiner steifen Begierde gewissenhaft annahmen. Langsam stieg das bekannte, wohlige Gefühl in mir hoch. Ich musste mir auf die Lippen beißen, um nicht laut zu stöhnen. Gleichzeitig konnte ich es mir nicht verkneifen, mich immer weiter über die Brüstung zu lehnen, um das rege Treiben unter mir besser beobachten zu können.

Robin bearbeitete mit Hingabe Bradleys harten Kolben. Dabei hatte seine rechte Hand die dicken Eier fest im Griff. Unerbittlich zog sie den haarigen Sack immer tiefer nach unten. Bradley schien diese raue Art der Behandlung zu gefallen. Er grunzte zufrieden und streckte genüsslich seinen Körper. Seine Arme hatte er hinter dem Kopf verschränkt, seine Lenden schob er kräftig gegen Robins gieriges Maul.

»Komm, zeig mir Stallbursche, dass du schon gelernt hast, dein flinkes Mundwerk nicht nur für vorlautes Gerede einzusetzen«, feixte Bradley. »Wer hier arbeiten will, muss auch mit großen Gerätschaften fertig werden.«

Robins Antwort war ein undeutliches Murmeln. Ich wusste zwar nicht, wie sich der Neue bislang bei seinen Pflichten im Stall geschlagen hatte, aber hier überzeugte er durch vollen Körpereinsatz. Gerade fanden seine Hände den Weg zu Bradleys Arschbacken und krallten sich fest in die prallen Muskeln. Der blonde Pferdeschwanz tanzte auf seinem Rücken wild hin und her. Sein eigener Riemen ragte steil aufgerichtet zwischen den Schenkeln empor und folgte der maßlosen Leidenschaft in zuckenden Sprüngen.

»Ja, das machst du gut, mein Junge«, stöhnte Bradley. »Noch ein bisschen fester … Noch fester. Nimm dir, was du kriegen kannst. Ja, gut so. Endlich … «

Mit einem lang gezogenen Seufzer entließ Bradley seinen angestauten Samen in Robins Kehle. Seine Hände drückten den Kopf des Stallburschen nun hart auf seinen explodierenden Hammer. Seine Arschbacken zuckten unaufhörlich, bis er sich endlich entspannte und erschöpft auf Robins Schultern abstützte. Einige Male schnappte er sprachlos nach Luft. Robin tropfte der heiße Saft aus den Mundwinkeln. Er sah Bradley mit erwartungsvollem Blick an: »Nun? Reicht dir das fürs Erste? Dein Sack fühlt sich schon deutlich leichter an.«

Bradley rollte wild mit den Augen, als der Jüngere freundschaftlich seine Eier knetete. Schon wieder zuckte sein Schwanz ungeduldig hoch.

»Wenn du glaubst, damit wäre es getan, hast du dich getäuscht«, schnaufte er. »Steh endlich auf, damit ich meinen Hammer in deinen heißen Arsch schieben kann.«

Die beiden Bengel, die eben noch versucht hatten, ihre Schwänze gemeinsam in Ruperts Maul zu versenken, trugen jetzt einen langen Tisch herbei. Rupert grinste und schubste einen der beiden auf die Tischplatte.

»Nun kannst du deinem Rücken eine Pause gönnen, Scott. Los, leg dich hin! Randy und ich erledigen den Rest.«

Daraufhin sprang er mit einer Leichtigkeit, die nur geübten Reitern eigen ist, hoch und saß im nächsten Moment breitbeinig über Scotts Bauch wie auf dem Rücken eines Pferdes. Dann beugte er sich hinunter und die beiden küssten sich innig. Auch Randy blieb nicht untätig. Er spuckte in die Hand und verteilte den Speichel mit den Fingern zwischen Ruperts Arschbacken. Dann packte er Scotts Schwanz und versuchte dessen dicke Spitze in das geölte Loch zu dirigieren.

Am anderen Ende stützte sich Robin mit beiden Händen auf der Tischkante ab und bot Bradley lachend sein Hinterteil dar.

»Ich hatte schon nicht mehr daran geglaubt, Mann! Darauf warte ich schon den ganzen Abend. Es gibt nichts Besseres, als nach einem langen Arbeitstag einen dicken Schwanz im Arsch zu fühlen.«

»Den sollst du haben, Freundchen«, brummte Bradley und drückte seinen feuchten Ständer gegen Robins Hintereingang. »Dein Loch zuckt ja schon ganz unruhig. Kannst es nicht erwarten, wie? Aber keine Sorge … da bin ich schon.«

Damit packte sich der Hüne Robins Schultern und stieß seinen Riemen mit einem Ruck in den Hintern des hungrigen Burschen, der all das mit einem zufriedenen »Schieb deinen Prügel weit rein. Ja, bitte noch weiter« beantwortete.

Gegenüber drückte Randy Ruperts Arsch auf Scotts harten Ständer hinab. Rupert spreizte die Beine und rutschte mühelos auf den wartenden Riemen nieder. Ein tiefer Seufzer drang aus seinem Mund. Dann richtete er sich auf und stützte sich mit den Händen auf Scotts Brust ab.

»Ja..., so ist es gut«, stöhnte er. »Auf diese Reitstunde habe ich schon lange gewartet. Mal sehen, ob ich diesem Hengst noch etwas beibringen kann.«

»Glaub nicht, dass ich es dir einfach mache«, ächzte Scott unter ihm und schnellte mit seinem Becken ruckartig hoch, sodass sein Reiter auf ihm ins Schwanken geriet.

»Na warte, du undankbarer Gaul«, fauchte Rupert zurück. Er kniff Scott in die Brustwarzen und klammerte sich mit den Beinen seitlich an seiner Hüfte fest. Sein Hintern hob und senkte sich in scharfem Galopp, während der störrische Hengst unter ihm versuchte, ihn abzuwerfen. Weit hob er seinen Arsch an, sodass bald nur noch Scotts Eichel in seinem engen Muskelring steckte. Für einen Augenblick herrschte Ruhe. Dann ließ Rupert sich mit voller Wucht auf den dicken Hammer fallen. Diese Prozedur wiederholte er einige Male. Jedes Mal stöhnte Scott laut auf, hörte aber nicht auf, wie wild unter seinem Reiter zu bocken.

»Du musst mir helfen, Randy,« rief Rupert dem anderen Stallburschen zu. »Alleine bekomme ich diesen Wildfang nicht zahm.«

Randy hatte der schwierigen Schulung bislang angeregt zugesehen und dabei ausgiebig seinen dicken Prügel massiert. Im Schein der Laternen glänzte sein gutes Stück ganz feucht und auch sein Blick funkelte gierig auf das energiegeladene Männerduell herab.

»Dieser Teufel braucht eine besondere Dressur. Wir müssen … « Rupert krümmte sich vor Lust, als der Schwanz seines Gegners erneut mit aller Gewalt nach oben stieß. Sein harter Riemen prallte bei jedem Sprung hart auf Scotts Bauch. » … ihn zu zweit bändigen. Pack seine Hinterläufe und mach dich nützlich!«

Randy verstand sofort, worauf der Reiter es abgesehen hatte. Er postierte sich hinter den beiden an dem Tisch, ergriff erst Scotts schmale Fesseln und legte sich dann seine Beine auf die Schultern.

»Gut so«, rief Rupert. »Ich versuche, ihn ruhig zu halten. Du schiebst inzwischen deinen Reitstock zwischen seine Backen und wirst ihn Parieren lehren.«

»Das könnt ihr nicht machen!«, schnaubte Scott, als ihm aufging, was die beiden vorhatten.

»Du hättest friedlicher sein sollen, mein Lieber. Nun bleibt uns keine andere Wahl. Aber ich bin sicher, dass Randy mit seinem Züchtigungsgerät umzugehen weiß.«

Damit nickte Rupert seinem Gehilfen aufmunternd zu. Zielsicher steuerte das »Züchtigungsgerät« auf Scotts zitterndes Loch zu. Randys starke Hände schoben die strammen Arschhälften auseinander. Er verharrte kurz mit der Schwanzspitze vor dem Eingang und drückte sich dann mit seinem ganzen Körpergewicht dagegen. Scott lag jetzt ohne jede Regung auf der Tischplatte. Nur seine Augen rollten wild hin und her und seine schweißnasse Brust bebte leise. Sein Schwanz steckte noch immer bis zum Anschlag in Ruperts Arsch, während sein eigener Hintern voll von Randys Hammer ausgefüllt wurde. Randy und Rupert nutzten die Gelegenheit, um ihre Reitstunde fortzusetzen. In abgestimmtem Tempo zeigten sie dem ungestümen Hengst, wie wahre Pferdekenner sich auch die standhaftesten Vollblüter Untertan machten. Scott jammerte lustvoll. Er schien inzwischen eingesehen zu haben, dass es zwecklos war, sich gegen die beiden überlegenen Männer zu wehren. Stattdessen gab er sich nun wohlig der Lehrstunde hin.

»Ich glaube, aus unserem Wildfang wird doch noch ein taugliches Zugpferd. Lass uns die Unterweisung mit einem kleinen Turnier beenden«, schlug Rupert seinem Gehilfen vor. »Derjenige von euch beiden, der zuerst die große Hürde überspringt, bekommt mein Zepter und darf meinen Pokal leeren.«

Sowohl Randy als auch Scott leckten sich über die Lippen. Ich musste unwillkürlich schmunzeln über Ruperts cleveren Schachzug. Sobald es etwas zu gewinnen gab, ließen sich alle Männer zu Höchstleistungen anspornen, völlig egal wie wertlos der Preis war. In diesem Fall konnte ich allerdings verstehen, dass die Kerle sich ins Zeug legten. Ruperts praller Riemen war eine wahre Augenweide. Er entsprang den bebenden Lenden des Burschen tatsächlich wie ein gewaltiger Herrscherstab. Und von seiner leuchtend roten Spitze tropfte unaufhörlich klarer Saft auf Scotts Bauch. Das war ein Preis, der wirklich jede Anstrengung wert war. Gerade ärgerte ich mich ein bisschen, dass ich mir die prächtige Trophäe vorhin so achtlos durch die Lappen gehen lassen hatte, da sah Rupert plötzlich in meine Richtung. Seine Augen schienen mich regelrecht zu fixieren und obwohl ich sicher war, dass er mich nicht sehen konnte, zog ich mich instinktiv weiter in den Schatten zurück. Ahnte dieser Kerl, dass ich hier aus sicherer Entfernung dem zügellosen Treiben zusah? Oder war sein stechender Blick aus der Ekstase heraus entstanden und ich bildete mir alles nur ein? Er grinste jetzt, nickte zufrieden mit dem Kopf und wandte sich wieder Scott zu. Ich war gefesselt von diesem Schauspiel. Vorsichtig wagte ich mich wieder ein Stück weiter vor.

Die angeheizten Kerle jagten jetzt in ungehemmten Galopp ihrem Ziel entgegen. Während Scott seinen heißen Schwanz wie wild in Ruperts Arsch trieb, hielt Randy von hinten den muskulösen Oberkörper umklammert. Dabei schlugen seine Hüften rhythmisch und laut klatschend gegen Scotts Hintern. Auch Robin und Bradley sahen jetzt gespannt zu den dreien hinüber. Bradleys Hände hielten dabei die Lenden des Freundes fest umklammert. Breitbeinig stand er hinter ihm und stieß seinen Schwanz in schnellem Tempo vorwärts.

»Gefällt dir das so? Hättest wohl nicht gedacht, dass mein Lustbolzen so schnell wieder in Fahrt kommt. Ich fühle schon wieder das unheilvolle Kribbeln in meinen Eiern. Na warte! Gleich werde ich deinen heißen Arsch überfluten.« Kurz hielt er in seiner Bewegung inne. Er schüttelte sich und richtete den Blick starr auf Robins Nacken. Noch einmal rammte er seinen Hammer mit Nachdruck in das enge Loch, dann zuckte sein ganzer Körper. Man schien regelrecht dabei zusehen zu können, wie der Samen aus Bradleys Körper in Robins Hintern floss. Dessen Stöhnen steigerte sich dabei zu einem lauten, fordernden Klagen: »Verdammt Bradley … Tiefer! Noch tiefer … Ramm mir deinen Prügel bis zum Anschlag … oh ja, fester! Jaahh … « Seine Stimme überschlug sich. Mit letzter Kraft stieß Bradley nochmals zu. Da richtete Robin sich auf, presste seinen Hintern dem Freund so ungestüm entgegen, dass dieser beinahe das Gleichgewicht verlor, und spritzte seinen Saft aus seiner feuerroten

Eichel. Mit einem animalischen Schrei, der aus den untersten Tiefen seines bebenden Brustkorbs kam, entlud er sich auf die dunkle Tischplatte. Der aufgestaute Samen sprudelte hervor, ohne dass er seinen Schwanz auch nur einmal berührt hatte.

Meine Hände dagegen rutschten unbeherrscht an meinem feuchten Kolben auf und ab. Die dicke Schwanzspitze glänzte feucht im dämmrigen Licht meines Verstecks, meine Beine zitterten. Zum Glück bot mir eine raue Wand Halt. Ich dankte den kalten Steinen, die dabei halfen, die lodernde Glut in mir zumindest äußerlich abzukühlen. Bebend schloss ich die Augen und wartete, bis mein hastiger Atem sich etwas beruhigte.

»Los, Randy. Nun zeig, was in dir steckt. Wäre doch gelacht, wenn du dieses Duell nicht gewinnst.«

Als ich die Augen wieder öffnete, standen Robin und Bradley rechts und links des bedenklich schaukelnden Tisches. Es war Bradley gewesen, der soeben seinen Freund angefeuert hatte. »Oder soll ich dir helfen?«, bot er nun obendrein seine Hilfe an. Eine Antwort wartete er gar nicht ab. Er kniete er sich hinter Randy und vergrub sein Gesicht zwischen dessen Arschbacken. Das schien zu wirken. Scotts lautes Stöhnen ließ keinen Zweifel daran, dass Randys Schwanz noch einmal an Umfang zugelegt hatte und so seinen empfindlichsten Punkt traf.

»Keine Sorge, Scott«, meldete sich nun Robin zu Wort. »Der Fairness halber werde ich auch dir helfen.«

Er hievte sich auf den Tisch und ließ seine dicke Rute auffordernd vor Scotts Gesicht baumeln. Dankbar schnappten gierige Lippen danach. Das Prachtstück verschwand zur Hälfte in seinem Mund.

Mein steinharter Freudenspender zuckte weiter energisch in meiner rechten Hand. Schweiß rann über meine Brust, während meine Linke unschlüssig zwischen meinen harten Brustwarzen und meinem keuchenden Mund hin und her wanderte. Verzweifelt presste ich die Faust zwischen meine Zähne, um den unbezähmbaren Drang zu unterdrücken, meine Lust laut herauszuschreien.

Unten bäumte sich Rupert zitternd auf. Wie ein Besessener raufte er sich die Haare und schleuderte mit einem markerschütternden Aufschrei den Samen aus seinem berstenden Schwanz. Danach geschah alles sehr schnell. Randy krallte sich mit beiden Händen in Scotts Hintern und brüllte: »Am Ziel, am Ziel!« Dann feuerte er seine Ladung ab. Bradley ließ sich rücklings ins Stroh fallen und zerrte schon wieder wie ein Besessener an seinem Kolben. Unterdessen richtete sich Scott auf, schlang seine Arme um den immer noch auf ihm hockenden Rupert und versuchte so, seinem von Krämpfen geschüttelten Körper Halt zu geben. Den Mund fest an Ruperts Hals gepresst, machte er seinem Höhepunkt in einem erstickten Jaulen Luft. Randy grunzte zufrieden und verteilte heiße Sahne auf seiner behaarten Brust. Kurz darauf schoss sich der keuchende Bradley eine weiße Fontäne über den Bauch und leerte damit zum dritten Mal an diesem Abend seinen Sack.

Lachend scharten sich die vier anderen um Bradley.

»Das hatte ich nicht erwartet, Jungs«, brachte der mit einem seligen Lächeln hervor. »Nein, wirklich nicht. Ich glaube, für heute habe sogar ich genug!«

Dabei streichelte er genüsslich seinen Schwanz, der nun langsam wieder zwischen seine Beine zurücksank.

»Tom, wo bist du? Tom?« Brians Stimme ließ mich hochschrecken. Ich fuhr herum. Mein Geliebter stand mit einer Laterne im Durchgang zu Comstocks altem Zimmer.

»Ach hier bist du. Was machst … «, den Rest des Satzes verschluckte er, als der Lichtschein auf meinen zuckenden Riemen fiel.

»Hast du dich etwa so gelangweilt, dass du dich alleine vergnügen musstest? Schade, dass du nicht auf mich warten konntest. Ich konnte leider nicht früher, obwohl mir Rupert schon vor Stunden gesagt hatte, dass du hier bist.«

Ich ließ meinen Schwanz in der Hose verschwinden. Unwillig fügte er sich seinem Schicksal.

»Ja, ich hab schon gehört. Dein Vater ist überraschend zurückgekommen.«

»Du kannst dir nicht vorstellen, wie er sich aufgeführt hat. So kenne ich ihn eigentlich gar nicht. Er hat Comstock und mir die Hölle heiß gemacht. Irgendetwas muss auf seiner Reise passiert sein, dass ihn sehr aufgebracht hat. Anders kann ich es mir nicht erklären. Sicher hast du auch schon von den beiden armen Stallburschen gehört. Sie sind die beiden jüngsten auf dem Hof. Mein Vater hat sie erwischt, wie sie in einer Pferdbox herumgealbert haben. Wie zwei junge Fohlen sind sie umhergesprungen und haben sich gegenseitig ins Stroh geworfen. Da geriet er völlig außer sich. Er hat mit der Reitgerte auf die armen Burschen eingeschlagen, bis sie wimmernd in der Ecke des Stalles lagen. Es war furchtbar.«

»Rupert hat mir davon erzählt. Er war schockiert über deinen Vater. Auch die anderen schienen mächtig aufgebracht.«

Darüber, wie die Stallburschen ihre Wut abgebaut hatten, mochte ich in diesem Moment nichts sagen. Sie hatten ihr Pulver für heute Abend zweifellos ausgiebig verschossen. Keineswegs die schlechteste Lösung, dem Ärger Luft zu machen, wie ich fand. Trotzdem nahm ich mir vor, Brian in einer ruhigen Minute ausführlich über den Vorfall zu berichten.

»Wollest du dich hier vor mir verstecken, während du deinen Riemen verwöhnst?«, fragte er neugierig.

Ich schlenderte auf ihn zu. Seine heißen Lippen pressten sich auf meinen ausgetrockneten Mund, er schlang seine Arme um meine Hüften und zog mich fest an sich. Sofort wurde mein Schwanz hart und forderte unmissverständlich Brians Aufmerksamkeit. Seine Hände wanderten umgehend zu meinem Hosenbund und suchten nach einem Zugang.

»Ich habe euren Stallburschen bei der Sonntagsarbeit zugesehen«, raunte ich. »Ich wusste gar nicht, was für eine gut eingespielte Mannschaft sie sind.«

»Was redest du für einen Unsinn, Tom.« Brian sah mich entgeistert an und hielt inne. »Es stimmt, die Stallburschen mussten heute an ihrem freien Tag mit anpacken. So geschafft wie sie waren, liegen sie jetzt sicherlich schon seit Stunden auf ihren Strohsäcken. Comstock hatte keine Ruhe gegeben, bis alles blitzblank war. Er wollte meinem Vater nicht noch einmal Anlass bieten, die Burschen zu züchtigen.«

»Da musst du dich täuschen«, flüsterte ich. »Komm, sieh nur!«

Vorsichtig zog ich Brian zu meinem Aussichtspunkt am Ende des Gangs.

»Was soll hier zu sehen sein?« Suchend hielt er die Laterne hoch. Der matte Lichtschein verlor sich in den dunklen Weiten des riesigen Speichers. Alles war still, keine Menschenseele zu sehen. Nur ein großer Tisch stand einsam in der Mitte des Raums zwischen ein paar verstreuten Strohresten.

»Oh weh, hier muss auch dringend noch aufgeräumt werden«, war Brians nüchterne Feststellung.

Ungläubig starrte ich ins Dunkel. Hatte ich das alles etwa nur geträumt? Nichts deutete darauf hin, dass sich hier eben noch fünf heiße Kerle ihrer ungezügelten Lust hingegeben hatten.

»Ich dachte, ich hätte hier etwas gesehen. Ich war mir sogar sicher, dass … « Zweifelnd sah ich in Brians fragendes Gesicht. »Ach was, ist auch egal. Hauptsache du bist jetzt hier. Mein kleiner Freund wartet nämlich schon sehnsüchtig auf deinen kleinen Freund. Er ist schon überaus ungeduldig.«

Wieder drückte ich Brian an mich. Meine Hände fuhren durch seine Haare, mein Mund schmeckte seinen Hals und meine Nase roch den unverwechselbaren Duft meines Geliebten.

»Na, dann schauen wir doch einmal ob wir daraus nicht eine große Wiedersehensfeier machen können«, raunte er in mein Ohr und zog mich zurück in Richtung Kammer. Noch einmal drehte ich mich um. Auf dem dunklen Holz des Tisches spiegelten sich plötzlich die schwachen Lichtstrahlen des aufgehenden Mondes und unzählige leuchtende Sterne. Unglaublich. Eben noch hatte Robin seinen Samen auf der dunklen Fläche verteilt, während Bradleys Schwanz tief in seinem Hintern einen Lustpunkt getroffen hatte. Zufrieden grinsend folgte ich Brian. Er stellte das Licht auf den Tisch und begann, sich auszuziehen.

»Lass mich das lieber machen«, sagte ich und schob seine Hände zur Seite. Behutsam schob ich ihn rücklings gegen die Tischkante. Seine Arme seitlich aufgestützt und den Rücken durchgedrückt, lächelte er mich an.

»Ich lasse dir freie Hand«, flüsterte er.

Mein Schwanz pochte gegen das dicke Paket in seiner viel zu engen Hose. Langsam zogen meine Finger einen Knopf nach dem anderen durch die Schlaufen seines weiten Hemdes. Wie zufällig berührte ich dabei seine kurzen Brusthaare. Brians Atem ging schneller. Seine Bauchmuskeln zitterten, als meine Daumen die kleinen Hügel nachzeichneten. Sanft wanderten meine Hände um die Hüften nach hinten und zogen das Hemd aus der Hose. Mein Liebster hatte die Augen geschlossen und den Mund leicht geöffnet. Seine Lippen suchten und verlangten nach ihrem warmen Gegenüber. Leises Stöhnen drang aus seiner Kehle. Der Hauch seines Atems hüllte mich ein wie ein berauschender Nebel. Er wartete auf mich. Aber noch wollte ich ihn nicht erlösen. Meine Lippen streiften seine Wangen. Gierig sog ich seinen betörenden Duft auf. Als unsere nackten Oberkörper sich berührten, war es wie das Verschmelzen zweier heißer Sonnen. Lichtblitze tanzten vor meinen Augen, mein Herz schlug mir bis zum Hals.

»Oh Tom, was machst du mit mir?«, wimmerte er.

»Ich liebe dich, Brian.«

Das Hemd fiel von seinen Schultern. Meine Finger bahnten sich ihren Weg den Rücken hinauf. Jeden Muskel streichelnd fuhren sie aufwärts bis zum Nacken. Als ich seinen Kopf in meinen Händen hielt, trafen sich unsere Blicke. Sinnliche Lippen berührten sich. Erst sanft und zärtlich, dann leidenschaftlich und ungehemmt rangen unsere Zungen miteinander. Seine Arme hielten mich umschlungen. Sie drückten mich mit aller Kraft gegen seine bebenden Lenden. Heiße Schauer durchliefen meinen Körper. Als sich unsere Lippen mit einem atemlosen Keuchen voneinander lösten, nahm Brian wortlos meine Hand und zog mich zum Bett. Wie von selbst rutschte seine Hose zu Boden. Er ließ sich auf den Rücken fallen und streckte mir seine Hand entgegen.

»Komm zu mir, Tom!«

Sein steifer Schwanz lag pochend auf seinem Bauch. Auf der Spitze leuchtete ein dicker Tautropfen. Die Brustwarzen hatten sich zu dicken Knoten verhärtet. Die Spitzen hoben und senkten sich mit dem immer noch schwer atmenden Oberkörper auf und nieder. Als mich Brians lüsterner Blick traf, streifte auch ich meine Beinkleider ab. Federnd sprang mein Riemen ins Freie. Vorsichtig schob ich die Vorhaut zurück. Die Eichel füllte sich rasant mit Blut, bis sie prall glänzend über dem Schaft thronte. Brian stöhnte begierig.

»Komm zu mir Geliebter und lass mich endlich deinen Luststab spüren. Ich sehne mich seit Tagen nach diesem Augenblick.«

Ich legte mich auf ihn. Wieder fielen unsere Lippen übereinander her. Und auch unsere pochenden Freunde fanden zueinander, rieben und belagerten sich lüstern, bis sie feucht triefend und ungeduldig auf Erlösung brannten.

Brian spreizte seine Beine und verschränkte sie auf meinem Rücken. Unweigerlich stieß meine Schwanzspitze gegen seinen Muskelring, der sich bereitwillig öffnete. Mein Riemen versank in seinem warmen Hintern.

»Endlich«, flüsterte er »Da bist du.«

Keuchend lag ich auf ihm und schob meine Lenden langsam weiter voran.

»Ja, das ist gut so! Ich kann deinen pulsierenden Schwanz spüren.«

Eine Weile lagen wir einfach da, ohne uns zu bewegen. Ich hörte Brians Herz schlagen und fühlte, wie seine sanften Hände meinen

Nacken streichelten. Seine Männlichkeit zuckte aufgeregt zwischen unserer beider Bauchdecken hin und her. Mein bestes Stück schwoll immer mehr an. Wild rangen unsere Zungen miteinander. Brians Fersen umklammerten meine Hüften. Er erschauerte, als meine Schwanzspitze unerwartet seinen Lustpunkt traf. Vorsichtig zog ich mich wieder zurück, um dann behutsam erneut vorzustoßen. Noch einmal und noch einmal, aber weiterhin langsam und bedächtig. Brians Körper zitterte unter mir. Beharrlich setzte ich meine kleine Folter fort, zog mich weit aus ihm zurück, wartete, bis er jammernd seine Fersen gegen meinen Hintern schlug, und versenkte meinen Kolben dann in aller Ruhe wieder bis zum Anschlag. Seine Finger krallten sich in meinen Rücken. Wild warf er den Kopf hin und her. Er bäumte sich auf und schnaubte hemmungslos.

»Mehr«, stieß er hervor. »Ich will mehr!«

Sein männlicher Duft stieg mir in die Nase. Meine Nasenflügel bebten.

»Sollst du haben, Geliebter«, keuchte ich und steigerte seine Lust, indem ich meine Hüften in kreisenden Bewegungen vor- und zurückschob. Brians Gesicht verzerrte sich in entrückter Wollust. Seine steifen Brustwarzen wurden zu Opfern meiner gierigen Zunge. Auch meine Zähne packten zu und zogen an den roten Knoten. Tiefe, animalische Laute drangen aus seiner Kehle, als sein zuckender Schwanz explodierte und seine heiße Ladung zwischen uns verteilte. Krampfhaft zog sich sein Muskelring um meinen Bolzen zusammen, als wolle er mich nie wieder loslassen. Meine Eier klatschten ein letztes Mal gegen seinen Hintern, dann öffneten sich auch meine Schleusen. Kochender Saft flutete den engen Kanal meines Engels. Sein lächelndes Gesicht verzauberte mich und seine sinnlichen Lippen entführten mich noch einmal ins Paradies, bevor ich erschöpft auf seinen Brustkorb sank.

»Für immer dein!« Brians Worte drangen wie aus weiter Ferne zu mir. In meinen Ohren rauschte das Blut wie die Brandung des

Meeres, vor meinen geschlossenen Augen tanzten tausend bunte Lichter.

»Ja ... Für immer dein«, erwiderte ich, ohne zu wissen, ob ich flüsterte oder rief. Ich schmiegte mich an ihn. Warme Arme hielten mich umschlungen. Nirgendwo sonst wollte ich sein. Nur hier. Sicher und geborgen an seiner Seite. Sein ruhiger Atem wiegte mich in einen traumlosen Schlaf.

Viel zu schnell kam der Morgen. Doch als die ersten Pferde auf den nahe gelegenen Koppeln zu wiehern begannen, weckte mich Brian mit einem innigen Kuss.

»Wir müssen aufstehen Tom«, flüsterte er. »Mich erwartet ein arbeitsreicher Tag.«

Seine Morgenlatte drängte sich gegen meinen Bauch.

»Ja, das sehe ich auch so«, scherzte ich und griff spielerisch nach seinem harten Kerl. »Hier scheint tatsächlich eine Menge Arbeit anzufallen.«

»Nein, nicht jetzt. Ich muss wirklich los. Mein Vater sucht mich sicher schon. Wer weiß, was er heute für eine Laune hat?«

Brian wand sich aus meiner Umarmung und zog sich an. Enttäuscht musste ich zusehen, wie sein herrlicher Männerkörper in Hemd und Hose verschwand.

»Ich kann noch zwei ganze Tage bleiben. Was soll ich denn nun machen? Deinem Vater will ich auf keinen Fall über den Weg laufen. Magst du nicht doch noch bleiben?«

»Ich kann nicht. Wirklich. Es geht nicht, Tom. Tut mir leid. Ich lasse dir eine Nachricht zukommen, sobald sich hier alles wieder beruhigt hat. Ich muss los!«

Ich stand jetzt nackt vor ihm. Er drückte mich an sich. Seine kräftigen Hände packten meinen Hintern, mit einem Ruck zog er mich zu sich heran. Sanfte Lippen berührten die meinen.

»Bis bald.«

Mit diesen Worten drehte er sich um und stieg die Leiter hinab. »Ich schicke dir Rupert vorbei, damit er dir mit deinem Pferd hilft«, rief er noch, dann war er verschwunden.

Als Rupert eintraf war ich bereits dabei, Dario in seiner Box zu striegeln.

»Ach, hier bist du Tom.« Strahlend kam der Stallbursche auf mich zu. Er lehnte sich gegen die Wand und beobachtete mich eine Weile.

»Ich hab schon gehört, du willst wieder zurück«, sagte er dann. »Schade. Ich dachte schon … «

»Brian hat in den nächsten Tagen wohl keine Zeit für mich. Also reite ich zurück«, unterbrach ich ihn. Nach einer kurzen Pause fügte ich hinzu: »Oder was wolltest du noch sagen?«

»Ach, nichts weiter.«

Verlegen druckste er herum, während ich weiter die Flanken meines Pferdes striegelte.

»Ich habe euer Gespräch gestern Abend belauscht. Ihr macht euch unglücklich, wenn ihr glaubt, etwas gegen Lord Hamilton unternehmen zu müssen.«

Auf einen Schlag war Ruperts Lächeln wie weggeblasen. Mit großen Augen sah er mich an.

»Ich habe Brian noch nichts davon erzählt«, beruhigte ich ihn. »Außerdem scheint ihr ja noch andere Möglichkeiten gefunden zu haben, euch abzureagieren, als den Aufstand zu proben. Du hast übrigens ein ziemliches Prachtexemplar da unten.«

Schamlos sah ich Rupert zwischen die Beine, wo sich sein zuckender Schwanz sofort im Hosenbein bemerkbar machte.

»Keine Angst, eure nächtlichen Versammlungen, bleiben auch in Zukunft ungestört. Ich kann ein Geheimnis für mich behalten.«

Er erwiderte mein offenes Lächeln und kam auf mich zu.

»Danke, Tom.« Unsicher küsste er mich. Seine rauen Lippen berührten meinen Mund nur ganz kurz. Dann half er mir wortlos,

Dario zu satteln und aufzusteigen. Ich schlug einen kurzen Seitenpfad ein, um nicht über den Hof vor dem Haupthaus reiten zu müssen. Als ich mich ein letztes Mal umdrehte, stand Rupert noch immer in der offenen Stalltür und sah mir nach.

Es war der Tag, an dem Brian und ich uns wiedersehen wollten. »Gegen Mittag« hatte er gesagt, doch weil ich es nicht abwarten konnte, war ich wieder einmal zu früh. Unser Treffpunkt war die alte Hütte im Wald, die nicht weit vom Landsitz der Hamiltons entfernt lag. Ich erinnerte mich noch genau, wie ich sie damals von Weitem gesehen hatte, als Brian mir die Aussicht vom Dachboden des Pferdestalls gezeigt hatte. Etliche Wochen war das mittlerweile her, in denen die kleine Behausung zu unserem heimlichen Liebesnest geworden war. Unzählige Male waren wir hier übereinander hergefallen. Wir hatten miteinander gerungen oder spielerisch gekämpft und uns am Ende immer wieder ausgiebig geliebt. Jedes Mal erfüllte es mich mit heißer Vorfreude, wenn ich in den schmalen, erst auf den zweiten Blick vom Hauptweg einsehbaren Pfad einbog, der zu dem Unterschlupf führte. So auch diesmal. Bereits bei dem Gedanken an die nächsten Stunden spürte ich, wie meine Hose im Schritt stramm wurde.

Im Nu hatte ich alles vorbereitet, damit wir uns einen ungestörten Tag machen konnten. Ich rückte gerade meinen erwartungsvollen, steifen Kerl zurecht, als draußen Pferdehufe den Boden erzittern ließen. Schwungvoll öffnete ich die Tür, um meinem Geliebten entgegenzustürmen. Erstaunt blickte ich auf die zwei Reiter vor mir. Brian war nicht alleine gekommen.

»Sieh einmal, wen ich mitgebracht habe«, rief Brian begeistert. »James wollte es sich nicht nehmen lassen, uns einmal zu besuchen.«

Sofort erinnerte ich mich wieder an meine erste Begegnung mit dem Diener. Mein Schwanz in der Hose erinnerte sich ebenfalls. Und auch James schien unsere heißen Erlebnisse nicht vergessen zu haben.

»Hallo Tom, es freut mich, dich nach so langer Zeit einmal wiederzusehen«, begrüßte er mich, während sein Blick ungeniert die deutlich sichtbare Beule in meiner Hose musterte.

»Nun James, wie findest du unser kleines Versteck?«, unterbrach Brian die knisternde Stille.

James Augen wanderten abschätzig über den schiefen Giebel, die unübersehbaren Löcher im Dach und den zum Teil eingefallen Viehschuppen hinterm Haus.

»Die Hütte Eurer Lordschaft hat offenbar schon bessere Zeiten gesehen«, näselte er in förmlichem Ton.

»Na, dir wird der Anblick des Inneren der Hütte fürs Erste ja zum Glück erspart bleiben«, tat Brian den herablassenden Kommentar ab. Dann fuhr er an mich gewandt fort: »James hat uns für heute eine Überraschung versprochen.«

»Sie wird dir bestimmt gefallen, Tom«, versicherte der Diener, als er meinen skeptischen Blick sah. Doch seine gut gemeinten Worte konnten mich nicht recht aufmuntern. Einerseits freute ich mich natürlich, James wiederzusehen, andererseits würde aus dem gemütlichen Nachmittag mit Brian jetzt sicher nichts werden. Ein bisschen kam mir der Besuch vor wie ein Eingriff in unsere Zweisamkeit.

»Nun mach nicht so ein Gesicht. Schwing dich auf dein Pferd und auf geht's«, damit wendete James seinen Fuchs und wollte schon losreiten.

»Wohin soll es denn gehen?«, rief ich.

»Eine Überraschung ist es nur, wenn das ein Geheimnis bleibt.

Aber ich verspreche dir, du wirst dich am Ende des Tages nicht beklagen können«, war die Antwort.

Irgendwie war ich erleichtert, dass James unser Liebesnest nicht besichtigen wollte. Auch wenn die Hütte nach außen hin einen baufälligen Eindruck machte, Brian und ich hingen an diesem Ort und an den Erinnerungen unserer gemeinsamen Tage hier. Ich hatte keine Lust, mir all das durch hochnäsige Kritik an den Räumlichkeiten verderben zu lassen. Also holte ich schnell meine Sachen, verstaute sie in der Satteltasche und saß auf.

Als wir schon eine ganze Weile unterwegs waren, wurde ich allmählich unruhig. Schon seit über einer Stunde folgten wir James über verschlungene Pfade. Wir durchquerten kleine Bäche, galoppierten über offene Wiesen oder trotteten durch dichtes Blattwerk. Häufig kamen wir nur mit Mühe voran, mussten hintereinander reiten oder tief hängenden Ästen ausweichen, um nicht von den Pferden zu fallen.

»Ich hoffe, deine Überraschung besteht nicht allein darin, uns den Rest des Tages durch die Wildnis zu lotsen«, wagte ich einen ersten leisen Protest.

»Die jungen Herrschaften werden sich nur noch ein wenig in Geduld üben müssen. Bald sind wir da. Es dauert nicht mehr lange«, lautete die Antwort von weiter vorne.

Kurz darauf lichtete sich der Wald. Vor uns funkelte in der Sommerhitze ein kleiner, unberührter See, der von großen, alten Bäumen eingerahmt wurde. Stolz stieg James vom Pferd.

»Nun? Habe ich zu viel versprochen? Diesen Platz kenne ich schon seit vielen Jahren. Bis heute habe ich ihn noch niemandem gezeigt. Ihr seid die ersten«, rief er und band die Zügel lose an einem Strauch fest.

»Nun kommt schon! Heute ist Badetag.« Rasch fing er an, sich auszuziehen. Sorgfältig legte er seine Garderobe zusammen, wie es sich für einen Diener geziemte. Begeistert überblickte ich das idyllische Gewässer, dann sprang auch ich vom Pferd. Schon im

Laufen befreite ich mich von Hemd und Hose. Als ich James erreichte, war ich längst splitternackt. Gerade war er dabei sein letztes Kleidungsstück zu den anderen zu legen, als ich ihm mit der Hand kräftig auf sein nacktes Hinterteil klatschte. Erschrocken fuhr er hoch.

»Na warte!«, schimpfte er laut. »Du entkommst mir nicht.«

Sofort nahm er die Verfolgung auf, als er mich aber erreichte, sprang ich bereits kopfüber in den See. Wie einen Jungbrunnen empfand ich das prickelnde, kühle Nass auf meiner Haut. Ich fühlte mich wie neugeboren. Der mühsame Ritt hatte sich wirklich gelohnt. Hastig schwamm ich ein paar Züge, um mich vor James in Sicherheit zu bringen.

»Ihr zwei scheint wohl einiges nachholen zu müssen«, rief Brian vom Ufer aus, während James sich lautstark ins Wasser stürzte und mit seinen starken Armen rasant auf mich zu paddelte. Plötzlich packte er meinen Fuß und zog mich zu sich heran. Seine Arme umschlossen mich von hinten wie eine riesige Klammer. Mit aller Kraft versuchte ich mich zu befreien, aber es wollte nicht gelingen.

»Jetzt habe ich dich. Du kannst mir nicht entwischen«, keuchte James außer Atem. Ich strampelte und zappelte wie ein Fisch im Netz.

»Wenn du nicht artig bist, stecke ich deinen Kopf zwischen meine Beine«, drohte James scherzhaft.

»Das wäre sicher nicht das Schlimmste, was mir heute passieren könnte«, erwiderte ich mutig und startete einen neuen Versuch, mich aus seinem festen Griff zu befreien. Er scheiterte. Allerdings gelang es mir wenigstens, mich in der Umklammerung umzudrehen.

»Für deine Frechheiten wirst du heute eine besondere Strafe erhalten«, grinste er mich an.

»Darauf freue ich mich schon«, ermunterte ich ihn gereizt. Ohne dass ich es bemerkt hatte, war mein Schwanz hart geworden und drückte nun gegen den Bauch des Dieners. Und auch James' dicker Kolben hatte sich aufgerichtet. Unsere Schwänze trugen ihren eigenen Unterwasserkampf aus. Ich überraschte James, indem ich ihm einen leidenschaftlichen, aber auch angriffslustigen Kuss auf die Lippen drückte. Verblüfft starrte er mich an. Ich nutzte den Schreckmoment dazu, seiner für einen Moment nachlassenden Umklammerung zu entkommen. Behände tauchte ich unter ihm weg und schwamm so schnell ich konnte in Richtung Ufer. Fassungslos blickte James um sich.

»Der Freund Seiner Lordschaft benimmt sich außerordentlich flegelhaft«, rief er in entrüstetem Ton zu Brian hinüber, der unseren Kampf vom Ufer aus beobachtet hatte.

»Oder aber mein Diener ist selbst für die einfachsten Aufgaben zu dumm«, feixte er und winkte mich zu sich heran. »Komm her zu mir Tom. Bei mir bist du in Sicherheit. Obwohl es nicht nett von dir war, mich hier ganz alleine stehen zu lassen.«

Stehen lassen war genau die richtige Bezeichnung, denn Brian hatte während unserer Spielerei seinen fetten Schwanz bearbeitet, der mir nun freundlich entgegenwippte.

»Ich werde dich wohl wieder einmal trocken reiben müssen«, seufzte er und hüllte mich in ein großes Handtuch. Grob rubbelte er über meine nassen Haare, dann vorsichtig über Nacken und Schultern, schließlich sanft und ausführlich über meinen Hintern. Zum Schluss kamen die Beine und die Fersen an die Reihe.

»Und jetzt umdrehen«, befahl er. Auf den Knien hockend widmete Brian sich zunächst meinen Füßen. Von dort aus ging es langsam wieder aufwärts. Allerdings kam er nur bis zu den Lenden, auf denen ihm freudig mein Schwanz entgegensprang.

»Dein bestes Stück werde ich besser nicht mit dem rauen Tuch abtrocknen. Dafür werde ich etwas Weicheres verwenden.«

Sogleich begann seine neugierige Zunge, den Schaft abzulecken. Keine Stelle meines stramm gespannten Hammers ließ er aus. Ein wohliges Schauern durchströmte meinen Körper. Als ich es kaum noch erwarten konnte, schob Brian endlich seine Lippen über meinen Schwanz. Dabei ließ er seine Zunge weiter um mein Lustorgan kreisen.

»Du machst das wirklich gut«, stöhnte ich. Meine Hände hielten seinen Kopf. So konnte ich meinen verlangenden Hüftbewegungen mehr Nachdruck verleihen und meine Keule mit jedem Stoß ein bisschen tiefer in seine Kehle stopfen. Brian half mit, indem er seine Hände in meine Arschbacken vergrub. Irgendwann verschwand mein Schwanz wie von selbst in seinem Mund, was mich dazu veranlasste, die Hände zu meinen vernachlässigten Brustwarzen wandern zu lassen. Augenblicklich schwollen sie zu festen Knoten an. Mit jedem Kniff, den ich ihnen verpasste, schoss mehr Blut in meinen pulsierenden Schwanz. Aber Brian hatte inzwischen genug Übung, um selbst damit fertig zu werden.

»Lass mich dir helfen«, raunte plötzlich eine Stimme hinter mir. James drängte sich von hinten gegen meinen Rücken. Sanft schob er seine Hände unter meinen Armen hindurch. Seine suchenden Finger kneteten meine Brust und seine tropfenden Haare brachten meiner erhitzen Haut eine erfrischende Abkühlung. Das lodernde Feuer in mir konnten sie allerdings nicht löschen. Zumal ich James' pochenden Hammer an meiner Arschspalte spürte.

»Ich sagte doch, du kannst mir nicht entkommen« flüsterte er mir ins Ohr. »Los, Brian, sein Schwanz ist trocken genug. Du solltest jetzt lieber meinen ordentlich nass machen, damit Tom seine verdiente Strafe erhält. Oder sollte ich besser sagen: die Überraschung bekommt, auf die er schon seit Stunden wartet.«

Brian ließ nur widerwillig von seinem Leckerbissen ab. Aber er gehorchte. Nach ein paar letzten genießerischen Bewegungen rutschte sein Mund endlich von meinem Ständer.

»Komm, steck deinen Kopf zwischen seinen Beinen durch und mach bei mir weiter«, dirigierte James, setzte sich auf seine Fersen und streckte Brian seinen aufrecht stehenden Kolben entgegen. »Was du bei ihm aufgeleckt hast, kannst du bei mir wieder loswerden. Mach meinen Schwanz richtig saftig.«

Brian kniete sich zwischen meine gespreizten Beine und schluckte James riesigen Ständer schon beim ersten Versuch fast vollständig.

Aufreizend ragte dabei sein Hintern in die Höhe. Die Verlockung war einfach zu groß. Ich beugte mich weit nach vorne und streichelte seine weißen Kugeln. Weich und zart fühlte sich die Haut unter meinen Händen an. Gerne hätte ich auch noch sein zuckendes Loch erreicht. Doch gerade als ich mich weiter strecken wollte, umfassten James' Hände meine Hüften und zogen mich zurück. Ungewollt hatte ich ihm mein Lustloch direkt entgegengestreckt. Ich hätte wissen können, dass er meine gebeugte Haltung schamlos ausnutzen würde. Das tat er nun. Kreisend und geübt leckte seine feuchte Zunge an meinem Ring. Mit der Spitze versuchte er meinen Schließmuskel zu öffnen. Seufzend schob ich mich ihm entgegen.

Mit beiden Händen stützte ich mich auf Brians Hintern ab. Mein Rücken krümmte sich wie bei einer schnurrenden Katze. Mein Kopf hing kraftlos nach unten. Ich konnte zusehen, wie mein Liebster zwischen meinen Beinen heftig James' harten Ständer blies. Unermüdlich ließ er seine Zunge kreisen. Als er den Schwanz für einen Moment nur noch an der Spitze zwischen den Lippen hielt, konnte ich dicke Adern auf dem breiten Schaft erkennen. Nur ganz kurz. Dann verschwand der Riese schon wieder bis zur Wurzel in Brians Mund. Genau in diesem Moment schob James seine Zunge noch ein Stück tiefer in mein Loch, sodass ein zitterndes Beben über meinen Rücken fuhr.

»Ich glaube, jetzt wird es Zeit«, tönte es kurz darauf von hinten. »Für den tätlichen Angriff auf den Bediensteten eines Lords hat Tom eine gehörige Belehrung verdient.«

James zog seinen Kolben aus Brians Mund und stellte sich hinter mir auf. Brian, von dem plötzlichen Stellungswechsel sichtlich überrascht, wäre beinahe vornüber gefallen. Zum Glück konnte ich ihn gerade noch rechtzeitig festhalten.

»Ich hab doch gerade erst angefangen«, beklagte er sich, als er sich wieder gefangen hatte. »Gerade hatte sich meine Kehle an den dicken Schaft gewöhnt.«

»Dann kannst du gleich hier weitermachen«, mischte ich mich vorlaut ein und streckte Brian auffordernd meinen Steifen entgegen. »Nachher kannst du uns dann erzählen, welcher Schwanz dir besser geschmeckt hat.«

»Der ist natürlich bei Weitem nicht so groß wie James'«, lästerte Brian. »Aber bevor ich leer ausgehe.«

Gespielt lässig nahm er meinen Schwanz in die Hand und rieb daran.

»Ich muss wohl noch ein wenig Aufbauarbeit leisten. Aber das schaffe ich schon.«

Betont langsam schob Brian meine Vorhaut bis über die Schwanzspitze, um sie dann wieder so weit wie möglich zurückzuziehen. Schon nach ein paar Malen tropfte erster Honigsaft aus der Eichelkuppe.

»Na also. Nun wollen wir doch mal sehen, welcher Happen mir besser schmeckt.«

Brians Zunge leckte zuerst genüsslich meinem Saft auf, bevor sich seine Lippen um die Eichel legten. Dann schob er seinen Mund langsam über meinen harten Ständer. Ich fühlte, wie die raue Seite seiner Zunge meine empfindliche Eichel umrundete.

»Du wirst merken, dass mein Prachtstück noch einiges zu bieten hat«, spornte ich Brian an. »Du musst es nur richtig reizen. Erst dann entfaltet es seine volle Größe«

Seine Antwort erstickte ich, indem ich mit Nachdruck meinen Schwanz in seinen Mund drängte. Sie würde eine Weile warten müssen, denn ich hatte nicht die Absicht, mein bestes Stück sehr bald wieder aus seinem Mund zu nehmen.

»Dort vorne bist du ja scheinbar gut versorgt«, schaltete sich auch James wieder ein. »Um deinen Arsch werde ich mich jetzt kümmern.«

Damit umarmte er mich von hinten, legte seine Hände auf meinen Brustkorb, drückte seinen feucht gelutschten Schwanz gegen meine Arschspalte und rieb ihn langsam auf und ab.

»Ich brauche noch mehr Schmiermittel«, raunte James. «Los, leck mir meine Finger nass.«

Die Finger seiner rechten Hand schoben sich in meinen Mund. Ich versuchte, sie mit so viel Speichel wie möglich zu umspülen. Das intensive Saugen an seinen Fingerspitzen, brachte James noch mehr in Stimmung. Wie wild klopfte und zuckte sein fetter Kolben an meine Pforte, während seine linke Hand kräftig und quälend meine rechte Brustwarze zwirbelte. Mein lustvolles Wimmern verlor sich in den tastenden Bewegungen der eifrigen Finger in meinem Mund.

»Warum denn so aufgeregt?«, flüsterte James in meinem Nacken. »Das Beste kommt doch erst noch.«

Er nahm seine feuchte Hand und schmierte damit sorgfältig mein pulsierendes Loch ein. Dann spürte ich nur noch, wie die pralle Eichel gegen meinen Ring presste, wie der Druck langsam stärker wurde und schließlich wie sich mein Eingang öffnete. Ganz sanft schob James seinen heißen Schwanz immer weiter voran, bis seine krausen Schamhaare meinen Hintern berührten.

Er gab mir etwas Zeit, um mich an den Druck zu gewöhnen, zog den Schwanz dann behutsam zurück und trieb ihn wieder hinein. Nur vorsichtig steigerte James das Tempo. Doch mit der Zeit glitt er immer leichter in meinen tiefen Kanal und stieß immer häufiger gegen meinen Lustpunkt, was jedes Mal meinen ganzen Körper erzittern ließ. Auch James' Atem wurde schneller. Schweiß tropfte von seinem Oberkörper auf mich herunter. Seine Brusthaare kratzten auf meinem Rücken und sein Sack schlug klatschend gegen meine Schenkel. Mit der linken Hand kniff er noch immer schmerzhaft meine Brustwarze. Die rechte hatte er auf Brians Hinterkopf gelegt. Sie drückte ihn weiter auf meinen Schwanz.

Glühende Hitze stieg zwischen meinen Beinen empor und mein Schwanz wurde immer fordernder. Eingekeilt zwischen James' steinhartem Rohr und Brians Mund schwang mein Becken in einer eigenwillig zuckenden Pendelbewegung hin und her, die ich kaum noch kontrollieren konnte. Mir war klar, dass James es nicht mehr lange aushalten würde. Entsprechend wild peitschte ich meinen Hammer in den Schlund meines Liebsten hinein. Und auch Brian selbst rieb sein strammes Rohr immer zügelloser.

James bäumte sich auf, trieb seinen Schwanz noch ganz tief in mich hinein und verharrte für einen Moment in Unbeweglichkeit. Nur sein dicker Schwanz pulsierte weiter und schoss dann in einem letzten harten, zuckenden Stoß seinen heißen Saft in meinen Hintern. Welle um Welle ergoss sich der Samen wie eine erlösende Flut in meine Arschhöhle. Gleichzeitig erreichte auch ich meinen Gipfel. Das von James angefachte Feuer fand seinen Weg aus meinem tiefen Innern in den brennenden Schaft hinauf zur Schwanzspitze. Eine plötzliche Explosion überrollte mich, dann schleuderte ich meine glühende Lava in Brians Kehle. Schwer stützte ich mich auf seinen Rücken und pumpte meinen Schwanz bis zum letzten Tropfen leer, bis der Saft nur so aus seinen Mundwinkeln herausströmte. James hatte sich heftig atmend hinter mir ins Gras fallen lassen. Ich hätte es ihm am liebsten gleichgetan, doch zuvor war Brian am Zug. Der kniete auf den Fersen vor mir und bearbeitete seinen Schwanz voller Inbrunst. Als seine Augen einen glasigen Ausdruck annahmen und er seinen geschwollen Bolzen immer fester rieb, beugte ich mich über ihn. Schon die erste Berührung meiner Lippen brachte ihn an die Schwelle. Hemmungslos trieb er mir mit ein paar harten Stößen seinen Hammer in den Mund. Dann spritzte er mit einem lauten Aufschrei seinen Samen heraus. Bis auf den letzten Tropfen schluckte ich genussvoll seinen herben Saft.

»Du kannst jetzt loslassen«, meinte Brian kraftlos. »Für dieses Mal kommt nichts mehr.«

Ein letztes Mal genüsslich saugend ließ ich schließlich von ihm ab und ließ mich ins Gras fallen.

»Die Überraschung ist dir gelungen, James«, murmelte ich nach einiger Zeit.

»Aber das ist noch nicht alles«, antwortete er geheimnisvoll. Munter stand er auf und ging zu seinem Pferd. Die tief stehende Sonne tauchte seine Gestalt in ein weiches Licht. Seine festen Arschbacken leuchteten hell. Die Rückenmuskeln arbeiteten lebhaft bei jedem seiner Schritte über die kleine Lichtung. Die ausladenden Schultern, die schlanken Hüften … Er war einfach ein vollkommener Anblick. Seufzend lehnte ich mich zurück.

»Mir geht es genauso«, hauchte Brian, der mich beobachtet hatte. »Er ist nicht nur der beste Diener, den ich je hatte. Er ist auch ein wahrer Prachtkerl. Und ein wundervoller Liebhaber obendrein.«

Ich nickte. James kam jetzt schwer bepackt mit zwei Satteltaschen zurück. Auch seine Vorderseite war makellos: die Brust, die Beine, die starken Arme. In seinem immer noch feuchten Schamhaar glitzerten die Sonnenstrahlen wie Tautropfen im Gras. Sein dicker Schwanz pendelte locker zwischen den Beinen hin und her.

»Ihr seht aus wie zwei verhungernde Hündchen«, lachte er. »Bevor ihr mich auffresst, gebe ich euch lieber etwas zu beißen. Natürlich habe ich auch daran gedacht.«

Triumphierend zog er eine Flasche Wein aus der Tasche und hielt sie hoch. Dann zauberte er noch frisches Brot und sogar Käse und Wurst zutage. Er breitete alles auf einer großen Decke aus, die er aus der zweiten Satteltasche holte. Immer noch nackt, gewärmt von den letzten Sonnenstrahlen, lagen wir auf der Decke, vertilgten die Köstlichkeiten und genossen den friedlichen Abend. Erst bei Einbruch der Dunkelheit verließen wir den malerischen Ort. Als wir uns auf den Weg machten, zogen die ersten dünnen Nebelschwaden über das Wasser. Genau über der Stelle, an der James und ich vorhin noch miteinander gekämpft hatten bildete sich ein kleiner Dunstwirbel, als wollte er die glücklichen Erinnerungen dieses Nachmittags mit seinem Schleier zudecken. Einen Moment lang zögerte ich. Dann verwarf ich den Gedanken und gab meinem Pferd die Sporen.

So hatte damals also alles begonnen. Die Zeit war nur so dahingeflogen. Tage vergingen, dann Wochen, dann Monate. Regelmäßig hatten Brian und ich uns im Wald getroffen. Aus anfänglicher Freundschaft und Zuneigung war tiefe, innige Liebe geworden. Wir konnten nie genug voneinander bekommen und verbrachten jede freie Minute miteinander. Der Sommer neigte sich bereits dem Ende entgegen, als uns eines Tages ein heftiges Gewitter überraschte. Es kündigte sich zunächst nur durch ein harmloses Grollen an. Es folgten heftiger Donner und Blitze, die selbst die dunkelste Nacht zum hellen Tag gemacht hätten. Mit ihnen brach das Unheil über unsere Liebe herein …

»Tom. Es ist jetzt an der Zeit, dass du endlich erwachsen wirst«, sagte Onkel Walter eines Abends beim Essen zu mir. Dieser eine einfache Satz veränderte mein Leben für immer.

»In zwei Wochen erwarte ich mein Schiff, die *Margarita*, zurück. Wenn sie wieder ablegt, wirst du an Bord sein und deine ersten Erfahrungen als Seemann machen. Ihr werdet nur ein paar Wochen unterwegs sein und noch vor Ende des Jahres mit voll beladenem Schiffsbauch wieder im Hafen von Plymouth einlaufen. Glaub mir, es wird dir Freude machen, die frische Seeluft in deinen Lungen zu spüren. Schließlich sollst du einmal mein Geschäft übernehmen. Und ohne Erfahrungen auf See kannst du kein guter Händler werden, auch wenn du später mehr Zeit an Land verbringen wirst. Aber weißt du, was das Beste an allem ist? Ben wird mit an Bord sein. Er schließt sich dieser Fahrt an, um einen dringenden Auftrag für mich zu erledigen. Also bist du nicht ganz alleine unter all den fremden Matrosen. Außerdem kann Ben dir so alles Wichtige beibringen, was ein seefahrender Kaufmann wissen musst.«

Damit nickte mein Onkel zufrieden. Sichtlich erleichtert, endlich mit der Sprache herausgerückt zu sein, lehnte er sich zurück und ergriff sein Weinglas: »Auf dein Wohl mein Junge.«

Sprachlos prostete ich ihm zu und leerte mein volles Glas mit schwerem, italienischem Rotwein in einem Zug. Walter hatte sich wieder dem Essen zugewandt und spießte ein Stück blutiges Steak auf die Gabel. Genüsslich schob er es sich in den Mund und schluckte es herunter. Mein Essen schien dagegen den rückwärtigen Weg einschlagen zu wollen. Nur mit Mühe konnte ich einen Würgereiz unterdrücken.

»Du sagst gar nichts«, nahm Walter das Gespräch wieder auf. »Ein klein wenig mehr Begeisterung hatte ich schon erwartet. Komm schon. Freust du dich denn gar nicht? Dein erstes großes Abenteuer wartet auf dich.«

»Ich dachte … Ich glaube nur … « stotterte ich. »Ist es nicht noch ein bisschen zu früh für mich? Vielleicht besser nächstes Jahr … «, suchte ich verzweifelt nach einer Ausflucht, während mich in meinem Kopf lediglich eine Frage anschrie: Was sollte aus mir und Brian werden?

Ich gab nicht sofort auf. Mehrfach versuchte ich, Onkel Walter umzustimmen. Doch meine Beteuerungen, dass ich auch hier genügend Gelegenheiten hätte, etwas über das Geschäft zu lernen, ließ er nicht gelten. Nach mehreren Tagen zermürbender Gespräche, die mehr als einmal in lautem Streit endeten, fügte ich mich in mein Schicksal. Ich kannte ihn inzwischen gut genug, um zu wissen, wann ich ihm etwas ausreden konnte und wann nicht. In dieser Angelegenheit war es von Anfang an zwecklos gewesen. Seine Entscheidung war gefallen.

Der einzige Lichtblick an der Sache war tatsächlich Ben. Ein Freund meines Onkels aus alten Tagen, Benjamin Wilder. Beide waren früher oft zusammen zur See gefahren, hatten gemeinsam manches Abenteuer überstanden und sich nie ganz aus den Augen verloren. Immer wenn Ben es nur irgendwie einrichten konnte, besuchte er uns. Anfangs kam er nur einmal im Jahr für ein oder zwei Wochen im Sommer. Doch seit einiger Zeit zog es ihn immer häufiger nach Plymouth. Die gesamte letzte Weihnachtszeit hatte er bei uns verbracht. Bis weit in den Januar war er geblieben. Kurz nach Ostern stand er schon wieder vor der Tür und blieb für zwei Wochen. Nachdem er jetzt schon wieder einen ganzen Monat bei uns wohnte, sollte er mich nun auf meine erste große Fahrt begleiten.

»Wohin wird die Fahrt eigentlich gehen?«, wollte ich irgendwann wissen.

»Ihr werdet in Frankreich einen kurzen Zwischenhalt einlegen und dann weiter nach Spanien segeln. Alles Weitere wird Ben dir erklären. Es ist nicht gut, wenn zu viele Menschen wissen, wie die genaue Route verläuft.«

Ich machte einen gequälten Gesichtsausdruck: »Vielen Dank auch für dein Vertrauen, Onkel«

»Tom, versteh mich bitte nicht falsch. Diese Reise ist äußerst wichtig für mich. Es steht eine Menge auf dem Spiel. Mehr kann ich dir im Moment wirklich nicht sagen. Du wirst mich schon bald verstehen. In diesem Punkt musst du mir bitte glauben. Die Zukunft Englands liegt auf der anderen Seite des Atlantiks, das weiß inzwischen jeder kluge Kopf. Aber noch hat unsere Königin den Spaniern nicht den Krieg erklärt. Und die Staatskassen sind leer. So lange uns ihre Häfen also noch offenstehen, werden wir Kaufleute Handel mit Ihnen treiben. Noch glauben die Spanier, sie wären die Herrscher auf allen Weltmeeren, aber das wird sich bald ändern. Wusstest du, dass Papst Alexander VI. im Jahre 1493 alle neu entdeckten Länder zwischen Spanien und Portugal aufgeteilt hat? Allein sie wurden als Kolonialmächte anerkannt. England, Frankreich und alle anderen europäischen Staaten gingen leer aus. Die Spanier plündern Westindien. Ihr Königshaus schwimmt geradezu in Gold und Silber. Sehr lange wird sich Elisabeth dass sicher nicht mehr mit ansehen. Wer weiß? Vielleicht führt dich deine nächste Reise schon in die Neue Welt. Glaub mir, ich beneide dich um deine Jugend. Ich bin für so was mittlerweile wirklich zu alt.«

Was nützte mir meine Jugend, wenn ich sie alleine verbringen musste? Das war der einzige Gedanke, der mir immer wieder durch den Kopf ging. Ich am anderen Ende der Welt und Brian hier in England. Wieder verkrampfte sich mein Magen. Mir wurde übel. In den nächsten Tagen ging ich Walter einfach aus dem Weg.

Dann kam das nächste Unwetter. Diesmal schlug der Blitz bei Brian ein. Nach einer langen Reise war sein Vater wieder auf den Landsitz zurückgekehrt und bestellte seinen Sohn zu sich ins Kaminzimmer.

»Junge, es wird Zeit, dass aus dir ein richtiger Mann wird. Ich hatte in den vergangenen Monaten Gelegenheit, über deine Zukunft nachzudenken. Letzte Woche habe ich Hofmarschall Brighton in London konsultiert. Wir waren uns schnell einig, dass eine Ausbildung an der Militärakademie in Woolwich dich perfekt auf deinen späteren Dienst als königlicher Militärberater vorbereitet. Ich habe deine Ankunft bereits für nächste Woche angekündigt. Was hältst du davon? Eine so großartige Gelegenheit gibt es so schnell nicht wieder.«

»Ich … bin sprachlos, Vater. Wenn du meinst, dass es das Richtige für mich ist … «

»Ja, natürlich. Du wirst dort unserer Familie Ehre machen. Diese Laufbahn ist deinem Stand als zukünftiger Lord mehr als angemessen. Ich freue mich für dich. Du kannst jetzt gehen und James die gute Nachricht überbringen. Er wird dich selbstverständlich begleiten.«

Draußen war es gerade hell geworden. Noch zogen Dunstschleier durch das nasse Gras, doch die ersten Sonnenstrahlen würden den letzten Frühnebel bald vertreiben. Ich lauschte den Vögeln bei ihren morgendlichen Gesängen und ließ mich behaglich auf das frische Strohlager in unserer Waldhütte fallen. Bald würde Brian hier sein. Mein Blick wanderte über die alten Dachbalken an der Decke. Dann wurden meine Augen schwer und fielen zu.

Weiche warme Lippen berührten die meinen. Wie schon so oft weckte Brian mich auf diese zärtliche Weise.

»Hallo Tom«, flüsterte seine sanfte Stimme. Ich hielt die Augen weiter geschlossen und atmete tief durch. Begierig sog ich seinen Duft ein. Unter hundert anderen Männern hätte ich dieses für mich so betörende Aroma wiedererkannt. Schon hatte er es sich neben mir bequem gemacht. Den Kopf an meine Schulter geschmiegt, knabberte er vorsichtig an meinem Ohr.

»Hallo Brian«, flüsterte ich zurück. »Ich musste gerade daran denken, wie du mich damals gefunden hast. Es scheint eine Ewigkeit her zu sein. « Ich machte eine kurze Pause. Dann brach es aus mir heraus: »Ich kann es nicht fassen, dass wir uns vielleicht nie wiedersehen werden.«

Eine Träne löste sich aus meinem Augenwinkel und rollte über die Wange. Brian beugte sich über mich und küsste mir den Tropfen zärtlich vom Gesicht.

»Sieh mich an, Tom.«

Ich blinzelte. Durch den Tränenschleier sah ich verschwommen seine wunderschönen Augen. Seine Haare leuchteten um sein Antlitz wie bei einem Engel. Genau wie damals, bei unserer ersten Begegnung auf dem Waldweg,

»Wir werden uns wiedersehen. Ich verspreche es dir«, tröstete er mich. »In ein paar Monaten kehrst du als erfahrener Seemann zurück und wirst mir deine ersten Seeräubergeschichten erzählen. Meine Berichte von der Ausbildung in der Akademie werden dich dagegen sicher langweilen. Was ist an militärischem Drill und ewigen Marschübungen schon spannend? Wenn also einer von uns beiden betrübt sein sollte, dann doch wohl ich. Aber noch haben wir einen ganzen, herrlichen Tag vor uns.«

Bei dem letzten Satz legte er sich mit dem ganzen Gewicht auf mich und drückte seine Lippen auf meinen lächelnden Mund. Sein zuckender Schwanz pulsierte spürbar durch die enge Hose.

»Ja, du hast recht«, antwortete ich nicht mehr ganz so niedergeschlagen. »Aber es wird mir trotzdem schwerfallen, hierauf zu verzichten.«

Damit packte ich sein strammes Hinterteil und zog ihn näher zu mir heran.

»Außerdem gibt es auf der Akademie bestimmt eine Menge gut gebauter Kerle. Vielleicht willst du mich bald gar nicht mehr sehen.«

»James ist doch da und passt auf mich auf«, verteidigte sich Brian. »Außerdem nicht hat dieser Männerhaufen bestimmt ohnehin nur alberne Kriegsspiele im Kopf.«

»Der Spieltrieb deines standhaften Kämpfers da unten ist aber auch nicht zu unterschätzen«, bemerkte ich mit einem vielsagenden Blick auf seinen Hosenschlitz. »Beim Militär werden sie ihm den vielleicht austreiben und dich lehren, den Ernst des Lebens zu erfassen.«

»Erfassen werde ich erst einmal das hier.« Damit schob Brian seine Finger unter mein Hemd und zwickte meine harten Brustwarzen.

»Bei Feindberührung solltest du aber als Erstes hier angreifen«, stöhnte ich und zog seine Hand zu meinen stramm sitzenden Beinkleidern. Rasch befreite er den eingezwängten Schwanz. Pochend sprang er heraus und Brian griff beherzt zu. Fest packten seine Hände den dicken Bolzen, bis nur noch die pralle Spitze aus seiner geschlossenen Faust hervorragte. Langsam schob er an meinem Schaft auf und ab. Seufzend ließ ich mich auf das weiche Lager zurücksinken.

»Da kommt ja schon der erste Morgentau.« Vorsichtig leckte Brian über die Eichel, um den klaren Saft zu kosten. Dabei rieb er meinen pulsierenden Kolben eifrig weiter. Seine Zunge und die feuchten Lippen zogen immer größere Kreise um die pralle Schwanzspitze. Eine Hand ergriff derweil meine Eier und drückte sie sanft. Die andere tastete sich an meiner strammen Naht nach hinten. Schon drang ein Finger durch den engen Eingang.

»Was hast vor?«, keuchte ich. »Du machst mich wahnsinnig. Nicht so schnell, sonst komme ich gleich.«

Brian schien mich nicht zu hören, so berauscht war er in sein Liebesspiel versunken. Sein Mund senkte sich gierig über meinen steifen Kolben. Ich fühlte, wie die heiße Zunge wild und leidenschaftlich um meinen langen Schaft herumwanderte. Ich bäumte mich auf, stieß ihm die Hüften entgegen. Hart fuhr mein Hammer in seinen Rachen.

»Ja, so kenne ich meinen Freund. Und so liebe ich ihn«, freute sich Brian. Schnell nahm er den dicken Schwanz noch einmal in seinen Mund. Dann aber zog er mit der Zunge eine feuchte Spur den Bauch aufwärts über meine verschwitze Brust, bis er meinen Mund erreichte. Ganz außer Atem, ließ er mich mein eigenes Schwanzaroma schmecken. Verlangend pressten sich seine sinnlichen Lippen auf meinen Mund. Er lag nun lang ausgestreckt auf mir, sodass ich in jedem seiner starken Muskeln seine kraftvolle Männlichkeit spüren konnte.

»Wie wäre mit einem kleinen Schwertkampf? Ein paar Vorübungen für die Akademie können mir nicht schaden«, keuchte Brian.

Sein steifer Schwanz drängte sich gegen meinen. Gnadenlos wetzten und rieben sich unsere beiden Langschwerter aneinander.

Meine Hände krallten sich in die heiße Haut auf seinem Rücken. Ich drückte meinen Geliebten so fest an mich, dass es mir fast die Luft zum Atmen nahm. Gleichzeitig umklammerte ich mit beiden Beinen seinen Hintern.

»Lass mich deine Lanze in mir spüren, tapferer Krieger«, flüsterte ich.

Ich zog meine Schenkel höher und ließ Brian los. Entschlossen packte er meine Fersen und schob meine Beine weit nach vorne. Dann lag er wieder auf mir. Sein Schwanz rutschte von selbst gegen meinen pochenden Hintereingang. Wieder schien Brians strahlendes Lächeln ihn in eine überirdische Gestalt zu verwandeln. Ich schwor mir, diesen Anblick für immer in meinem Herzen zu tragen.

»Nun, wie gefällt dir diese Schwertübung, Geliebter?«

Mein Atem stockte, als er sanft den Druck auf meinen Schließmuskel verstärkte und dann die dicke Eichel durch das enge Loch schob. Noch ein kleiner Ruck, dann versank seine Lanze bis zur Hälfte in meinen Hintern. Ich liebte dieses Gefühl, wehrlos unter ihm zu liegen. Und ich liebte seinen harten Stahl, der meinen Arsch vollkommen ausfüllte.

»Lass deinen Schwanz in mir tanzen, Brian. Spieß mich ganz auf. Ich will dich bis hinauf zu meinem Herzen spüren, wenn du deinen Lebenssaft in mir versprühst«, flehte ich ihn an.

Genussvoll steigerte Brian das Tempo seiner Bewegungen. Immer tiefer und fester trieb er seinen Speer voran. Gleichzeitig rieb seine Bauchdecke von Zeit zu Zeit über meine Schwanzspitze. Das lange Schwert in mir wuchs und wuchs. Bald hatte ich tatsächlich das Gefühl seine Spitze bis in meine Brust zu spüren.

»Nun? Füllt meine Lanze dich gut aus? Ich merke, wie dein Hintern mir entgegenkommt. Er scheint genau die passende Schneide für meinen dicken Kämpfer zu sein.«

Tatsächlich versuchte ich, Brians herrlichen Schwanz noch tiefer in mir aufzunehmen. Seine Spitze stieß jetzt unablässig an einen Punkt, der immer gewaltigere Explosionen in meinen Körper auslöste. Ich zitterte heftig. Plötzlich warf Brian den Kopf in den Nacken. Mit einem lauten, kehligen Keuchen schoss er seinen heißen Saft ab. Das glühende Schwert in mir zuckte bebend weiter. Ein letztes Mal traf die Lanze meinen empfindlichen Punkt und erlöste damit meine kochenden Eier von ihrer schweren Last. Wie ein sich windender Fluss suchte die heiße Ladung ihren Weg und spritzte auf meinen Bauch.

Erschöpft sank Brian in meine Arme. Sein Kopf ruhte auf meiner Brust. Liebevoll schlang ich meine Beine um seine Hüften. So lange wie möglich wollte ich ihn weiter in mir spüren. Sanft streichelte ich seine verschwitzen Haare. Eine Weile lagen wir wortlos da, zehrten von der Nähe und Wärme des anderen. Keiner von uns wollte, dass dieser Augenblick endete.

»Nun, mein müder Lanzenträger. Dein Schwert hat mir viel Freude bereitet. Aber jetzt scheint es an Schlagkraft verloren zu haben.«

Zur Bestätigung zog ich den Schließmuskel um Brians schlaffem Schwanz fest zusammen. Als Antwort zuckte dieser einige Male und begann erneut anzuschwellen.

»Du solltest das Schwert eines Mannes nicht beurteilen, bevor du nicht die Kraft seines Besitzers kennengelernt hast. Nach der kleinen Übungspause gehen wir nun zur zweiten Lektion über. Und bis der Tag zu Ende ist, werden noch viele weitere folgen.«

Brians Augen funkelten mich an. Sein Kampfgeist war geweckt. Die Lanze in meinem Hintern hatte fast schon wieder ihren vollen Umfang erreicht. Dann kam die zweite Lektion.

Brian hielt sein Versprechen. Erst als es dunkel wurde, war er mit den Beweisen seiner Waffenkunst am Ende. Der Augenblick des Abschieds war gekommen. Schweren Herzens sattelten wir die Pferde. Ein kurzes Stück des Weges ritten wir noch gemeinsam, doch an einer großen Weggabelung trennten sich unsere Wege.

»Hier, mein Freund.« Brian zog seinen Ring vom Finger, nahm meine Hand und legte das Schmuckstück hinein. Er beugte sich zu mir hinüber. Seine Lippen berührten die meinen.

»Vergiss mich nicht, Geliebter. Wir werden uns bald wiedersehen.«

Dann trieb er das Pferd an und ritt davon ohne sich noch einmal umzusehen.

Lange blickte ich ihm nach. Erst dann sah ich auf das Geschenk in meiner Hand. Es war ein schlichter goldener Ring. Nur bei genauem Hinsehen, konnte man die fein gravierten Buchstaben erkennen. Sie formten Worte, die mein Herz erwärmten. Auch ich hätte ihm noch so viele Dinge sagen wollen. Jetzt war es zu spät. Ich würde sie bis zu meiner Rückkehr in meinem Herzen bewahren.

Es war schon Dunkel, als ich den Hof meines Onkels erreichte. Er stand draußen vor dem Pferdestall und rauchte Pfeife. Mit einer Laterne leuchte er mir den Weg.

»Nun Tom, du warst den ganzen Tag unterwegs … «

Der Satz blieb offen zwischen uns stehen. Er erwartete keine Antwort.

»Ich habe mich von Brian verabschiedet«, sagte ich dennoch. »Er geht jetzt zur Militärakademie … «

Dann versagte mir die Stimme. Ich drehte meinen Kopf zur Seite, um Onkel Walter nicht in die Augen blicken zu müssen. So konnte er nicht sehen, wie eine Träne meine Wange hinunterlief. Walter klopfte mir schweigend auf die Schulter.

»Lass uns reingehen. Es wird kalt heute Nacht. Der Sommer geht wohl endgültig zu Ende.«

Die folgende Woche durchlebte ich, wie in einem nicht enden wollenden Tagtraum. Ich nahm die Dinge um mich herum zwar wahr, konnte mich aber schon im nächsten Moment nicht mehr daran erinnern, was ich getan oder mit wem ich gesprochen hatte.

Einerseits schien die Zeit stillzustehen, anderseits zerrannen mir die kostbaren Erinnerungen mit Brian zwischen meinen Fingern. Nachts sah ich immer wieder sein engelsgleiches Gesicht vor mir. Seine blauen Augen suchten nach mir, konnten mich aber nicht finden. Verzweifelt rief ich seinen Namen, aber ein dichter Nebel verschlang jedes Geräusch um mich herum. Immer wieder rief ich, bis eine feste Hand meine Schulter schüttelte und ich schweißgebadet hochschreckte.

»Du hast wieder nach ihm gerufen, Tom.« Onkel Walter stand an meinem Bett und sah mit einem seltsam leeren Blick auf mich hinunter. »Du wirst darüber hinwegkommen, mein Junge. Bestimmt.«

Als er sich umdrehte und hinausging, schien eine ungeheure Last auf seinen Schultern zu liegen. Leise schloss er die Tür.

Meine Sachen für die Reise waren gepackt. Ein letztes Abendessen. Dann war es soweit. In der aufgehenden Sonne verdampfte gerade der letzten Rest Morgennebel, als unsere Kutsche die enge Straße Richtung Hafen einschlug. Onkel Walter saß mir gegenüber.

»Kopf hoch. Du wirst sehen, sobald du die frische Seeluft atmest, sind deine trüben Gedanken wie weggeblasen.« Er legte eine Hand auf mein Knie und beugte sich zu mir herüber.

»Glaub mir, dein Freund wird andere Freunde finden und genauso wird es bei dir auch sein. Du bist doch noch jung und voller Tatendrang. Es würde mich sehr wundern, wenn du auf der Reise nicht neue Bekanntschaften schließt.«

Der Kutscher konnte das letzte Stück nur im Schritttempo zurücklegen. Von allen Seiten strömten Karren und Wagen zum Hafen. Dazwischen tummelte sich eine immer dichter werdende Menschenmenge. Alle schienen dem gleichen Ziel entgegenzuströmen. Als endlich die letzte Häuserreihe hinter uns lag, öffnete sich der Blick auf das imposante Hafenviertel von Plymouth. Das laute und geschäftige Treiben dieser eigenen Welt schlug uns regelrecht entgegen. Fuhrwerke rumpelten über Kopfsteinpflaster. An den Landungsstegen lagerten schwere, eisenbeschlagene Holzkisten, die nur von mehreren Männern gleichzeitig bewegt werden konnten. Die nackten Oberkörper der Arbeiter glänzten vor Schweiß. Vier kräftige Kerle vor uns versuchten gerade, eine der unhandlichen Truhen auf die Ladefläche eines Pferdegespanns zu stemmen, als einer von ihnen auf den nassen Steinen strauchelte, ausrutschte und stöhnend zur Seite glitt. Im Fallen riss er beinahe seinen Kumpanen mit und die große Kiste bekam bedenklich Schlagseite. Ohne nachzudenken sprang ich aus der Kutsche und war mit einem Satz bei den Männern. Gerade noch rechtzeitig drückte ich meine Schulter unter die herabhängende Seite, während die vordere Kante gerade auf der hohen Ladefläche aufsetzte. Im nächsten Moment lag die Truhe doch noch sicher verstaut an ihrem Platz.

»Verfluchte Scheiße«, fluchte der gestürzte Arbeiter und wischte sich den Pferdemist von den Händen, auf dem er ausgerutscht war. Mühevoll richtete er sich auf und hielt sich das Knie. Eine Menschentraube hatte sich um uns gebildet.

»Alles in Ordnung?« fragte einer seiner Kameraden.

»Geht schon wieder. Nur 'ne kleine Schramme. Hatte heute wohl einen Schutzengel.«

Dabei sah er mich an und streckte mir die Hand entgegen, doch ich blockte ab.

»Schönen Dank auch. Erst ramponiere ich mir meine Schulter. Und dann soll ich noch deine beschissene Hand drücken?« Verärgert betrachtete ich den zerrissenen Stofffetzen, der einmal mein bestes Hemd gewesen war. Der rote Blutfleck auf meiner abgeschürften Schulter war nicht zu übersehen. Die Gaffer traten einen Schritt zurück. Wenn sonst schon nichts passiert war, hofften sie nun wenigstens auf einen kleinen Faustkampf. Doch mein Gegenüber verstand mich.

»Schon gut, schon gut«, sagte der Mann, klopfte mit seiner sauberen Hand auf meine gesunde Schulter und verbeugte sich. »Peter Grant. Trotzdem danke, dass du mir geholfen hast.«

Schließlich schüttelte ich doch seine Hand, die er mir noch immer hinhielt.

»Hätte doch jeder getan. Ich heiße Tom Moore.«

Seine kräftigen Oberarme spannten sich kampfbereit an. Noch war er sich nicht sicher, ob er mir wirklich trauen konnte. Die krausen Haare auf seiner schweißnassen Brust glänzten in der Morgensonne. Ein frischer Männerduft ging von ihnen aus. In seinem kantigen, unrasierten Gesicht, machte sich allmählich ein zufriedenes Lächeln breit. Er packte fest zu, sah mich an und hielt meine Hand einen Moment länger als nötig gewesen wäre. Ein kurzes Aufblitzen seiner Augen, dann ließ er los.

Nachdem die Umstehenden mitbekommen hatten, dass es hier nichts weiter zu sehen gab, machten sie sich mit enttäuschtem Gemurmel wieder an die Arbeit.

»Bist du verletzt, Tom?« Plötzlich stand Onkel Walter vor mir. Besorgt sah er auf mein zerrissenes Hemd.

»Nicht weiter schlimm. Nur ein Kratzer«, erwiderte ich.

»Einen geschickten und starken Sohn haben sie da, Sir. Ohne ihn wäre ich jetzt unter diesem Ungetüm von Kiste begraben.«

Schweigend sah er mich noch einmal an. Dann fuhr er mit einem entschuldigenden Blick zu Onkel Walter fort:

»Nichts für ungut, Sir, aber ich muss wieder an die Arbeit.«

Im Weggehen drehte er sich noch einmal um und hob die Hand zum Gruß. Verwirrt grüßte ich zurück.

»Wirklich alles in Ordnung mit dir, mein Junge?«

Walter drückte mich fest an sich. Ich erinnerte mich plötzlich, wie ich ihm vor mehr als zehn Jahren, als kleiner Bengel, das erste Mal gegenübergestanden hatte. Seither war er mehr als nur ein Onkel oder Familienersatz für mich gewesen. Er hatte mich nicht nur versorgt und aufgezogen. Im Laufe der Jahre war er zu einem guten Freund geworden. Ich verdankte ihm sehr viel in meinem Leben. Auch ich drückte ihn an mich. Erst als er sich beschwerte, dass ich ihm noch die Rippen brechen werde, wurde mir klar, wie fest ich meine Arme um ihn geschlossen hatte.

»Danke für alles, Onkel. Ich freue mich jetzt auf ein wenig Abwechslung«, meine Stimme wurde immer dünner. »Trotzdem kann ich es kaum abwarten, in ein paar Wochen wieder in diesem Hafen festzumachen.«

Ich wischte ein Staubkorn aus meinen Augen und drehte mich abrupt um. Suchend wanderte mein Blick über die im Hafenbecken liegenden Schiffe. Segler jeder Größe waren dort vertäut. Leichter neben kleinen Schonern, schnelle Karavellen neben kanonenstrotzenden Galeonen. Endlich entdeckte ich sie: die *Margarita*. Knapp fünfzig Yards entfernt lag der stattliche Viermaster mit dem Gaffelsegel. Sanft schaukelten die hohen Masten vor dem wolkenlosen Himmel, alle Segel waren ordentlich gerefft. Auffällig war das große Krähennest an den beiden ersten Masten. Vorder-

und Heckkastell, in denen hinter verschließbaren Stückpforten die Geschütze lagerten, waren schnittig gebaut. Für ein Handelsschiff war die *Margarita* erstaunlich gut gerüstet. Auf Deck herrschte emsiges Treiben. Die Luft war erfüllt von den knappen Befehlen und zackigen Ausrufen der Seeleute. Der Kapitän schien seine Mannschaft gut im Griff zu haben.

Über das schmale Fallreep kam mir Ben entgegen. Mühsam bahnte er sich einen Weg durch die umherstehende Fracht. Vor dem Schiff stapelten sich Tonnen mit Pökelfleisch, Säcke mit Mehl und unzählige Kisten. Ben begrüßte mich mit einem kräftigen Händedruck.

»Hallo Tom. Ich hab euren kleinen Zwischenfall vom Bug aus beobachtet. Gut reagiert. Wenn du an Deck auch so zupackst, werden wir keine Probleme mit dir haben. Bist du bereit, an Bord zu kommen? Und freust du dich auf die Fahrt? Ich kann es kaum noch erwarten. Mir hat die steife Brise um die Nase gefehlt. Ich bin wohl doch noch nicht bereit, für immer an Land zu bleiben. Nimm deine Sachen und ab mit dir an Deck. Ich komme gleich nach.«

Schwermütig griff ich meine Tasche, in der die wenigen Dinge Sachen untergebracht waren, die ich nicht entbehren konnte. Ich hievte das Gepäck die schaukelnden Planken hinauf und betrat das Schiff durch die breite Pforte im Schanzkleid des Schiffes.

»Pass gut auf dich auf, Tom!« rief Onkel Walter hinter mir her. Ich seufzte tief. Für ihn war ich immer noch der kleine Junge, der seinen Schutz brauchte. Daran würde sich wohl nie etwas ändern.

Als ich an der Reling stand, winkte ich ihm noch einmal lachend zu. Ben sprach noch eine Weile mit Walter, dann verabschiedete er sich mit einer langen Umarmung. Kurz darauf stand er schon neben mir an Deck. Nur Walter würde da sein und auf Ben warten, wenn wir wieder zurückkehrten, schoss es mir plötzlich durch den Kopf. Brian würde nicht kommen können. Weit weg, in der Militärakademie in Woolwich war er für mich unerreichbar geworden. Schweren Herzens brachte ich meine Sachen unter Deck.

Ein junger Matrose in verwaschenen, viel zu engen Hosen, zeigte mir den Weg. In den engen, stickigen Gängen hätte ich mich sonst glatt verlaufen.

»Hier ist es«. Der Kerl stieß die schmale Tür zu einer kleinen Kabine auf. »Nach oben wirste allerdings alleine finden müssen.«

Mit einem selbstgefälligen Grinsen drehte er sich um und verschwand. Mürrisch verstaute ich meine Sachen in der freien Koje. Am liebsten wäre ich die ganze Fahrt über hier unten geblieben. Doch da hörte ich schon, wie Ben nach mir rief. Als ich wieder an Deck kam, gab er gerade einigen Hafenarbeitern Anweisungen. Der geschäftige Lärm um mich herum brachte mich wieder in die Gegenwart zurück.

»Nun, alles untergebracht, Tom? Ich weiß, die Kabine ist reichlich eng, aber die meiste Zeit werden wir eh hier oben sein. Und zum Schlafen reicht es uns, oder?« Zustimmend nickte ich. Ich hatte die kleinere, ziemlich schmale, Koje bekommen, da Ben gut einen Kopf größer war als ich. Viel länger war sein Lager zwar auch nicht, aber dafür deutlich breiter. So würde er sich wenigstens nicht bei jeder Bewegung blaue Flecken holen. Und ich würde mich an die Enge gewöhnen müssen.

Plötzlich brach hinter uns Tumult los. Der dicke Schiffskoch war krebsrot angelaufen und schrie, wild mit den Armen rudernd, auf einen jungen Burschen ein.

»Wie oft habe ich dir schon gesagt, dass du den Proviant kontrollieren sollst, wenn er geliefert wird. Zwei ganze Säcke Mehl fehlen. Sieh zu, dass du sie schleunigst herschaffst. Such dir einen Dummen, der dir tragen hilft und dann sieh zu, dass du abhaust.«

Der eingeschüchterte Kerl war zwar deutlich größer als der beleibte Smutje, aber er wagte es nicht, sich mit dem angriffslustigen Schiffskoch anzulegen. Neugierig musterte ich den jungen Mann. Seine krausen schwarzen Haare und seine dunkle Haut wiesen ihn schon von Weitem als Orientalen aus.

»Ahmed ist der Hilfskoch hier an Bord. Es hat ihn vor ein paar

Jahren in diese Gegend verschlagen. Auch bei meinen letzten Riesen war er mit an Bord,« flüsterte Ben mir zu. »Er ist über Spanien und Frankreich nach Plymouth gekommen, viel mehr kann ich über ihn auch nicht sagen. Nur so viel: dank seiner Hilfe schafft es der Smutje, genießbare Mahlzeiten zu kochen. Manchmal glaube ich fast, Ahmed wäre der bessere Küchenchef.«

»Darf ich ihn begleiten?«, fragte ich Ben spontan. »Ich war noch nie im Hafenviertel unterwegs. Und ich soll doch alles kennenlernen. An Bord stehe ich sowieso nur im Weg.«

Beim Anblick des jungen Hilfskochs hatte sich prompt mein Schwanz in der Hose bemerkbar gemacht. Das Faszinierendste an ihm war seine gleichmäßig dunkle Hautfarbe. Mit seinem glatten Teint, den stolzen, aristokratischen anmutenden Gesichtszügen, dem pechschwarzen Haar und den tiefbraunen Augen sah er einfach umwerfend aus.

»Ahmed, komm her!« rief Ben dem eingeschüchterten Kerl zu und zeigte auf mich. »Hier ist die Hilfe, die du brauchst. Tom wird mit dir gehen. Aber trödelt nicht herum.«

»Du bist also der Neue.« Argwöhnisch musterte der Seemann mich von der Seite. »Tom, die Landratte. Schon genug vom Schiff gesehen, dass du wieder an Land willst? Oder kannst du es nicht abwarten, schwere Mehlsäcke zu schleppen? Ich heiße übrigens Ahmed.«

Damit eilte er los. Ich hatte Mühe mit ihm Schritt zu halten.

»Ich wollte nur gerne die Hafengegend erkunden. Das war eine passende Gelegenheit, um vom Schiff herunterzukommen.«

»Ist ja schon gut. Ich hab's nicht so gemeint«, lächelte er. »Ich bin nur wütend auf diesen unfähigen Schiffskoch. Er war es, der den Proviant falsch bestellt hat, und ich muss mal wieder alles ausbaden. Aber wir werden uns jetzt erst mal viel Zeit lassen. Wenn ich zurück auf dem Schiff bin, hat der alte Schinder sowieso wieder tausend andere Aufgaben für mich. Los, komm mit. Ich zeige dir einen Ausblick, den du so schnell nicht vergessen wirst.«

Lässig legte Ahmed seinen Arm um meine Schulter und schob mich vorwärts. Sein toller Körper war jetzt so dicht bei mir, dass mir das Wasser im Mund zusammenlief. Doch Ahmed zog mich weiter von der Kaimauer fort. Um uns herum öffnete sich plötzlich eine ganz neue Welt. Hölzerne Schlitten wurden von Ochsen oder Pferden durch den aufgeweichten Schlamm der Straße gezogen. Handkarren mit übergroßen Rädern, die unter ihrer Last fast zusammenzubrechen drohten schoben sich in den schmalen Gassen an doppelspännigen Pferdefuhrwerken vorbei. Überall waren Fässer, zusammengeschnürte Ballen und Plankenhölzer aufgetürmt. Drahtige Männer mit nackten, verschwitzten Oberkörpern hievten sich die schweren Pakete auf ihre breiten Schultern und trugen sie von den Landungsplätzen in die Lagerhäuser oder von dort in den Bauch eines Schleppers, der schon ungeduldig darauf wartete, mit der nächsten Flut auszulaufen. Zwischen alledem priesen Straßenhändler lautstark ihre Waren an und Jungen in zerrissenen Lumpen jagten wild schreiend herumstreunenden Katzen hinterher.

Mit schlafwandlerischer Sicherheit führt Ahmed mich durch die engen, verwinkelten Schluchten des Hafenviertels. Ich hatte längst jede Orientierung verloren, als wir durch einen kleinen Durchgang schlüpften, der gerade breit genug war, dass zwei Erwachsene nebeneinander hindurchgehen konnten. Nun wurde es merklich ruhiger. Nur einige Kinder spielten am anderen Ende der Gasse. Windschief reihten sich die Häuser aneinander. Durch die Überbauten im zweiten und dritten Stock schienen die Hausgiebel an der Spitze nur wenige Handbreit auseinander zu liegen. Nur vereinzelt verirrte sich ein Sonnenstrahl bis auf matschigen Boden. Und selbst an diesem herrlich klaren Morgen roch es hier unten feucht und muffig. An einer kleinen, baufälligen Tür blieb Ahmed stehen. Mit der Schulter warf er sich gegen die altersschwache Pforte, die daraufhin widerwillig und mit lautem Quietschen aufschwang. Vorsichtig stieg Ahmed über die morsche Türschwelle, winkte mich herein und verschloss den Eingang wieder sorgfältig hinter uns.

»Dieses Haus steht schon seit einiger Zeit leer. Du kannst dir sicher vorstellen, dass diese Wohngegend nicht zu den bevorzugten in der Stadt gehört.«

Wir stiegen über ein baufälliges Treppenhaus mehrere Stockwerke nach oben. Die alten Holzbalken knarrten bedenklich unter unserem Gewicht. Ich hielt mich eng hinter Ahmed und war erleichtert, als wir nach unzähligen Stufen unversehrt den obersten Absatz erreichten.

»Das ist mein Reich«, sagte er stolz, als wir den geräumigen Dachboden betraten. »Ich habe ihn zufällig bei der Suche nach einer Schlafgelegenheit entdeckt. Wenn das Schiff am Kai liegt und die anderen Matrosen nachts zu den Huren im Hafen gehen, bin ich hier ungestört. Komm her, Tom, von hier hast du den besten Ausblick.«

Ahmed winkte mich zu einem kleinen, runden Erkerfenster. Die Aussicht war grandios. Von hier aus konnte man das gesamte Hafengebiet überblicken. Ich sah die großen Schiffe, die dicht an dicht an der Kaimauer ankerten. Handelssegler, Fischerboote, Frachtkähne … Es war ein unüberschaubares Durcheinander aus Masten, Rahen und Tauen. Abseits von den zivilen Seglern ankerten in einiger Entfernung ein paar große Kriegsschiffe. Die vielfältigen Geräusche und Rufe erreichten uns hier oben nur noch sehr gedämpft. Es war beinahe still hier oben. Eine leichte Brise trieb salzige Meeresluft herein.

»Da unten liegt die *Margarita*. Links neben den großen Lagerhallen. Siehst du sie?« Ahmeds Stimme sprühte vor Begeisterung. »Und ganz weit hinten sieht man schon das offene Meer. Ist das nicht ein toller Anblick?«

Er hatte den Arm um mich gelegt und mich nah zu sich herangezogen, damit wir beide durch das kleine Fenster sehen konnten. Ich musste mich an ihm festhalten. Der Ausblick war tatsächlich atemberaubend. Aber noch viel mehr verwirrte mich der feine männliche Duft, der von Ahmeds Körper ausging. Ich roch genießerisch an seinen Nackenhaaren und schloss die Augen. Als ich sie wieder öffnete, sah er mich neugierig an: »Hast du Höhenangst, wird dir schwindlig?«

»Du machst mich schwindelig«, gestand ich geradeheraus.

Ahmed überging die Antwort und zeigte auf einen schattigen Platz unter den Dachziegeln.

»Komm, leg dich dorthin. Es ist zwar nur ein altes Segeltuch, das ich gefunden habe, aber es lässt sich gut darauf aushalten. Ich öffne noch die große Dachluke, dann kommt frische Luft herein.«

Er stemmte einen langen Balken unter eine schwere Klappe. Dann legte er sich neben mich. Lange sah er mir, den Kopf locker auf einen Arm gestützt, in die Augen. Durch die Luke zog ein belebender Windstoß über den Dachboden.

»Du würdest auch nicht mit den anderen Seeleuten zu den Frauen gehen?«, fragte er unsicher.

»Nein, bestimmt nicht«, flüsterte ich. Langsam beugte er sich zu mir hinunter. Zitternd berührten seine weichen Lippen meinen Mund. Behutsam legte ich meine Arme um seine Schultern und zog ihn an mich. Seine Zunge drang in meinen Mund ein. Und auch sein harter Schwanz drängte gegen meinen Bauch.

»Ich hatte so sehr gehofft, dich lieben zu können«, hauchte er nach einem langen, innigen Kuss. »Schon seitdem du aus der Kutsche ausgestiegen und an Bord gekommen bist, verzehre ich mich nach dir.«

Zur Antwort klopfte mein Schwanz gegen seinen. Meine Arme fuhren unter sein Hemd und schoben es über seinen Kopf. Sanft streichelte ich seinen Rücken. Begierig schmiegten sich meine Hände an die weiche Haut. Darunter spürte ich die harten Muskeln. Über seine breiten, starken Schultern glitt ich bis zu den festen Arschbacken hinunter. Ahmed zog seine Hose nach unten über die Füße, dann schob er in aller Ruhe meine abwärts. Freudig sprang mein Schwanz aus der dunklen Enge. Ahmed fasste furchtlos zu und rieb genüsslich, mit fest geschlossener Faust meinen Ständer.

»Gefällt dir das?«, wollte er wissen.

Entspannt ließ ich mich auf das grobe Segeltuch sinken. Mit seiner freien Hand streichelte Ahmed meinen Bauch. Der wanderte gemächlich aufwärts zu den vorstehenden Brustwarzen, umrundete sie, eine nach der anderen, um sie dann endlich mit den Fingerspitzen sanft zu drücken. So konnte er gerne noch eine Weile weitermachen.

»Ja, sehr gut«, stöhnte ich. »Aber ich wollte mich ja auch nützlich machen. Und zwar an deinem schönen Schwanz.«

Ich setzte mich auf und sah lüstern auf den dicken Ständer, zwischen Ahmeds Beinen.

»Nichts leichter als das«, war die Antwort. Im nächsten Augenblick hatte er sich so umgelegt, dass sein Riemen direkt vor meinem Gesicht landete. Begeistert ergriff ich den steifen Prügel. Er war etwas länger als mein eigener Schwanz. Sobald ich zudrückte, pulsierte die Eichel dunkelrot. Und genau wie seine Haut, hatte auch sein Schaft einen ebenmäßigen, dunklen Farbton. Die bläulichen Adern traten deutlich hervor. Das Bemerkenswerteste aber war, dass seine Schamhaare rasiert waren. Selbst der weiche Sack war vollkommen glatt.

»Du hast gar keine Haare hier unten? «, fragte ich erstaunt.

»Viele Männer in meiner Kultur schaben nicht nur ihre Barthaare. Sie finden es auch sauberer, zwischen den Beinen rasiert zu sein«, erklärte Ahmed.

»Aber ist es nicht gefährlich, an den Eiern mit einem scharfen Messer zu hantieren?«

»Nein, überhaupt nicht. Man braucht nur etwas Übung. Und ein Schwanz ohne störende Haare fühlt sich toll an. Am besten geht es natürlich, wenn ein Freund hilft. Wenn du willst, können wir es gleich ausprobieren«, bot er freudestrahlend an. »Ich werde auch sehr vorsichtig sein. Du wirst staunen, wie sich nachher alles anfühlt. Und wenn es dir nicht gefällt, lässt du es einfach wieder wachsen.«

Übermütig zupfte er dabei an meinen krausen Sackhaaren. Ich atmete tief durch.

»Na, dann los, bevor ich es mir wieder anders überlege«, sagte ich mutig. Mein eben noch steinharter Schwanz hatte schlagartig zu seinem schlaffen Zustand zurückgefunden. Klein und verängstigt zogen sich die Eier dicht unter meiner Schwanzwurzel zusammen.

Schon hielt Ahmed ein kleines Messer in der Hand. Triumphierend ließ er die scharfe Klinge im Sonnenlicht blitzen.

»Leg dich hin und sieh einfach zur Decke. Oder warte … Hier kannst du schon mal vorsichtig probieren, wie sich ein unbehaarter Sack anfühlt.«

Breitbeinig hockte er sich mit dem Hinterteil über mein Gesicht. Sein nackter Sack baumelte direkt über mir. Zögerlich reckte sich meine Zunge seinen Eiern entgegen. Tatsächlich spürte ich nur bei intensivem Lecken, die gestutzten, weichen Härchen. Immer übermütiger erforschte meine Zunge jeden Winkel und erreichte schließlich die Unterseite seines strammen Ständers. Sanft wanderte sie aufwärts, bis sie an der Eichelwulst angekommen war.

»Du denkst daran, Tom, dass ich ein Messer in der Hand halte«, mahnte Ahmed. »Wenn du so weitermachst, wird es mir schwerfallen, sorgfältig zu arbeiten.«

Augenblicklich zog ich meine Zunge zurück und erwiderte kleinlaut: »Fühlt sich wirklich toll an. Ich konnte nicht widerstehen. Aber jetzt kannst du weitermachen.«

Geschickt ließ Ahmed meine Männlichkeit durch seine Hände gleiten. Ein leises Kratzen und ein kaum spürbares Ziehen war alles, was ich merkte. Ab und an leckte er prüfend über die eine oder andere Stelle, nahm noch einmal das Messer und schabte vorsichtig nach. Plötzlich hatte er einen ganzen Hoden im Mund. Mit der Zunge rollte er an allen Seiten testend über die rasierte Haut. Auch mein zweites Ei wurde dieser Mundprobe unterzogen. Die Zungenüberprüfung wurde an der Schwanzwurzel fortgesetzt und endete erst an der Spitze meines inzwischen wieder steil aufragenden Ständers.

»Dort hatte ich aber noch nie Haare«, bemerkte ich mit einem schwachen Stöhnen.

»Ich fühle hier nur zum Vergleich«, erklärte Ahmed schlagfertig. »Außerdem habe ich nach dieser schwierigen Arbeit doch eine kleine Belohnung verdient, oder?«

»Ja, natürlich, das sehe ich ein. Nimm dir, was du willst. In diesen Dingen bin ich nicht kleinlich«, antwortete ich schmunzelnd.

»Kleinlich wäre auch nicht die richtige Beschreibung für den Riesenhammer, den ich hier vor mir habe«, gab Ahmed bewundernd zurück. »Nach der Rasur sieht er nicht nur größer aus, er fühlt sich auch noch besser an.«

Schon stülpte er seinen vollen Lippen über die Eichel und verschlang begierig meinen Schwanz. Suchend wanderte seine Zunge über den glatten Schaft. Dieser Anblick machte mir Appetit. Lüstern schnappte ich mir Ahmeds steife Rute, bog sie sanft nach hinten und fuhr mit der Zunge über die Eichelspitze.

»Als kleinen Dank für deine Mühe, gibt es diese Belohnung zusätzlich«, murmelte ich und ließ seinen Schwanz tief in meinem Rachen verschwinden. Ohne die störenden Haare fühlten sich seine Eier und der dicke Kolben tatsächlich viel besser an. Genussvoll saugte ich an seiner Männlichkeit. Meine Hände hatten sich derweil zu seinem Hintereingang aufgemacht. Zielstrebig erreichten meine Finger den verschlossenen Ring. Schon bei der ersten Berührung entspannten sich die verkrampften Muskeln. Sachte massierte ich die weiche Umgebung, bis Ahmed mir seufzend seinen Hintern entgegendrängte. Behutsam schob ich einen Finger in sein enges Loch und erkundete das heiße Innere. In schnellem Tempo saugte Ahmed an meinen Schwanz, fuhr an dem pulsierenden Kolben auf und ab. Ich schloss mich seinem Takt an und ließ meinen Finger ebenso flink in seinem Loch arbeiten. Als ich noch einen zweiten hinzunahm, fing der Schwanz über mir an zu zucken. Aus der dicken Eichel tropfte klarer Saft auf meine Brust. Übermütig versuchte Ahmed, sich tiefer auf meine Finger zu pressen. Ungestüm warf er seinen Kopf in den Nacken.

»Länger halte ich das nicht mehr aus«, jappte er. »Hattest du nicht gesagt, du wärst großzügig? Ich brauche diesen Großen hier«, damit packte er freudig meinen Hammer und richtete ihn steil auf, »dringend in meinem Arsch.«

Schon hatte Ahmed seine Knie angezogen und führte meinen feuchten Schwanz an sein zuckendes Loch. Ohne abzuwarten drückte er sich auf den steifen Bolzen und schob ihn durch seinen erwartungsfrohen Eingang. Dann beugte er sich entspannt weiter nach vorne. Die Knie neben meinen Beinen angewinkelt, stützte er sich mit den Händen auf meinen Oberschenkeln ab.

»Oh ja … Das hat mir gefehlt. Du bist wirklich sehr großzügig, Tom«, keuchte er.

»Ich halte eben meine Versprechen. Mein Schwanz steht dir voll und ganz zur Verfügung.«

Ahmed nahm mich beim Wort. Bis zum Anschlag versank mein Ständer in seinem heißen Loch. Langsam hob und senkte sich sein Hintern.

Die Sonne hatte ihren höchsten Stand längst überschritten. Ihre Strahlen fielen jetzt durch das kleine Giebelfenster und tauchten den Raum in ein warmes Licht. Seitlich schienen sie auf Ahmeds muskulösen Rücken. Kleine Schweißtropfen glänzten auf seiner Haut. Ich verschränkte die Arme hinter meinem Kopf und beobachtete berauscht das Spiel von Licht und Schatten auf seinem Rücken.

Ahmeds Atem ging nun deutlich schneller. Er schien sich auf einen längeren Ritt vorzubereiten und er bewies beachtliche Ausdauer. Mir gefiel diese langsamere Gangart. Wieder und wieder tauchte mein Kolben weit in seinen Hintern ein. Einige Male ließ er die Schwanzspitze sogar ganz herausrutschen, um sie dann unter sanftem Druck wieder zu versenken. Meine Brustwarzen hatten sich zu prallen Knoten zusammengezogen. Meine Hände drückten und massierten sie wie unter Zwang. Leises, befriedigtes Brummen drang aus meiner Kehle. Unwiderstehlich angezogen von Ahmeds hellem Hinterteil schoben sich die Hände über meine zitternden Bauchmuskeln zu seinen angespannten Halbkugeln. Bebend tasteten meine Finger über die samtige Haut. Höher hinauf streichelten meine Hände, bis meine Arme weit ausgestreckt waren und nicht weiter konnten. Ich hielt mich an seinem Oberkörper fest und zog ich mich hoch. Fest drückte ich mich an seinen verschwitzten Rücken.

»Hallo, Tom«, flüsterte Ahmed.

»Hallo, Ahmed«, flüsterte ich zurück. Meine Arme schlossen sich fest um seinen Brustkorb. Meine Lippen küssten liebevoll seinen Nacken. Fast bewegungslos kniete Ahmed auf mir. Stürmisch pochte mein Hammer in ihm. Sein Schließmuskel zuckte bei jeder noch so leisen Regung unwillkürlich zusammen.

Still und zugleich berauscht saßen wir da. Die Zeit um uns herum schien stillzustehen.

Ahmeds pochender Schwanz tanzte immer hitziger auf seinen Lenden auf und ab und forderte meine Aufmerksamkeit. Zuvor knetete ich allerdings noch die festen Brustwarzen. Erst dann machten sich meine Hände auf den Weg zu dem drängenden Ständer. Von der Eichelspitze floss bereits klarer Nektar herunter. Mit einer Hand konnte ich den geschwollenen Riemen nicht umfassen, so dick war er. Also drückte ich mit beiden Händen zu. Lustvoll keuchte Ahmed auf. Gleichzeitig zog sich sein Ringmuskel um meine Schwanzwurzel zusammen. Unerbittlich heizte ich ihn weiter an. Sein Arschloch pumpte immer heftiger.

»Was machst du da?«, fragte er verwirrt.

»Ich bringe dich langsam aber sicher zum Explodieren«, versicherte ich ihm.

Auch mein Schwanz sehnte sich mittlerweile nach Erlösung. Ohne den fetten Hammer loszulassen beugte ich mich nach hinten und zog Ahmed mit mir. Wir landeten auf der weichen Unterlage. Der schöne Hilfskoch lag mit dem Rücken auf meinem Bauch, seine Beine waren gespreizt. Noch immer spießte mein Schwanz ihn von unten auf.

»Bist du verrückt?«, schnaubte er entgeistert.

»Nein. Nur wild darauf, meine Ladung in dir abzuspritzen. Ich hoffe, du liegst bequem so. Denn jetzt wird mein Großer, wie du ihn genannt hast, endlich seine vollständige Größe entfalten. Mal sehen, ob es dir gefällt, wenn er sich in dir austobt.«

Lange genug hatte ich darauf gewartet, jetzt gab es kein Halten mehr. Stürmisch stemmte ich meinen Arsch nach oben und schob meinen Kolben bis zum Ende in sein Loch. Ja, so war es eindeutig besser. Ich brauchte nur mein Becken zu kippen und mein gieriger Schwanz rieb sich wie von selbst an Ahmeds Lustpforte. So gut es ging, wichste ich dabei weiter seinen Riemen – mit einer Hand. Die andere flog zwischen Bauchnabel und Brustwarzen hin und her. Es war herrlich, sein ganzes Gewicht zu spüren und sich trotzdem mühelos bewegen zu können. Seine glühende Haut schien Feuer gefangen zu haben. In den tanzenden Sonnenstrahlen sah ich, wie feine Dampfschwaden von seinem Körper aufstiegen. Die schwüle Luft in der geräumigen Dachkammer war angefüllt von unserem Männerschweiß. Tief sog ich diesen belebenden Duft in mich hinein. Mein riesiger Schwanz schwoll weiter an und ich folterte Ahmeds Arsch noch hemmungsloser.

»Ich kann es nicht mehr aufhalten. Es kocht in mir, ich verbrenne. Uh … Ja … Jetzt!«, heulte er plötzlich. In hohem Bogen schoss der Samen über seinen Bauch. Unermüdlich pumpte sein Schwanz. Dabei presste der Schließmuskel mein steifes Rohr bedrohlich fest zusammen.

»Ich kann dein Feuer löschen«, rief ich erregt. Schonungslos stieß ich noch einmal mit aller Kraft zu. Mein dicker Schlauch suchte den heißesten Punkt und spritze dann meinen überschäumenden Saft in die heiße Glut. Ausgiebig kühlte ich seine innere Hitze, bis wir beide nur noch erschöpft und heftig atmend dalagen. Sanft streichelte ich über Ahmeds Haut. Da rollte er auf einmal von mir herunter, drehte sich um, und sah mich ernst an.

»In den nächsten Wochen werden wir uns nicht oft sehen können, Tom. Der Kapitän ist ziemlich streng und duldet keine Faulenzerei. Und der Koch ist ein echtes Raubein. Ich werde versuchen, so oft es geht zu dir zu kommen. Wir müssen uns irgendeinen Platz suchen, wo wir uns ungestört treffen können. Auf dem alten Klipper gibt es nicht viele ruhige Ecken.«

Zärtlich strich er mir eine feuchte Haarsträhne aus dem Gesicht und legte seine warme Hand auf meine Wange. »Diese letzte Stunde mit dir werde ich nie vergessen.«

Er gab mir einen zärtlichen, langen Kuss. Sein trauriger Gesichtsausdruck lastete wie eine schwere Last auf meiner Brust.

»Kopf hoch«, munterte ich ihn auf. »Ich bin schon froh, mich auf der langen Fahrt nicht alleine fühlen zu müssen. Selbst wenn wir nicht häufig zusammen sein können. Die Reise wird sicher ein tolles Abenteuer. Ich war noch nie mit einem so großen Schiff auf dem Meer. Du wirst sehen, alles wird gut.«

Eine Weile lagen wir noch nebeneinander, glücklich und zufrieden, einander gefunden zu haben. Als wir aufbrachen, begann es schon dämmrig zu werden. Schnell holten wir den fehlenden Proviant und schleppten die schweren Säcke zum Schiff. An Deck empfing mich Ben mit finsterer Miene.

»Habt ihr das Mehl erst noch gemahlen? Wir warten schon ewig auf euch. Das geht ja gut los. Ab mit dir unter Deck, du Taugenichts! Ich hab ja geahnt, dass es mit dir nur Ärger gibt.«

Abrupt drehte er sich um und ließ mich stehen. Schlagartig war meine gute Laune wie weggeblasen. Ärgerlich, mit knirschenden Zähnen und geballten Fäusten ging ich in die Kabine. Wie konnte er nur so grob zu mir sein? Warum war er so wütend? Nur weil wir später zurückgekommen waren? Erst als ich in meiner Koje saß, legte sich meine Wut. Am liebsten wäre ich von Bord geschlichen und einfach verschwunden. Dann würde ich mein Leben endlich so leben, wie ich es wollte. Keiner würde mir sagen, was ich zu tun und zu lassen hatte oder wen ich lieben durfte. Ich dachte an Brian. Warum war nur alles so gekommen? Hoffnungslos sank ich in mir zusammen.

Plötzlich wurde polternd die Tür aufgestoßen und Ben stand vor mir. Schuldbewusst sah er mich an.

»Es tut mir Leid«, sagte er milde. »Ich weiß nicht, was in mich gefahren ist, Tom. Aber versuch mich bitte zu verstehen. Ich habe deinem Onkel versprochen, immer auf dich aufzupassen. Nachdem er mir erzählt hatte, dass du bereits vor einigen Wochen überfallen wurdest, habe ich mir einfach Sorgen gemacht.«

Der Hüne von Mann setzte sich vorsichtig neben mich und legte tröstend den Arm um mich.

»Ja, ich habe mir wirklich Sorgen gemacht«, wiederholte er.

»Es kommt nicht wieder vor«, antwortete ich. «Auf dem Schiff kann ich ja sowieso schlecht weglaufen.« Entschuldigend blickte ich zu ihm auf. Zaghaft nahm er mein Kinn in die Hand und wischte mir eine Träne aus dem Gesicht. Nachdenklich sah er mich an. Nur kurz und trotzdem einen Moment zu lang. Was bedeutete dieser verwirrte Blick? Wollte er mir etwas sagen?

»Wir kommen zu spät«, erhob er sich hastig. »Der Kapitän lädt die Mannschaft am Abend vor der Abreise traditionell zum Essen ein. Seine gereizte Stimmung wird sicher nicht besser, wenn wir ihn warten lassen. Also komm!«

Freundschaftlich hielt er mir die Hand hin. Zögernd schlug ich ein und zog mich an seinem starken Arm von der Bettkante empor.

»Na also. Du kannst ja sogar schon wieder lächeln. Du wirst sehen, alles wird gut.«

Seltsam. Mit den gleichen Worten hatte ich erst vorhin Ahmed beruhigt.

»Was ist?«, riss Ben mich aus meinen Gedanken. Ungeduldig stand er an der Tür.

»Komme schon«, antwortete ich. Wortlos trottete ich hinter ihm her. Seine breiten Schultern füllten den schmalen Gang fast komplett aus. Manchmal musste er den Kopf einziehen, um nicht gegen einen niedrigen Balken zu stoßen. Sein fester Hintern zeichnete sich in der engen Hose deutlich ab. Trotz seiner Größe war sein Gang leicht und geschmeidig wie der eines Katers.

Wie er mir sanft über die Wange gestreichelt hatte. Und der besorgte Blick in seinem Gesicht. Hatte er sich wirklich nur Sorgen um mich gemacht? Oder war da mehr gewesen? So hatte ich Ben wirklich noch nie erlebt.

In mir keimte der Verdacht auf, dass diese Reise vielleicht doch sehr viel reizvoller werden könnte als ich erwartet hatte. Aber das war jetzt nicht der richtige Moment darüber nachzudenken. Ich schob das Hirngespinst beiseite. Vor mir riss Ben die Tür zur Kapitänskabine auf. Lautes Stimmengewirr schlug uns entgegen.

»Da seid ihr ja endlich«, empfing uns ein älterer Mann in Kapitänsuniform.

An diesem Abend trank ich mehr als gut für mich war. Und deutlich mehr als ich vertragen konnte. Vielleicht ein unbewusster Versuch, die Vergangenheit zu ertränken. Allerdings war er vergebens. Mit jedem Wein, den ich in mich hineinschüttete, erschien Brians Gesicht deutlicher vor meinem inneren Auge. Auf dem Boden des nächsten Bechers sah ich plötzlich Ahmeds Gesichtszüge schwimmen. Dann tauchte Brian neben ihm auf. Die beiden lächelten sich an. Zu allem Überfluss gesellte sich auch noch Bens nachdenkliche Miene dazu. Er nickte den beiden vielsagend zu, starrte mich dann mit traurigen Augen an. Angewidert schob ich den Wein von mir weg. Mir wurde schlecht.

Klar Schiff zum ablegen. Anker auf!«

Der Befehl drang wie durch eine dichte Nebelwand an mein linkes Ohr. Verdrießlich wälzte ich mich auf die andere Seite, woraufhin das scharfe Gezwitscher der Bootsmannspfeifen ungeschützt mein rechtes Trommelfell traf. Knirschende Stiefel hasteten über die Planken des Decks. Polterndes Fluchen brach los, wenn wieder jemand den Ankergasten im Wege stand, die zu ihren Plätzen an den Spillspaken eilten. Ein Zittern und Ächzen ließ das Schiff erbeben, als die Ankerkette gelichtet wurde. Ich fuhr erschrocken hoch und schlug prompt mit dem Kopf gegen die niedrige Decke der Schlafkoje. Daran würde ich mich noch gewöhnen müssen. Benommen rieb ich die schmerzende Stelle an meiner Stirn. Das würde eine dicke Beule geben. Der Spott der anderen war mir sicher. Alle an Bord kannten die Merkmale, an denen man einen »Lander«, wie man die Frischlinge an Bord verächtlich nannte, erkennen konnte.

Wieder versuchte ich mich aufzusetzen. Diesmal warf mich eine schlingernde Bewegung des Schiffsrumpfes ins Bett zurück.

»Wenn das so weitergeht, werde ich erst an Deck sein, wenn wir längst auf hoher See sind«, fluchte ich. Und siehe da: Nach dem dritten Anlauf stand ich endlich, wenn auch etwas wacklig, auf beiden Beinen. Bens Bett war natürlich schon leer. Bestimmt war er frühzeitig an Deck gegangen, um das Ankerlichten zu beaufsichtigen. Glück für mich, dass er meine ersten, ungeschickten Gehversuche an Bord nicht mit ansehen konnte. Eilig versuchte ich meine Hosen überzustreifen, doch der schwankende Boden unter meinen Füßen, machte mir immer wieder einen Strich durch die Rechnung. Ich freute mich schon, als zumindest eines meiner Beine in einem Hosenbein steckte. Leider steckte es in dem falschen. Ein weiterer Ruck und ich landete unsanft auf meinem Hintern. Irgendwann gelang es mir doch noch, in meine widerspenstigen Beinkleider zu schlüpfen. Mein Kopf brummte unbarmherzig, aber ich wusste ja woher das kam. Meine Schwindelgefühle rührten allerdings nicht nur vom Alkohol und den ungewohnten Schiffsbewegungen her, ich war auch hungrig. Ungeduldig schlang ich ein paar Bissen des Frühstücks herunter, das bereits auf dem Tisch stand. Eine gute Grundlage konnte nicht schaden.

Das Waschen ließ ich ausfallen, sodass ich wenige Augenblicke später bereits die Stufen zum Deck hinaufstürmte. Oben angekommen, empfing mich ein unüberschaubares Durcheinander. Ein Bienenschwarm hätte nicht unruhiger sein können. Die gesamte Besatzung war mit dem Ablegemanöver beschäftigt. Hastig wurden Taue gelöst, um sie an anderer Stelle wieder festzuzurren, Befehle ertönten und verhallten, Matrosen liefen auf und ab. Aber irgendwie schien alles einem geheimen Plan zu folgen. Jeder schien genau zu wissen, wo er gebraucht wurde. Nur ich nicht.

»Aus dem Weg, Landlubber!«, rief ein Seemann, der direkt auf mich zukam. Gerade noch rechtzeitig sprang ich zur Seite. Fluchend hechtete er an mir vorbei.

»Komm hier herüber, Tom«, rief Ben. Er stand etwas abseits und beobachtete gespannt, wie das Schiff für die große Reise startklar gemacht wurde.

»Ich dachte schon, du würdest den großen Augenblick verschlafen«, sagte Ben. »Sieh nur, dort werden gerade die Bug- und Achterleinen von den Pollern an der Pier losgemacht.«

Staunend verfolgte ich, wie die armdicken Seile von kräftigen Hafenarbeitern aus den Verankerungen gelöst wurden. Klatschend fielen sie ins Wasser und wurden von Matrosen eilig hinaufgezogen. Ich zuckte zusammen, als über mir mit lautem Krachen der böige Morgenwind die Bram- und Klüversegel aufblähte. Ein Ruck ging durch das Schiff. Dann vergrößerte sich der Abstand zwischen Schiff und Kaimauer zusehends. Meine erste große Schiffsreise hatte begonnen.

»Endlich geht es los.« Aufgeregt und mit nervösem Blick sah ich Ben an.

»Ja, das erste Mal ist immer ein aufregendes Erlebnis. Mich hat die Seefahrt seit meiner ersten Fahrt nicht mehr losgelassen. Ich hoffe, dir wird es ebenso ergehen. Dann könnten wir sicher noch viele gemeinsame Abenteuer erleben. Aber sag deinem Onkel nicht, dass ich das gesagt habe. Der möchte dich nämlich lieber zu Hause in seinem Geschäft haben, damit du ihn dort in den nächsten Jahren entlasten kannst.«

»Was bedeutet eigentlich Landlubber?«, wollte ich wissen.

Lachend legte Ben seinen Arm um mich: »Das wirst du schon selbst herausfinden müssen.«

Seine seltsame Stimmung von gestern schien sich gelegt zu haben. Er war bei bester Laune und wie ausgewechselt. Um seine blauen Augen spielten wieder die kleinen Lachfalten, die sein Gesicht für mich so unverkennbar machten, und er fieberte genau wie ich darauf, endlich das offene Meer zu erreichen. Seite an Seite standen wir an der Reling und sahen zu, wie das Schiff die Hafenausfahrt passierte. Am Ufer standen einige Kinder und winkten zum Abschied. Im Osten tauchte die Sonne gerade über den Dächern des Hafenviertels auf. Ihre warmen Strahlen vertrieben die kalte Nachtluft. Vom Achterdeck dröhnten neue Befehle herüber. Es wurden noch mehr Segel gesetzt. Strahlend weiß hoben sich die riesigen Stoffbahnen von dem blauen, wolkenlosen Himmel ab. Allmählich nahmen wir Fahrt auf. Das Schiff neigte sich leicht zur

Seite. Es schüttelte sich ein wenig, als würde es sich freuen, endlich aufs Meer hinauszusegeln.

Lange standen wir noch an der Reling und sprachen über die tollkühnen Seefahrer, die vor gar nicht allzu langer Zeit, die neue Welt entdeckt hatten. Auf einmal sah mich Ben mit forschendem Blick an.

»Du siehst so blass aus im Gesicht. Ist dir nicht gut? Du wirst doch wohl nicht seekrank werden?«

Zugegebenermaßen hatte ich tatsächlich das Gefühl, dass mein Magen sich noch nicht an das unruhige Schaukeln des Schiffes gewöhnt hatte. Anfangs hatte ich noch fasziniert beobachtet, wie die schäumenden Wellen seitlich gegen das Schiff klatschten. Aber jetzt wünschte ich mir, dass das Wasser spiegelglatt wäre und das Schlingern endlich ein Ende nähme, bis mein Magen sich wieder beruhigt hatte. Meine Hände wurden feucht, Schweiß bedeckte meine Stirn. Im nächsten Moment lehnte ich mich weit über die Reling und würgte mein hastig hinuntergeschlungenes Frühstück vollständig wieder hervor. Hinter mir hörte ich höhnisches Gelächter. Doch Ben tröstete mich.

»Ich bringe dich erst mal unter Deck. Glaub mir, im Liegen ist es leichter zu ertragen. Das geht bald vorbei.«, Widerstandslos ließ ich mich von ihm die steilen Stufen hinunter, in unsere Kabine führen. Sobald ich lag, ließen im Liegen die Übelkeit und der Schwindel tatsächlich nach. Ben legte mir ein feuchtes, kühles Tuch auf die Stirn und sah mich mitleidig an.

»Das passiert vielen, die noch nie zur See gefahren sind. Bei den allermeisten dauert es aber nur ein paar Tage und verschwindet dann für immer. Mach dir also keine Sorgen. Nur etwas essen musst du zwischendurch immer, sonst kannst du dich nach kürzester Zeit nicht mehr auf den Beinen halten. Mach jetzt erst einmal die Augen zu. Später schicke ich dir Ahmed mit einer Kleinigkeit zu essen vorbei.«

Bei dem Wort »Essen« verzog ich das Gesicht und mein Magen

rebellierte aufs Neue. Freundschaftlich klopfte Ben mir noch einmal auf die Schulter. Dann ließ er mich allein.

Ich musste eingeschlafen sein. Plötzlich stand Ahmed neben meinem Bett.

»Geht es dir besser? Bleib ruhig liegen«, drückte er mich sanft zurück, als ich mich aufsetzen wollte.

»Seekrank zu sein ist keine Schande. Man braucht Zeit, um sich an das Schaukeln zu gewöhnen. Am besten geht das im Liegen. Ich habe dir etwas zu Essen mitgebracht. Du brauchst gar nicht das Gesicht so zu verziehen. Glaub mir, auch dein Magen hat es leichter, wenn er nicht ganz leer ist.«

Er setzte sich auf die Bettkante, tunkte den Finger in eine Schüssel mit klebrigem Brei und führte ihn an meinen Mund.

»Koste mal! Habe ich selbst für dich gekocht«, lächelte Ahmed mich stolz an. Ohne eine Antwort abzuwarten, schob er seinen Finger in meinen Mund. Seine großen, dunklen Augen sahen mich erwartungsvoll an. Unwillig leckte ich den Brei ab.

»Gar nicht schlecht«, murmelte ich kauend.

»Ich habe aus dem Vorrat des Smutjes ein wenig Honig erbeutet. Damit schmeckt auch die schlimmste Seekrankheit viel besser. Gib es ruhig zu!«

Während er sprach, löffelte er mehr von der süßen Speise aus der Schale. Diesmal schob er mir schon zwei Finger in den Mund.

»Mehr schaff ich nicht. Sonst wird mir gleich wieder schlecht«, wehrte ich mich.

»Du brauchst nur etwas Ablenkung, mein Freund«, war seine knappe Antwort und fütterte mich weiter. Dabei schob er seine freie Hand unter mein Hemd und begann, meinen Bauch zu streicheln. In kleinen Kreisen umrundete er den Nabel. Tatsächlich entkrampfte sich die verspannte Bachdecke. Sanft kraulte er weiter nach oben. In der Mitte meiner Brust hielt er einen Moment lang unentschlossen inne, um sich dann langsam der rechten Brustwarze zu nähern, sie zu umkreisen und gefühlvoll zu drücken. Ein erleichtertes Seufzen drang aus meiner Kehle. Die Finger in meinem Mund umspielten sinnlich meine Zunge. Meine Lippen hielten sie fest umfangen, lutschten begierig den letzten Rest Süßes und wollten sie nicht mehr freigeben.

Abwechselnd rechts und links rieb Ahmeds flache Hand über die Muskeln meiner Brust. Mein Schwanz reagierte unweigerlich, indem er ungeduldig pulsierte. Endlos behutsam arbeitete sich Ahmed nun abwärts auf meinen zuckenden Ständer zu. Ohne ihn zu berühren strich er seitlich die Innenseiten der Oberschenkel und befreite mich gleichzeitig geschickt von meiner engen Hose. Zärtlich nahm er meine Eier in die Hand und rollte sich vorsichtig wie zwei Murmeln. Den Daumen drückte er fest gegen die stramme Naht, die zu meinem Schließmuskel führte. Als mein Schwanz augenblicklich hochsprang, fing er ihn geschickt mit dem Mund auf und rutschte mit seinen festen Lippen daran herunter.

Was für ein herrliches Gefühl. Seine Zunge leckte entlang des festen Schaftes, wieder empor bis zur Schwanzspitze, umrundete genießerisch die pralle Eichel und suchte wieder den Weg hinunter bis zum Ansatz. Rasend saugte ich an den Fingern in meinem Mund. Auch Ahmeds Bewegungen wurden wilder und hastiger. Er hatte den Weg zu meinem Hintereingang gefunden und betastete mit seinen weichen Fingerspitzen zärtlich dessen Ränder. Dann schob er auch hier zwei davon in das enge Loch. Begierig erkundete er meinen engen Kanal. Instinktiv fing er an, mich leicht hin und her zu schaukeln, etwa so, wie ein Schiff auf den Wellen hin und her schwankt. Dieses Wiegen hatte eine seltsam beruhigende, aber zugleich überaus anregende Wirkung auf mich. Mein Becken schob sich bebend zwischen den fordernden Fingern in meinem Arsch und Ahmeds hungrigem Mund auf und ab. Ich konnte mich nicht entscheiden, ob ich tiefer in seinen Rachen stoßen oder lieber noch tiefer seine Lustfinger in mir fühlen wollte. Ich genoss es unglaublich, an drei Stellen gleichzeitig gefangen zu sein. Denn auch von der süßen Mundfüllung, die meine Zunge wild machte, konnte ich nicht lassen. Unaufhaltsam und ungeduldig bahnte sich meine Lust ihren Weg. Heiße, zitternde Wogen überrollten mich. Mein keuchender Atem überschlug sich beinahe.

»Ja, tiefer, noch tiefer«, schrie ich fordernd und schoss wild stoßend und in verschwenderischen Schüben meinen Samen in seine Kehle. Genau in dem Augenblick, als seine Finger meinen Lustpunkt am intensivsten kitzelten. Erfolglos versuchte Ahmed meine ganze Ladung zu schlucken. Sie war einfach zu viel für ihn. Als er mich endlich freigab, leckte er mir eifrig die letzten Reste vom Bauch. Erst danach zog er seine Finger aus meinem noch immer zuckenden Hintern. Er beugte sich über mich. Berauscht und leidenschaftlich küssten seine Lippen meinen Mund.

»Und wie fühlst du dich jetzt?«, fragte er leise.

»Meine Übelkeit ist wie weggeblasen«, bekannte ich lächelnd. Es stimmte. Mein Befinden hatte sich schlagartig gebessert. Ahmed hatte ganze Arbeit geleistet.

»Dann solltest du jetzt versuchen, dich vorsichtig aufzusetzen«, meinte er. Bedächtig hob ich meinen Kopf, hielt mich mit beiden Händen am Bett fest, ließ meine Beine über die Kante rutschen und kam langsam zum Sitzen. Ich schloss meine Augen. Ich spürte, wie sich alles wieder zu drehen begann und mein Mageninhalt nach oben stieg. Stöhnend wollte ich mich zurück aufs Bett fallen lassen, aber Ahmed hielt mich energisch an den Schultern fest.

»Halt, halt«, rief er. »Das ist die falsche Richtung. Ich dachte mir schon, dass diese Lektion bei dir nicht ausreichen würde. Aber lass mich nur machen. Halte deine Augen weiter geschlossen. Du brauchst nur zu fühlen. Deine Sinne werden sich nach und nach auf die ungewohnten Bewegungen einstellen. Spreiz deine Beine weit auseinander und stell die Füße fest auf die Planken. Reich mir deine Hände. Und gut festhalten.«

Ahmed stand zwischen meinen Oberschenkeln, nahm meine Handflächen und presste sie seitlich an seine Hüften.

»Zunächst werde ich noch einmal versuchen, deinen Geschmackssinn abzulenken«, erklärte er.

Erwartungsvoll und neugierig öffnete ich meinen Mund, um wieder an seinen Fingern saugen zu können. Zu meinem Erstaunen leckte ich dieses Mal aber keinen süßen Brei, sondern einen dicken, zähflüssigen Sirup mit scharfem, würzigem Geschmack. Das Köstlichste aber war die ungewöhnliche Unterlage. Zu meiner freudigen Überraschung waren es diesmal nicht Ahmeds Finger, die in meinen Mund drängten, sondern sein harter, pulsierender Schwanz. Ich wagte nicht, die Augen zu öffnen, sondern konzentrierte mich weiter auf die neue Erfahrung und den großen Kolben, der meinen Mund nun vollständig ausfüllte. Neugierig badete meine Zunge in dem anregenden Aroma. Ahmeds Eichel drückte sanft gegen meinen Gaumen und rieb den Saft über meine Geschmacksknospen. Die frischen, leicht scharfen Zutaten erfüllten meinen Mund mit einer wohltuenden Wärme, die bis tief hinab in den Bauch abstrahlte. Je ausgiebiger ich seinen prallen Hammer saugte, desto intensiver wurde die feurige Glut. Sie breitete sich weiter aus, erreichte meine Beine und zuletzt meinen Schwanz. Leider konnte ich ihn derzeit nicht selber bearbeiten, obwohl er aufgeregt kribbelnd zwischen meinen Beinen tanzte und nach etwas Handfestem verlangte. Doch ich wagte es einfach nicht, meine Hände von Ahmeds Hüften zu lösen. Ich wusste, solange ich mich hier gut festhielt, konnte mir nicht wieder schwindlig werden. Ich ließ meine Hände dieses Mal also besser, wo sie waren, auch wenn es mir schwerfiel.

»Lass dich nicht durch die Bewegungen des Schiffes beeinflussen. Zuerst musst du deinen eigenen Rhythmus finden«, forderte Ahmed mich auf.

Nur zu gerne befolgte ich seine Anweisung. Ohne zu zögern, saugte ich schneller und fester an seinem besten Stück. Meine Hände wanderten dabei stetig nach hinten, um seine festen Arschbacken herum. Unter der Haut spürte ich, wie seine Muskeln sich anspannten. So boten sie mir einen noch sicheren Halt und gewährten mir noch mehr Kontrolle darüber, wie tief ich seinen Bolzen in mein Maul schieben wollte. Meine Bewegungen wurden ungeduldiger.

»Du wirst immer besser, Tom«, lobte mich Ahmed seufzend. »Die feurige Mahlzeit scheint Wunder gewirkt zu haben. Ja ... Uuh ... Fester. Mach weiter so. Langsam wird mir auch heiß.«

Ich wagte einen scheuen Blick nach oben. Über mir zwirbelte Ahmed wie ein Besessener seine Brustwarzen. Den Kopf wild in den Nacken geworfen und den Mund weit geöffnet, gab er sich ganz seiner Ekstase hin. Immer weiter beugte er sich hintenüber. Ich hatte Mühe, ihn festhalten. Als meine Finger seinen zitternden Ringmuskel fanden, öffnete sich die willige Pforte schon bei der ersten, leichten Berührung. Feuchte Hitze umschloss die dreisten Eindringlinge. Ich brauchte sie nur noch ein wenig zu bewegen und Ahmed stieß übermütig seinen Hammer meinen Hals. Seine Beine zitterten leicht. Nach Halt suchend klammerte er sich mit beiden Händen an den oberen Bettrand der Koje. Sein hemmungsloser Tatendrang war nun nicht mehr zu bändigen. Heftig stoßend trieb er seinen immer riesiger werdenden Ständer in meinen Mund. Meine Zunge rieb beharrlich weiter an dem harten Riemen entlang, auch wenn die Unbeherrschtheit seines Besitzers mich zunehmend in Bedrängnis brachte. Ahmeds Eier schlugen unsanft gegen mein Kinn. Er zuckte wild mit seinen Hüften und spritzte unangekündigt seine ganze Ladung bis weit in meinen Rachen, begleitet von einem kehligen Seufzen. Wieder schmeckte ich ein neues Aroma. Es war köstlich. Noch lange nachdem Ahmed seinen Schwanz aus meinem Mund gezogen hatte, leckte ich neugierig meine Lippen ab.

»War der Herr mit der Speisenfolge zufrieden? Bist du satt geworden, Tom? Ich habe mir mit dieser Mahlzeit besonders viel Mühe gegeben. Ich hoffe, die Zubereitung hat dir gefallen.«

»Du schmeckst ziemlich gut«, nickte ich begeistert und sah befriedigt in Ahmeds dunkelbraune Augen.

»Wie ich sehe bist du jetzt bereit für den letzen Gang.« Vergnügt sah Ahmed auf meinen harten Kolben. Unbewusst hatte ich begonnen, ihn genussvoll zu reiben.

»Das Feuer, das du in mir entzündest hast, konnte auch deine erfrischende Sahne nicht löschen. Ich bräuchte dringend noch eine zweite Abkühlung«, gab ich zu.

»Dann komm her«, Ahmed zog mich auf die Beine und stellte mich mitten in den Raum. Er trat dicht hinter mich.

»Jetzt wirst du lernen auf deinen eigenen Füßen zu stehen.«

Allein der flüsternde Atem in meinem Nacken trieb mir prickelnde Schauer über den Rücken.

»Streck deine Arme nach hinten«, befahl er. Mit schnellen, geübten Griffen band Ahmed mir die Hände zusammen.

»Was machst du da?«, protestierte ich.

»Vertrau mir. Nur so wirst du endgültig ohne Angst weiter zur See fahren können. Nach dieser Prüfung holt dich so schnell nichts mehr von den Beinen. Aber nun zu der gewünschten Abkühlung.«

Ahmed zauberte eine kleine Flasche hervor und goss etwas von ihrem Inhalt in seine Hände. Er stellte sich vor mich und rieb meinen Schwanz mit der Flüssigkeit ein. Ein angenehmes, belebendes Gefühl breite sich auf meinem gesamten Ständer aus. Einen kleinen Rest verteilte er auf den Brustwarzen. Erwartungsvoll lächelnd blies er kräftig darauf.

»Nun kalt genug?«, fragte er überflüssigerweise. Meine verräterischen Knospen hatten sich im kühlen Luftzug zu harten Knoten zusammengezogen. Ich holte tief Luft.

»Stell dich nicht so an, mein Freund. Hör mich an«, fuhr er wieder etwas ernster fort. »Du musst versuchen, den Boden unter deinen Fußsohlen zu spüren. Stell dich etwas breitbeiniger hin. Ja, so ist es besser. Immer aufrecht stehenbleiben. Nicht nach vorne beugen. Deine Augen heftest du an einen festen Punkt.«

»Aber wohin soll ich denn gucken?«, fragte ich irritiert.

»Erkennst du dieses kleine Mal hier an meinem Rücken. Das siehst du an, egal was passiert.« Er drehte sich um und zeigte auf eine dunkle Stelle in seinem Nacken. Dennoch: Ohne die Möglichkeit mit den Händen Halt zu finden, begannen meine Beine unkontrolliert zu zitterten. Wieder spürte ich das Schwanken des Schiffsbodens unter mir. Wieder wurde mir schwindlig. Angestrengt versuchte ich durch kleine, ungelenke Schritte mein Gleichgewicht zu halten.

»Ja, du machst es genau richtig«, spornte mich Ahmed an.

»Geh weiter in die Knie, dann geht es noch besser.«

»Ich werde bestimmt fallen und mir den Kopf aufschlagen. Öffne bitte den Knoten «, flehte ich in an. »Ich muss mich doch irgendwo festhalten können.«

»Dann gebe ich dir eben noch eine kleine Hilfe«, seufzte Ahmed. Vornübergebeugt stützte er sich mit den Händen auf dem Tisch ab, der vor ihm stand und streckte mir freudig grinsend sein Hinterteil entgegen.

»Hier kannst du andocken und Anker werfen, wenn deine Standsicherheit nachlässt.«

Zwischen seinen straffen, weißen Halbkugeln leuchtete sein kleines, feuchtes Juwel.

»Ich wusste, dass du ein wahrer Freund bist. Das Angebot in einen sicheren Hafen einzulaufen, nehme ich in diesen stürmischen Zeiten gerne an«, bedankte ich mich überschwänglich und steuerte mit meinem aufgerichteten Mast zielstrebig auf die rettende Stelle zu. Draußen hatte inzwischen der Wind aufgefrischt. Deutlich konnte ich hören, wie einzelne Böen in die Segel donnerten. Aber ich hatte jetzt andere Sorgen. Beim ersten Anlauf rutschte mein Schwanz lediglich zwischen Ahmeds Arschhälften nach oben. Ich ging noch weiter in die Knie und wiederholte den Versuch. Durch den öligen Balsam auf meinem Kolben rutsche ich diesmal nach unten ab und stieß gegen seine locker baumelnden Eier.

»Nicht schlecht«, meinte er. »Aber dieses Einlaufmanöver musst du noch üben. Versuch es langsam. Spüre schon vorher, wie sich das Schiff im nächsten Moment bewegen wird.«

Ich atmete tief aus, fühlte unter meinen Füßen die Schiffsbohlen, hörte den Sturm, sah auf die Stelle in Ahmeds Nacken und setzte meine pralle Schwanzspitze gefühlvoll auf den Zielpunkt. Gleichzeitig ging ein Beben durch den ganzen Bug, gefolgt von einem ruckartigen Stampfen. Ohne dass ich mich auch nur gerührt hatte, hatte Ahmeds Hintern meinen Hammer bis zur Hälfte verschlungen. Mein Atem stockte vor Erstaunen. Ahmed schnurrte zufrieden.

»Sehr gut. Willkommen an Bord, Tom. Und werde eins mit dem Schiff. Lass deinen Masten tief in mein Meer sinken, so wie der Schiffsbug das Wasser pflügt.«

Jetzt konnte mir nichts mehr passieren. Furchtlos schob ich mich weiter voran, bis meine Eier seinen Arsch berührten. Beim nächsten Wellenberg löste sich die enge Verbindung von alleine und ich rutschte fast vollständig wieder heraus. Nur der Rand meiner Eichel war noch immer in seinen engen Schließmuskel getaucht.

»Pass auf, dass du nicht abtreibst«, warnte Ahmed. Er hatte seinen Kopf nach hinten gedreht und sah mich sehnsüchtig an. »Dein Anker hatte gerade den richtigen Platz gefunden. Ein echter Seemann übt so lange, bis er den Gebrauch seiner Gerätschaften tadellos beherrscht.«

Das plötzliche und heftige Eintauchen in die nächste Woge ließ ihn schlagartig verstummen. Ein langgezogenes Stöhnen war die einzige Äußerung, als mein steinharter Schwengel gründlich sein Innerstes massierte. Ganz allmählich gewöhnte ich mich an das Auf und Ab, an einen selbstsicheren Stand. Auch mein Schwanz war begierig, alle Untiefen in Ahmeds Arsch zu erforschen. Gespannt verfolgte ich das Spiel seiner Rückenmuskeln, als er versuchte, meinen kraftvollen Stößen standzuhalten. Sein ganzer

Körper war unaufhörlich in Bewegung, um es mir so einfach wie möglich zu machen. Mein eigentliches Leitbild aber war die Vorstellung, wie weiter vorne der Schiffsbug die Wellen teilte, so wie mein steifer Mast es mit Ahmeds festen Arschhälften tat. Je tiefer das Vorderdeck ins Wasser tauchte, desto tiefer versenkte ich meinen Bolzen. Neigte sich das Schiff nach Backbord, lehnte ich mich zum Ausgleich nach Steuerbord. Ein Kribbeln durchlief mich vom Kopf bis zu den Füßen. Plötzlich verstand ich: Schiff und Meer gehörten immer zusammen. Sie waren untrennbar und leidenschaftlich miteinander verbunden. So wie ich jetzt mit diesem Mann verbunden war. Ahmed hatte die Veränderung in meinen Bewegungen bemerkt.

»Jetzt bist du soweit, die Führung zu übernehmen«, spornte er mich an.

»Zeig mir, wer der Kapitän ist, wie du das Ruder in die Hand nimmst. Oder sollte ich besser sagen: Wie deine Bugspitze voranprescht?«

Das ließ ich mir nicht zweimal sagen. Hemmungslos stieß ich zu. Immer härter und aufgebrachter stürmte mein Hammer seinen Hintern. Meine Eier schlugen ungestüm gegen seine Schenkel. Ja, ich war endlich der Steuermann im tobenden Meer. Um mich herum schaukelte und schlingerte das Schiff, es ächzte und stampfte. Ich aber stand da wie der Fels in der Brandung. Unumstößlich an die Schiffplanken geheftet, steinhart und sicher verbunden mit dem schönsten Ankerplatz, den ich mir vorstellen konnte. Mein mächtiger Pfahl drang tollkühn in unbekannte Tiefen vor, tanzte sprudelnd zur Oberfläche zurück, nur um mit der nächsten Brandung wieder abzutauchen.

»Fühlst du, wie der Sturm stärker wird?«, rief ich Ahmed entrückt zu. »Ich liebe dieses wilde Rauschen.«

Plötzlich öffneten sich meine Schleusen. Brodelnd bahnte sich die Gischt ihren Weg, spritzte schäumend aus meiner Mündung und flutete in Ahmeds Meer hinein.

»Ich bin der Herrscher der Meere«, schrie ich außer mir und pumpte wild immer neue Samenwogen heraus.

Ahmed richtete sich abrupt auf, schob sein Hinterteil weit auf meinen harten Ständer und lehnte sich eng an mich. Sein ganzer Körper zitterte. Seine enge Pforte verkrampfte sich ruckartig. Stöhnend legte er seinen Kopf an meine Schulter und hielt sich mit beiden Händen an meinem Arsch fest.

»Jetzt kommt auch meine Sturmflut«, brüllte er. Weit schoss er seine Sahne über den Boden. Die zuckenden Wellen, die ihn durchströmten, schienen niemals an Kraft verlieren zu wollen. Neugierig blickte ich über seine Schulter.

»Du hast den ganzen Nachtisch verschüttet«, flüsterte ich in sein Ohr.

»Mach dir darüber keine Sorgen«, beruhigte er mich »Ich bringe dir morgen gerne wieder einen neuen mit.«

Lächelnd schloss er seine Augen und legte den Kopf zurück an meine Schulter. Ich konnte nicht widerstehen und knabberte liebevoll an seinem Ohr.

»Würdest du mich bitte endlich losbinden? Auch wenn mich jetzt so schnell nichts mehr umwirft, meine Hände werden langsam taub.«

Sofort löste sich Ahmed von mir und drehte sich um. Seine Arme umschlangen mich. Vorsichtig knotete er das Seil auf und drückte seine Hände auf meinen Hintern. Vertraut legte ich die meinen auf seinen Rücken und zog ihn fester zu mir. Zärtlich küsste ich ihn. Meine Lippen berührten sehnsüchtig seinen Mund.

»Ich danke dir für deine Hilfe, mein Freund«, murmelte ich.

»Ich hoffe sehr, du wirst sie noch häufiger in Anspruch nehmen«, erwiderte er.

Frische Morgenluft empfing mich, als ich am nächsten Tag das Oberdeck betrat. Die ersten Sonnenstrahlen wanderten gerade über die Bramsegel. Sie funkelten an den Wanten und Webleinen entlang, bis sie die hinterste Spitze des Besanbaumes erreichten. Im Osten thronte die glühende Scheibe am Horizont und beleuchtete den neuen Tag. Voraus an Steuerbord floh die Nacht gen Westen in die neue Welt. Das Himmelszelt strahlte in reinem Hellblau und das Meer spiegelte in dunkler Farbenpracht den aufkommenden Wind und die ersten Wolkenfetzen. In den kommenden Tagen freute ich mich auf jeden Sturm, der am Horizont auftauchte. Ich begann, das Schaukeln und Schwanken an Deck zu genießen. Stolz lief ich über die Planken ohne mich festzuhalten. Selbst die alten Seebären an Bord staunten über meine neu gewonnene Sicherheit. Natürlich war auch Ben aufgefallen, dass ich sehr schnell wieder auf den Beinen war und mir der Seegang nichts mehr ausmachte. Neugierig fragte er: »Wie kommt es, dass du dich so rasch erholt hast? Dir scheint das raue Wetter richtig Spaß zu machen.«

»Ahmed hat sich gut um mich gekümmert«, antwortete ich schmunzelnd. »Er versorgte mich mit kräftigem Essen. Besonders seine Nachspeisen sind sehr nahrhaft. Und er hat mir gezeigt, wie ich mich richtig bewegen muss, um nicht den Boden unter den Füßen zu verlieren.«

Ein merkwürdiges Lächeln huschte über Bens Gesicht, dann nickte er verständnisvoll.

»Verstehe! Ich glaube aus dem Landlubber wird noch ein richtig guter Seefahrer.«

Ich gewöhnte mich schnell an die eigenwilligen Seefahrerregeln. Ständig mussten die Matrosen an Deck antreten. Lautstark wurden neue Tagesbefehle erteilt. Schlechte Arbeit oder Faulheit wurden streng bestraft. Aber es gab auch gesellige Momente an Bord. Manchmal ließ der Kapitän eine Runde Rum ausschenken. Alte Seefahrergeschichten wurden erzählt und verwegene Seemannlieder gesungen. Oft saß ich abends mit der Mannschaft an Deck und hörte einfach zu. Der Rum, den ich natürlich auch kostete, schmeckte nur beim ersten Mal abscheulich. Nach und nach lernte ich, ihn zu genießen, und bald konnte ich sogar die meisten Lieder mitsingen. Dass ich mich für immer diesem rauen, mühsamen Leben verschreiben wollte, konnte ich mir allerdings nicht vorstellen. Zwar bereitete mir das Leben unter Männern keinerlei Schwierigkeiten, ganz im Gegenteil, aber in die eingeschworene Gemeinschaft der Schiffscrew war ich bis jetzt nicht aufgenommen worden.

Eines Abends hatte ich viel zu oft den Becher geleert. Wohl auch, um der Einsamkeit zu entkommen, die zu meinem ständigen Gefährten geworden war. Ahmed bekam ich kaum noch zu Gesicht. Seit unserer letzten Eskapade hatte ich ihn nicht mehr gesprochen. Der Schiffskoch hatte ständig neue Aufgaben für ihn. Und da ich nicht mehr krank war, gehörten die Besuche in meiner

Kabine leider nicht mehr dazu. Schlecht gelaunt und angetrunken lag ich in meiner Koje, wälzte mich von einer Seite zur anderen, bevor ich endlich unruhig einschlief.

Mitten in der Nacht schreckte ich hoch. Meine Augen blickten in undurchdringliche Finsternis, die alle Konturen im Raum wie schwarze Tinte verschluckten. Kein Laut war zu hören. Selbst das sonst so beruhigende Plätschern der Wellen war verstummt. Schweißgebadet drängte ich mich zitternd wie ein verängstigtes Wiesel in die hinterste Ecke meiner Koje. Ich hatte einen schrecklichen Albtraum gehabt: Ahmed war spurlos verschwunden. Das ganze Schiff hatte ich auf der Suche nach ihm auf den Kopf gestellt. Überall hatte ich nach ihm gesucht, laut nach ihm gerufen, war zahllose Niedergänge hinauf und wieder hinunter gestolpert. Nirgends fand ich eine Menschenseele, die ich hätte fragen können. Im Mannschaftsquartier hallten meine Schritte durch ein seltsam erstarrtes, ausgeräumtes Zwischendeck. An den Stationen von Rudergänger und Nachtwache, die für die Sicherheit an Bord sorgten, wehte eisiger Wind über die verlassenen Planken. Hatte die ganze Besatzung das Schiff verlassen? Schwindlig klammerte ich mich an die Reling. Über mir flatterten halb gereffte Segel an den Bram- und Marsrahen. Die ungesicherte Ankerkette polterte über das Vorderdeck. Irgendwo unter mir kreischten die Angeln einer Kabinentür, die dann laut krachend zuschlug. Unheilvolle Stille erfüllte das Schiff, lange Schatten krochen von allen Seiten auf mich zu, klirrende Kälte tastete nach meiner Kehle. Ich keuchte, konnte kaum atmen. Kalter Schweiß rann über meine Stirn. Dann traf mich die Erkenntnis wie ein Schlag in die Magengrube: Ich war allein an Bord des Schiffes. Allein auf dem riesigen Ozean. Ich sank ich auf die Knie. Allein … allein … allein.

Mein Kopf brummte, als hätte ein Bienenschwarm darin ein Zuhause gefunden. Das Bett schien unerträglich zu schwanken. Die Luft in der engen Kabine war zum Schneiden dick. Vorsichtig setzte ich mich auf und hielt mich mit beiden Händen an der Bettkante fest.

»Nur ein Traum, nur ein alberner, böser Traum«, flüsterte ich immer wieder vor mich hin. Allmählich ließ das Zittern nach und meine Augen gewöhnten sich an die Dunkelheit. Erleichtert stellte ich fest, dass Ben ruhig atmend in seiner Koje lag, mit dem Gesicht zur Wand. Die Zudecke war auf den Boden gefallen und sein Hosenbund leicht nach unten gerutscht. Unweigerlich stierte ich auf den Ansatz seiner hellen Arschbacken. Eine deutliche Grenze verlief quer über die schlanken Hüften, wo der breite Gürtel, den er sonst immer trug, jeglichen Sonnenstrahlen den Zugang verwehrte. Er schlief wie immer mit nacktem Oberkörper. Meine Augen wanderten an seinem braun gebrannten Rücken hinauf. Zu gerne hätte ich mich jetzt an ihn geschmiegt. Mit einem leisen Seufzer stand ich auf, hob das Laken auf und deckte ihn vorsichtig zu. Nein, dem Gedanken, der jetzt in mir aufkeimte, wollte ich auf keinen Fall mehr Raum geben. Ignorieren konnte ich den plötzlichen Druck zwischen meinen Beinen allerdings auch nicht. Knurrend drückte ich meinen zuckenden Ständer in eine bequemere Lage, schlich leise durch die Kabinentür und stieg den nächsten Niedergang hinauf an Deck. Sicherlich würde etwas klare Luft meinen Kopf durchpusten und die dunklen Trugbilder endgültig vertreiben.

Tief sog ich die kühle Nachtluft ein. Der Mond hing auf halber Höhe vorm Klüverbaum. Dünne Wolkenschleier streiften seine helle Scheibe, vor der sie gespenstisch weiß aufleuchteten. Hinten auf dem Achterdeck konnte ich den Steuermann erkennen. Seelenruhig hielt er das riesige Steuerrad in den Händen. Hinter ihm patrouillierte bedächtig der Wachhabende auf und ab.

Ohne ihre Aufmerksamkeit zu erregen verdrückte ich mich in eine dunkle Ecke. Ein achtlos hingeworfenes Stück Persenning diente mir als Unterlage. Es war sogar groß genug, um mich damit zuzudecken. Die frische Brise von Steuerbord tat mir gut. Meine Gedanken beruhigten sich und ich beschloss bis zum Morgengrauen hier draußen zu bleiben. Bald schlief ich ein.

Geweckt wurde ich durch das leise Ächzen einer tiefen Männerstimme. Neugierig suchten meine Augen das Deck ab. Keine zwanzig Fuß von mir entfernt, kämpften zwei Matrosen miteinander. Einer lag lang ausgestreckt auf den Planken, der andere beugte sich gerade über ihn. Im Mondlicht blitzte eine Messerklinge auf. Schon wollte ich aufspringen, um mich auf den Angreifer zu stürzen, da erkannte ich, dass es nur eine silberne Gürtelschnalle gewesen war, die das Mondlicht gespiegelt hatte. Gerade noch rechtzeitig hielt ich inne, um zu beobachten, wie der vermeintliche Angreifer seinem Gegner mit einem Ruck die Beinkleider vom Leib riss. Dann fiel er auf die Knie und vergrub seinen Oberkörper zwischen den Beinen des unter ihm liegenden Kerls. Das nächste, was ich sah, war, wie sein Kopf sich rasant über dem steifen Kloben des anderen hob und senkte. Mir dämmerte, dass hier ein ganz besonderer Kampf im Gange war. Angeregt und neugierig lehnte ich mich zurück und betrachtete das verbotene Schauspiel. Durch die Stufen, der vor mir liegenden Treppe, hatte ich eine ungehinderte, aber geschützte Aussicht.

Der an dem dicken Kolben arbeitende Matrose hatte inzwischen ebenfalls seine Hose abgestreift. Er kniete seitlich neben seinem Kameraden. Seine großen Hände erforschten fordernd den strammen Körper des anderen, der sich unter den kraftvollen Berührungen stöhnend aufbäumte. Die muskulösen Körper leuchteten hell, als für einen Moment die Wolkendecke aufriss und die beiden Kerle wie auf einer Bühne in fahles Mondlicht getaucht wurden. Als die Gischt einen feinen Wassernebel über das Deck sprühte, glitzerte die Haut der Matrosen wie Silberstaub. Der unten liegende Bursche fuhr mit der Hand immer wieder durch die Arschspalte des anderen. Mit seinen großen Pranken zog er ihn näher zu sich heran, bis endlich der schaukelnde Hintern des Gegners direkt vor seinem Gesicht schwebte. Ruppig schob er die Halbkugeln auseinander und leckte mit der Zungenspitze über den verschlossenen Eingang. Verblüfft löste sich der so Überrumpelte vom Schwanz des Draufgängers und warf den Kopf wild stöhnend in den Nacken.

»Du machst mich rasend«, zischte er leise, bevor sich sein Mund wieder über den dicken Prügel senkte.

Die beiden ließen sich von dem aufkommenden Seegang nicht stören, sondern rauften noch eine ganze Weile so weiter. Sie klatschten sich gegenseitig mit ihren Pranken auf die Arschbacken, bis diese im Mondlicht rot glühten. Der eine stand auf, beugte sich nach vorne über ein halbhohes Fass und reckte dem Kameraden sein dampfendes Hinterteil entgegen. Auffordernd blickte er dabei über die Schulter.

»Na, komm schon. Ich warte schon den ganzen Tag darauf, endlich deinen Mast zu spüren«, grunzte er.

Der andere brachte seinen Hammer augenblicklich in Position, packte den Hintern des Freundes und schob seinen riesigen Ständer gekonnt durch dessen engen Muskelring. Hart und schnell trieb er dem Kerl seinen Schwanz in den Arsch. Einen Fuß hatte er auf eine seitlich neben ihm stehende Kiste gestellt, seine Hand rieb derbe den Kolben des Kameraden.

»Ja, so gefällt's mir. Noch fester, Mark. Ich weiß du kannst noch tiefer.«

»Beklag dich aber nicht, wenn du morgen wieder nicht laufen kannst«, war die knappe Antwort. »Also, halt dich fest. Jetzt kommen meine Sturmbrecher.«

Die nun losbrechende Salve konnte es in ihrer Gewalt mit jeder noch so heftigen Sturmflut aufnehmen. Mark hielt sich mit beiden Händen an den Schultern des Kumpans fest und stieß mit voller Wucht zu. In ungeheurem Tempo tauchte sein Schwanz immer wieder ein und aus, sodass der Schwanz des anderen unaufhörlich gegen dessen Bauchdecke trommelte. Die Muskeln der beiden Seebären arbeiten wild im Mondlicht und boten einen eindrucksvollen Anblick. Keuchend und stöhnend als hätten sie das Schiff für sich allein trieben die beiden dem Höhepunkt entgegen.

Inzwischen hatte ich selbst meinen Ständer aus der Hose geholt und wichste ihn mit ebenso schnellen Bewegungen wie das Paar vor mir.

»Jetzt«, jaulte Mark plötzlich, warf sich zuckend auf den Rücken des Freundes und stieß übermütig ein letztes Mal zu. Sein Arsch zuckte wild als sein Saft wie eine tosende Brandung herausschoss. Nachdem er sich wieder beruhigt hatte, fing er an, die Schultern, an denen er sich eben noch festgekrallt hatte, wie zur Wiedergutmachung sanft zu massieren.

»Für die roten Striemen wirst du dir in den nächsten Tagen eine Erklärung einfallen lassen müssen, Harry«, sagte er fürsorglich.

»Das lass mal meine Sorge sein«, war die Antwort. »Und auch meine Schultern brauchst du nicht weiter zu bearbeiten. Ich habe da eine viel dringlichere Aufgabe, bei der du behilflich sein kannst.«

Harry baute sich breitbeinig vor Mark auf, der sich befriedigt auf die Schiffplanken hatte sinken lassen, und rieb seinen dicken Kolben.

»Dann komm mal her mit deiner Aufgabe«, forderte Mark. Eine Sekunde später hatte er Harrys Ständer im Maul. Ohne zu zögern, versank der dicke Riemen weit in dem gierigen Rachen. Diesmal war es Harry, der in atemberaubender Geschwindigkeit und brutaler Härte seinen Schwanz nach vorne stieß. Mark selbst hatte seinem eigenen Mast mit der rechten Hand schon wieder zu imposanter Größe verholfen. Mit der Linken drückte er zunächst herzhaft Harrys Eier und glitt ihm dann zwischen die Arschbacken. Ohne Widerstand drangen zwei Finger in die noch immer feuchte Lusthöhle. Der auf diese Weise aufgespießte Harry stöhnte hörbar auf. Sein praller Hintern zuckte aufgebracht hin und her. Zu gerne hätte ich mich hinter ihn gestellt und meine harte Keule in seinem saftigen Loch verankert, das noch immer von Marks Saft überschwemmt war. Meine Eichel schimmerte feucht von den ausströmenden Lusttropfen. Schon fühlte ich die kribbelnd aufsteigende Wärme in meinem Bauch. Ich biss mir auf die Unterlippe, um nicht laut loszuschreien. Wie eine Kanonenkugel, feurig und heiß, schoss der siedende Saft plötzlich aus meinem Mündungsrohr. Zeitgleich feuerte Harry seine Ladung in Marks Maul, während dieser ein zweites Mal zum Höhepunkt kam und sich den Samen auf den Bauch schleuderte.

»Wer da?«, rief plötzlich der Wachhabende, misstrauisch über die Reling des Achterdecks gelehnt.

»Niemand weiter. Ich bin's nur. Harry. Musste kurz pinkeln. Bin auch schon wieder weg.«

Geistesgegenwärtig streifte er seine Hose über und stellte sich so neben das Fass, dass der Wachposten Mark nicht sehen konnte. Dann machte er sich scheinbar unbekümmert auf in Richtung Mannschaftsquartier und stieg den Niedergang hinunter. Mark wartete noch eine Weile im Schatten und schlich dann zu meinem Entsetzen auf die Treppe zu, unter der ich saß. Ich drückte mich noch tiefer in die dunkle Ecke. Er hatte schon die erste Stufe genommen, als er plötzlich innehielt und lächelnd zu mir hinuntersah.

»Na, junger Mann«, flüsterte er gedehnt. »Ich hoffe, die Vorstellung hat dir gefallen. Es wäre allerdings besser für dich, wenn du unser kleines Geheimnis für dich behältst. Dann brauchst du dir auch keine Sorgen um dein kleines Geheimnis zu machen.«

Das Wort »klein« betonte er besonders, starrte mir unverhohlen zwischen die Beine und grinste. Erst jetzt wurde mir bewusst, dass ich noch immer meinen fetten Schwanz in der Hand hielt. Ich wollte diesen unverschämten Kerl gerade anschnauzen, da war er auch schon verschwunden. Aufgewühlt und unsicher blieb ich noch so lange sitzen, bis mir die Wache auf dem Achterdeck den Rücken zudrehte. Erst dann machte ich mich auf den Weg zurück in die Kajüte. Lautlos öffnete ich die Tür. Fahles Mondlicht fiel jetzt durch die offene Luke. Auf Zehenspitzen schlich ich zur Koje. Leider übersah ich dabei den Stuhl, der vor dem Tisch stand, und schlug polternd der Länge nach hin. Fluchend rappelte ich mich wieder auf, als matter Kerzenschein die Dunkelheit durchbrach.

»Was ist passiert?« Ben stand neben mir und half mir hoch. »Ich war nur kurz an Deck, weil ich nicht schlafen konnte. Entschuldige, dass ich dich geweckt habe.«

»Schon gut, ich habe sowieso nicht besonders fest geschlafen. »Um ganz ehrlich zu sein, habe ich heute Nach noch gar nicht geschlafen. Komm, Tom, setz dich zu mir. Ich muss dir etwas erzählen, das du schon längst wissen solltest.«

Ben saß mit dem Rücken an der Wand seiner Koje und winkte mich zu sich.

»Du blutest ja. Deine Lippe ist aufgerissen. Hier, nimm das Tuch«, sagte er beunruhigt, als ich in den Lichtschein trat. Besorgt beugte er sich über mich. »Lass mal sehen. Scheint nicht weiter schlimm zu sein. Du hast dir wohl bei dem Sturz auf die Lippe gebissen.«

Er räusperte sich verlegen: »Wie soll ich nur anfangen?«

Sollte ich in dieser Nacht etwa noch ein Geheimnis erfahren? Eigentlich war mein Bedarf diesbezüglich hinreichend gedeckt. Ein Gedanke, bei dem mein »kleines Geheimnis«, wie Mark es genannt hatte, schon wieder zu neuem Leben erwachte. Ich setzte mich neben Ben in die Koje, zog zur Sicherheit meine Knie an, und wartete. Obwohl das schwache Licht kaum sein Gesicht beleuchtete, erkannte ich tiefe Sorgenfalten auf seiner Stirn.

»Tom, es fällt mir nicht leicht, dir das zu erzählen. Deinem Onkel musste ich versprechen, dir nichts zu sagen. Aber ich glaube, dass es dir gegenüber nicht richtig ist, diese Reise mit einer Lüge fortzusetzen.«

»Ist es so furchtbar?«, unterbrach ich ihn unsicher.

»Du musst versuchen zu verstehen, dass dein Onkel nur das Beste für dich wollte. Und auch ich würde nicht wollen, dass du unglücklich bist. Also … « Ben machte eine lange Pause.

»Vor etwas sechs Wochen kam Lord Hamilton auf einen unerwarteten Besuch zu deinem Onkel. Er machte ihm klar, dass deine Freundschaft zu seinem Sohn nicht angemessen sei. Eure häufigen Treffen hatten ihn misstrauisch gemacht und ein beauftragter Spitzel hat ihm von eurem Versteck im Wald berichtet.«

Mir wurde heiß. Plötzlich lief Schweiß meinen Rücken herunter. Ich rutschte weg von Ben, in die Ecke der Koje.

»Lord Hamilton legte deinem Onkel nahe, dich auf eine weite Reise zu schicken. Andernfalls würden seine Geschäfte, so drohte er unverhohlen, in nächster Zeit deutlich schlechter laufen.«

Ben legte sanft eine Hand auf meine Schulter.

»Es tut mir so leid. Wirklich ... Walter und ich haben alles versucht, um Lord Hamilton umzustimmen. Aber um ganz sicher zu gehen, hat er Brian, wie du schmerzlich erfahren musstest, sogar auf die Militärakademie geschickt.«

»Nein!«, schrie ich Ben an und ging mit Fäusten auf ihn los. »Nein, das kann nicht sein. Das darf nicht sein. Onkel Walter würde mir das nicht antun.«

Wild schlug ich um mich, aber Bens starke Arme hielten meine Angriffe mühelos ab. Immer wieder schlug ich auf ihn ein. Er ließ mich gewähren.

»Dein Onkel konnte nichts tun, Tom. Glaub mir. Lord Hamilton hätte Brian so oder so fortgeschickt.«

Meine Wut ließ langsam nach, die Schläge erlahmten. Erst allmählich erfasste ich die ganze Tragweite dieses Geständnisses. Ben ergriff meine Arme und sah mir traurig in die Augen: »Es tut mir wirklich leid, für eure junge Liebe.«

Als er mich losließ, sackte ich zusammen. Mal wieder brach eine Welt für mich zusammen. Mal wieder kamen alle Erinnerungen an Brian zurück. Mal wieder rannen Tränen der Trauer über den Verlust meines Geliebten und über so viel Ungerechtigkeit meine Wangen hinunter. Nach einer Weile der bedrückenden Stille sagte Ben tröstend: »Ich fühle mit euch, glaub mir. Ich weiß, wovon ich rede.«

Wehrlos ließ ich mich von ihm in den Arm nehmen. Brian und ich waren auseinandergerissen worden, weil man uns unsere Liebe nicht gönnte. Wie grausam das Leben sein konnte? Auf einmal schoss mir plötzlich ein Geistesblitz durch den Kopf.

»Liebst du meinen Onkel?«, fragte ich unverhohlen. Ben hielt erschrocken die Luft an.

»Immer wenn du da bist, ist er ganz anders«, fuhr ich fort ohne eine Antwort abzuwarten. »Er ist viel herzlicher und fröhlicher. Wenn er dich sieht, lacht er sogar laut. Ich kenne dieses Gefühl. Und einmal habe ich gesehen, wie ihr euch geküsst habt«, endete meine unverschämte Vermutung. Lange sagte Ben nichts. Er saß abwesend auf der Bettkante und hatte seinen Kopf in Hände gestützt. Seufzend richtete er sich auf und sah mich an: »Ja, ich liebe Walter. Schon seit vielen Jahren lieben wir uns. Vor langer Zeit, als es mir ähnlich schlecht ging wie dir jetzt, war er für mich da. Seitdem sind wir zusammen.«

»Also hast du deine Liebe doch nicht verloren, wie du eben behauptet hast«, sagte ich und ballte schon wieder wütend meine Faust.

»Beruhige dich, Tom. Als ich Walter kennenlernte, war ich so wütend und traurig wie du jetzt.« Er lehnte sich zurück. »Der Grund war Jaschir. Er war der erste Sohn des Häuptlings eines arabischen Wüstenstammes.«

Ben hatte seinen Arm um mich gelegt und mich an sich gezogen. Ich spürte seine wohltuende Wärme und wie er mit seinen tröstenden Worten meinen Kummer lindern wollte.

»Jaschir war meine erste Liebe. Ich habe als junger Mann, als ich etwa in deinem Alter war, in Arabien eine Expedition als Schreiber begleitet. Mein Vater war von meinem Wissensdurst begeistert und förderte meine Neugier. So kam ich nach Alexandria in Ägypten, mit eben dieser Expedition. Tom? Tom … ?« Ben rüttelte mich sanft wach. »Wir sollten jetzt besser schlafen. Bleib ruhig bei mir. Du musst heute Nacht nicht alleine sein.«

Tiefe Müdigkeit übermannte mich. Ich dachte an Brian. Wie es ihm wohl ging? Gleichzeitig spürte ich Ben hinter mir, dessen starker Arm auf meiner Schulter ruhte.

Als ich die Augen wieder öffnete, war es stockdunkel. Der Docht der Kerze musste im Wachs ertrunken sein. Zuerst wusste ich nicht recht, wo ich war. Bens ruhiger Atem in meinem Rücken erinnerte mich daran, dass ich noch immer in seiner Koje lag. Mein pulsierender Schwanz hatte mich geweckt. Die Gedanken an Brian ließen mir, und offenkundig auch meinem besten Stück, keine Ruhe. Vorsichtig tastete meine Hand nach dem zuckenden Teil. Wäre es doch nur Brians Hand, die mir jetzt Erleichterung verschaffen könnte. Ich biss in den Stoff meines Hemdes, um nicht laut zu stöhnen. Mein Schwanz tanzte wie verrückt in meiner Hand. Allein die Vorstellung, dass mein Geliebter hinter mir lag, dass sein sinnlicher Atem meinen Nacken streichelte, seine Hand meine Brust kraulte und dann sanft meinen dicken Ständer drückte, trieb mich an den Rand einer Explosion. Da legte sich plötzlich Bens kräftiger Arm um mich. Seine resolute Hand vertrieb behutsam meine eigene von meinem pochenden Riemen.

»Lass mich das für dich tun«, flüsterte er mir ins Ohr. »Stell dir einfach vor, ein guter Freund hilft dir.«

Mein erster Schock hatte sich schnell gelegt. Ben war mir in den letzten Wochen so vertraut geworden, dass ich mich ihm nun ganz überließ. Forschend schürten seine warmen Hände mein seit Langem unterdrücktes Verlangen. Seine suchenden Finger brannten auf meiner Haut wie glühende Kohlen? Oder löschten sie durch ihre flüchtigen Berührungen mein inneres Feuer? Irgendwie traf beides zu. Eine kleine Ewigkeit streichelte er meine Haut. Und nach und nach waren es nicht mehr allein seine Hände, die meine Sinne erweckten, sondern auch sein Arm, der auf meinem ruhte. Sein Bauch an meinem Rücken. Seine Füße an meinen Waden. Seine Lippen an meiner Schulter. Und … sein pochender Schwanz an meinem Hintern. Auffordernd rieb er seinen harten Kolben an meiner Rückseite, während seine Hand die Glut meines heißen Eisens anheizte. Ich stöhnte auf: »Ahhh! Ben was machst du mit mir? Ich halte es kaum noch aus.«

Ben rollte sich auf den Rücken. Sanft zog er mich auf sich, sodass ich weiter seinen haarigen Bauch unter mir spürte.

»Greif mit den Händen in deine Kniekehlen«, raunte er mir zu. Er selbst zog meine Arschbacken weit auseinander. Seine dicke Schwanzspitze stieß gegen meinen hungrigen Eingang. Mit ein paar kräftigen Bewegungen pumpte er reichlich Vorsaft aus seinem Kolben. Ich spürte den kühlen Nektar an meinem bebenden Muskelring. Dann griff er forsch nach meinem zuckenden Riemen und entlockte auch ihm eine Portion klare Flüssigkeit, mit der er seinen Schwanz zusätzlich einrieb. Seine Hände umfassten meine Hüften und hielten mich fest. Er fing an, sein Becken vor und zurück zu wiegen und schob mich so auf seinen harten Masten. Mit einem erlösenden Stöhnen hieß ich die pralle Schwanzspitze in meinem Arsch willkommen. Ben drückte sich begierig durch den engen Muskelring. Wie ein Fisch an einem Angelhaken hing ich nun an dieser dicken Schnur. Ich zappelte und wand mich, wie es sich für eine fette Beute gehört. Allerdings wollte ich nicht entkommen, sondern immer tiefer auf diesen fetten Haken rutschen. Mal wieder kam mir das Meer zu Hilfe. Eine große Woge erschütterte den Schiffsrumpf, sodass selbst Bens starke Hände mich nicht mehr halten konnten. Mit einem einzigen Ruck versank sein riesiger Pflock in meinem Hintern. All meine Muskeln verkrampften sich. Mein Atem stockte. Doch als sich die Anspannung löste, umfloss mich eine wunderbar wohlige Wärme. Sie durchströmte mein Innerstes wie ein heißes, belebendes Bad.

»Ahhh … Ja … Genau dort wollte ich dich schon lange haben«, seufzte ich befreit und ließ mich fallen. Mein Kopf ruhte an Bens rechter Schulter. Sein Atem ging hastig. Mit zögernder Stimme fragte er leise: »Nun, Tom, wie gefällt dir das? Ich habe doch gespürt, wie du mich in den letzten Wochen angesehen hast. Vielleicht hast du gemerkt, dass auch meine Augen nicht von dir lassen konnten.«

»Oh ja, das habe ich gemerkt, auch wenn ich es mir zunächst nicht eingestehen wollte. Was ich allerdings im Augenblick von dir spüre, übertrifft jede Fantasie, die ich in der letzten Zeit gehabt habe.«

Ich konnte Bens Gesicht in der dunklen Koje nicht sehen, aber ich wusste, dass er lächelte. Erschöpft stützte ich meine Füße auf den Seitenkanten der Koje ab, während Ben in gemächlichem Tempo sein Becken vor und zurück bewegte. Ich genoss den herrlichen Druck, mit dem sich sein harter Schwanz immer wieder durch mein enges Tor schob. Mit einer Hand streichelte Ben sanft über meine Brust, mit der anderen hielt er meinen Luststab fest umschlossen.

»So könnte es ewig weitergehen«, raunte ich ihm liebevoll zu.

»Da muss ich dich leider enttäuschen, mein Freund.« Bens bebender Atem streifte betörend meinen Nacken. »Meine Eier kochen schon und ihr heißer Inhalt sucht unweigerlich einen Ausgang.«

Seine gerade noch sanften Bewegungen steigerten sich plötzlich zu einem wilden Beben. Immer schneller überrollten mich die anstürmenden Wellen seiner ungezügelten Lust. Hart wie die Brecher einer Sturmflut schlugen seine Lenden gegen meinen Arsch. Der hämmernde Kolben in mir bahnte sich ohne Gnade seinen Weg und brachte mit seinen tobenden Stößen auch meinen eigenen Schwanz an den Rand der Explosion. Hilflos den Naturgewalten meines hünenhaften Meeresgottes ausgeliefert, versuchte ich mich am Bettzeug festzukrallen. Was unnötig war. Bens kräftige Arme hielten mich fest umschlungen wie ein Riesenkrake seine Beute. Er benutzte meinen Schwanz wie die Ruderpinne eines alten Seglers und hielt mich auf diese Weise sicher auf seinem Kurs.

»Hast ja doch schon einiges über die Seefahrt gelernt, Tom. Hätte nicht gedacht, dass du dich bei einem solchen Sturm so gut hältst«, lachte er plötzlich.

»Wird denn jeder Neue in dieser Form auf seine Tauglichkeit geprüft?«

»Nur wer mit festem Willen, entschlossen und tollkühn das Seefahrerhandwerk erlernt, kann darauf hoffen, ein echter Seemann zu werden. Du bist auf jedem Fall auf dem richtigen Weg.«

»Dann will ich hoffen, dass es noch viele weitere Prüfungen geben wird. Diese hier gefällt mir außerordentlich gut«, schrie ich, als Ben meinen Schwanz plötzlich senkrecht aufstellte und seine Hand rasend schnell daran hoch und runter rutschen ließ. Gleichzeitig rammte er mir seinen Riemen in den Arsch wie ein Besessener. Sein Becken federte rasant auf und nieder, bis er es ein letztes Mal besonders weit nach vorne trieb und mit lautem Stöhnen seinen Samen herausschoss. Mit voller Kraft breitete sich sein heißer Saft in mir aus. Er schien bis in meine Schwanzspitze vorzudringen. Mitgerissen von dieser Woge der Lust, brachen auch in mir alle Dämme. Der Druck wurde übergroß, ein Zittern und durchlief mich vom Kopf bis zu den Füßen und gipfelte schließlich in einer weißen Fontäne, die aus meiner Eichelspitze herausspritzte und sich wie aufschäumende Gischt auf meinem erhitzten Körper ergoss.

Als ich mich später wieder an Bens Bauch schmiegte und er mich unter der warmen Decke in seinen Armen hielt, konnte ich nicht länger mit der Frage warten, die mir immer noch durch den Kopf ging: »Was würde Walter dazu sagen, wenn er uns hier so liegen sähe?«

Damit war es heraus. Wie würde Ben reagieren? Einen Moment war es still in der Kabine. Dann ein tiefer Atemzug: »Dein Onkel ist ein weiser Mann. Als wir uns am Hafen verabschiedeten, sagte er zu mir: ›Und gib auf den Jungen acht. Ich möchte, dass ihn diese erste Fahrt so begeistert, dass er seinen Liebeskummer schnell vergisst. Sie soll ein richtiges Abenteuer für ihn werden. Zeig ihm die große Welt. Und zeig ihm auch, dass es noch andere Männer gibt, für die es sich lohnt zu leben und zu lieben. Wenn du an seiner Seite bist, brauche ich mir keine Sorgen zu machen.‹ Dabei hat er mich fest in den Arm genommen und ich wusste, was er meinte. Du kannst also ganz beruhigt sein, Tom.«

»Dann war das alles schon vorher geplant? Du hattest die Absicht mich zu verführen, damit ich Brian schnell vergesse?«, fragte ich traurig und wütend zugleich.

Ben musste die Verletzung in meiner Stimme gehört haben.

»Nein, so stimmt das nicht«, beschwichtigte er. »Wenn du nicht gewollt hättest, wäre das nicht passiert. Trotzdem wollte ich dir zeigen, dass das Leben auch nach der ersten großen Liebe weitergeht. Dir werden sicher noch viele andere begegnen, die es wert sind, von dir geliebt zu werden.«

»Aber ich kann Brian einfach nicht vergessen. Er fehlt mir so sehr.«

»Lass dir Zeit, Tom. Wenn wir in ein paar Wochen zurück sind, wirst du ihn wiedersehen. Ihr werdet einen Weg finden. Auch seine Ausbildung an der Militärakademie wird nicht ewig dauern. Alles andere wird sich ergeben.«

»Danke Ben.«

»Wofür genau. Für meine Worte?« Dabei zog seine Zunge verführerisch eine feuchte Spur über meinen Nacken. »Oder für meine Taten?«

Er drückte seine Lenden gegen meinen Hintern und grunzte verführerisch. Sein halbsteifer Schwanz rutschte dabei zufällig zwischen meine Arschbacken.

»Für beides natürlich.« Ich rückte dichter an ihm heran. Dann seufzte ich: »Ich werde mich also in jedes Abenteuer stürzen, das sich mir bietet.«

»Das hört sich noch nicht sehr begeistert an. Aber wenn ich darf, werde ich dich dabei mit allen Kräften unterstützten. Du wirst sehen, Überraschungen gibt es auf einer Reise meist mehr als einem lieb sind. Diese Nacht war sicherlich nur eine davon.«

»Der Rest wird wohl bis Morgen warten müssen. Mit dem Auftakt bin mehr als zufrieden, doch jetzt fallen mir die Augen zu.«

Bens Antwort versank bereits in einem dichten Nebel, der sich mit unruhigen Träumen vermischte, die mich in dieser Nacht quälten. Mehrfach schreckte ich hoch, ohne zu wissen wo ich war. Doch immer wieder nahm Ben mich in seine Arme, drückte mich an sich und deckte mich wieder zu. Als es draußen schon dämmerte, fiel ich endlich in einen erholsamen Schlaf. Als ich am nächsten Morgen die Augen aufschlug, lag ich alleine in Bens Koje. Ich hatte gar nicht bemerkt, wie er sich angezogen und hinausgeschlichen war. Auf dem Tisch stand das Frühstück. Der warme Duft frischen Brotes stieg in meine Nase. Mir lief das Wasser im Mund zusammen. Ich beschloss, diesem Tag mit neuem Mut entgegenzutreten. Vielleicht wartete ja schon heute, das erste große Abenteuer auf mich. Ich wusste es nicht. Aber ich war bereit.

Leider erfüllten sich meine Hoffnungen nicht. Die nächsten Tage verliefen ohne große Zwischenfälle. Nur meine enge Koje blieb immer häufiger leer. Auf Bens Seite war für uns beide reichlich Platz. Hier fanden wir Zeit für lange Gespräche und noch einiges mehr.

Schon wenige Tage später erreichten wir den Hafen von La Rochelle in Frankreich. Ben wollte hier einige Geschäftsfreunde besuchen. Das Schiff sollte frischen Proviant aufnehmen und nach zwei Tagen wieder in See stechen. Die *Margarita* segelte mit einem munter von der Besangaffel aus flatternden Union Jack durch die Hafeneinfahrt. An der Mole hatten sich einige Schaulustige eingefunden, um das Einlaufen des fremden Schiffes zu beobachten. Ein rascher Blick über das Schiff überzeugte den Kapitän, dass alles seine Ordnung hatte. Das anspruchsvolle Manöver im engen Hafenbecken übernahm er persönlich.

»Alle Mann, Achtung!«, wandte er sich in Richtung Oberdeck. »Klar zum Bergen der Segel! Klüver, Bramsegel und Besan vorläufig noch stehen lassen. Los, los ihr Schlafmützen. Nehmt gefälligst eure Beine in die Hände.«

Die gedrillten Matrosen reagierten sofort. Wie die Wiesel sprangen sie in die Rüsten und enterten weiter auf, während die Männer an Deck die Taue aufgriffen, um die Segel zu bergen. Dann rauschten die ersten Stagsegel herab, auch die Fläche der Rahsegel wurde rasch kleiner. Gemächlich näherte sich das Schiff der Kaimauer. Wie in allen Häfen der Welt standen auch hier Herumtreiber am Wasser, um die Leinen zu übernehmen. Als Erstes flog eine Wurfleine vom Heck aus ans Land. Es folgte die schwere Achterleine. Sie wurde von einem großen Kerl in einem bunten halb offenen Hemd angenommen und fachmännisch am nächsten Poller verzurrt. Als alle Leinen fest waren, wurde das Fallreep ausgeschoben. Kurz darauf trugen die ersten Hafenarbeiter neuen Proviant an Bord. Die Reise war gut vorbereitet gewesen und Bens Unterhändler hatten die *Margarita* schon seit einigen Tagen erwartet.

»Darf ich mit Ahmed die Stadt erkunden«, fragte ich Ben aufgeregt. »Er hat mir erzählt, dass hier Verwandte von ihm wohnen, der er gerne besuchen würde.«

»Ich möchte, dass du erst noch mit mir die neue Ladung kontrollierst. Ich wollte dir dabei erklären, auf was man dabei alles achten muss. Die Händler in fremden Häfen versuchen immer wieder, einen übers Ohr zu hauen. Heute Nachmittag werde ich selbst einige Freunde besuchen. Dann kannst du mit Ahmed losziehen. Spätestens zum Morgengrauen seid ihr zurück. Es gibt noch viel zu tun in den nächsten Tagen. Aber ich kann verstehen, dass du wieder einmal festen Boden unter den Füßen spüren möchtest. Selbst mir geht es nach all den Jahren auf See nicht anders.«

Ben war gut gelaunt, das merkte ich ihm an. Vielleicht lag es daran, dass nicht mehr die schwere Bürde der Lüge auf ihm lastete.

Am Nachmittag folgte ich Ahmed durch die verwinkelten Straßen der Stadt. An einer langen, weißen Mauer blieb er plötzlich stehen und klopfte an eine unscheinbare Tür. Einen Augenblick später öffnete sich eine kleine Klappe in Augenhöhe. Ein kurzes Nicken von Ahmed, ein paar schnelle Worte, die ich nicht verstand, und schon wurde uns aufgetan. Ein Mann in einer orientalisch anmutenden Robe verbeugte sich tief und ließ uns wortlos eintreten. Ich staunte nicht schlecht. Hinter der weißen Mauer tat sich eine ganz andere Welt auf. Wir gingen durch einen blühenden Garten zu einem etwas zurückgesetzten Hauseingang. Exotische Blumen verströmten einen intensiven, süßen Duft, ringsum sah ich Blüten in allen Farben des Regenbogens. Riesige Bäume spendeten kühlen Schatten. Ganz in der Nähe plätscherte ein Brunnen, den ich aber durch die dichten Sträuchern, nicht ausmachen konnte.

In der Empfangshalle erwartete uns ein großer, breitschultriger Mann mit kurzem Bart. Auch er trug ein weites Gewand, das mit aufwändigen Stickereien verziert war. Am Hals war der Stoff weit ausgeschnitten, sodass man seine dunkel gekräuselten Brusthaare sehen konnte. Seine Augen blitzten freudig, als wir auf ihn zukamen.

»Hallo, Ahmed. Schön, dass du wieder einmal in der Stadt bist.«

Ahmed wurde mit einer herzlichen Umarmung begrüßt.

»Wen hast du uns denn heute mitgebracht?«, wandte er sich zu mir um.

»Das ist mein Freund Tom. Wir sind erst vor ein paar Stunden im Hafen eingelaufen. Sobald es ging, haben wir uns davongestohlen. Mein erster Weg führte mich natürlich zu dir. Tom, darf ich dir Karim vorstellen? Er gehört zur Familie aus meiner Heimat.«

»Ich freue mich, dass Ihr gekommen seid. Hattet ihr eine ruhige Fahrt bisher? Habt Ihr Piraten gesehen?«, fragte Karim. »Man erzählt sich ja die schaurigsten Dinge … Aber wie unhöflich von mir. Ich überfalle euch mit meinen neugierigen Fragen und ihr seid noch nicht einmal richtig angekommen. Fühlt euch wie zu Hause. Ahmed, du kennst dich ja aus. Wir sehen uns später noch.«

Damit verließ er uns freudestrahlend. Ahmed zog mich einen Gang entlang zum Waschraum.

»Wir müssen erst einmal den Dreck von der langen Reise loswerden.«

Er zeigte auf zwei große Waschschüsseln, die an der Wand standen. Im Nu fiel seine Kleidung von ihm ab und er begann, seinen

Körper von oben bis unten mit Wasser und Seife einzureiben. Die Halbkugeln seines Hinterns strahlten mir entgegen. Sie waren genauso dunkelbraun wie der Rest seines ebenmäßigen Körpers.

»Willst du nicht auch deinen Dreck loswerden? In meiner Heimat achten wir sehr auf Sauberkeit. Deine Landsleute scheinen manchmal nicht viel von Wasser zu halten«, rümpfte er die Nase.

Er hatte sich umgedreht und spielte seifte ausgiebig seinen Schwanz ein.

»Dir gefällt wohl, was du siehst?«, grinste er. «Jetzt zieh dich endlich aus. Ich helfe dir auch beim Waschen.«

Auffordernd streichelte er über seinen Bauch und glitt bedächtig an seinem Ständer auf und ab. Sonnenlicht fiel durchs Fenster. Unzählige Wassertropfen blitzten wie kleine, farbige Edelsteine auf Ahmeds feucht glänzender Haut. Ich fuhr mit der Zunge über meine ausgetrockneten Lippen und zog langsam mein Hemd über den Kopf. Ich nahm mir absichtlich Zeit dabei, damit Ahmed meine kräftigen Arme bewundern konnte. Mein Bauch straffte sich und kleine Muskelberge kamen zum Vorschein. Die Arme streckte ich weit nach oben, damit er die krausen Haare unter meinen Achseln sehen konnte. Dieser Anblick, so wusste ich, würde ihn dahinschmelzen lassen. Dann drehte ich mich um, zog meine Hose betont langsam über meine Arschbacken nach unten und beugte mich vor. Als meine Hände fast den Boden berührten, schenkte ich ihm durch meine gespreizten Beine ein schelmisches Lächeln. Plötzlich hatte Ahmed einen Eimer Wasser in den Händen. Noch bevor ich mich wieder aufgerichtet hatte, kippte er ihn mit einem Schwung über mir aus. Prustend kam ich hoch, stolperte über meine Hose, die noch an meinen Knöcheln hing, und landete gerade noch rechtzeitig in Ahmeds ausgebreiteten Armen. Dann aber rutschte ich an seinem seifigen Körper ab und fiel unsanft auf die Knie.

»So war das nicht gedacht«, lachte er. »Komm hoch. Sonst werden wir ja nie fertig.«

Aber ich dachte nicht daran aufzustehen. Zu verlockend baumelte sein harter Schwanz vor meinem Gesicht.

»Ich kann auch gleich hier weitermachen«, sagte ich, umfasste seinen pulsierenden Ständer und begann ihn zu reiben. Dank der Seife rutschte er ganz leicht in meiner Hand hin und her. Von der strammen Eichel bis zur dicken Schwanzwurzel rieb ich den steifen Riemen mit kraftvollem Griff.

»Nein … Ooh … Wirklich nicht, Tom. Damit lassen wir uns noch etwas Zeit.«

Er hob mich hoch und gab mir einen zärtlichen Kuss auf den Mund.

»Auf uns warten hier noch einige schöne Stunden, glaub mir. Karim hält stets besondere Überraschungen bereit.«

Erwartungsvoll, aber ohne Eile wuschen wir uns gegenseitig, bis auch das letzte Körnchen Meersalz auf unserer Haut abgespült war. Als ich Ahmeds Rücken abtrocknete und seine runden Pobacken massierte, hätte ich am liebsten sofort meinen Kolben in seinem Arsch versenkt, doch Ahmed tat unbeeindruckt. Er griff bereits nach einem der weiten, traditionellen Gewänder, die für uns bereitlagen. Gekonnt zog er sich das knöchellange, sackähnliche, mit langen Ärmeln ausgestattete Kleid über. Ungeschickt versuchte ich, es ihm gleichzutun, was mir aber nicht gleich gelang. Amüsiert half Ahmed mir, meinen Kopf durch die richtige Öffnung zu schieben. Der Stoff lag leicht und angenehm kühl auf der Haut. Auch unsere Gewänder waren mit aufwändigen Stickereien geschmückt. Es war ein angenehm prickelndes Gefühl, unter diesem sonderbaren Kleid vollkommen nackt zu sein und die leichte Reibung des Stoffes auf der Haut zu spüren.

»Gut siehst du aus«, bemerkte Ahmed und betrachtete mich von allen Seiten.

»So können wir uns sehen lassen. Länger sollten wir unseren Gastgeber aber nicht warten lassen. Und Hunger habe ich inzwischen auch.«

Wie zur Bestätigung fing mein Magen leise an zu knurren. Lachend machten wir uns auf den Weg. Wir gingen einen Gang hinunter, an dessen Ende uns zwei Diener ein breites Tor aufhielten. Als wir den dahinter liegenden Raum betraten, konnte ich meine Verzückung nicht verbergen.

»So etwas hast du wohl noch nicht gesehen?«, fragte Karim, der in der Mitte des Raums lang ausgestreckt auf weichen Kissen an einem niedrigen Tisch thronte. Er genoss mein Erstaunen sichtlich. Und ich war tatsächlich sprachlos. Die Wände des Saals waren über und über mit feinsten Ornamenten in allen erdenklichen Farben verziert. Von der hohen Zimmerdecke hingen leichte, dunkelrote Stoffbahnen. Zu einer Seite führte der Raum durch elegante Säulen und Torbögen auf einen hellen, begrünten Innenhof hinaus. Hinter einigen niedrigen Büschen erklang wieder das beruhigende Plätschern des Brunnens. Der Fußboden war gänzlich mit weichem Teppichboden ausgelegt.

»Du bist nicht der Erste, dem es die Sprache verschlägt«, meinte Karim und winkte uns zu sich an den Tisch. »Aber bisher haben noch alle, ihre Stimme wiedergefunden. Spätestens unser gutes Essen lockert die Zunge.«

Hungrig und völlig überwältigt ließ ich mich auf ein weiches Kissen fallen. Auf dem Tisch standen dampfende Schüsseln mit fremdartigen Speisen, die ich noch nie gesehen hatte.

»Koste einfach, was du willst. Du kannst mit den Fingern essen. Nur Mut«, ermunterte mich Ahmed, um sich dann Karim zuzuwenden und mit ihm in seiner Heimatsprache zu reden.

Ich beugte mich über die zahllosen Schalen, roch neugierig und versuchte nacheinander die seltsamen Leckereien. Auch sie überraschten mich. Einige Gerichte waren scharf, würzig oder erzeugten ein leichtes Brennen im Mund, andere wiederum schmeckten zuckersüß, schwer und klebrig wie Honig. Auch Karim und Ahmed ließen es sich munden.

»Das hier musst du unbedingt versuchen«, sagte Karim, griff mit der Hand in eine Schüssel und hielt mir etwas Gelbes hin. Neugierig öffnete ich den Mund und er schob mir die Speise behutsam hinein. Genussvoll saugte ich kurz an Karims Fingern, bevor er sie wieder herauszog.

»Wirklich außergewöhnlich geschmackvoll«, beteuerte ich mit einem heißhungrigen Blick in seine Augen.

»Deinem Freund scheint unsere Lebensart zu gefallen«, sagte Karim zu Ahmed.

»Ich muss mich entschuldigen«, erhob er sich dann eilig. »Ich muss euch noch einmal für eine Weile alleine lassen. Meine beiden Diener werden das Essen abräumen, sobald ihr fertig seid. Sie werden euch auch bei allem Weiterem zur Verfügung stehen.«

Ahmed lümmelte sich genüsslich in den Kissen, als Karim gegangen war.

»Ist es nicht herrlich hier? Fast wie im Paradies.«

»Aber zum vollkommenen Glück fehlt mir noch eine Kleinigkeit«, schnurrte ich und rollte mich über ihn. Sanft drückte ich die sichtbare Wölbung zwischen seinen Beinen.

»Ich muss dir unbedingt etwas zeigen«, ignorierte Ahmed meinen Annäherungsversuch, sprang auf und lief Richtung Innenhof. Gespannt folgte ich ihm und sah gerade noch, wie er sich auszog und in einem kleinen Wasserbecken untertauchte. Im Grunde war es ein in den Boden eingelassener, riesiger Waschzuber, der den ganzen Hof ausfüllte. Auch so etwas hatte ich noch nie gesehen. Der Rand des Beckens war mit orientalischen Ornamenten verziert, der Boden zeigte ein kunstvolles Mosaikbild nackter, kämpfender Männer und inmitten des glasklaren Wassers aalte sich Ahmed und winkte mir zu.

»Nun zu den Kleinigkeiten. Komm rein, es ist herrlich. Das Becken wird von einer warmen Quelle gespeist.«

Ich entkleidete mich und glitt ebenfalls ins Wasser. Wohltuende Wärme umfing mich. Nach zwei kräftigen Zügen war ich bei Ahmed angelangt. Er hatte sich auf dem Rücken flach ins Wasser gelegt. Mit den Händen hielt er sich am Beckenrand fest. Zwischen seinen gespreizten Beinen pendelte sein dicker Schwanz unter der Wasseroberfläche gemächlich hin und her. Ich tauchte unter und ließ seinen Ständer in meinem Mund verschwinden. Meine Zunge umkreiste die pralle Eichel. Mit sanften Bewegungen seiner Beine versetzte Ahmed seine Hüften in kleine Schwingungen, mit denen er seinen harten Kolben in meinen Mund stieß. Kurz bevor mir davon schwarz vor Augen wurde, ließ ich seinen Schwanz wieder los und schnappte keuchend nach Luft.

»Tolle Leistung, Tom. Aber das kannst du auch einfacher haben.«

Ahmed zog sich am Beckenrand hoch und setzte sich auf den Rand. Lässig baumelten seine Beine ins Wasser. Gierig schnappte ich mir den fetten Prügel, der direkt vor meinem Mund auf und ab tanzte. Durch meine Vorarbeit stark erregt, drückte Ahmed übermütig meinen Kopf auf seinen pochenden Schwanz.

»Saug fester«, stöhnte er. »So tief, wie du nur kannst. Schon lange warte ich darauf, dass du meinen Schwanz endlich wieder eroberst.«

Angespornt durch seine Worte, nahm ich nach und nach seine gesamte Länge bis zum Ansatz in meinen Mund. Ahmed hatte sich nach hinten auf seine Ellenbogen gestützt und ließ den Kopf entspannt in den Nacken fallen. Mit stürmischen Stößen kamen mir seine Hüften entgegen. Seine Eier, die ich mit einer Hand kräftig knetete, hatten sich bereits in seinem Sack hochgezogen. Die Innenseiten seiner Schenkel begannen leicht zu zittern. Seine Bauchmuskeln verkrampften in sich zu einem strammen Paket. Dann schoss auch schon sein Samen in heftigen Schüben bis tief in meinen Rachen, begleitet von seinem lauten Stöhnen. Ich saugte so lange weiter, bis ich auch den letzten Tropfen aus seiner Schwanzspitze herausgepresst hatte. Erst dann ließ ich von ihm ab, rutschte ins Wasser und erfreute mich auf dem Rücken schwimmend an dem strahlend blauen Himmel über mir. Neben mir merkte ich, wie Ahmed leise ins Wasser kam und seine Stimme flüsterte:

»Ich danke dir, mein Freund. Für einen kurzen Moment war ich wirklich im Paradies.«

Plötzlich fiel ein Schatten auf unsere Gesichter. Zwei dunkle Gestalten standen am Beckenrand.

»Der Herr hat uns aufgetragen, die beiden jungen Gäste für die große Abendveranstaltung vorzubereiten. Im großen Salon ist bereits alles hergerichtet.«

Es waren Karims Diener, die unsere Zweisamkeit so unerwartet beendeten. Die zwei gut gebauten Mannsbilder waren mir schon bei unserer Ankunft aufgefallen. Mittlerweile hatten sie sich umgezogen und standen, lediglich mit einem schmalen Tuch um die Hüften gewickelt, am Beckenrand. Mir imponierten ihre schwarze Hautfarbe und ihre strahlend weißen Zähne. Die kräftigen Arme hatten sie vor der nackten Brust verschränkt, die ebenso kahlrasiert war wie ihre glänzenden Glatzen. Kräftige Oberschenkel und stramme Waden vervollständigten ihre perfekt geformten Körper. Einladend winkten sie uns aus dem Wasser heraus. Nass und nackt wie wir waren folgten wir den Männern.

Der niedrige Tisch und die Kissen im Innenraum waren verschwunden. An ihrer Stelle standen nun zwei halbhohe Liegen. Wir wurden gebeten, uns mit dem Gesicht nach unten draufzulegen.

»Weißt du, was jetzt passiert?«, fragte ich Ahmed nervös.

»Du brauchst dir keine Sorgen zu machen«, antwortete er. »Versuch einfach locker zu bleiben und genieße alles. Nach dem Festessen am Abend werden wir wohl noch ein bisschen arbeiten müssen, aber jetzt darfst du dich erst einmal völlig entspannen.«

Die Liegen waren bequem und weich. An der Stelle, wo das Gesicht auflag, war ein größeres Loch eingelassen, damit Nase und Mund freiblieben. Auch an die empfindlichen männlichen Prachtstücke hatte man gedacht. Um sie nicht zu quetschen, befand sich auch für sie im unteren Bereich eine Öffnung, aus der Schwanz und Sack frei und bequem nach unten hängen konnten.

»Mein Name ist Umar«, sagte der Diener neben mir. »Ich werde nun versuchen, alle Verspannungen in deinem Körper zu lösen. Diese belebende Massage wird dir deine Arbeit heute Abend sehr erleichtern. Mein Bruder Walid wird sich um deinen Freund Ahmed kümmern.«

Langsam und gleichmäßig begann er, warmes Öl auf meinem Rücken, meinem Hintern und auf meinen Beinen zu verteilen. Mit geschickten Händen lockerte er zuerst meinen verkrampften Nacken. Über jede einzelne Muskelfaser und jeden Wirbel arbeitete er sich stetig den Rücken hinunter. Unter seinen fließenden Streicheleinheiten sank ich tiefer und tiefer auf die Liege. Ich schloss meine Augen und vertraute mich Umars riesigen, aber unglaublich sensiblen Männerhänden an. Meinen beiden Arschhälften ließ er eine besonders intensive und kräftige Massage zukommen. Mit immer festerem Druck rieb er abwechselnd die rechte und die linke Hälfte. Mein Schwanz zuckte aufgeregt. Er füllte sich so stark mit Blut, dass er immer heftiger pulsierend von unten gegen die Liege schlug. Umar beugte sich herunter, um zu sehen, was los war. Als er meinen steifen Ständer erblickte, nickte anerkennend: »So ist es gut. Je lockerer du wirst, desto härter wird dein Schwanz werden.«

Weiter arbeitete sich Umar an meinen Oberschenkeln hinab bis zu den Füßen.

»Du wirst gleich sehen, was das bewirkt. Erschrick dich nicht«, warnte er und drückte sehr schmerzhaft einzelne Punkte meiner Fußsohlen. Auf einmal strömten heiße Wogen von den Beinen aufwärts durch meinen ganzen Körper. Auf meiner Haut perlten kleine Schweißtropfen. Das Wasser lief mir im Mund zusammen und mein Schwanz zuckte noch heftiger. Kleine, vibrierende Wellen flossen bis zur Eichelspitze hinauf. Ich spürte, wie mit jeder Welle mehr Vorsaft aus meiner Spitze tröpfelte. Umar strich inzwischen schon wieder an den Innenseiten meiner Beine aufwärts. Als seine Hände meinen Hintern erreichten, zog er vorsichtig beide Arschbacken auseinander. Seine Finger bearbeiteten intensiv meinen Schließmuskel.

»Jetzt bist du nur noch hier vollkommen verspannt«, bemerkte er schmunzelnd und drückte langsam und behutsam einen Finger in mein Loch. Sacht kreisend schob er ihn hin und her. Kleine Schauer zogen aus meinem Arsch über meinen Rücken bis zum Nacken empor. Schon spürte ich einen zweiten Finger. Nach ein paar behutsamen Bewegungen gesellte sich der Dritte dazu. Gemeinsam erforschten sie ausgiebig meine heiße Höhle.

»Du musst nun gut und tief durchatmen, damit sich auch hier deine Muskeln entkrampfen«, erklärte Umar. Doch auch bei dieser Arbeit waren seine Finger äußerst geschickt und glitten nach kurzer Zeit ohne jede Kraftanstrengungen in mich hinein. Verwundert bemerkte ich, dass mein Körper tatsächlich immer entspannter wurde, während mein pochender Schwanz sich immer mehr verhärtete.

»Bist du soweit, Walid?«, fragte Umar, und blickte zum anderen Tisch hinüber. Ich hatte völlig vergessen, dass Ahmed auf der anderen Liege der gleichen Behandlung unterzogen wurde. Ich drehte meinen Kopf zur Seite, und sah, wie Walid zufrieden lächelnd nickte. Er spreizte Ahmeds Beine auseinander und kniete sich hinter ihm auf die Liege. Sein imposanter Schwanz war steil aufgerichtet. Glänzend wie ein polierter Krummsäbel entsprang die wollüstige Waffe zwischen seinen schwarzen Lenden. Die dunklen Brustwarzen standen hart hervor. Ein wildes Funkeln glänzte in seinen Augen, als er sich nach vorne beugte, die Hände neben dem Oberkörper meines Freundes aufsetzte und langsam seinen Ständer in Ahmeds Arschspalte verschwinden ließ.

Fast gleichzeitig spürte auch ich einen angenehmen Druck an meinem Hintereingang. Umar schob seinen harten Ständer ohne jeden Widerstand bis zum Anschlag in mein geweitetes Loch.

Schwer legte er sich mit seinem muskelbepackten Oberkörper auf meinen Rücken.

»Fühlst du dich nun ganz entspannt?«, raunte er mir ins Ohr und schob seine Hüfte mit kreisenden Bewegungen schob langsam vor und zurück. Ich fühlte seinen harten Kolben tief und heiß in mir. Dann zog er ihn noch mal ganz heraus, um ihn anschließend umso tiefer zu versenken. Dabei traf er wirklich jedes Mal meinen Lustpunkt. Kleine Blitze schossen meinen steinharten Schaft entlang.

»Weißt du, was Umar in deiner Sprache bedeutet?«, fragte er mich plötzlich. »Umar bedeutet ›Langlebender‹. Und ich verspreche dir: Mein Freudenspender wird diesem Namen gerecht.«

Sofort begann mein Schwanz noch weiter anzuschwellen. Die Aussicht diesen dicken Prügel noch eine ganze Weile weiter in mir genießen zu können, auf längere Zeit hilflos seinen kräftigen Stößen ausgesetzt zu sein, war beinahe zu schön, um wahr zu sein.

»Ja, jetzt fühle ich mich wirklich vollkommen entspannt. Du hast fantastische Hände, Umar. Aber noch besser gefällt mir dieser herrliche Massagestab in meinem Hintern«, seufzte ich.

Meine Worte spornten ihn zusätzlich an und bearbeitete unermüdlich meinen willigen Hintern. Ein Blick zu Ahmed zeigte mir, dass auch er seine Behandlung genoss. Walid schob sich auf seinem gut geölten Rücken hoch und runter, wie Umars harte Bauchmuskeln kräftig von meinem Steiß an aufwärts rieben. Die beiden steigerten jetzt auch noch das Tempo. Mein Schwanz unter dem Tisch zuckte immer härter und unbeherrschter. Zu gerne hätte ich ihn in die Hände genommen und ihn gerieben, aber die Liege war einfach zu breit, als dass ich einfach um sie hätte herumgreifen können. Dadurch wurde diese Liege für mich zu einem heimtückischen Folterinstrument, das das Kribbeln in meiner Schwanzspitze nahezu quälend werden ließ.

Umar fing jetzt an schwer zu keuchen. Seine schnellen Stöße wurden härter und gewagter. Mit einem letzten ungestümen Aufprall flutete der heiße Sirup aus seinem Schwanz und überströmte mein Inneres. Pochend füllte er mein Loch mit seiner Soße. Ich bockte und tobte unter ihm. Das Kribbeln und Brennen in meinem eigenem Riemen wurde unerträglich. Ich krampfte meinen Arsch zusammen, wollte Umar bis auf den letzten Tropfen leerpumpen und dabei seinen Schwanz weiter in mir behalten.

Auch Walid hatte seinen Höhepunkt erreicht. Ächzend zuckte sein Becken. Seine Arschmuskeln spannten sich an, stöhnend brüllte er mehrfach laut los. Er schleuderte seine Ladungen tief in Ahmed und blieb danach erschöpft und kraftlos auf ihm liegen.

In den nächsten Minuten hörte ich nur den langsam leiser werdenden Atem von uns vieren. Es herrschte eine zufriedene Stille, die auch das ruhige Plätschern des Brunnens im Innenhof nicht stören konnte. Erst ein lautstarker Gong unterbrach unser trautes Beisammensein.

»Das große Abendfest steht bevor«, flüsterte Walid. »Kommt mit, wir führen euch zu einem abgelegen Raum, wo ihr noch etwas ausruhen und zu euch kommen könnt.«

»Hoffentlich hat euch die Massage gefallen und die Entspannung hält noch den ganzen Abend an«, setzte Umar mit einem breiten Grinsen hinzu. Seine weißen Zähne blitzten in seinem dunklen Gesicht kurz auf.

Wir nutzten die Zeit, um uns noch einmal gründlich zu waschen. Ahmed wollte sich zu meinem großen Bedauern nicht von mir trocken reiben lassen. Er machte auch keine Anstalten mir aus meiner unangenehmen Lage zu helfen. Mein steil aufwärtsgerichteter Schwanz kribbelte noch immer unerbittlich über seine gesamte Länge bis hinauf zur dick geschwollenen Eichel. Also knetete meinen fetten Kerl genüsslich selbst.

»Lass das«, fauchte Ahmed mich an. Er griff nach meiner Hand und zog sie entrüstet von meinem Ständer weg.

»Dafür ist jetzt keine Zeit mehr.«

»Es geht auch ganz schnell«, bettelte ich mit einem unterwürfigen Lächeln. »Du weißt ja noch gar nicht, wie flink meine Faust arbeiten kann, wenn es nötig ist.«

Und es war nötig. Auch ohne mein Zutun sprang mir mein strammer Freund ungeduldig entgegen. Allein der Gedanke an eine schnelle Handarbeit brachte ihn fast zum Bersten.

»Nein, hab ich gesagt, Tom!« Der grollende Unterton in seinen Worten duldete keine Widerrede. Was hatte Ahmed plötzlich nur?

»Zieh dich jetzt an. Wir werden jeden Moment abgeholt. Und unserer Gastgeber hat es nicht gerne, wenn man ihn warten lässt.«

Seine gereizte Stimmung und die nicht zu übersehende Unruhe verdarb mir meine gute Laune. Er tat so, als wenn wir plötzlich ganz oben auf einer wichtigen Gästeliste standen.

Mürrisch zog ich mir das kunstvoll bestickte s und sehr farbenprächtiges Gewand an, das Ahmed mir hinhielt.

»Die Einwohner aus meiner Heimat nennen es Galabiya«, erklärte Ahmed. »Es wird nur zu besonderen Festen getragen.«

Allmählich steckte er mich mit seiner Unruhe an. Was erwartete uns noch heute Abend? Ahmed schwieg. Immer wieder zupfte er seinen Stoff zu Recht, ohne mit dem Ergebnis wirklich zufrieden zu sein.

»Wie sehe ich aus?«, fragte er unsicher.

»Du sieht toll aus«, antwortete ich ehrlich. In dem edlen Gewand kam er mir vor wie ein arabischer Fürstensohn. Ich fasste ihn sanft bei den Schultern und drückte einen langen Kuss auf die sinnlichen Lippen. Ihn fest an mich zu ziehen wagte ich nicht. Dabei wäre sicherlich der mühsam geglättete Stoff zerknittert und Ahmed hätte meinen pochenden Hammer gefühlt. Ich schaffte es kaum ihn zu verbergen. Noch immer sehnte sich der zuckende Kerl nach Aufmerksamkeit. Wenigstens Ahmed entspannte sich nun wieder. Ein kleines Lächeln huschte über sein Gesicht, an dem ich mich einfach nicht sattsehen konnte. Die großen dunklen Augen blickten mich ernst an.

»Ich hoffe der Abend wird dir gefallen. Genieß das gute Essen und die Vorstellung.«

»Was für eine Vorstellung denn?« wollte ich wissen.

Doch im gleichen Moment stand schon Umar in der Tür.

»Nun? Fertig die Herren. Karim möchte euch seinen Freunden vorstellen.«

Schweigend folgten wir dem Riesen. Meine Ungeduld wurde mit jedem Schritt durch die langen Flure größer. Endlich standen wir vor dem großen Raum. Die beiden schweren Flügeltüren öffneten sich.

»Ah! Da seid ihr ja, meine Freunde.« Karim verbeugte sich vor uns und wandte sich dann zu seinen Gästen um. Er klatschte dreimal laut in seine Hände. Das Stimmengewirr erstarb. Alle Augen im Raum richteten sich auf uns.

»Meine lieben Freunde. Ich möchte euch heute Abend einen besonderen Besuch vorstellen. Ahmed, den einige von euch ja bereits kennen, und sein Freund Tom, der extra eine weite Reise aus England unternommen hat, um heute Abend bei uns zu sein.«

Karim erzählte eine abenteuerliche Geschichte, wie wir angeblich mit gefährlichen Piraten gekämpft hätten, und nur mit Mühe und Not entkommen waren. Ich sah Ahmed fragend an, als er mir leise flüsternd Karims Worte übersetzte.

»Das gehört alles zu diesem besonderen Fest. Ich werde es dir später erklären.«

Karim war mit seinen Ausführungen fertig. Er führte uns zu einem Tisch mit sechs Männern, die Ahmed bereits zu erwarten schienen und ihn lautstark empfingen. Mich schob der Hausherr freundlich, aber bestimmt weiter an einen Platz weiter hinten im Raum.

»Was soll ich machen?«, rief ich erschrocken zu Ahmed zurück. Das Stimmengewirr hatte wieder zugenommen.

»Das Essen genießen«, rief er hinter mir her und winkte beruhigend.

Auch ich wurde überschwänglich mit lauten Begrüßungen und herzlichen Umarmungen aufgenommen. Man bat mich Platz zu nehmen. Wie im Orient üblich lagen dicke Kissen um einen sehr niedrigen, runden Tisch verteilt, die mehr zum Liegen als zum Sitzen einluden. Mit übereinander geschlagenen Beinen machte ich es mir in dieser ungewohnten Haltung so bequem wie möglich. Die anderen Männer am Tisch hatten sich schon wieder in ihre Gespräche vertieft. Ich hatte die Gelegenheit mich ein wenig umzusehen. In dem schwach erleuchteten Raum waren zwölf Tische aufgestellt worden, um die laut gestikulierende Männer unterschiedlichen Alters herum saßen. Einige junge, aber auch viele, in Karims Alter. Ohne Ausnahme waren alle sehr gut und vornehm gekleidet zu diesem Festabend erschienen. Während meine Augen von Tisch zu Tisch wanderten, bemerkte ich, wie mein Tischnachbar zur Rechten, mich immer wieder mit kurzen Blicken musterte. Er unterhielt sich angeregt in seiner Landessprache mit seinem Gegenüber. Dann legte er plötzlich eine Hand auf meine Schulter und deutete mit auf den Tisch. Zu meinem Erstaunen sagte er in einem fast akzentfreien Englisch: »Möchtest du nicht von den herrlichen Speisen kosten? Karim wird verärgert sein, wenn er erfährt, dass du den ganzen Abend nichts gegessen hast.«

»Oh doch, natürlich«, antwortete ich verdutzt. »Aber ich kenne mich mit diesem Essen nicht aus. Und mein Freund Ahmed ist dort hinten am Tisch und kann mir wohl im Moment nicht helfen.«

»Wenn du erlaubst, werde ich dir ein paar Dinge zusammenstellen. Ich kenne den Geschmack der Engländer recht gut. Vertrau mir.«

Schon begann er, von den üppig gefüllten Schalen einen großen Teller für mich zusammenzustellen.

»Verzeih mir, ich habe mich noch gar nicht vorgestellt.«

Er stellte die Speisen vor mir ab und verbeugte sich.

»Ich bin Saif Rahman aus Kadif. Ich freue mich dich kennenzulernen, Freund von Karim und Ahmed.«

»Ich heiße Tom, Tom Moore, und komme aus Plymouth in England.«

»Plymouth kenne ich«, sagte Saif begeistert. »Vor einigen Jahren führten mich meine Reisen dorthin. Fast ein ganzes Jahr lebte ich dort. Eine sehr schöne Stadt, aus der du kommst, Tom. Auch deine Sprache lernte ich dort bei einem guten Freund. Es hat mich viel Mühe gekostet, aber es hat sich gelohnt. Sonst könnte ich dir nachher auch nicht das Schauspiel erklären und du würdest das Großartigste an diesem Abend gar nicht verstehen. Karim hat gut daran getan, dich neben mich zu setzten.«

Ich musste ihn mit großen, fragenden Augen angesehen haben.

»Ich verstehe«, sagte er mit einem freundlichen Lächeln und nickte nachdenklich. »Du verstehst gar nichts, oder? Du weißt noch gar nicht, was dich heute hier erwartet. Nun, dann lass dich einfach überraschen. Hier probier doch erst einmal davon.«

Saif nahm eine längliche, süß duftende Frucht und steckte sie mir in den Mund.

»Es wird sicherlich gleich losgehen. Ich setze mich näher zu dir und werde dir die Einzelheiten erklären.«

Er rutschte dicht hinter mich. Ich spürte seinen Atem im Nacken. Seine Beine schob er lässig rechts und links neben meine Oberschenkel.

»Siehst du, die Lichter werden schon gelöscht«, flüsterte er in mein linkes Ohr.

Nur noch die Kerzen auf den Tischen tauchten den Raum in dämmriges Licht. Im offenen Hofbereich, direkt am großen Wasserbecken, entzündeten fleißige Helfer mehrere große Fackeln. Leise Musik ertönte und eine sanfte Männerstimme sang dazu eine Ballade. Die Stimme wurde lauter und kräftiger. Plötzlich betraten zwei Männer den erleuchteten Platz. Beide trugen jeweils einen Krummsäbel in der rechten und einen kurzen Dolch in der linken Hand. Ihre eingeölte Haut glänzte im Schein der Fackeln. Sie waren vollkommen nackt. Deutlich waren ihre Muskelpakete an Rücken und Brust zu erkennen, während sie sich in einiger Entfernung mit grimmigen Blicken umrundeten. Mit ihren stämmigen Beinen führten sie im Takt der Musik eine Art Tanz auf. Dann trafen sich laut klirrend die Säbel über ihren Köpfen. Mit den kurzen Dolchen versuchten sich die Gegner an den Hüften zu treffen. Weniger als eine Handbreit von ihrem Körper entfernt wirbelten die scharfen Messerspitzen durch die Luft. Wieder und wieder stürzten sich die beiden Männer mit lautem Geschrei aufeinander. Tobend wurden sie von den Zuschauern dabei angefeuert. Namen wurden gerufen und unter den begeisterten Beobachtern bildeten sich schnell zwei

Gruppen, die jeweils ihren Favoriten unterstützten. Die beiden Gegner, von einer Woge der Erregung umfangen, steigerten sich immer mehr in ihren Zweikampf hinein. Unwillkürlich zuckte ich zusammen, als ein Säbel beinahe den Kopf eines Mannes gespalten hätte. Saif umfasste beruhigend meine Schulter.

»Die beiden sind die besten Kämpfer, die es gibt. Manchmal glaube selbst ich noch, dass jeden Moment einer von ihnen von einem Dolch aufgeschlitzt wird. Aber du musst dir keine Sorgen machen. Alle Schritte und Hiebe sind einstudiert und lange geübt. Das Schauspiel und der Gesang erzählen von einer sehr alten Geschichte, die sich einmal in meiner Heimat zugetragen haben soll.«

Während die beiden Kämpfer sich ihr erbittertes Duell lieferten, erklärte Saif mir die wahre Bedeutung dieses Tanzes:

»Vor langer, langer Zeit gab es zwei verfeindete Königreiche. Viele Jahre schon kämpften die Heere ihrer Herrscher gegeneinander. Aber keine Streitmacht war stark genug, um die andere besiegen zu können. Nun sollten sich die Krieger zu einer letzten großen Schlacht treffen. Alle noch verfügbaren Soldaten beider Königreiche versammelten sich an den Landesgrenzen in einem breiten, leeren Tal. Die Heere waren tagelang dorthin unterwegs gewesen. Bevor der letzte Kampf, der über Sieg oder Untergang eines der beiden Königreiche entscheiden sollte, begann, beschlossen die Befehlshaber, ihre Männer noch einen Tag ausruhen zu lassen.

Am frühen Morgen des folgenden Tages war es dann soweit. Die Könige zogen an der Spitze ihrer Armee jeweils von einer Seite in das Tal ein. Die hohen Berge zu beiden Seiten machten ein Entkommen unmöglich. Trotz der Größe des Schlachtfeldes fasste das Tal kaum alle Soldaten. Als die beiden Könige die unglaubliche Menge an Kriegern sahen, hielten sie an. In ihrer Weisheit erkannten sie: Wenn heute ein Volk siegt, wird das andere untergehen. Aber der Sieger könnte gar nicht mehr über beide Länder herrschen. Zu viele Männer würden sterben. Hungersnot und Krankheit würden über das neue Königreich hereinbrechen. Kein König sollte das seinem Volk antun. Also trafen sich die beiden Könige allein in der Mitte des Schlachtfeldes. Sie sprachen drei Tage und Nächte miteinander. Dann gaben sie ihre Entscheidung bekannt: Ihre geliebten Söhne Mikrin und Serur sollten den Kampf als Duell austragen. Wer als Sieger aus diesem Duell hervorgehen würde, sollte König über beide Völker werden. Die beiden jungen Männer wurden nur mit einem Säbel und einem Dolch bewaffnet auf einen hohen Berg geschickt. Erst wenn einer von ihnen gesiegt hatte, durfte der Gewinner zurückkommen. Unbekleidet und nur mit ihren Waffen ausgestattet zogen die Jünglinge auf den Berg. Nach Stunden des Aufstiegs erreichten sie ein weites Plateau. Das Klirren der aufeinanderschlagenden Säbel war bis ins Tal zu hören. Stunde um Stunde verging. Nach zwei Tagen war der Kampf noch immer nicht vorüber. Am Morgen des dritten Tages wurde es still auf dem Berg.«

In diesem Moment hatten die beiden Kämpfer im Innenhof ihre Säbel und Dolche zur Seite gelegt. Außer Atem standen sie voreinander. Man konnte ihnen ansehen, dass sie ihr Äußerstes gegeben hatten. Der Schweiß rann aus allen Poren und lief in glänzenden Perlen über die aufgepumpten Muskeln. Ihre Brust hob und senkte sich. Kraftlos stürzten sie sich in die Arme, fielen auf die Knie, rollten sich dann aber in einem verzweifelten Kampf weiter über den Boden.

»Weiter verstrich die Zeit, aber keiner der beiden war zu sehen. Nur hin und wieder hörte man ein lautes Schreien und Ächzen. Ein Stöhnen und Brüllen wie von einem verwundeten Löwen. Dann erstarben auch diese Stimmen. Als am Abend immer noch keiner der Söhne wieder ins Tal herunterkam, wurden Boten ausgeschickt, um sie zu suchen. Doch just, als diese den Fuß des

Berges erreicht hatten, kamen die beiden jungen Männer ihnen entgegen. Erstaunt, dass nicht nur ein Königssohn zurückkehrte, brachte man sie vor Ihre Väter.

›Wir haben zwei Tage gekämpft und einen ganzen Tag miteinander gerungen‹, sagte Mikrin.

›Keiner von uns war stark genug, den anderen zu besiegen‹, bestätigte Serur. ›Also sind wir übereinander hergefallen und haben unsere männlichen Schwerter gekreuzt.‹

Beide sahen aneinander herunter und ihre großen Schwerter zeigten kampfbereit und steil nach oben.

›Ein jeder hat den anderen genommen, so wie es nur Männer tun können. Aber weder mein noch sein Schwert wurden stumpf, egal wie oft wir uns trafen‹, fuhr Mikrin fort. Ernst blickten sie ihren Vätern in die Augen.

›Unsere beiden Völker sind stark und stolz. Wir beide haben in den letzten Tagen um unser Leben gekämpft. Über den Kampf hinaus haben wir uns dabei schätzen und lieben gelernt. Und deshalb sollen sich auch unsere beiden Volker schätzen und lieben lernen. Es soll nie wieder Krieg geben zwischen uns, solange wir leben.‹

Vor den Augen ihrer Väter umarmten und küssten sich die beiden Königssöhne und kreuzten dabei ihre männlichen Schwerter, ohne dass einer von ihnen dabei Schaden nahm. Da mussten die alten Könige einsehen, dass ihre Kinder viel weiser waren als sie selbst und machten sie zu den neuen Herrschern beider Länder. Die beiden neuen Könige besuchten sich, so oft sie nur konnten. Der Handel zwischen den Ländern blühte auf wie noch nie zuvor und der Frieden der Königreiche erfreute die Menschen tief in ihren Herzen. Erst als die Zeit gekommen war und beide Könige lange und klug regiert hatten, gaben Mikrin und Serur ihre Aufgaben an ihre Söhne weiter. Sie selbst aber verbrachten ihre letzten Jahre auf dem einsamen Berg, auf dem sie miteinander gekämpft hatten, bis sie eines Tages verschwanden und nie wieder gesehen wurden.

Auch ihre Gräber wurden trotz langer Suche niemals gefunden. Aber noch heute berichten Wanderer, die durch das Tal reisen, dass hoch oben vom Berg, wenn der Wind an stürmischen Tagen den Staub herunterbläst, deutlich ein Gebrüll wie von Löwen und dass Stöhnen kämpfender Männer zu hören sei.«

Einer der beiden Kämpfenden drückte seinen Gegner jetzt mit dem Gesicht nach unten auf den Boden. Mit seinem ganzen Gewicht lag er auf seinem Rücken, hielt seine Handgelenke umklammert, während er mit den kräftigen Beinen die Oberschenkel des anderen auseinanderdrückte. Sein pochender Schwanz steuerte auf die wehrlose Pforte des Feindes zu. Langsam senkte sich der pralle Hammer dem bebenden Ziel entgegen. Es war seltsam still geworden in dem großen Festsaal. Hier ein verhaltenes Murmeln einzelner Stimmen, dort ein unterdrücktes Stöhnen – sonst begleitete Stille das bevorstehende Ritual. Sanft berührte die Schwanzspitze den zitternden Hintern. Schmale Lenden drückten sich weiter abwärts. Das erlösende Keuchen des Unterlegenden wurde übertönt von dem lauten Siegesschrei des Angreifers, der sein übermächtiges Schwert tief in seinen Gegner stieß. Eng aneinander geschmiegt lagen die nackten Männerkörper auf dem Platz vor dem Wasserbecken. Nun war nur noch ihr schweres Atmen zu hören. Die beiden Kämpfer hatten sich vollkommen verausgabt. Aber der Sieger wollte mehr. Deutlich sichtbar zuckten die Muskeln seiner Arschbacken im Schein der umstehenden Fackeln. Anmutig hoben und senkten sich seine Hüften. Lustvoll stieß er seinen dicken Kolben immer wieder zwischen die eroberten Flanken unter ihm. Der Besiegte wehrte sich nur kurz gegen diese Behandlung und genoss dann laut stöhnend die liebevolle Folter. Aber schon nach kurzer Zeit schien der Verlierer neue Kräfte gesammelt zu haben. Mit einem Ruck schob er seinen Hintern in die Höhe. Der überraschte Gegner verlor das Gleichgewicht und stürzte nach hinten. Blitzschnell setzte sich der eben noch Unterlegene auf seinen

Rivalen, packte dessen Riemen und schob ihn sich freiwillig in den Arsch. Mit beiden Händen den Oberkörper des Feindes niedergedrückt, bestimmte nun er das Tempo. Schnell flog sein Hintern über dem dicken Krummsäbel des anderen auf und ab, als wolle er den harten Stahl in ihm noch weiter schärfen. Sein eigner Schwanz tanzte auf seinen Lenden aufgeregt hin und her, bis die feindlichen Hände ihn gekonnt einfingen und so gut wie möglich festhielten. Der wilde Ritt wurde dabei immer rücksichtsloser.

Um mich herum wurde das Stöhnen und Keuchen immer lauter. Zu beiden Seiten waren Karims Gäste damit beschäftigt, fremde Schwänze zu erobern, verborgene Eingänge zu erkunden oder Übergriffe feindlicher Hände und gieriger Mäuler abzuwehren. Auch ich blieb von diesen Angriffen nicht verschont. Saifs pochender Schwanz schlug fordernd gegen meinem Rücken. Neugierige Hände schoben sich unter mein Hemd und kraulten lustvoll in meinen Brusthaaren.

»Wie gefällt dir diese alte Geschichte?«, hauchte Saif in mein Ohr.

»Sie ist zu schön, um wahr zu sein. Die beiden Königssöhne waren bestimmt zwei großartige und furchtlose Männer. Und obwohl sie aus unterschiedlichen Stämmen kamen, hat ihre Liebe sie für immer vereint.«

»Auch wir sind vollkommen verschieden. Wenn ich deinen hellen, ebenmäßigen Rücken so ansehe … « Saif hatte mir das weite Gewand über den Kopf gezogen und es beiseitegelegt. Mit den Fingerspitzen zeichnete er verschlungene Muster auf meine Haut. » … und im Gegensatz meine dunkle, behaarte Brust betrachte.«

Er drückte mich an sich. Ein Schauer durchlief mich, als seine Haare meinen Rücken berührten. Seine Hände wanderten über meinen Bauch tief in meinen Schoß. Ein wohliges Stöhnen drang aus meiner Kehle, als seine Hände meinen zuckenden Schaft umschlossen. Ich lehnte mich gegen ihn und genoss dieses erregende Gefühl.

»Ob die Unterschiede wirklich so groß sind, wird sich gleich noch herausstellen«, flüsterte ich bebend.

Ich wand mich aus seiner Umarmung und drehte mich zu ihm um. Das erste Mal an diesem Abend sah ich Saif in die Augen. Sie strahlten geheimnisvoll und sein sinnlicher Mund mit den vollen Lippen lächelte mich verführerisch an. Seine Zähne blitzten auf, als meine Hände die Innenseiten seiner Oberschenkel entlangwanderten und schließlich seine harte Männlichkeit ergriffen. Ein überraschtes Keuchen drang aus dem offenen Mund. Ich konnte nicht widerstehen, beugte mich weit zu ihm hinüber und küsste seinen lüsternen Mund. Gierig drückte ich die Lippen auf die seinen und begrüßte stürmisch seine feuchte Zunge. Ich ließ mich mit meinem ganzen Gewicht auf ihn fallen. Weich landeten wir in einem hohen Kissenberg. Erwartungsvoll rieb ich meinen Schwanz an seinem heißen Riemen.

»Willst du mich zu einem Schwertkampf herausfordern, Tom?«, schnaufte Saif, als er sich von meinem Lippen befreit hatte. »Dich hat die kleine Vorführung wohl mächtig angeregt?«

»Viel lieber würde ich für mein Schwert eine passende Scheide finden,« gab ich außer Atem zur Antwort.

Ohne weiter zu zögern, packte ich seine Beine unter den Kniekehlen und hob sie weit nach oben. Meine zitternde Schwanzspitze fand sofort die richtige Stelle.

»Halt, halt mein junger Freund«, bremste mich Saif. »Dein Schwert sollte nur gut eingeölt in diese Scheide einfahren. Eine ordentliche Waffenpflege schont Schwert und Scheide.«

Saif angelte sich vom Tisch eine runde Frucht aus einer großen Schale. Er zerquetschte das rote Fruchtfleisch mit seiner kräftigen Hand und träufelte den süß riechenden Saft zuerst auf meinen und dann auf seinen pochenden Kolben.

»So geht es bestimmt viel besser. Du kannst ja mal probieren.«

Er steckte sich den Rest der Frucht zwischen die Zähne und grinste mich an. Ich wusste nicht genau, was er damit meinte.

Sollte ich probieren, meinen triefenden Schwanz in seinen Hintern zu stecken oder meinte er die Frucht zwischen seinen Lippen, die einen so betörenden Duft verströmte?

Immer noch vor ihm kniend, beugte ich mich unschlüssig hinunter. Zuerst berührte mein Schwanz seinen engen Eingang, dann kostete ich die rote Frucht zwischen seinen Lippen. Dabei versank mein Schwanz lautlos zwischen seinen warmen Arschhälften. Das süße Obst verwöhnte meinen Gaumen, der klebrige Saft tropfte von meinem Kinn auf Saifs Brust. Meine neugierige Zunge folgte der roten Spur.

»Dieses Obst nennt man bei uns Mahniuc«, erklärte Saif schwer atmend und verschlang den letzten Rest der Frucht. »Schon meine Urväter haben daraus einen Liebestrank gebraut. Dein harter Freund wird dir heute Nacht noch sehr viel Freude machen. Dieser Saft hat eine ganz besondere Wirkung. Bemerkst du schon das Stechen an deiner Schwanzspitze?«

Unruhig hatte ich angefangen, meinen Riemen in Saifs Hintern hin und her zu schieben. Jetzt spürte ich ein leichtes Jucken, das sich über den gesamten Schaft in Richtung meiner Eier ausbreitete. Es war bis jetzt nicht unangenehm, aber sobald ich nur einen kurzen Augenblick mit meinen Bewegungen innehielt, wurde aus dem verlockenden Kribbeln ein starkes Brennen, das mir den Schweiß auf die Stirn trieb. Ich konnte nur hoffen, das Saif wusste, was er mit diesem Teufelszeug anrichtete. Auf den Knien hockend zog ich seinen Hintern gegen meinen dampfenden Schoß und stieß ihm kräftig mein heißes Eisen ins enge Loch. Sofort stellte sich wieder das wohltuende Gefühl ein, dass mich zwang weiterzumachen.

»Ja, so hatte ich es mir vorgestellt, mein Freund. Schon als ich dich heute Nachmittag beobachtet habe, wollte ich dein riesiges Schwert in mir haben«, stöhnte Saif erleichtert. Mein erschrockenes Schnaufen beunruhigte ihn nicht weiter. Nur ein breites Grinsen legte sich auf das erregte Gesicht.

»Einige ausgewählte Gäste durften eure Vorbereitungen für diesen Abend aus gebührender Entfernung beobachten. In den Ornamenten an den Wänden sind kleine Sehschlitze eingelassen.«

Mein Blick suchte in den verschlungenen Schnitzereien nach verdächtigen Löchern. Aber es war viel zu dunkel, um etwas erkennen zu können. Dafür weiteten sich meine Augen für das, was sich um mich herum abspielte. Überall im Raum verstreut lagen Karims Gäste auf den weichen Kissen. Nackte Körper schmiegten sich aneinander. In lustvoll verzerrten Gesichtern zeigte sich unbändiges Verlangen. Gierige Lippen saugten an prallen Schwänzen. Harte Riemen öffneten verborgene Eingänge. Lautes Stöhnen und Ächzen kehliger Männerstimmen durchdrang die Nacht. Über alledem schwebte der süße Duft der Früchte und vermischte sich mit dem Schweiß der ausgehungerten Männer.

»Ich kann nicht mehr«, stieß ich aus, als meine Beine sich verkrampften und mein Becken dem drängenden Schwanz nicht mehr gehorchen wollte. Sofort setzte Saif sich auf und hockte sich über meinen gespannten Hammer.

»Warte ich helfe dir.«

Seine stämmigen Beine trugen nun sein ganzes Gewicht. Trotzdem hob und senkte sich sein Arsch leicht wie ein Blatt im Wind. Erleichtert sank ich zurück und schloss die Augen. Aus der Ferne glaubte ich, Ahmeds helle Stimme zu hören. Saifs schnelle Jagd entlockte auch meinem Mund unbekannte Töne. Verzweifelt stieß ich ihm meine Hüften entgegen.

Am frühen Morgen weckten mich die ersten Sonnenstrahlen. Saif lag friedlich schlafend in meinen Armen. Gedankenverloren betrachtete ich seine feinen Gesichtszüge. Die Erinnerungen an die vergangene Nacht zogen wie ein Nebelschleier an mir vorbei: Ich hatte seinen pochenden Schwanz in meinen Händen gehalten. Kräftig und schnell rieb ich sein glühendes Werkzeug, während er auf meinen Schwanz ritt. Immer wieder wollten meinen tobenden Lenden explodieren. Aber immer wieder hielt Saif rechtzeitig inne, um Atem zu holen und der Augenblick zog vorüber. So steigerten wir uns in schwindelerregende Höhen. Er schrie und wand sich, als ich zusätzlich seine Eier mit der Faust ergriff und fest drückte. Und endlich, nach vielen Stunden, schleuderte sein gepeinigter Säbel den heißen Saft in weitem Bogen heraus. Er bäumte sich stöhnend nach hinten, schob mir seinen Finger in mein zuckendes Loch und machte damit auch meiner lustvollen Qual ein Ende. Wie nach einem Dammbruch schoss mein Samen in seinen engen Kanal. Alle Anspannung ließ plötzlich nach. Saif sank über meiner Brust zusammen. Zufrieden drückte er mir einen zärtlichen Kuss auf die Lippen und wir schliefen ein. Mir kam das Ganze immer noch wie ein rauschhafter Traum vor. Plötzlich stand Ahmed vor mir: »Es ist schon hell«, flüsterte er leise. »Wir müssen gehen.« Er hatte schon wieder sein altes Hemd und die knöchellangen Hosen angezogen. Er hielt mir meine Sachen entgegen. Vorsichtig rutschte ich von Saif weg ohne ihn zu wecken. Als wir an der Tür standen, sah ich noch einmal zurück. Saif hatte den Kopf auf einen Arm gestützt und sah mir nach. Er nickte zum Abschied. Ich verbeugte mich und schenkte ihm ein inniges Lächeln.

An den Stufen des Hauseingangs erwartete uns Karim.

»Ich hoffe, euch hat unser kleines Fest gefallen. Schade, dass ihr schon gehen müsst. Im nächsten Monat besucht uns eine Truppe fahrender Akrobaten. Ihre Darbietungen sollen sehr aufregend sein.« Bei den letzten Worten zwinkerte er uns verschwörerisch zu.

»Wenn euch die Reise wieder einmal hierherführt, seid ihr selbstverständlich jederzeit willkommen. Für die nächsten Tage habe ich euch noch ein wenig Proviant eingepackt. Hier, Tom, nimm du ihn in Verwahrung.«

Der Hausherr gab mir einen kleinen Tonkrug, der oben mit einem dicken Wachssiegel verschlossen war.

»Wie ich gesehen habe, kannst du damit gut umgehen.«

Misstrauisch beäugte ich das Gefäß. Als ich vorsichtig daran roch, stieg mir der bekannte süße Duft in die Nase. Ich konnte ein Grinsen nicht verbergen.

»Geht sparsam mit den Früchten um. Ihr wisst, sie sind nicht ungefährlich. Lust und Qual liegen nah beieinander«, fügte Karim noch mahnend hinzu.

Fest nahm er Ahmed in die Arme, drückte den armen Kerl so sehr, dass dieser zusammenzuckte.

»Ja, ja, ich komme wieder. Keine Sorge, meine Wege mögen mich durch die ganze Welt führen. Aber an diesen himmlischen Ort kehre ich immer wieder zurück.«

»Und ich werde Ahmed sicherlich nicht alleine reisen lassen«, stimmte ich zu und verbeugte mich tief. »Ich danke euch für dieses unvergessliche Fest.«

»Nun aber los mit euch, es wird schon hell«, scheuchte uns Karim zu der Mauer mit dem kleinen Tor. »Sonst war das euer letzter Landausflug für lange Zeit.«

Ich warf noch einen letzten Blick auf den kleinen Garten mit den bunten Blumen und Sträuchern. Der feuchte Tau auf den geschlossenen Knospen glitzerte im ersten Tageslicht. Der frische Atem der kühlen Nacht schwebte noch über den Beeten.

Dann standen wir plötzlich auf der schmalen Straße und die Stadt mit ihrem frühmorgendlichen Trubel empfing uns. Frauen mit dreckiger Wäsche schlurften an uns vorbei. Betrunkene lehnten an den schmalen Hauswänden und schliefen ihren Rausch aus. Seeleute eilten an ihnen vorüber und fluchten laut, wenn sie über ein ausgestrecktes Bein stolperten oder die Waschweiber ihnen den Weg versperrten. Doch Ahmed und ich liefen wie auf Wolken. Wir brachten den Hindernislauf schnell und unbeschadet hinter uns.

Dort drüben liegt unser Schiff«, rief Ahmed, der als erster die enge Gassen verlassen und den freien Hafenplatz erreicht hatte. Ohne meinen Freund hätte ich mich in der fremden Stadt hoffnungslos verlaufen, doch jetzt sah auch ich die *Margarita* im Hafen liegen. Schon aus der Ferne, erkannte ich Ben an seiner großen Statur. Er stand an der Reling und unterhielt sich angeregt mit einem Mann in Offiziersuniform.

»Vielen Dank für die neuen Nachrichten, Colonel«, sagte er gerade, als wir das Deck erreichten. »Ich werde dem Kapitän unverzüglich Meldung machen.«

Der Offizier salutierte und verließ das Schiff ohne uns eines Blickes zu würdigen. Dafür traf uns Bens strafender Blick, als wir uns an ihm vorbeischleichen wollten.

»Könnt ihr mir erklären, was euch dazu gebracht hat, erst jetzt wieder an Bord zu erscheinen? Ausgang war bis zum Morgengrauen. Jetzt ist schon helllichter Tag. Der Smutje hat sich schon nach dir erkundigt, Ahmed. Er wetzt schon seit Stunden seine Messer und flucht dabei so laut, dass keiner sich in seine Nähe wagt. Und wir beide werden uns wohl einmal ernsthaft über deine Aufgaben hier an Bord unterhalten müssen, Tom«, blaffte Ben mich an.

»Aber es gibt einen Grund, warum wir uns verspätet haben«, versuchte ich der drohenden Standpauke zu entkommen.

»Es hat mit dem Piratenschiff zu tun, das uns überfallen will«, platzte es aus Ahmed heraus.

»Was für ein Unsinn!«, wurde Ben lauter. »Ich habe doch gerade erst vom Colonel der hiesigen Präfektur erfahren, dass hier seit Monaten keine Piraten gesichtet wurden.«

»Aber das ist eine Taktik«, beteuerte Ahmed weiter. »Ich weiß, dass die Piraten seit Wochen nur auf dieses Schiff warten.«

Die umherlaufenden Matrosen waren neugierig stehengeblieben, um sich den Streit anzuhören. Bens Gesicht war rot angelaufen und ich erwartete eine weitere Salve von ihm.

»Ab mit euch in meine Kajüte!«, zischte er gepresst zwischen den Zähnen hervor. »Und ihr macht euch wieder an die Arbeit, ihr faulen Säcke«, fauchte er die Gaffer an.

»Seid ihr nicht ganz bei Trost, so etwas laut zu sagen«, schrie er mich an, als die Kajütentür krachend hinter uns zuflog. »Wenn der Kapitän erfährt, dass ihr solche Gerüchte verbreitet und deshalb die Hälfte der Mannschaft das Weite sucht, verbringt ihr den Rest der Fahrt in Ketten unter Deck.«

Ben ging zum Schrank, nahm eine Flasche heraus und trank ein paar kräftige Züge. So aufgebracht hatte ich ihn noch nie erlebt. Er setzte sich auf einen Stuhl und sah uns eindringlich an. Erst als sein Atem ruhiger wurde, sprach er weiter.

»Nun mal nacheinander. Und ich will alle Einzelheiten hören.«

Ahmed erzählte Ben von dem Besuch bei seinem Onkel. Von dem Abendfest und den vielen Besuchern, mit denen er gesprochen hatte. Als er den Namen Karim erwähnte, horchte Ben auf.

»Karim … Ah, ja … Von einem Karim hier in La Rochelle habe ich schon einmal gehört«, sagte er gedankenverloren. Sein Blick schien hinter der dicken Schiffswand nach verblichenen Bildern zu suchen.

Ein Lächeln huschte über Bens Gesicht. Plötzlich sah ich vor mir den jungen, strahlenden Mann, der er einmal gewesen war. Doch dieser Eindruck verschwand so schnell wie er gekommen war. Die Jahre auf der rauen See hatten sein Gesicht mit feinen Linien gezeichnet. Aber auch einige tiefe Sorgenfalten waren unverkennbar.

Ahmed fuhr mit seinem Bericht fort: »Einer der Gäste hatte erfahren, dass wir mit der *Margarita* eingelaufen waren. Daraufhin erzählte Karim von den letzten Meldungen seiner Kundschafter. Ein Piratenschiff lauert bereits seit einiger Zeit in einer nahegelegenen Bucht auf ein Schiff. Sie hatten es dabei nicht auf irgendeinen Kutter abgesehen, sondern auf ein bestimmtes, englisches Schiff. Den Kundschaftern hatte es viel Mühe bereitet, den Namen dieses Schiffes in Erfahrung zu bringen. Aber schließlich hatte ihm einer der Seeräuber unter besonderen Umständen, die der Besucher nicht näher erklären wollte, den Namen des Schiffes preisgegeben. Er lautete *Margarita*. Auf dieses Schiff haben die Piraten gewartet. Warum gerade unser Schiff für die Seeräuber so interessant sein soll, konnte ich leider nicht in Erfahrung bringen. Fest steht aber, dass die *Margarita* sobald sie einige Seemeilen auf offener See zurückgelegt hat, von dem schnellen Schoner der Piraten aufgebracht und geentert werden soll. Und noch ein wichtiges Detail hatte der Kundschafter erfahren.«

Ahmed machte eine bedeutungsvolle Pause.

»Der Piratenkapitän hat sich mehrmals erkundigt, ob tatsächlich ein gewisser Benjamin Wilder an Bord ist.«

Ben sackte auf dem Stuhl in sich zusammen. Sämtliche Farbe war aus seinem Gesicht gewichen.

»Nach so langer Zeit … Der alte Halunke!«, stammelte er.

»Nun gut«, sagte er kurz darauf mit fester Stimme. Er erhob sich und stampfte aufgebracht in der engen Kajüte auf und ab.

»Damit ist eure Verspätung natürlich entschuldigt. Ich werde zum Käpt'n gehen und mit ihm die Lage besprechen. Ihr wartet hier, bis ich wiederkomme. Sprecht mit niemandem über das, was ihr mir gerade erzählt habt. Verstanden?«

Bens Ton war bei seinem letzten Satz wieder bestimmend und eindringlich geworden. Trotzdem war auch ein deutliches Unbehagen nicht zu überhören. Als seine schweren Schritte verhallten, sah ich Ahmed fragend an:

»Weißt du, was das alles zu bedeuten hat? Warum fragt ein Piratenkapitän ausgerechnet nach Ben?«

Ahmed zuckte mit den Schultern:

»Ich kann dir nur sagen, was Karim von seinem Besucher erfahren hat. Mehr weiß ich auch nicht. Ben schien sehr beunruhigt zu sein. Fast schien es so als würde er den Piraten von früher kennen. Wir warten erst einmal ab. Das ist allemal besser, als dem Smutje in die Arme zu laufen.«

Ahmed sah sich in der Kabine um. »Ob wir es uns wohl hier ein bisschen bequem machen können?« Er zeigte auf Bens breite Koje. »Ich habe letzte Nacht kaum geschlafen. Und du sicher auch nicht.«

»Du hast bei deiner Erzählung über den gestrigen Abend aber einige Kleinigkeiten ausgelassen, mein Freund«, tadelte ich Ahmed scherzhaft.

»Also erstens waren es mitnichten Kleinigkeiten, die ich zu bewältigen hatte, und zweitens wollte ich Ben nicht mit den Einzelheiten des alten Kriegstanzes langweilen«, widersprach er.

Bens Blick, als er Karims Namen gehört hatte, ließ mich an Ahmeds Worten zweifeln. Vielleicht kannte Ben sogar die alte Geschichte. Aber diesen Gedanken behielt ich erst einmal für mich. Ahmed hatte sich sowieso schon lang in die Koje fallen lassen und sein regelmäßiger Atem verriet mir, dass er bereits tief und fest schlief. Ich legte mich neben ihn. Aber eine Zeit lang kreisten meine Gedanken immer noch um die Unterredung von eben: Kannte Ben Karim? Dann kannte er auch Mikrin und Serur. Letztlich übermannte mich aber doch der Schlaf

Plötzlich spürte ich, wie mich eine starke Hand an meiner Schulter rüttelte.

»Tom, wach auf. Ich habe mit dem Käpt'n gesprochen. Ich soll euch danken für die Nachricht, die unser aller Leben retten könnte. Ich musste ihm versprechen, dass ihr eine dicke Belohnung bekommt. Nun wach schon auf, Tom. Darauf hast du doch schon lange gewartet. Sieh her.«

Mühsam setzte ich mich auf die Kante des Bettes. Mir war schwindlig. Das Erste, was ich sah, waren zwei behaarte Beine in groben Seemannsstiefeln, die vor mir standen. Aus den Stiefeln ragten baumstarke, muskulöse Oberschenkel. Eine riesige Hand rieb an einem ebenso riesigen Schwanz auf und ab. Klarer Saft tropfte bereits aus der prallen Eichel auf den Boden, wo er zu dunkle Flecken zerlief. Die andere Hand kraulte in den dichten Schamhaaren, machte sich auf den Weg über den flachen Bauch, umkreiste verführerisch dessen Mittelpunkt, um dann der dunklen Linie kurzer Haare hinauf zu den imposanten Brustmuskeln zu folgen. Als ich in Bens Augen sah, sprühten sie über in einem warmen Funkenregen von Lust und Begierde. Von seinem Gesicht waren alle Spuren der Vergangenheit gelöscht. Jung und ungemein anziehend sah er aus. Wortlos streckte er mir seine Hand entgegen. Als mich die kräftigen Arme umfassten war ich bereits vollkommen nackt. Seine heiße Haut entfachte eine nie gekannte Leidenschaft in mir. Sinnliche Lippen empfingen meinen ausgetrockneten Mund. Köstlicher Nektar floss durch meine Kehle. Plötzlich wurde ich ganz leicht, verlor den Boden unter den Füßen. Ben packte mich um die Hüfte, spreizte meine Beine, setzte seinen riesigen Phallus zwischen meine Arschbacken und ich versank mit einem lauten und erlösenden Stöhnen auf diesem Geschenk der Götter. Leicht wie eine Feder hob und senkte er langsam meinen Hintern auf seinem pochenden Ständer. Meine Arme krallten sich in die breiten Schultern. Meine Lippen saugten den süßen Saft seines Mundes. Wellen unbeschreiblicher Freude durchströmten meinen ganzen Körper.

Vorsichtig beugte er sich über den breiten Tisch und legte meinen Rücken behutsam darauf ab. Nur widerwillig löste sich mein Mund von seinen Lippen.

»Ich hätte nicht gedacht, dass du so sanft sein kannst«, flüsterte ich. Ben richtet sich auf, packte meine Beine an den Fersen und schob seinen harten Riemen weit in mich hinein. Nun war er es, der seiner Lust mit einem zufriedenen Knurren Ausdruck verlieh.

»Ich hoffe, du findest auch meine sanfte Seite wohltuend.« Er zog seinen Schwanz weit heraus, um ihn dann wieder schnell und fest durch meinen engen Eingang zu jagen. Klatschend flogen seine Eier geben meinen Hintern. Der Tisch knarrte bedenklich unter den herben Schwingungen.

»Ja«, keuchte ich erschrocken. »Das finde ich mindestens genauso gut. Davon kann ich gar nicht genug bekommen.«

Ben legte sich ins Zeug. Von Sanftheit konnte jetzt keine Rede mehr sein. Er rammte seinen harten Hammer mit steigender Wucht in meinen engen Kanal. Allein die Reibung brachte mein Hinterteil zum Glühen. Da erklang plötzlich Ahmeds Stimme aus der dunklen Ecke in Bens Koje.

»Ihr gebt ein tolles Bild ab aus meiner Position. Aber ich muss zugeben, dass ich lieber mit auf eurer Seite wäre.« Da stand er schon neben uns. »Ich hätte ich hier nämlich ein kleines oder genauer gesagt ein großes Problem.« Ahmeds harter Riemen zeigte steil nach oben und zuckte ungeduldig hin und her.

»Dann bist du bei uns genau richtig. Komm her«, sagte Ben. Er zog seinen Schwanz aus mir heraus. Doch noch bevor ich protestieren konnte, hatte Ben bereits Ahmed an den Hüften gepackt und dessen Ständer in meinen Hintern geschoben. Kühl und hart fühlte sich Ahmeds Schwanz an. Er war nicht ganz so lang wie der seines Vorgängers, aber mindestens genauso dick. Völlig verblüfft von Bens Vorgehen verlor Ahmed fast das Gleichgewicht und landete auf meinem Bauch. Ben hatte sich bereits hinter ihn gestellt und rieb sich den Hammer zwischen den dunklen Halbkugeln warm.

»Dann kann ich dir ja gleich deinen Anteil der Prämie auszahlen, die ihr euch verdient habt.«

Plötzlich spürte ich, wie Ahmeds Schwanz in mir einen Satz nach vorne machte. Ein erstauntes Keuchen drang aus der Kehle meines Freundes.

»Was macht er da, zum Teufel?«, brachte Ahmed schnaufend hervor.

»Er hat den Auftrag ... vom Käpt'n ... uns ein dickes ... Lob zu überbringen«, erwiderte ich stockend. Ben drängte nun ebenso heftig in Ahmeds Hintern, wie er es zuvor bei mir getan hatte. Der stetig in mir pochende Schwanz in mir, war ein untrügliches Zeichen dafür, dass Ahmed diese Art der Belohnung gerne annahm. Er fand Gefallen an Bens Behandlung. Immerhin hatte er ja auch den wichtigsten Beitrag geleistet, deshalb war es selbstverständlich, dass er den Löwenanteil des Lohns bekam.

Während Bens dicker Hammer weiter Ahmeds Hintern einheizte, tauchte Ahmeds Schwanz tief in mein Innerstes. Und während Bens Finger kräftig Ahmeds Brustwarzen zwirbelten, packten Ahmeds Hände meinen pochenden Riemen. Er brachte den harten Kolben fast zum Platzen. Lautes Ächzen und Keuchen erfüllten den Raum. Drei Männer im Rausch der Sinne. Alle an der Schwelle zur Ekstase. Bens Lenden öffneten zuerst ihre Schleusen und schleuderten ihren Saft in wilden Zuckungen heraus. Heulend warf er seinen Kopf zurück, krallte seine Hände in Ahmeds Brust und schleuderte ein letztes Mal seinen Becken nach vorne. Ahmeds Schwanz feuerte seine Ladung in nicht enden wollenden Stößen in meinen heißen Arsch, während mein Hammer, fest umschlungen von zwei Händen, seinen Samen bis hinauf auf meinen Hals spritzte. Ich schloss meine Augen und fühlte vollkommene Sinneslust in mir. Sie breitete sich im ganzen Körper aus. Warme Hände streichelten mein Gesicht. Dann rüttelte eine Hand an meiner Schulter.

»Tom, wach auf. Ich habe mit dem Käpt'n gesprochen. Ich soll euch danken für eure Nachricht, die unser aller Leben retten könnte. Ich musste ihm versprechen, dass ihr eine dicke Belohnung bekommt. Nun wach schon auf, Tom. Darauf hast du doch schon lange gewartet.«

Mühsam schwang ich mich auf die Kante der Koje. Mir war schwindlig. Das Erste, was ich sah, war Ben, der breitbeinig vor mir stand.

»Nun, sieh dir diesen fetten Kerl an.«

Ich verstand erst beim zweiten Hinsehen, was er meinte. Mühsam versuchte ich mit nach vorn gebeugtem Oberkörper meinen steifen Schwanz zu verbergen, der aus der weiten Hose gerutscht war. Erst als ich alles wieder halbwegs zurechtgezurrt hatte, stand ich auf.

»Du scheinst ja nicht gerade begeistert zu sein«, las Ben aus meinem Gesichtsausdruck. »Sieh dir diesen prächtigen Fisch doch erst einmal an. Duftet er nicht herrlich. Der Smutje wollte kaum glauben, dass er das gute Stück extra für euch zubereiten soll.«

Auf einem silbernen Tablett lag ein braun gebratener Fisch, angerichtet auf frisch gedünstetem Gemüse. Tatsächlich zog ein angenehmer Duft durch die Kabine.

»Oder hattest du etwas anderes erwartet«, fragte Ben und sah aufmerksam an mir herunter.

Mein Schwanz zeichnete sich immer noch deutlich in der Hose ab. Noch eindeutiger war aber der große, feuchte Fleck auf dem hellen Stoff. Hatte ich das alles nur geträumt? Ich sah mich um. Ahmed schlief fest in der Koje, Ben stand angezogen vor mir. Sein Gesicht sah plötzlich wieder älter aus. Nur die Augen leuchteten mehr als sonst. Aber wer hatte mir sanft über die Wange gestreichelt, bevor Ben mich geweckt hatte? Ich konnte noch deutlich die warme Hand auf meiner Haut spüren. Ich sah Ben in die Augen. Hinter mir räkelte sich Ahmed in der Koje. Er rollte herum und hockte sich auf die Bettkante.

»Was ein herrlicher Duft. Mir läuft das Wasser im Mund zusammen. Gibt's was zu essen?«, unterbrach er die Stille.

»Ja, der Kapitän bedankt sich für eure Nachricht und schickt euch dieses Festmahl. Und diese Flasche Wein spendiere ich.«

Ben zog aus einer weiten Jackentasche eine gute Flasche französischen Weines. Beim Essen erklärte uns Ben den überraschenden Plan des Käpt'n. Noch während der kommenden Nacht, also ganze zwei Tage vor der geplanten Abreise, sollte die *Margarita* aus dem Hafen ins freie Meer geschleppt werden und dort mit dem ersten Morgenwind und vollen Segeln die Fahrt Richtung Spanien aufnehmen. Wo auch immer die Piraten sich versteckt hielten, zu so ungewöhnlicher Zeit würden sie uns bestimmt nicht erwarten. Bis sie dann die Verfolgung aufgenommen hatten, wären wir längst hinter dem Horizont verschwunden. Zur Sicherheit sollten unsere Begleitschiffe aber erst einen Tag später folgen. Falls wir den Piraten nicht entkommen konnten, würden die *Amelia* und die *Providence* dem Piratenschiff bei einem Gefecht den Fluchtweg abschneiden und es versenken.

Ich hörte dem Plan nur mit halbem Ohr zu, während Ahmed Ben eifrig nach Einzelheiten fragte. Meine Gedanken wanderten immer wieder zu meinem Traum mit den beiden.

»Tom ... Tom, Hast du zugehört? Was hältst du von dem Plan?«, fragte Ahmed plötzlich.

»Ich hoffe, dass alles so klappt, wie Kapitän Finch sich das vorstellt«, gab ich skeptisch zur Antwort.

»Auf jeden Fall sind eine Menge Vorbereitungen zu treffen, bevor es heute Nacht losgehen kann.« Ben stand bereits in der Kajütentür. »Ahmed, du solltest den Koch nicht mehr allzu lange warten lassen. Und du, Tom, lässt dich gleich auf dem Achterdeck blicken. Wir haben einiges zu besprechen.«

Bens schwere Schritte stampften davon.

Hastig aßen wir ein paar leckere Bissen im Stehen, aus der Weinflasche gab es einen Schluck für jeden, dann eilten wir zum Oberdeck. Allerdings nicht ohne einen langen Kuss, den ich Ahmed auf die vom Fisch immer noch salzigen Lippen drückte.

»Mhhh...«, flüsterte Ahmed leise. »Davon könnte ich auch noch mehr vertragen, mein Freund.«

»Wenn wir die nächsten Tage überleben und nicht von den Kanonenkugeln der Piraten versenkt werden, verspreche ich dir einen riesigen gebratenen Fisch und hinterher noch mehr als nur meine waren Lippen«, war meine ehrliche Antwort.

Seit zwei Tagen tobte der Sturm ununterbrochen. Eine harmlos am Horizont vorüberziehende Wolkenfront hatte sich in ein mächtiges Sturmtief verwandelt. Damit hatte niemand gerechnet. Zu allem Unglück rissen auch noch mit einem ohrenbetäubenden Knall zwei Großsegel, als sie nicht rechtzeitig eingebracht werden konnten. Hilflos musste der Käpt'n mit ansehen, wie nur die zerfledderten Reste mühsam geborgen wurden. Finch hörte gar nicht wieder auf zu fluchen. Lautstark erging er sich über die Unfähigkeit seiner Mannschaft und des ersten Offiziers, über das Wetter und zu guter Letzt über den Koch, der ihm mangels Feuerstelle nun nicht mehr seinen geliebten, englischen Tee zubereiten konnte. Bei Sturm mussten nämlich alle offenen Feuer zur Sicherheit gelöst werden. Ohne Ausnahme. Auch zum großen Leid der Mannschaft, die dem ständig grobe Verwünschungen ausstoßenden Finch nur noch aus dem Weg ging.

Die Wellen schlugen mit lautem Krachen gegen die Bordwände. Das Schiff erzitterte jedes Mal bis in die letzte Planke. Haushohe Gischtwolken durchnässten das Deck. Es gab kaum noch einen trockenen Flecken auf der *Margarita*. Selbst in die Niedergänge und Laufwege unter Deck spülte der Sturm immer wieder ganze Fassladungen Wasser. In der Bilge lenzten abwechselnd zwei Trupps aus je acht Mann um die Wette. Trotzdem stand ihnen das Wasser schon bis zu den Knien.

Alle taten ihr Bestes, um den wilden Angriffen des aufgebrachten Meeresgottes zu trotzen. Das Piratenschiff hatte sich bis jetzt auch nicht sehen lassen. Dafür waren vor einiger Zeit die beiden Begleitschiffe in unserem Blickfeld aufgetaucht. Allerdings nur, um kurz danach wieder zu verschwinden.

»Wir verlieren die *Amelia* und die *Providence*. Jetzt haben wir schon seit Stunden keinen Kontakt mehr«, schrie der Kapitän Ben zu. »In den Ausguck kann ich bei diesem Höllenwetter ja niemanden schicken.«

Angestrengt suchte er den Horizont mit seinem Fernrohr ab. Obwohl Ben direkt neben ihm stand, machte der Sturm eine Verständigung fast unmöglich. Beide hatten sich auf dem Achterdeck eingefunden, in der Hoffnung den Begleitschutz doch noch zu sichten. Ich stand dicht bei Ben und umfasste mit beiden Händen krampfhaft die Reling. Nachdem ich mich zuvor mehrere Stunden schlaflos in der Koje gewälzt hatte, war ich Ben hierher gefolgt. Mit starrem Blick erfasste ich jeden Wellenberg in der Ferne, aber die beiden Schoner blieben verschwunden. Plötzlich schlingerte die *Margarita* und neigte sich gefährlich zur Backbordseite. Ich klammerte mich fest an das Schanzkleid, als eine riesige Welle das gesamte Achterkastell überflutete.

»Verfluchter Sturm!«, tobte Finch und verließ unter weiteren Flüchen das Deck.

Ich bedauerte bereits, die halbwegs trockene Kajüte gegen diesen stürmischen Standpunkt eingetauscht zu haben. Die vorher schon klamme Kleidung triefte jetzt nur noch. Der eisige Wind fegte durch den nassen Stoff und ließ mich schaudern.

»Komm lass uns wieder runtergehen«, rief Ben missmutig. Er griff meinen Arm und wir versuchten sicher den Niedergang zu erreichen, ohne von der nächsten Welle von Bord gespült zu werden. Zwei Seeleute hatte sich das Meer auf diese Weise schon geholt. Wer hier an Deck den Boden unter den Füßen verlor oder nicht angeseilt war, den riss der nächste große Brecher unwiederbringlich mit in die Tiefe.

»Was passiert denn, wenn der Begleitschutz nicht wieder auftaucht?«, wollte ich wissen, als wir in der Kabine unsere nassen Kleidung auszogen. »Müssen wir dann nicht umkehren?«

»Es ist vereinbart, dass wir weitersegeln und sich die beiden anderen Schiffe, so sie den Sturm überhaupt überstanden haben, auf den Weg zurück nach Plymouth machen. Sobald der Sturm nachlässt, setzen wir unseren Weg nach Cadiz fort. Auch wenn sie uns dann immer noch nicht eingeholt haben. In weniger als zehn Tagen müssten wir den sicheren Hafen erreichen. Noch ist nicht klar, wie weit wir vom Kurs abgekommen sind, aber Finch ist ein erfahrener Kapitän. Ihm können wir vertrauen.«

»Was machen wir in Cadiz?« fragte ich neugierig.

»Offiziell liefern wir die bestellten Waren an den Geschäftspartner deines Onkels«, grinste Ben. »Und dabei werden wir uns ein wenig näher umsehen. Was ich dir aber jetzt erzähle, muss unter allen Umständen geheim bleiben.« Ben hatte seine Stimme zu einem kaum noch hörbaren Flüsterton gesenkt. Er drückte mich auf die Koje und setzte sich neben mich. »Unsere Beobachter in Cadiz berichten, dass die spanische Flotte mit neuen Schiffen ausgerüstet werden soll. Ich bin schon seit Jahren als ... sagen wir einmal als Gewährsmann für eine wichtige englische Persönlichkeit, unterwegs.«

»Du bist ein Spitzel der Krone?« keuchte ich vor Bestürzung.

»Wir bezeichnen uns lieber als Kundschafter Ihrer Majestät, wenn du es genau wissen willst.«

»Ist mein Onkel auch ein Spitzel?«

»Kundschafter, bitte!«, verbesserte mich Ben mit strengem Blick »Geheimagent wäre auch noch eine angemessene Bezeichnung. Wir sind die Guten, Tom. Zum Schutz und Wohle unseres Königreiches. Dein Onkel ist mein Kontaktmann in Plymouth. Früher war er noch mehr im Außendienst tätig. Als Schwarzes Schaf in deiner Familie konnte er sich damals einige Freiheiten erlauben, die seiner Tätigkeit sehr zugute kamen. Aber inzwischen ist er ja, auch dank deines überraschenden Auftauchens sesshaft geworden. Er ist mein erster Anlaufpunkt, wenn ich von einer Mission zurück bin.«

»Aber was haben die Spanier vor? Sie werden doch nicht unsere Geschwader angreifen wollen?«

»Genau das ist es, was wir herausbekommen müssen. Und ich hatte vor, dich zu diesem kleinen Erkundungsgang mitzunehmen. Was hältst du davon?«

»Ich als Spitzel …, entschuldigung, als Kundschafter mit dir zusammen in Cadiz? Es wird mir eine Ehre sein, unser Königreich vor dem Feind zu schützen.« Aufrecht und stolz stand ich mit meiner Hand über dem Herzen vor Ben. »Muss ich jetzt einen Eid ablegen, oder so was?«

Ben lachte laut: »Nein, nein. Später vielleicht. Aber jetzt erst einmal raus aus den nassen Sachen. Und zu keiner Seele ein Sterbenswörtchen über die Geschichte.«

Ben hatte seine Jacke, das feuchte Hemd und die vollkommen durchnässte Hose bereits ausgezogen. Eilig holte er ein großes Tuch und rubbelte sich die kalte Haut trocken. Er war dabei so vertieft, dass er nicht bemerkte, wie ich ihm zusah. Sorgfältig rieb er seine Arme und Beine ab. Knetete und rieb die Haut, bis sie rot leuchtete. Etwas mehr Mühe hatte er mit seinem langen Rücken. Seine Muskeln spannten und dehnten sich. Mehrmals rutschte ihm das Tuch aus der Hand. Unvermittelt sah er mich an.

»Nun hast du aber lange genug zugesehen. Hilf mir gefälligst bei meinem Rücken.«

Gerne kam ich dieser Aufforderung nach, packte das Tuch und rieb die Haut trocken. Gerade wollte ich mich näher den beiden weißen Arschbacken widmen, da nahm Ben mir das Tuch aus der Hand.

»Du steckst ja immer noch in deinen triefenden Sachen. Los, runter damit, sonst holst du dir noch eine Influenza. Einen niesenden und hustenden Agenten, der an jeder Straßenecke unsere Anwesenheit verrät, kann ich nun wirklich nicht gebrauchen.«

»Ja, Herr Doktor«, folgte ich brav seinen Anweisungen, konnte mir aber ein Grinsen nicht verkneifen. Kaum hatte ich mich meiner völlig durchnässten Kleider entledigt, wickelte Ben ein großes Tuch um mich und rubbelte mich gründlich trocken. Meine Arme waren unbeweglich in dem riesigen Stoffungetüm eingeschlossen. So überließ ich mich wehrlos Bens sorgfältiger Führsorge. Immer wieder musste er mich festhalten, da die stürmische See das Schiff mächtig durchschüttelte. Als er plötzlich breitbeinig hinter mir stand, spürte ich, durch das Handtuch seinen harten Schwanz an meinem Hintern reiben. Seine beiden starken Hände, die wie zufällig auf meinen steifen Brustwarzen lagen, drückten mich gegen seinen Oberkörper. Ein leises Seufzen drang aus seinem Mund.

»Bist du schon überall trocken, Tom?«, fragte er leise, und schob seine Hände weiter nach unten.

»Ich glaube, noch nicht ganz«, antwortete ich wahrheitsgemäß. »Meine Schwanzspitze fühlt sich plötzlich so feucht an.«

Tatsächlich hatte mein steifer Mast einen Ausgang aus dem großen, engen Tuch gefunden, und zuckte erfreut über seine Freiheit aufgeregt auf und ab. Ben drehte mich mit einem Ruck herum. Kopfschüttelnd sah er auf den prächtigen Burschen hinab.

»In der Tat hat sich dein bestes Stück, meinen Bemühungen erfolgreich widersetzt. Aber damit ist jetzt Schluss.« Schon sank Ben vor mir auf die Knie und leckte die ersten Tropfen meines Vorsaftes von der Eichelspitze. Nach und nach erkundeten seine Lippen den ganzen Riemen nach zurückgeblieben Wassertropfen. Fordernd und suchend züngelte sein Werkzeug über die pochenden Adern. Auch meine tief hängenden Eier wurden gewissenhaft von seiner Zunge abgetastet.

»Forsch ruhig noch mal genauer nach«, ermunterte ich Ben. »Ich glaube mein Schwanz ist schon wieder nass.«

»Tatsächlich!«, wunderte er sich begeistert. »Anscheinend gibt es hier eine verborgene Quelle.«

Jetzt nahm er seine Hand zur Hilfe, schob meine Vorhaut weit zurück und wieder nach vorne. Jedes Mal glitzerte dabei ein neuer Tropfen an der prallen Spitze, den er stets genüsslich mit der Zunge ableckte. Dabei rieb seine Hand stetig weiter an dem harten Schaft entlang.

»Ja, das tut gut. Mehr ... Noch mehr!«, verlangte ich flehentlich.

Stürmisch packte ich Bens Kopf und zwang ihn mit meinen Händen tief auf meinen Schwanz. Meine Eier zogen sich ruckartig zusammen. Bens Zunge umrundete meinen pochenden Stamm. Eine heiße Woge zog sich von den Lenden hinauf zur zuckenden Schwanzspitze. Wie ein lange aufgestauter Fluss schoss mein Samen durch mein platzendes Rohr in Bens offenen Mund. Kühn schluckte er meinen gesamten Saft und leckte danach meinen Hammer von oben bis unten ab. Er sah mir in die Augen: »Ich denke hier ist jetzt alles trocken.«

»Dafür scheint das bei dir noch nicht ganz der Fall zu sein, mein Freund.« Ich blickte auf seinen vernachlässigten Ständer, der aufrecht zuckend zwischen seinen Beinen, auf Erlösung wartete. Auf dem Boden davor waren deutlich einige klare Tropfen zu erkennen. Munter schob mir Ben immer noch kniend seine Hüften entgegen.

»Würde mich freuen, wenn du mir bei diesem Missgeschick ebenfalls behilflich wärst«, grinste er mich an.

Da drang durch das laute Getöse des Sturmes plötzlich der Klang der Signalglocke zu uns herunter. Alarmiert sahen wir uns an. Das konnte nichts Gutes bedeuten. Hastig stiegen wir in unsere feuchten Sachen, die einfach seit Tagen nicht trocknen wollten. Ben hatte Mühe damit, seinen steifen Kerl in der engen Hose zu verstauen.

»Ich werde dich wohl erst später richtig trocken reiben können«, rief ich ihm hinterher, als er eilig den Niedergang zum Achterdeck hinaufsprang. Dann folgte ich ihm.

»Wahrschau an Deck! Segel in Sicht!«, schrie der inzwischen wieder besetzte Ausguck aus dem Topp herunter.

»Welche Peilung?« rief der Käpt'n.

Er stand schon wieder mit gezücktem Fernrohr an seinem Platz.

»Drei Strich an Steuerbord voraus«, kam die prompte Antwort.

Lange starrte er durch das Glas. Wieder und wieder setzte er mit offenem Mund an, etwas zu sagen. Dann schloss er ihn wortlos. Ben und ich warteten ungeduldig neben ihm auf seine Ansage.

»Es ist nicht unseres!« Jetzt war es raus. Wieder folgte langes Schweigen.

»Wir werden sehen«, meint er leiser zu sich selbst. Und dann klar und deutlich zu seinem Ersten: »Alle Mann zum Segelsetzen. Geschütze fertigmachen. Spätestens zur Mittagszeit hat er uns eingeholt. Unsere gerissenen Großsegel machen uns lahm wie eine Ente. Ich will auf alles vorbereitet sein.«

Der schrille Ton der Bootsmannpfeife hallte über das Deck. Befehle donnerten bis in den letzten Winkel des Schiffes. Binnen kürzester Zeit standen alle Matrosen an ihren angestammten Plätzen. Die Segel wurden gewissenhaft geschotet. Eine frische Brise füllte das knarrende Tuch. Die Masten stöhnten unter der Windlast und die *Margarita* nahm zusehends Fahrt auf. Unter Vollzeug, aber immer noch mit den beschädigten Segeln, teilte das stampfende Schiff die schäumenden Wellenkämme.

Nach drei weiteren Stunden, wir waren so gut es ging für einen Angriff gerüstet, schlug die Schiffsglocke Alarm.

»Piraten ... Piraten ... Sie haben den Jolly-Roger gehisst. Ein Dreimaster. Ich kann bis auf das zweite Reff seiner Marssegel hinuntersehen.«

Der Matrose rief das mehrmals aus dem Mastkorb. Zum Unmut des Kapitäns hatte sich gerade jetzt der Sturm gelegt. Die Wolkendecke war aufgerissen und sogar die Sonne erhellte einzelne kleine Flecken des grauen Meeres mit ihren weißen Strahlen. In den Wanten wimmelte es von Matrosen. Die Reparaturen dauerten immer noch an. Ohne die fehlenden Segel konnten wir dem

Teufel der Meere nicht entkommen. Finch fluchte wieder einmal. Die Karavelle der Piraten stürzte mit der Leichtigkeit eines Delfins durch die Wellen auf ihre Beute zu. Plötzlich ein lautes Donnern. Auf dem Piratenschiff leuchtete Mündungsfeuer auf. Dann ein unheilvolles Zischen in der Luft. Nur eine Schiffslänge hinter unserem Heck krachte die Kanonenkugel mit einer schäumenden Fontäne ins Wasser.

»Achterdeck, Geschütze laden! Feuer frei!«, rief Finch.

»Mal sehen, wie denen unsere Ladung schmeckt.«

Ein Ruck ging durch das ganze Schiff, als die lodernde Zündschnur das Pulver erreichte und die Kugel von der Explosion aus dem Eisenrohr geschleudert wurde. Die plötzliche Entladung einer vollen Karronadenlage war die entschlossene Antwort des Kapitäns. Aber auch diese Geschosse trafen weit vor ihrem Ziel ins Leere.

»Ich will sofort volle Segel, Mister Brington«, schrie Finch seinen Ersten an.

»Aye, Sir. Ich tue mein Möglichstes.« Er drehte sich um, schrie laute Befehle und eilte davon. Ben und ich standen etwas abseits auf dem Achterdeck und verfolgten aufgeregt den Angriff. Inzwischen konnten wir das Piratenschiff gut erkennen. Alle Segel gesetzt, preschte es mit einem flotten, weißen Gischtknochen vor dem Steven auf uns zu und bot seine imposante Gestalt dem Auge des Feindes dar. Der untere Teil der Bordwand war schwarz gefärbt, nur von einem schmalen roten Streifen durchzogen. Die hoch aufstrebenden Masten, die Stengen, die Kreuzhölzer, die Kappen und sogar die Blöcke waren schneeweiß bemalt. In der Mitte des Schiffes, zwischen Vorder- und Hauptmast war ein langer Vierundzwanzigpfünder auf einer Lafette befestigt, die sich im Kreis drehen ließ. An jeder Seite des Verdecks hatte man Geschütze mit engerer Mündung angebracht.

»Bleib hier stehen«, sagte Ben plötzlich. »Ich bin sofort wieder zurück.«

Eilig rannte er in Richtung unserer Kajüte davon, da pfiff schon die nächste Kugel der Piraten über unsere Köpfe hinweg. Wenige Fadenlängen Backbord klatschte sie neben dem Schiff ins Wasser. Ich zuckte zusammen. Kalter Schweiß rann plötzlich über meine Stirn. Wann wollte der Kapitän endlich die Flagge einholen, als Zeichen der Kapitulation? Oder konnten wir doch noch entkommen? Bilder von blutrünstigen Piraten, die das Schiff enterten, spielten sich vor meinen Augen ab. Bärtige Seeräuber stürzten, mit gezogenen Messern und Säbeln, auf das Vordeck. Ein Kampf auf Leben und Tod begann. Aber noch war es nicht soweit. Übergroß schob sich das Piratenschiff mit der furchtbaren schwarzen Flagge neben uns. Noch einmal schossen seine Geschütze eine Breitseite gegen die *Margarita.*

»Hier, Tom«, Bens Stimme riss mich aus meiner Starre. »Hier, nimm diese Unterlagen an dich. Dein Onkel hat sie mir mitgegeben. Für den Fall, dass uns etwas passiert, solltest du sie auf jeden Fall an dich nehmen. Den Schlüssel hänge ich dir um den Hals.« Ben hielt eine Kette in der Hand, an der ein kleiner goldener Schlüssel hing.

»Die Mappe schnalle ich dir über der Brust fest. Ich hoffe, wir können sie morgen, wenn alles gutgeht, wieder in der Kajüte verstecken.« Die Tasche war in kostbares Leder eingebunden. Schwere, vergoldete Stockecken zierten ihr mit Edelsteinen besetztes Schloss. Ben zog einen breiten Ledergurt, an dem Onkel Walters Geheimnis befestigt war, um meine Taille. Seine Hände zitterten. Er schaffte es kaum, einen richtigen Knoten zu binden. Das Geräusch von splitterndem Holz nahm ich kaum noch wahr. Auch den großen Masten, der samt Takelage auf uns hinabstürzte, sah ich nur aus dem Augenwinkel. Eingehüllt von Segeltuch schien auf einmal alles leuchtend weiß, als hätten die Sonnenstrahlen endlich auch unser Schiff erreicht. Helle Blitze schossen durch meinen Kopf. Die Schreie der anderen drangen wie durch dichten Nebel von weither an mein Ohr. Um mich herum war es plötzlich schwarz und still.

In meinem Kopf schien ein Bienenschwarm zu toben. Unentwegt surrte und brummte in mir und um mich herum. Sogar frisches Gras und der Duft einer bestimmte Sorte Blumen, an deren Namen ich mich nicht erinnern konnte, zogen an mir vorüber. Meine Hände spielten im kalten Wasser eines kleinen Baches. Auch die Füße baumelten in dem belebenden Nass. Doch plötzlich schmeckte die Luft salzig. Merkwürdig, dachte ich noch, als auf einmal eine raue, gedämpfte Stimme in mein Bewusstsein drang.

»Was haben wir denn da?«, fragte sie, aber ich sah niemanden. Die Wiese war immer noch leer. Die Sonne strahlte mir ins Gesicht.

»Siehst du den goldenen Schlüssel um seinen Hals. Wäre doch zu schade, wenn der mit untergeht.«

»Lass gut sein. Den Toten soll man ihre Ruhe lassen«, schaltete sich eine zweite Stimme ein.

»Aber da unten nutzt ihm doch der Schlüssel nichts mehr. Und sieh mal! Der hat ein ledernes Futteral umgeschnallt. Ich wette eine Portion Rum, da ist noch mehr Gold drin.«

Die raue Stimme überschlug sich fast.

»Die Wette gilt«, ereiferte sich nun auch die zweite. Wenig später wurde ich unsanft an den Haaren hochgezogen, fort von der weichen Wiese mit dem plätschernden Bach. Ich protestierte und versuchte mich zu wehren, aber meine Arme hingen schwer wie Blei zu beiden Seiten meines Körpers herunter.

»Der Kerl lebt ja noch«, schrie plötzlich eine dritte Stimme über mir. Sie klang drohend und energisch. »Was ist hier los, dass ihr herumsteht und eure Arbeit liegenbleibt?«

»Seht Käpt'n, der arme Kerl trieb gerade Steuerbord an uns vorüber. Sein Glück, dass er sich in den Tauen des zersplitterten Masts verfangen hat. Sonst wäre er längst bei den Fischen. Hat ihn wohl gestern bei unserem kleinen Gefecht erwischt. Dachten schon, er wäre tot. Hat sich aber plötzlich bewegt und jämmerlich gestöhnt.«

»Dann schafft ihn endlich an Bord. Worauf wartet ihr noch? Bringt ihn unter Deck. Sobald er wieder auf den Beinen steht, will ich mit ihm sprechen. Vielleicht kann der kleine Vogel ein bisschen singen.«

Die Männer lachten laut.

»Und … Die Kette und die Mappe, so wie sie ist, zu mir. Verstanden?« Die dröhnende Stimme verschwand mit schweren Schritten.

»Mist, verdammt. Jetzt sackt sich der Alte wieder alles alleine ein. Hättest du nur nicht so laut rumkrakeelt«, zischte die raue Stimme wütend.

»Los, pack mit an. Wir müssen den nassen Sack hochhieven und unter Deck schaffen.«

Ich schaffte es nicht, die Augen zu öffnen, obwohl das Licht hellrot vor meinen Lidern flimmerte. Ich wurde herumgezerrt und geschoben und irgendwann fallengelassen. Die Stimmen um mich herum wurden leiser und verstummten dann ganz. Ich lag erneut auf der grünen Wiese und roch das frische Gras. Hier wollte ich bleiben.

Waren meine Augen noch geschlossen? War ich plötzlich blind? Oder war es einfach stockdunkel um mich herum? Etwas Hartes scheuerte an meiner Wange. Ein übel riechendes, dickes Stück Stoff bedeckte mein Gesicht. Das Atmen fiel mir schwer. Ich bekam kaum genug Luft. Und diesen Gestank würde mein Magen auch nicht mehr lange aushalten. Nur mit Mühe konnte ich einen Würgereiz unterdrücken. Meine Arme fühlten sich an als würden sie von tausend dünnen Nadeln gemartert. Ich saß mit dem Rücken an eine Wand gelehnt. Meine Handgelenke waren mit etwas Festem umwickelt. Überdies waren sie weit oben über meinem Kopf festgebunden. Bei jeder noch so geringen Bewegung schossen helle Schmerzblitze durch meinen Hinterkopf. Meine Beine, die vor mir auf dem Boden ausgestreckt lagen, konnte ich kaum rühren. Die Knöchel waren fest aneinandergebunden, die Zehen zu meinem Entsetzen vollkommen gefühllos. Aber ich lebte. Ich war nicht über Bord gegangen, nicht ertrunken, nicht zu Fischfutter geworden. Das war aber auch das einzig Positive an meiner jetzigen Lage. Der Boden unter mir bewegte sich schwankend. Ich war also doch noch auf einem Schiff. Aber auf welchem? Bei Freunden bestimmt nicht. Blieben nur die Piraten! Wahrscheinlich steuerte die Karavelle schon den nächsten Sklavenmarkt an, schoss es mir durch den Kopf. Derartige Geschichten wurden immer und immer wieder von Piratenopfern erzählt, denen die Flucht gelungen war. Eigentlich machten die Freibeuter keine Gefangenen. Nur wenn sie Überlebende als Sklaven in die neue Welt verkaufen konnten, nahmen sie sie an Bord. Wiedergesehen hatte man danach die Wenigsten. Es bemühte sich auch keiner um sie. Angesichts dieser hoffnungslosen Aussichten verließ mich auch der letzte mir verbliebene Rest guten Mutes. Mich erwartete ein schlimmeres Schicksal als der Tod. Ich stieß einen verzweifelten Seufzer aus.

»Scheint doch noch zu leben, der Kleine«, hörte ich plötzlich eine derbe Männerstimme.

»Schade, ich hätte den Haifischen die Mahlzeit gegönnt«, sagte ein anderer.

Ich hatte niemanden kommen hören, also mussten die beiden schon eine Weile vor mir gestanden haben.

»Ich glaube nicht, dass er lange durchhält. Aber vielleicht lässt er sich noch für was Nützliches gebrauchen, bevor wir ihn über Bord werfen. Gucken wir doch mal, was wir uns da geangelt haben«, meinte der Erste. Dann wurde mir ruppig der raue Sack vom Kopf gerissen. Unerwartet blendete mich der grelle Schein einer Laterne. Blinzelnd versuchten meine Augen, die Besitzer der beiden Stimmen auszumachen. Allmählich zeichneten sich schemenhaft zwei Umrisse gegen das helle Licht ab. Ein plötzlicher Hustenanfall schüttelte mich. Ich würgte und rang heftig keuchend nach Luft. Bei jeder unbedachten Regung schmerzten meine drangsalierten Gliedmaßen.

»Schau an, gar nicht so schlecht der Fang. Hübsche Knaben erzielen einen guten Preis auf dem Sklavenmarkt.« Inzwischen konnte ich die beiden Piraten klarer erkennen. Sich gierig mit der Zunge über die Lippen fahrend näherte sich der Größere der beiden grinsend. Ihm lief eine breite Narbe quer über das Gesicht. Eine schwarze Lederklappe verdeckte die Stelle, wo die Kerbe das Auge erreichte. Sein Gesicht war wie bei vielen Seefahrern zerfurcht und derb. Das schmierige, halb offene Hemd zeigte einen dichten Busch dunkler Brusthaare. Die dicke Beule zwischen seinen Schenkeln ließ ihn großspurig und breitbeinig auf mich zukommen. Er beugte sich zu mir herunter. Angstvoll kauerte ich mich gegen die Wand und drehte den Kopf zur Seite. Mit einem Ruck wurde mein Hemd aufgerissen. Der Schurke fuhr mit seinen riesigen Pranken grob über meine Brust. Dann baute er sich lässig vor mir auf.

»Guck dir den an! Der macht sich gleich in die Hosen«, blickte er triumphiert zu seinem Kumpanen hinüber. »Dieses Früchtchen gönnen wir beide uns bei nächster Gelegenheit. Schließlich hab ich die Beute mit meinen eigenen Händen erlegt. Ja, da staunst du, Kleiner. Ich bin es, dem du dein Leben verdankst. Die anderen hielten dich bereits für tot und wollten dich ersaufen lassen, aber das kleine Paket, das du so leidenschaftlich verteidigt hast, hat von Anfang an meine Aufmerksamkeit gekitzelt. Also habe ich es erbeutet. Und dich gleich mit! Also gehörst du mir. Aber ich werde dich natürlich mit meinem besten Freund hier teilen.«

Ein krächzendes, holpriges Kichern drang aus seiner Kehle. Grinsend verbeugte er sich vor mir.

»Verzeihung, wie unhöflich. Ich vergaß mich vorzustellen. Man nennt mich Stevenson, Bootsmaat Stevenson, und dieser Halunke hier ist Mister Hawkins.« Prüfend schob er mir seinen Stiefel zwischen die Beine und rieb mit der Sohle grob meinen Schwanz durch den Stoff der Hose. »Wenn der Rest von dir auch so vielversprechend ist, werden wir uns gut amüsieren.«

Sein riesiges Maul verzog sich zu einem spöttischen Grinsen.

»Hey, Bootsmaat«, rief plötzlich eine Stimme von weiter hinten. »Der Käpt'n will wissen, was der Gefangene macht. Was soll ich ihm sagen?«

»Er wird überleben«, rief er zurück. Und etwas leiser, mit einem Augenzwinkern zu seinem Kumpanen: »Vorerst zumindest.« Dann wieder lauter: »Wir müssen ihn erst noch aufpäppeln und wieder standfest machen. Morgen bringen wir ihn nach oben.« Der andere Pirat stolperte wieder laut polternd den Niedergang hinauf.

Der Bootsmann sah ihm kurz nach. Dann wandte er sich wieder zu mir um und musterte mich mit lüsternem Blick. Ein wildes, hungriges Lächeln hatte sich auf seiner Fratze breitgemacht. Es ließ ihn noch dämonischer erscheinen.

»Schick Noah her«, sagte er zu seinem Gefährten. »Unsere Beute stinkt zum Himmel. Das können wir dem Kapitän nicht zumuten. Später kommen wir dann zurück und helfen dir hoch, mein Junge.«

Wieder stieß er spielerisch mit der Stiefelspitze gegen meine Eier. Dann drehten sich die beiden laut lachend um.

»Wo sind die anderen?« Ich brachte die Worte kaum heraus. Meine Lunge rasselte laut. Und meine zittrige Stimme war lediglich ein kraftloses Flüstern. Doch der Bootsmaat hatte mich gehört. Er blickte zurück. Seine Augen verengten sich zu kleinen, dunklen Schlitzen.

»Was glaubst du wohl? Wir haben euer Schiff in tausend Stücke geschossen. Es ist gesunken wie ein Stein.« Noch einmal kam er ganz nah an mein Gesicht heran.

»Abgesoffen isses! Mit Mann und Maus. Du bist einzige der's geschafft hat.«

Damit flog krachend die Tür zu. Ein schwerer Riegel wurde vorgeschoben.

Alle tot. Die ganze Besatzung. Ahmed, Ben. Ein schwarzer Schatten drückte mein Herz zusammen. Ich bekam keine Luft mehr. Das Zittern in Armen und Beinen hörte gar nicht mehr auf. Wieder wurde es dunkel um mich herum. Ich wünschte mir mein Ende herbei. Aber es kam anders.

Fahles Licht drang durch eine kleine, vergitterte Öffnung in der Tür. Schemenhaft konnte ich nun die Ausmaße meines Gefängnisses erkennen. Ich befand mich in einem kleinen Raum, gerade groß genug, dass ich mich lang darin ausstrecken konnte. Angst und Verzweiflung stiegen in mir hoch, die sich allmählich zu jäher Panik steigerten. Ich versuchte zu schreien, doch mein Mund war vollkommen ausgetrocknet. Es hätte ohnehin nichts gebracht. Ich saß in der Falle. Unter rasenden Schmerzen zog ich meine Beine an, stieß die Füße in den Boden und stemmte mich Stück für Stück an der Rückwand empor. Im Stehen konnte es mir vielleicht gelingen, die Riemen von den Händen lösen. Schon keimte wieder Zuversicht in mir auf. Doch als ich fast schon stand, gab ein Bein nach, ich rutschte seitlich über die Planken, taumelte und stürzte vornüber. Die Lederriemen an den Handgelenken bewahrten mich vor einem allzu unsanften Aufschlagen. Dafür durchfuhr ein stechender Schmerz meine Schulter und meine Handgelenke, als sich die Gurte mit einem Ruck spannten. Ich schrie gellend auf. Dann verlor ich vollends das Gleichgewicht und kam völlig verdreht mit dem Gesicht zur Wand zum Liegen. Tränen der Wut, der Trauer, des Schmerzes und der Enttäuschung rannen über meine Wangen. Es war hoffnungslos. Fast im gleichen Augenblick wurde die Tür aufgerissen.

»Was du schreien laut?«, fragte eine tiefe Männerstimme vorwurfsvoll. Ich hatte keine Kraft mehr zu antworten und winselte nur leise vor mich hin.

Kräftige Arme drehten mich um. Meine verheulten Augen sahen zunächst nur, wie sich ein riesiger, schwarzer Schatten an mir zu schaffen machte. Ich fühlte, wie meine Beine vorsichtig wieder gerade auf den Boden gelegt wurden, geschickte Hände lockerten die Fußfesseln.

»Danke«, lallte ich zittrig und unbeholfen. »Ich kann meine Füße nicht spüren«, fügte ich dann noch leiser hinzu. Der Schatten lockerte die Schlingen um meine Fußgelenke noch ein Stück weiter. Erlöst lehnte ich mich zurück. Langsam kam wieder leben in meine Zehen. Ich seufzte. Erst jetzt begriff ich, warum ich die rätselhafte Gestalt vor mir nicht richtig erkennen konnte. Die Haut des Mannes war tiefschwarz, so dunkel wie ich es noch nie bei einem Menschen zuvor gesehen hatte. Starke Muskeln traten darunter hervor. Sein ganzer Körper glänzte wie ein glasierter Schokoladenkuchen. Der Riese war lediglich mit einer kurzen, viel zu engen Hose bekleidet, die kaum etwas verbergen konnte. Er blickte mitleidig auf mich herab. Unwillkürlich zuckte ich zurück. Zwei Reihen schneeweißer Zähne strahlten mich an.

»Du keine Angst vor mir. Noah dich waschen sollen.«

Seine eigenartige Aussprache entlockte mir ein kleines Schmunzeln. Er nahm das als Bestätigung und rieb weiter meine Beine.

»Jetzt du aufstehen«, befahl er. »Ich dir helfen.«

Noah griff unter meine Arme und hob mich hoch. Ich schien für ihn leicht zu sein wie eine Feder. Behutsam stellte er mich auf die Füße. Und tatsächlich konnte ich, wenn auch nur etwas wacklig und an seine breite Brust gelehnt, auf meinen eigenen Beinen stehen. Noah war fast einen Kopf größer als ich. Fest schlang er seinen kräftigen Arm um mich und löste gleichzeitig die Gurte meiner Handfesseln von der Wand. Meine Arme ruhten wie eine tonnenschwere Last auf seinem Rücken. So bleiern an ihm hängend spürte ich, wie seine starken Muskeln unter der Haut arbeiten. Während er sanft meine Schultern knetete, ging ein herber, männlicher Geruch von ihm aus. Noch nie hatte ich an einem schwarzen Mann gerochen. Genussvoll sog ich diesen besonderen Duft ein. Mein Schwanz reagierte sofort, indem er leicht zuckend an seine Hose drängte.

»Du durstig?«, unterbrach Noah den stillen Moment.

»Ja, sehr«, war meine dürftige Antwort. Dabei sah ich in seine Augen. Dunkle, tiefe Seen, umgeben von strahlend weißem Sand blickten mich an. Doch auch diesen zarten Augenblick durchbrach Noah, indem er mich ruckartig in die Mitte des Raumes stellte. Bevor ich begriff was er tat, hatte er meine Arme hochgehoben und die Lederriemen an zwei Ringen in der Decke festgeknotet. Entsetzt starrte ich ihn an.

»Was machst du?«, wimmerte ich.

»Damit du nicht weglaufen. Ich gehen Wasser holen. Du stinken!«, erwiderte er schroff.

»Wo soll ich denn hinlaufen auf einem Schiff, du Dumpfbacke!«, schrie ich ihm mit letzter Kraft hinterher. Eine schallende Ohrfeige war die Antwort.

»Du nicht schimpfen mit Noah. Wir so keine Freunde.«

Laut krachend fiel die Tür hinter ihm ins Schloss. Seine stampfenden Schritte verhallten unter Deck. Dann war es wieder still. Mir wurde klar, dass sich meine Situation drastisch verschlimmert hatte. Ich hatte Hilfe bekommen und sie leichtfertig wieder verspielt. Ich stand zwar auf meinen Füßen und die Fesseln saßen nicht mehr ganz so stramm, dafür hingen meine Arme weit auseinandergestreckt an diesen verdammten Ringen in der Decke. Wenn meine Beine nach einiger Zeit lahm wurden, und es war nur eine Frage der Zeit, bis es soweit war, würde ich hier elendig hängen wie an einem Pranger. Plötzlich öffnete sich knarrend die Tür wieder. Noah kam herein, rechts und links einen Eimer tragend. Ohne zu zögern goss er den ersten Kübel über mich. Kaltes Wasser schwappte über meinen ganzen Körper.

»Jetzt waschen. Du immer noch riechen.«

Prustend wollte ich ihn schon wieder anfahren, als ich bemerkte, dass er mich abwartend mit eiserner Mine beobachtete. Ich verstand. Wenn ich es mir mit ihm nicht vollends verscherzen wollte, würde ich Reue zeigen müssen.

»Ich habe es nicht so gemeint. Wirklich«, gab ich kleinlaut von mir.

»Dann … Gut sein«, war die einsilbige Antwort.

Noah kam auf mich zu und zerrte mir das dreckige Hemd vom Leib. Meine kurze Hose riss er mit einem einzigen Ruck rechts und links durch und warf sie in eine Ecke. Völlig nackt stand ich ihm gegenüber. Zu meiner Überraschung hatte er ein Stück Seife dabei und fing an, mich damit einzureiben. Nur reiche Edelleute konnten sich die teure französische Seife leisten. Die meisten Menschen glaubten zudem immer noch, dass das Waschen mit Wasser krank machte. Von meinem Onkel, der viele Reisen in ferne Länder unternommen hatte, wusste ich es aber besser. »Im Orient gibt es eine ausgesprochen kultivierte und weit entwickelte Badekultur. Regelmäßiges Waschen ist dort selbstverständlich. Von sauberem Wasser ist noch niemand krank geworden«, pflegte Walter immer zu sagen. Und dank Ahmed hatte auch ich die Gastfreundschaft in einem Badehaus erfahren dürfen.

Noah musste meinen verwunderten Blick wahrgenommen haben. Er machte eine bedeutungsvolle Miene und sagte: »Letztes Schiff geentert sein voller Seife gewesen.«

Da ich immer noch nicht wusste, wie ich mich verhalten sollte, ließ ich die Prozedur stillschweigend über mich ergehen. Aber wie lange sollte es mir noch gelingen, die reibenden Bewegungen zu ertragen, mit denen Noahs sanfte Hände meinen ganzen Körper bearbeiteten? Tapfer und ängstlich zugleich beherrschte ich mich. Mein Schwanz zuckte nur einmal kurz hoch, als Noah an den Innenseiten meiner Schenkel entlangstrich. Als er allerdings auf einmal dicht vor mir stand und seine großen Hände sich kreisend auf meine Brustmuskeln legten, konnte ich es nicht mehr aushalten. Mein Hammer sprang wie ein Pfeil in die Höhe und klatschte geräuschvoll gegen meinen Bauch. Ein nicht mehr zu unterdrückendes Stöhnen entwich meinen Lippen.

»Hier. Jetzt auch hier einseifen?«, fragte Noah grinsend, und ergriff meinen strammen Ständer.

»Ja … Bitte«, flehte ich. Sofort bog er mein bestes Stück etwas herunter und schob langsam die Vorhaut zurück. Mit der anderen Hand verteilte er die Seife auf der Schwanzspitze. Mit beiden Händen wusch er meinen harten Schaft, fuhr langsam daran hinauf und wieder hinunter. Er ließ sich viel Zeit. Sorgfältig seifte er meinen steifen Kolben ein. Seine großen Hände arbeiteten gründlich und rieben intensiv weiter, während ich unweigerlich leise wimmernde Laute ausstieß. Dann ließ Noah meinen Schwanz unerwartet los und stellte sich hinter mich. Ich spürte seine harten Brustwarzen an meinem Rücken. Seine kräftigen Arme umschlangen mich und er drückte seinen dicken Hammer gegen meinen Arsch. Jetzt war er es, der ein leidenschaftliches Stöhnen nicht mehr zurückhalten konnte. Während er seinen Bauch an meinem nassen Rücken auf und ab rutschen ließ, scheuerte sein Ständer kräftig zwischen meinen Arschbacken. Gleichzeitig streichelten seine Hände abwechselnd meinen Bauch und meinen steil emporragenden Schwanz.

»Ich kann mich nicht mehr auf den Beinen halten, Noah. Du musst meine Arme losmachen«, bettelte ich.

»Nein, nicht erlaubt sein«, war die gnadenlose Antwort.

Scheinbar ernüchtert ließ Noah mich los. Jetzt erst sah ich das riesige Teil, das die ganze Zeit meinen Hintern entlanggerutscht war, mit eigenen Augen. Es war noch dunkler als der Rest des muskulösen Riesen. Wie der weithin sichtbare Fockmast einer Galeone reckte es sich stolz in die Höhe. Die dicke Eichel überragte den Mast zu allen Seiten. Sie funkelte in einem tiefen Dunkelrot. Vor Erstaunen wäre ich beinahe auf den nassen Planken ausgerutscht, konnte mich aber gerade noch rechtzeitig fangen. Laut fluchend starrte ich ihn an.

»Verdammt, was soll das? Diese Riemen schneiden mir noch die Handgelenke ab!«

Die Antwort auf mein ungezügeltes Benehmen war nun zum zweiten Mal ein Schwall Wasser. Doch zu meiner Überraschung war es dieses Mal wohlig warm.

»Du nicht immer klagen sollen so laut. Ich dich jetzt trocknen machen. Dann werde dir helfen. Damit.«

Noah zeigte auf meine Arme. Na endlich, dachte ich erleichtert, sagte aber vorsichtshalber nichts. Mit einem weichen Tuch trocknete mich der Hüne ab. Auch dabei ließ er es sich nicht nehmen, meine Brust besonders gründlich zu rubbeln. Meine Brustwarzen reagierten auf diese Tortur, indem sie sich fest und hart aufstellten. Und da mein Schwanz anscheinend direkt mit den sensiblen Lustknoten verbunden war, schloss er sich ihnen an. Ohne dass Noah ihm auch nur nahegekommen war, schnellte er erneut hart und steif in die Höhe und zuckte heftig, um Aufmerksamkeit zu erregen. Zu meiner großen Enttäuschung kümmerte sich Noah nicht im Geringsten um das eindeutige Angebot. Stattdessen wischte er mit penibler Genauigkeit die letzten Tropfen zwischen meinen Arschhälften ab. Eine Hand zog die nackten Rundungen nach außen, die andere stopfte den Stoff in meine Ritze.

»Du reibst noch alles wund. Es reicht schon. Komm lieber nach vorne. Hier wartet noch etwas auf dich«, versuchte ich ihn doch noch zu meinem immer größer werdenden Problem zu locken. Tatsächlich ließ er von seinem Vorhaben ab, stellte sich vor mich und sah lächelnd auf meinen zuckenden Kolben hinab.

»Schöner Mast«, sagte er bewundernd. Dann blickte er sich kurz um und ging auf die noch schwach brennende Laterne zu, die unter der Decke hing. Er kippte sie zur Seite und ließ zielsicher etwas Lampenöl auf seinen dicken Hammer tropfen. Genüsslich verrieb er die warme Flüssigkeit auf seinem geäderten Schaft. Im dämmrigen Licht schimmerte der stattliche Bolzen wie ein polierter, pechschwarzer Holzknüppel. Erstaunt beobachtete ich Noah. Kräftig rieb er seine Strange. Seine kantigen Brustmuskeln pumpten sich bei jeder Bewegung ein wenig mehr auf, der stramme Hintern zitterte leicht. Nur unwillig löste er seine Hände wieder von dem Lustpfahl, wobei seinen Lippen ein leises Stöhnen entwich.

»Erst hinten fertigmachen«, kehrte er pflichtbewusst zu mir zurück.

Bevor begriff, was er meinte, schnappte Noah meine Beine und legte sie sich auf die Schultern. Kurz, aber schmerzhaft strafften sich die Lederriemen an meinen Händen, doch bevor ich schreien konnte, hatte der Riese bereits seine mächtige Pranke unter meinen Hintern geschoben. So hielt er mich wie eine Feder locker in einer Hand. Mit der anderen griff er wieder das Tuch und fuhr fort, meine Arschspalte trockenzureiben. Diese Aufgabe schien ihn zu reizen. Es schien eine Ewigkeit zu dauern, bis er endlich befriedigt feststellte: »So, jetzt trocken. Und deine Arme so auch besser.«

Er schob mir auch die zweite Hand unter den Hintern und hob mich noch ein Stück höher. Mein ganzes Gewicht lag nun in seinen starken Händen und meine Arme konnten sich spürbar entspannen. Ich genoss dieses Gefühl der Schwerelosigkeit, als ich zwischen meinen weit auseinandergezogenen Arschbacken plötzlich ein zaghaftes Pulsieren spürte. Mein Bewacher hatte seine Schwanzspitze direkt an meinem Hintereingang platziert. Langsam senkte er meinen Arsch auf seinen geölten Mast hinab. Nur ein kurzes Innehalten, dann sank sein Hammer durch meinen Muskelring. Schweißperlen traten mir auf die Stirn. Darauf war ich nicht vorbereitet. Verzweifelt versuchte ich mich wieder hochzuziehen, um dem erbarmungslosen Druck zu entgehen, doch leider rutschte ich durch meine schaukelnden Bewegungen nur noch weiter auf das riesige Gestell.

»Du bringst mich um«, schrie ich. »Dein Monsterschwanz ist zu groß für mich.«

»Wenn du meinen? Dann ich dich davon wieder befreien.«

In diesen Worten klang Enttäuschung mit. Trotzdem hob er mich, wenn auch viel zu langsam, wieder hoch. Dabei beugte er seinen Kopf weit nach unten und nahm meinen zuckenden Schwanz in den Mund. Mit den Zähnen rutschte er bis zur Wurzel hinunter. Fluchend schnappte ich nach Luft. Mein Arschloch verkrampfte sich und klemmte seinen Kolben direkt unterhalb der Eichel in meinem Hintern fest. Als er meinen Schwanz aus seinem Mund entließ, lockerte Noah kurz seinen Griff. Diesmal glitt ich mit voller Wucht auf seinen Hammer hinab.

»Mach das nicht noch einmal, du Barbar … «, drohte ich atemlos. Doch das freudige Grinsen in seinem Gesicht machte mir keine Hoffnung, dass der Flegel meine Worte besonders ernst nahm. Ich würde ihm nicht entkommen können. Piraten nahmen sich eben, was sie wollten. Meinen Arsch fest im Griff spielte Noah mit mir. Immer schneller flog ich auf seinem Schwanz auf und ab, während sein hungriges Maul meinen Kolben mit jedem Mal, dass er mich anhob, bis zum Grund schluckte. Rasende Lust breitete sich in meinen Lenden aus. Ich wollte diesen Schwanz noch tiefer in mir spüren. Und auch Noah sollte meinen Ständer noch tiefer in seinem Rachen versenken. An den Fesseln über meinem Kopf zog ich mich selber immer ein Stück nach oben und half auf diese Weise mit, unseren quälenden Genuss weiter zu steigern. Als die

Eichel meines Peinigers plötzlich noch einmal dicker wurde, war mir klar, dass er es nicht mehr lange aushalten würde. Ich spannte meinen Ringmuskel fest an, drückte meinen Schwanz noch mal so tief ich nur konnte in seinen Mund und brachte ihn im nächsten Moment zur Explosion. Noah beugte sich nach hinten und stellte sich auf die Zehenspitzen, um seinen zuckenden Bolzen bis zum Anschlag vorzutreiben. Mit einem lauten Heulen schoss er seinen Saft in meine enge Pforte. Sein letztes Aufbäumen brachte auch meinen Masten zum Bersten. In einem weiten Bogen flog mein Samen auf seine Brust. Die weißen Kleckse sahen aus wie Schneeflocken auf schwarzem Ebenholz. Keuchend spritze ich meine Ladung Schub um Schub auf seinen Oberkörper. Der heiße Saft in meinen Eiern hatte schon viel zu lange auf diesen Moment gewartet, und er versiegte erst, als auch der letzte Tropfen aus meiner zitternden Eichel hervorgeschossen war. Eine wohlige Entspannung setzte ein. Mein Arschloch zuckte immer noch leicht um Noahs weicher werden Schwanz. Nur langsam beruhigte sich sein Atem. Schweißüberströmt stand er vor mir.

»Jetzt muss ich wohl dich waschen«, meinte ich mutig.

Er zog seinen dicken Schaft aus meinem Hintern und ließ wortlos meine Beine von seinen Schultern gleiten. Aber ich ließ nicht locker.

»Dafür müsstest du nur meine Arme befreien«, versuchte ich ihn zu überzeigen. »Dann könnte ich dich zumindest trocken reiben.«

Nun holte Noah tatsächlich ein Messer aus seiner am Boden liegenden Hose hervor. Er kam auf mich zu, legte einen Arm um mich und schnitt die verdammten Riemen über mir durch. Endlich. Kraftlos sank ich in seine Arme: »Danke, du starker Pirat.«

Die sinnlichen Lippen drückten mir einen langen Kuss auf meinen trockenen Mund.

»Jetzt trinken, dann schlafen.« befahl Noah. Ohne mich loszulassen zauberte nun auch noch eine kleine Flasche aus seiner

Hose hervor. Er führte sie an meinen Mund. Schon floss kühler, süßer Wein durch meine Kehle. Eine Wohltat. Dann holte Noah eine Hängematte aus einer Ecke und spannte sie quer durch den Raum. Behutsam legte er mich hinein.

»Morgen komme wieder«, versprach er, bevor er die Tür hinter sich schloss und verriegelte. Kaum war ich allein, entfaltete der Wein seine ganze Wirkung. Noch bevor ich darüber nachdenken konnte, was der nächste Tag bringen würde, schlief ich tief und fest.

»Los aufwachen, Kerl.« Grob wurde ich an der Schulter gerüttelt. »Hier, zieh das an und komm mit.«

Vor mir stand ein grimmig dreinblickender Pirat. Man merkte ihm an, dass es seine Piratenehre kränkte, sich mit einem wertlosen Gefangenen abgeben zu müssen.

»Wartet der Kapitän schon auf mich?«, fragte ich hoffnungsvoll.

»Pah, der Käpt'n hat Wichtigeres zu tun, als sich mit Strandgut zu beschäftigen.« Spott funkelte in seinen Augen. Dann huschte ein Grinsen über sein Gesicht und er setzte eine ironische Miene auf. »Dafür wartet schon das ganze Deck auf dich.«

Als wir mein Gefängnis verließen, blendete mich gleißendes Tageslicht. Die plötzliche Helligkeit ließ mich unwillkürlich zusammenzucken.

»Es ist sowieso besser, du siehst nach unten», spottete mein Wächter. »Hier sind Eimer und Bürste. Fang an das Deck zu schrubben. Das ist deine Aufgabe für die nächste Zeit. Und wenn Du fertig bist, fängste gleich wieder von vorne an.«

Er gab mir einen Tritt in den Hintern. Ungeschickt stolperte ich über den Eimer. Ich versuchte noch, mich an der Reling festzuhalten, doch ich rutschte an den feuchten Holzbalken ab. Im nächsten Moment landete ich hart in einer schmutzigen Wasserlache auf dem Boden. Die umstehenden Piraten grölten und brüllten vor Schadenfreude. Unter ihren spöttischen Rufen fing ich an, die Schiffsplanken zu scheuern.

»Was ist da schon wieder los», rief da eine donnernde Stimme vom Achterdeck.

»Nichts, Master Jack. Ich habe nur den Gefangenen, wie befohlen, zur Arbeit an Deck gebracht, Sir. Er stellt sich wie erwartet ziemlich tölpelhaft an. Der feine Herr ist es offenbar nicht gewohnt, auf Knien das Deck zu schrubben.«

Der Angesprochene warf mir einen abschätzigen Blick zu, dann verschwand er wieder. In der nächsten Stunde scheuerte ich das verdammte Deck. Angetrieben von einer unbändigen Wut verausgabte ich mich regelrecht. Es waren die Wut über das Unglück hier gefangen zu sein, die Wut über das Schicksal meiner Freunde und die Wut über den Verlust der wertvollen Schatulle, die Ben mir anvertraut hatte, die mir Kraft gaben. Hinzu kam wilder Zorn über die Demütigung, für die Piraten die Planken scheuern zu müssen. Erst nachdem ich all meinen Groll abgearbeitet hatte, bekam ich wieder Augen für meine Umgebung. Unauffällig blickte ich mich um. Das geschäftige Treiben um mich herum hatte nachgelassen. Hier und da wurden zwar noch einzelne Befehle gebrüllt, aber in der Mittagshitze hatten sich die meisten Seeräuber in den Schatten verzogen. Alle Segel waren gesetzt. Das Schiff flog nur so über die leichten Wellen hinweg. Irgendwie merkte ich, dass ich beobachtet wurde. Als ich mich umdrehte, stand hinten auf dem Achterdeck ein junger Mann in der prallen Sonne. Für einige Sekunden ruhte sein Blick aufmerksam auf mir. Dann sah er wieder aufs Meer hinaus. Nun war ich es, der ihn beobachtete. Der Anblick dieses Prachtkerls verschlug mir die Sprache. Aufrecht und unerschütterlich wie ein Fels stand er da. Seine weiten, knielangen Hosen verbargen seine kräftigen Beine nicht. Die breiten Schultern steckten in einem weißen, halboffenen Hemd. Auf der Brust kräuselten sich dunkle Haare. Er hatte ein schmales, glattrasiertes Gesicht, seine Haut war von der Sonne gebräunt, seine dunklen

Augenbrauen brachten das klare Meeresblau seiner Augen richtig zur Geltung. Seine halblangen, fast schwarzen Haare waren hinten zusammengebunden und wehten im Wind. Ob er der Kapitän des Piratenschiffs war? Nein, für einen Kapitän war er viel zu jung. Wieder sah er zu mir herüber. Wahrscheinlich hatte er gemerkt, dass ich ihn die ganze Zeit fasziniert gemustert hatte. Er schenkte mir ein freundliches Lächeln. Verwirrt senkte ich den Blick und arbeitete weiter. Nur dass es jetzt nicht mehr die Wut im Bauch war, die mich antrieb, sondern ein angenehmes Kribbeln zwischen meinen Beinen. Da trat plötzlich unsanft eine Stiefelspitze in meinen Hintern.

»Nun, Bursche, fleißig beim Scheuern? Scheinst ja ein richtiger Experte zu sein. Mir fiele da übrigens noch so einiges ein, dass ich mir von dir gerne schrubben lassen würde.« Ich drehte mich um. Stevenson und Hawkins standen hinter mir. Der Bootsmaat lehnte lässig an der Reling und drückte seinen Stiefel immer noch in meinen Arsch.

»Dich kriege ich noch, Kleiner, verlass dich drauf«, grinste er. An seinen Kumpanen gewandt fuhr er fort: »Heute Nacht ist der Bursche fällig.«

»Bootsmaat, habt Ihr nicht anderes zu tun, als den Gefangenen zu piesacken?«, rief da plötzlich der schöne Mann vom Achterdeck.

»Aye, Aye, Master Jack. Wollte nur sichergehen, dass der Stutzer hier auch ordentlich klar Schiff macht.«

Wieder gab er mir einen Fußtritt. Diesmal so kräftig, dass ich lang auf dem Deck aufschlug. Dann drehte er sich gelangweilt um und schlurfte davon. Ich hörte noch, wie er zu Hawkins zuflüsterte: »Möchtegern-Master-Vizekäpt'n-Feiner-Jack führt sich mal wieder auf wie ein Admiral. Seit dieser Bastardsohn des Kapitäns an Bord ist, stinkt's mir hier gewaltig. Wird Zeit, dass der die Fische besucht. Aber erst das Vergnügen, dann die Arbeit.« Damit verschwanden die Halunken hämisch lachend unter Deck. Was hatten die beiden nur vor? Mir graute schon jetzt vor der Rückkehr in mein stickiges Verlies. Wieder sah ich zu dem Mann auf dem Achterdeck. Jack hieß er also und war der Sohn des Piratenkapitäns. Seine Blicke prüften gerade in den Rahen die Ausführung des letzten Wendemanövers. Sein bestimmter Befehlston, sein sicheres Auftreten und die entschlossenen Gesichtszüge, wenn er die anderen bei der Arbeit antrieb, ließen ihn älter erscheinen als er war. Ich konnte verstehen, dass erfahrene Seeleute mit so einem jungen Kerl als Stellvertreter des Anführers Schwierigkeiten hatten. Allerdings erkannte ich auch, dass der Käpt'n in seinem Sohn einen guten und gewissenhaften Seemann gefunden hatte, der das Schiff sicher zu manövrieren wusste.

Als ich nun fortfuhr die Schiffsplanken zu scheuern, arbeitete ich weniger gründlich als zuvor. Immer wieder wanderte mein Blick zu Jack. Ich konnte mich einfach nicht sattsehen an seinem tollen Körper. Als es zu dämmern begann, brachte mich ein Pirat zurück in meine Zelle. Ein karges Abendmahl stand bereit. Ein Krug mit schalem Wasser stand neben einem Stück hartem Brot auf dem Boden. Zu meiner Überraschung stand aber auch ein halber Becher mit Wein daneben.

»Mit einem Gruß von Master Jack. Er war mit deiner Arbeit zufrieden«, sagte der Pirat, als er mein verdutztes Gesicht sah. Dann schloss er die Tür von außen und schob den Riegel vor.

Das fahle Licht der untergehenden Sonne fiel durch ein paar schmale Ritzen in der Wand. Meine Arme und Knie schmerzten von den ungewohnten Anstrengungen des Tages. Heißhungrig schlang ich das Essen hinunter. Den Wein aber trank ich langsam und genussvoll in der Hängematte. Der kühle Trunk war eine Wohltat für meine ausgetrocknete Kehle und lockerte meine angespannten Muskeln. Wie schon so oft an diesem Tag, wanderten meine Gedanken zu Jack. Morgen wollte ich versuchen mit ihm zu sprechen, um ihm für den Wein zu danken.

Das laute Knarren der Tür und helles Licht ließen mich hochfahren. Ich hatte versucht wachzubleiben, um nicht von dem angedrohten Besuch des Bootsmaats überrascht zu werden, doch die Müdigkeit hatte mich übermannt. Noch bevor ich begriff wie mir geschah, packte mich jemand an den Füßen. Grob wurde ich aus meiner Hängematte gezogen. Im nächsten Moment tauchte das hämisch grinsende Gesicht von Stevenson in meinem Blickfeld auf.

»Gut geschlafen, Bursche?«, raunte er mir entgegen. Sein Atem roch nach fettem Essen und Rum. Geistesgegenwärtig holte meine Faust zu einem Kinnhaken aus. Mitten in der Bewegung jedoch hielt sie plötzlich inne. Von einer unsichtbaren Kraft festgehalten verharrte sie bewegungslos in der Luft. Erst jetzt bemerkte ich, dass hinter mir Hawkins, der Kumpan des Bootsmaats, Posten bezogen hatte. Mit eisernem Griff umklammerte er meine Arme und lächelte mich höhnisch an.

»Wer wird denn gleich so unfreundlich sein? Wir wollten nur sehen, ob es dir gutgeht und du auch mit allem Nötigen versorgt bist«, säuselte er übertrieben zuvorkommend.

»Genau. Wir müssen uns überzeugen, wie es dir geht. Es liegt in meiner Verantwortung, dass du morgen nicht schlappmachst oder stinkst wie ein fauler Fisch, wenn du dem Käpt'n vorgeführt wirst«, setzte Stevenson selbstgefällig hinzu.

»Aber wenn du uns so kommst … Dann bleibt uns wohl nichts anderes übrig, als dir erst einmal ein paar Manieren beizubringen.«

Er nickte Hawkins kurz zu. Der hatte bereits begonnen, meine Hände rechts und links festzubinden. Mit sicheren Seemannsknoten fixierte er meine weit ausgestreckten Arme an den Seitenstreben der Hängematte. Der Bootsmaat zurrte indessen zwei raue Schlingen um meine Fußknöchel, zog meine Beine in die Höhe und befestigte die Taue an eisernen Haken, die in die niedrige Decke eingelassen waren. Nur mein Rücken berührte noch den schützenden Stoff der Hängematte. Mein Kopf hing ohne Halt über die Ränder herunter und sank immer tiefer. Der feiste Pirat stand nun direkt über mir. Mir blieb gar nichts anderes übrig, als ihm zwischen die Beine zu sehen. Auf der anderen Seite ragte mein Hintern ungeschützt über die Kante der schmalen Stoffbahn.

»Dann wollen wir mit der Inspektion beginnen. Sieh mal nach, ob der Kerl noch stinkt.«

Hawkins zog an meinen Haaren und rieb sie zwischen seinen dreckigen Fingern.

»Sind vollkommen verfilzt, Bootsmaat. Und Flöhe sind bestimmt auch noch drin. Die müssen wohl ab.«

»Wagt es nicht, meine Haare anzurühren … «

Weiter kam ich nicht. Meine Stimme versagte, als Stevenson sein Messer aufblitzen ließ. Er näherte sich langsam. Seine Augen funkelten bedrohlich.

»Der Käpt'n sieht es nicht gern, wenn Ungeziefer auf sein Schiff eingeschleppt wird«, zischte er. »Ich würde dir raten, jetzt ganz ruhig zu bleiben. Los, halt seinen Kopf fest, Hawkins.«

Er kam noch ein Stück näher an mich heran und flüsterte direkt in mein Ohr: »Wir wollen doch dem jungen Herrn nicht die Kopfhaut vom Schädel rasieren, oder?«

Dann fing er an, gleichgültig und leidenschaftslos meine Haare abzurasieren. Dass kratzende Geräusch der Klinge ging mir durch Mark und Bein, doch ich biss die Zähne zusammen und wagte nicht mich zu bewegen. Die Augen hielt ich geschlossen. In meinen Gedanken kamen Erinnerungen hoch, wie mein Vater mir immer durch die braunen Locken gestrichen hatte. Wie meine Mutter sie mir unermüdlich mit einer Bürste gekämmt hatte, wenn sich nach dem Spielen dicke Dreckklumpen darin verfangen hatten. Wie lange war das her? Und wie weit weg? Wieder und wieder setzte Stevensons erbarmungslos die Klinge an. Ich hörte, wie links und rechts Haarbüschel zu Boden fielen. Und allmählich spürte ich auch den kühlen Atem der Seeluft auf meiner nackten Kopfhaut. Dann folgte eine raue Hand, die prüfend über den kahlen Schädel rieb. Als ich die Augen vorsichtig öffnete, sah ich direkt in das schadenfreudige Gesicht des Bootsmaats.

»Na, wie fühlt sich das an? Sieh her, Hawkins, der Kleine fängt gleich an zu flennen.«

Die beiden Männer lachten laut. Mit glasigen Augen versuchte ich, ihren spöttischen Blicken standzuhalten.

»Das werdet ihr mir büßen«, fauchte ich.

»Große Worte nimmst du da in den Mund, Bursche. Wird offenbar Zeit, dass wir dir deine freche Klappe stopfen.« Stevenson steckte sein Messer wieder ein. Dann bellte er seinen Kumpanen an: »Los, weitermachen!«

Sofort beugte Hawkins sich über mich, zog geräuschvoll die Nase hoch und schnupperte begierig an meinen Achselhöhlen. Ein leichtes Zittern durchfuhr meinen Körper, als seine raue Zunge plötzlich sanft über die Innenseite meiner Arme leckte.

»Hier scheint alles sauber zu sein«, stellte er sachlich fest. Er wechselte zur anderen Seite. Wieder glitt seine Zunge über meine zarte Haut. Der Schurke steckte seine Nase zwischen meine kurzen Brusthaare und leckte prüfend über die Brustwarzen. Weiter wanderte seine Zunge Richtung Bauchnabel. Dabei stand er immer noch breitbeinig hinter mir. Der Stoff seiner Hose scheuerte über mein Gesicht. Deutlich spürte ich den dicken Piratenschwanz an meiner Stirn zucken. Hawkins schien den Gegendruck auf sein bestes Stück zu genießen. Sein raues Beinkleid schob sich immer zügelloser auf meinem Gesicht hin und her. Leider blieb auch mein bestes Stück von dieser besonderen Kontrolle nicht unbeeindruckt. Erst nur zögerlich, dann immer kräftiger zuckte mein Riemen in die Höhe. Im Nu war die Eichel dick angeschwollen und drängte neugierig aus der Vorhaut.

»Ah … «, grunzte Stevenson mit einem zufriedenen Blick auf meinen Steifen. »Hier haben wir noch eine Stelle, die gerne mal beim Waschen vergessen wird. Hier werde ich wohl höchstpersönlich nachsehen müssen.«

Seine Hand schloss sich fest um meinen Schaft und zog die Vorhaut weit nach unten.

»Sieht ganz ordentlich aus«, meinte er anerkennend. Dann bog er meinen Hammer zurück. Als nächstes spürte ich, wie seine Zunge meine Eichelspitze erkundete. Genüsslich prüfte der Bootsmaat jeden Zentimeter meines unruhig pulsierenden Hammers auf Sauberkeit. Dann verschwand mein dicker Schaft unversehens in seinem großen Maul. Bis zum Anschlag schluckte der Pirat meinen Brocken. Er saugte und lutschte gewissenhaft daran, als ob er wirklich alles prüfen wollte.

»Ich bin mir nicht sicher«, wandte er sich an seinen Gefährten. »Versuch du auch noch mal.«

Schon schob er Hawkins auffordernd meinen Schwanz entgegen. Dessen Zunge, die bis jetzt ausgiebig meinen Bauchnabel erforscht hatte, schob sich gierig weiter vor. Sie war viel weicher und behutsamer als die des Bootsmaats. Dafür waren die Lippen, die sich jetzt über meinen Schwanz stülpten, umso fordernder und fester. Wie unterschiedlich sich doch verschiedene Zungen anfühlten, schoss es mir durch den Kopf. Im nächsten Moment schämte ich mich schon wieder für diesen Gedanken. Die beiden

Halunken begutachteten mich wie eine Handelsware, und ich dachte über die Qualitätsunterschiede ihres Zungenspiels nach. Ich musste verrückt geworden sein. Bis jetzt hatte ich die Musterung völlig unbeweglich über mich ergehen lassen. Nicht nur weil ich ohnehin an Händen und Füßen gefesselt war, sondern auch weil ich befürchtete, die beiden Schurken könnten bei jeder Regung unfreundlicher mit mir umspringen. Ich beschloss, die Prozedur auch weiterhin stillschweigend zu ertragen. Auch wenn mein Schwanz längst schon wieder seinen eigenen Gesetzen gehorchte. Gerade ließ Hawkins meinen Kolben befriedigt aus seinem Mund rutschen.

»Spätestens jetzt ist das Teil vollkommen sauber«, grinste er Stevenson an und leckte sich die Lippen. »Der Bursche hat wirklich eine Riesenrute. Selbst deiner ist nicht so lang, Bootsmaat. Und wenn das einer beurteilen, kann, dann bin ich das.«

Seine Hände gingen dazu über, meine Brustwarzen zu kneten.

»Und wenn ich hier noch ein bisschen drücke … « Damit quetschte er schmerzhaft meine harten Knoten. » … springt das Ding wie ein Delfin aus dem Wasser.«

»Das werden wir ja gleich sehen, wer hier den Längeren hat«, erwiderte Stevenson trotzig. Schon hatte er seine Hose ausgezogen und auch sein Hemd flog achtlos in eine Ecke. Ich hob den Kopf und sah auf die kantige und dicht behaarte Brust des Bootsmaats. Sogar seine dicken Oberarme waren von einem dichten Pelz bedeckt. Zusammen mit dem schwarzen Bart und dem narbigen Gesicht war er ohnehin eine ziemlich furchteinflößende Erscheinung. Noch beängstigender war allerdings der riesige Riemen, der jetzt mächtig aus dem dichten Haarbusch zwischen seinen Beinen emporragte. Der Bootsmaat schob sich dicht an meinen Hintern und legte seinen Schwanz auf meinen. Tatsächlich war sein Hammer ein wenig länger. Als er die beiden Schwänze in seiner Faust aneinanderdrückte, fühlte ich, wie das Blut in dem dicken Piratenprügel pulsierte.

»Das muss ich mir genauer ansehen«, sagte Hawkins und beugte sich wieder über mich. Schon hatte er beide Kolben bis zur Hälfte in seinem großen Maul versenkt.

»Ich hätte wissen müssen, dass du mich nur austricksen willst, du hinterhältiger Schurke«, keuchte Stevenson, der die dreiste List des Freundes durchschaut hatte. »Aber wenn du es so willst, bitte sehr. Du kannst sogar noch mehr haben.«

Damit packte er grob den Hinterkopf des Kumpels und schob gleichzeitig seinen Schwanz tiefer in dessen Rachen. Ich fühlte, wie der harte Hammer des Bootsmaats auf meinem eigenen hin und her rutschte, während er genüsslich in Hawkins Maul ein und aus fuhr. Die Lippen des Piraten pressten unsere steifen Masten fest zusammen. Nicht jeder Mund wäre in der Lage gewesen eine solch beträchtliche Masse aufzunehmen, aber Hawkins schien es regelrecht zu begeistern, gleich zwei fette Schwänze bearbeiten zu können. Unermüdlich kreiste seine Zunge abwechselnd um die pulsierenden Eicheln, wanderte erst an dem einem, dann wieder an dem anderen Schaft entlang. Stevensons Hammer hatte noch einmal an Härte zugelegt und auch mein Prachtstück machte die fehlende Länge längst durch zusätzlichen Umfang wett. Hawkins bekam zusehends Schwierigkeiten, uns beide in seinem Schlund aufzunehmen. Aber noch gab er nicht auf. Schnaufend umklammerten er mit den Händen meine Arschbacken und schob sich meinen Kolben auf diese Weise ruckartig tiefer in den Hals. Die Pranken des Bootsmaats stießen unterdessen den Kopf des Freundes weiter auf den zuckenden Doppelmasten nieder. Hawkins Lippen waren zum Zerreißen gespannt, trotzdem schaffte er es noch immer, sie weiter über unsere Bolzen zu schieben. Als er endlich mit der Nasespitze in den dichten Haaren des Bootsmaats wühlte, gab er trotz seines vollen Mundes sogar ein zufriedenes Grunzen von sich.

Doch meine Ehrfurcht hielt nicht lange an. Als Hawkins kurz darauf mit den Händen mein Arschloch auseinanderzog und zwei

Finger durch den engen Eingang zwängte, schrie ich vor Schreck laut auf. Bis jetzt hatte ich mir aus Angst vor weiteren Qualen jede Regung verkniffen, aber jetzt wand ich mich vor Wut und Schmerz wild hin und her.

»Nimm deine dreckigen Finger aus meinem Hintern«, schrie ich. »Und an deiner stinkenden Hose werde ich noch ersticken, wenn du nicht bald aufhörst, deine Bulleneier in meine Nase zu pressen, du verfluchter Höllenhund.«

Zu meiner Überraschung ließ Hawkins meinen Arsch tatsächlich los. Er ließ sogar unsere Schwänze aus seinem triefenden Maul gleiten, rutschte von mir herunter und richtete sich auf. Grinsend sah er auf mich herunter, dann zu Stevenson herüber. Beide lachten laut los. Ich ahnte, dass das kein gutes Zeichen war.

»So, so«, prustete Stevenson. Ein grollender Unterton schwang in seiner Stimme mit. »Du beschimpfst also deine Retter? Das ist aber sehr ungehörig von dir. Wir wollen nur ein bisschen Entschädigung für die Arbeit, die uns bis jetzt gemacht hast. Ohne uns wärst du schon längst bei den Haifischen gelandet. Und vielleicht wirst du schon bald wirklich die Bekanntschaft mit diesen netten Tierchen machen.«

Damit klatschten seine riesigen Hände krachend auf meine Arschbacken. Ein unterdrücktes Jaulen war meine Antwort.

»Bulleneier sollst du also haben, Hawkins.« Noch einmal schlugen die schwieligen Handflächen auf mein brennendes Hinterteil. »Hast du das gehört? Vielleicht ist der Bursche hier nur neidisch?«

Er holte nun bei jedem Satz weiter aus, sodass seine Hand mit zunehmender Wucht auf meinem Arsch aufprallte. Tränen schossen mir in die Augen. Meine Haut brannte inzwischen wie ein loderndes Feuer.

»Hör auf«, brüllte ich ihn an.

»Ganz im Gegenteil«, zischte Stevenson zurück. »Wir fangen ja gerade erst an. Zeig ihm doch einfach deine fetten Kugeln«, meinte er dann an Hawkins gewandt, der schon dabei war, sich Hemd und Hose vom Leib zu reißen. Von unten konnte ich seinen festen Bauch und den kantig vorgewölbten Brustkorb erkennen. Beim Anblick seines Hodensacks weiteten sich meine Augen. Die Bezeichnung »Bulleneier« war nicht im Geringsten übertrieben gewesen. Tief und schwer schaukelten die dicken Kugeln zwischen seinen Beinen. Darüber baumelte sein fetter Schwanz wie eine angriffslustige Schlange, deren einäugiger Kopf mir direkt zwischen die Augen sah.

»Ja, da schnappst du nach Luft«, spottete Hawkins. »Da gehen dir die Augen über. Und wenn mein Freund hier erst mal zum Leben erwacht … «, damit schlug er mit seinem Riemen unsanft rechts und links gegen meine Wangen, » … wirst du dir wünschen bei den Muscheln auf dem Meeresgrund zu liegen.«

»Ich werde dem Kapitän morgen alles berichten«, versuchte ich die beiden einzuschüchtern. Ein erneuter Schlag des Bootsmaats auf meinen Hintern war die Antwort.

»Stopf ihm endlich das Maul, Hawkins«, befahl Stevenson. »Ich kann das Gejammer nicht mehr hören.«

Augenblicklich wurden grob meine Brustwarzen gepackt. Als ich gerade den Mund öffnete, um zu schreien, schob Hawkins seinen dicken Prügel tief in meine Kehle.

»Wage es bloß nicht, deine Zähne zu benutzen«, drohte er. »Ich werde dir bei lebendigem Leibe die Eier abreißen.«

»Und ich werde ihm dabei helfen«, bekräftigte der Bootsmaat.

Um seinen Worten Nachdruck zu verleihen, zerrte er mit einer Hand energisch an meinem Sack. Abschätzend wog er meine Kugel in seiner Handfläche.

»Dem Umfang seiner Eier zufolge, würde ich diesen jungen Hengst schon in der Oberklasse einstufen. Bin gespannt, wie wild er wird, wenn wir anfangen ihn zuzureiten.«

Ich war mir plötzlich nicht mehr sicher, ob ich diesen Tag überleben würde. Die beiden Piraten schienen ihre Freunde daran zu haben, mich leiden zu sehen. Aber ich würde nicht so schnell aufgeben. Vielleicht konnte ich sie hinhalten, eine Zeitlang ihr Spiel mitspielen und dann eine Gelegenheit zur Flucht nutzen. Auch wenn ich es wenig rühmlich fand, ihnen als Zeitvertreib zu dienen – solange die beiden ihren Spaß mit mir hatten, würden sie mich zumindest nicht den Fischen zum Fraß vorwerfen. Die linke Hand noch immer fest um meinen Sack geschlossen, packte Stevensons Rechte nun meinen erschlafften Schwanz. Gründlich und fest rieb er ihn, sodass nach kürzester Zeit wieder ein dickes, hartes Rohr zwischen meinen Beinen prangte. Schon spürte ich, wie der erste Vorsaft aus meiner Eichelspitze tropfte. Stevenson setzte seine Arbeit unbeirrt fort. Als ich schon befürchtete, dass sich auf meinem Bauch ein kleiner See bilden würde, fing plötzlich und unwillkürlich mein Arschloch an zu zucken. Darauf schien der Bootsmaat gewartet zu haben. Ruckartig ließ er meinen Schwanz los, wischte mit der Hand den Saft von meinem Bauch und drückte seine feuchten Finger gegen meinen Schließmuskel. Ich bäumte mich auf, um dem Eindringling Widerstand zu leisten, doch die stramme Hand um meine Eier belehrte mich eines Besseren. Auch die harten Schläge auf meinen Arsch schienen ihre Wirkung nicht verfehlt zu haben. Überraschenderweise öffnete sich mein enger Eingang schon bei der ersten Berührung und verschlang die fordernden Finger bereitwillig. Hawkins nutzte die Gelegenheit, dass der Bootsmaat meinen Ständer freigegeben hatte. Gierig beugte er sich über mich, wobei sein Schwanz noch weiter in meiner Kehle versank. Die fette Schlange zuckte aufgeregt in meinem Mund umher. Noch konnte ich dieses Biest bändigen, allerdings befürchtete ich, dass es noch längst nicht seine volle Größe erreicht hatte. Hawkins fing ungehemmt an, meine Brustwarzen zu lutschen, was meinen Schwanz zu kleinen Luftsprüngen veranlasste. Dann folgte die forsche Zunge der feinen, haarigen Mittellinie zum Bauchnabel, um dort den Rest meiner Lusttropfen aufzuschlecken. Hawkins eigentliches Ziel aber war die vor ihm zuckende Schwanzspitze, die immer mehr von ihrem klebrigen Nektar ausspuckte. Ungestüm machte sich sein Mund an die Arbeit und presste Tropfen um Tropfen aus dem langen Rohr heraus. So weit wie möglich schob er seine Lippen über meinen Saftspender und spannte sie kraftvoll an, während seine Zunge gierig die feuchten Tropfen schlürfte. Sein eigener Hammer erreichte dabei schnell eine Größe, die es mir unmöglich machte, ihn vollständig zu schlucken. Ich legte meinen Kopf weit in den Nacken, um nicht an dem riesigen Kolben mit den dicken Eiern, die auf meinem Gesicht lagen, zu ersticken. Als ich immer verzweifelter würgte, hatte Hawkins ein Einsehen. Er streckte seine stämmigen Beine und verschaffte mir so etwas Platz zum Atmen.

»So ist es gut. Gib ihm ruhig einen Moment Zeit, um sich an deinen Riesen zu gewöhnen«, sagte Stevenson. »Der junge Hengst hat wohl noch keine Erfahrung mit so dicken Möhren. Wollen mal sehen, wie sie ihm hier bekommen.«

Der Bootsmaat hatte die ganze Zeit über mit den Fingern meine hintere Lustpforte bearbeitet. Mal waren zwei, dann wieder drei der schamlosen Griffel in mir versunken, hatten neugierig den engen Kanal erkundet und immer mehr geweitet. Jetzt zog er sie ganz heraus. Seine feuchten Hände strichen an den Innenseiten meiner Beine entlang, die immer noch weit gespreizt in den Schlingen an der Decke steckten. Ein schauriges Zittern durchfuhr meinen Körper, als Stevenson meine Oberschenkel umfasste, seine Schwanzspitze an meinen Schließmuskel führte und dann kraftvoll seinen Prügel in meinen Arsch schob. Für einen kurzen Moment bewegte sich keiner von uns. Ich fühlte nur noch drei pulsierende Schwänze. Meinen eigenen in Hawkins Mund. Den seinen tief in meiner Kehle. Und Stevensons enormen Hammer, der meinen Hintern ausfüllte. Langsam glitt der harte Pfahl in meinem engen Kanal zurück, um dann stürmisch wieder hineinzudrängen. Dabei schob Stevenson meinen Steifen wieder in den Mund des Kameraden und verschaffte mir damit am anderen Ende einen kurzen Augenblick des Luftholens.

»Dann wollen wir mal sehen, wie weit wir heute kommen. Was meinst du Hawkins?«, fragte der Bootsmaat.

Sofort ließ Hawkins meinen Schwanz aus seinem Mund rutschen, richtete sich auf und grunzte: »Von mir aus, kann's losgehen. Ich hab hier alles im Griff.«

Seine Hände hatten wieder meine harten Brustknoten in die Mangel genommen und zwirbelten sie ordentlich. Kurz darauf hatte ich schon wieder seinen dicken Mast im Maul. Die beiden fingen an, mich zwischen ihren harten Kolben hin und her zu schieben. Am Anfang noch langsam, dann steigerten sie das Tempo schnell und heftig. Fest schlugen Stevensons harte Eier gegen meinen Hintern, wenn er seinen Schaft in mir versenkte, während Hawkins fetter Stab meine Kehle durchpflügte. Der herbe, männliche Geruch zwischen seinen Beinen wirkte wie eine berauschende Droge auf mich. Mein Schwanz klatschte im Takt der Stöße auf meine Bauchdecke, meine pulsierende Eichel brannte wie Feuer, aber keiner der beiden kümmerte sich darum. Hätte ich meine Hände freibekommen, hätte ich mir umgehend Erleichterung verschafft. So aber riss ich meine Schultern und Arme lediglich derart hin und her, dass sich die Seemannsknoten um meine Gelenke noch strammer zuzogen.

»Gib Acht, Hawkins. Ich dachte schon, wir hätten hier ein lahmes Dartmoorpony am Wickel, aber nun fängt dieser tapfere Rappe tatsächlich an zu bocken. Und sein Hengstschwanz scheint bald zu platzen. Nur weiter so. Zu gerne würdest du wohl deinen Pferdeschwanz leerpumpen, wie? Aber wir wollen erst mal sehen, wie ausdauernd du in der ersten Runde bist. Als Junge habe ich auf unserem Landsitz mehr als nur ein widerspenstiges Pferd zugeritten. Vor allem die störrischen Hengste hatten es mir angetan. Ich habe sie alle dazu gebracht, nachher wie gehorsame Hunde an der Leine zu laufen. Die Stallburschen waren von meiner Reitkunst beeindruckt. Selbst mein Vater war stolz auf mich. Du siehst also, du bist hier in den besten Händen.«

Wieder drängte sein steifer Mast wild und zügellos zwischen meine gespreizten Arschhälften. Zwischendurch zog er ihn heraus und schlug mit der dicken Eichel auf meine empfindlichen Eier. Dann rammte er sein Teil wieder tief in die heiße Höhle zurück.

»Solltest du jetzt nicht besser den Gurt anlegen?«, fragte Hawkins plötzlich. Bei diesem seltsamen Vorschlag zuckte sein Schwanz in meiner Kehle erwartungsvoll nach oben. Als er auch noch anfing, mit der flachen Hand immer wieder auf meine harte Brust zu schlagen, befürchtete ich Schlimmes. Feuerrot musste die gepeinigte Haut inzwischen aussehen. Heiß glühend und brennend fühlte ich meinen Brustkorb beben.

»Ja, du hast recht. Es wird Zeit die Zügel etwas strammer zu ziehen«, stimmte der Bootsmaat zu. »Aber lass ihn ruhig zusehen. Er soll wissen, was es bedeutet, von einem erfahrenen Hengstdresseur gebändigt zu werden.«

Hawkins befreite mich von seinem Kolben und hob meinen Kopf leicht an. Ich sah gerade noch, wie Stevenson einen engen Metallring über meine Eichel drückte. An dem Ring waren mehrere geflochtene Ledergurte befestigt. Bis auf die Schwanzwurzel quetschte er das Gerät hinunter, dann zurrte er geschickt die Schnüre um meinen Sack, sodass die Eier durch einen Steg in der Mitte getrennt wurden. Dann stieß der Bootsmaat seinen steifen Hammer wieder in meinen Hintern und fixierte die losen Enden der Gurte gleichzeitig an seinem Schwanz und seinem dicken Sack.

»So, nun wollen wir das Geschirr mal ausprobieren«, brummte er und begann seinen Kolben in meinem Arsch hin und her zu bewegen. Wenn er sich zurückzog, spannten sich die Schnüre und ließen seinen Schwanz nur so weit hinaus, dass die dicke Spitze von innen gegen meinen engen Schließmuskel drückte. Währenddessen wurde mein Schwanz unweigerlich nach oben gezogen. Er bäumte sich wie ein steigendes Wildpferd auf meinen Lenden auf und zuckte wild, während meine stramm sitzenden Kugeln gegen ihre ungewohnten Fesseln ankämpften. Lustvoll stöhnte ich auf.

»Aah … Nein … Das ist zu viel. Das ertrage ich nicht. Du Barbar reißt mir ja den Schwanz ab.«

»Keine Sorge, Bursche, ich sagte doch bereits, dass ich im Zureiten junger Hengste Erfahrung habe. Komm schon, lass deinen Pferdeschwanz für uns tanzen.«

Da Stevenson nun die Hände frei hatte, beugte er sich zwischen meinen gespreizten Beinen nach vorne, griff sich meine Brustwarzen und rieb mit den flachen Händen grob über meinen Brustkorb. Ich riss derweil an meinen Handfesseln, drückte meinen Rücken gegen die Hängematte und zerrte mit den Beinen an den Fußschlingen. Ich ächzte laut auf, als Stevensons großes Teil wieder in mich hineinrammte. Mir wurde klar: Diesen brutalen Draufgänger mit dem riesigen Schweif konnte ich nicht abwerfen.

»Wirst du doch noch bockig?«, knurrte Stevenson mich an. Seine Stimme hatte einen drohenden Unterton angenommen. »Wie du willst! Komm, Hawkins, setz dich auf sein Maul und schieb mir deinen Riemen rüber.« Tatsächlich stellte sich der Gefährte breitbeinig über mich, streckte dem nach vorn gebeugten Bootsmaat seinen bebenden Schwanz in den Mund und platzierte sein Arschloch direkt über meinem Mund. Ruhelos scheuerte er seine verschwitze Hinterseite zwischen Nase und Kinn hin und her, während sein Hammer tief im Rachen des Freundes versank.

»Los, leck mir gefälligst mein Loch, Bursche, sonst wirst du mich kennenlernen«, fuhr Hawkins mich an. Mit den Händen hatte er seine Arschhälften weit auseinandergezogen. Unsicher und vorsichtig kreiste meine Zunge um den Schließmuskel.

»Ja, steck sie mir weit hinten rein. Oh … Das ist gut. Noch mehr. Noch tiefer, Mann.«

Wie berauscht drang meine Zunge immer unbändiger in die feuchte Höhle vor. Plötzlich wurden Hawkins Bewegungen immer hastiger. Der zuckende Schließmuskel zog sich zusammen. Seine Hände hatten sich auf den Hinterkopf des Bootsmaats gelegt und drückten ihn unnachgiebig auf seinen Schwanz. Stevenson trieb derweil heftig und hart seinen Kolben in meinen Kanal. Er umklammerte Hawkins Lenden und verwöhnte laut saugend den Stamm des Freundes – bis ein heftiges Zittern dessen ganzen Körper erbeben ließ. In heißen Strömen schoss der Samen in den Schlund des Bootsmaats. In diesem Moment schwoll auch Stevensons Hammer an. Spürbar dehnte sich mein enges Loch unter der prallen Last. Ein letzter, harter Aufprall brachte die Eier des Piraten zum Überkochen. Der heiße Saft flutete durch seinen Schlitz in meinen Hintern wie durch einen gebrochenen Damm.

Stöhnend lag der Bootsmaat auf mir und rang nach Atem, während sein Kolben in mir weiterpumpte. Endlich rutschte Hawkins von meinem Gesicht. Mit seinem dicken, feuchten Schwanz schlug er noch ein paarmal lachend gegen meine Wangen.

»Gar nicht so schlecht für eine Landratte. Was meinst du, Bootsmaat?«

Der löste sich die Ledergurte vom Sack und zog seinen Schwanz aus meinem Hintern. Genüsslich massierte er sein Teil und klatschte den dicken Kopf auf meine strammen Eier.

»Wir sollten später noch einmal wiederkommen und dann entscheiden, was wir mit dem Kerl hier anstellen. Erst einmal brauch ich einen kräftigen Schluck Rum.»

Dabei wischte er mit dem Handrücken die letzten Samenreste des Kumpans beiseite. Mit flehendem Blick sah ich hoch und betrachtete meinen zuckenden, steifen Riemen. Der Eisenring an der Wurzel schnürte den geschwollenen Schaft ab, die pralle Eichel war dunkelrot angelaufen. Alle Adern an dem pulsierenden Ständer traten gefährlich dick hervor und die eingezwängten Eier schienen doppelt so groß zu sein wie sonst.

»Und was ist mit mir? Ihr könnt mich doch hier nicht so liegen lassen. Mein Schwanz platzt gleich und mein Hintern brennt wie Feuer«, fluchte ich.

»Da hast du recht«, grinste der Bootsmaat amüsiert. »Ich lasse dir meinen Stellvertreter hier, dann brauche ich später nicht wieder von vorne anfangen, deinen Arsch weichzuklopfen.«

Verständnislos sah ich ihn an. Er ließ einen hölzernen Belegnagel vor meinen Augen hin und her baumeln. Diese unterarmlangen Pflöcke hingen überall auf dem Schiff in den Lochbrettern und sicherten die Leinen. Als ich begriff, was der Schurke vorhatte, weiteten sich meine Augen vor Entsetzen. Stevenson leckte schmatzend mit seiner langen Zunge über den polierten Kopf. Grinsend verzog er sein Gesicht zu einer höhnischen Fratze. Dann schob er das runde Ende des Pflocks ohne weitere Vorwarnung durch meinen feuchten Schließmuskel. Mein Aufschrei wurde durch einen dicken Lappen erstickt, den Hawkins mir geistesgegenwärtig in den Mund stopfte und dann auch noch in meinem Nacken zusammenknotete. Ich versuchte, den Holzknüppel wieder aus mir herauszupressen, aber Stevenson hatte bereits die losen Ledergurte um das Ende des Stabs gewickelt und festgezogen. Panik stieg in mir auf. Wild zerrte ich an meinen Fesseln. Die Hängematte schaukelte gefährlich hin und her.

»Ich sehe schon«, meinte Stevenson. »Wenn wir uns gestärkt haben, werden wir mit dem jungen Hengst hier noch eine Menge zu tun haben.«

Laut lachend klopfte er seinem Kumpan auf die Schulter. Dann stiegen die beiden eilig in ihre Hosen, schnappten sich die Öllampen und ließen krachend die Tür hinter sich zufallen. Es war wieder dunkel um mich herum. Die beiden machten sich nicht einmal die Mühe, den Riegel vorzuschieben, so sicher waren sie, dass ich nicht fliehen konnte. Doch ich musste es trotzdem versuchen. Vorsichtig drehte ich meine rechte Hand in der engen Fessel hin und her, das gleiche tat ich mit der linken. Wenn ich die Handgelenke nur lange genug hin und her schob, würde der Strick sich vielleicht irgendwann lösen. An einer Seite hatte ich es zur Hälfte schon geschafft. Schweiß lief mir am ganzen Körper herunter. Sehnsüchtig dachte ich an Noah und seine erquickenden Waschkünste.

Mein Schwanz antwortete mit einem leichten Zittern. Leider zuckte dabei auch mein Arschloch, wodurch der dicke Holzpfahl noch weiter in mir versank. Eine heiße Welle stieg zwischen meinen Beinen nach oben. Meine Haut brannte und kribbelte unbeschreiblich. Ein ersticktes Stöhnen drang aus meiner Kehle.

»Was du jammern schon wieder?«

Plötzlich stand Noah im Türrahmen und hielt eine Lampe hoch. Mit weit aufgerissenen Augen versuchte er, das sich ihm bietende Bild zu begreifen. Dann befreite er meinen Mund von dem stinkenden Lappen.

»Was sein passiert?», rief er. Entsetzt blickte er auf meinen kahlen Schädel.

»Wer das gewesen?«

»Stevenson und Hawkins, diese beiden Schurken«, presste ich krächzend hervor, bevor mich ein Hustenanfall überkam. Meine Arme hatte Noah bereits befreit. Als er aber den langen Prügel sah, der zwischen meinen an Tauen baumelnden Beinen aus dem Hintern herausragte, zögerte er.

»Teufel noch mal!«, zischte er durch seine makellosen Zähne.

»Zieh ihn vorsichtig heraus und pack dabei fest meinen Schwanz. Den verdammten Eisenring bekomme ich in diesem Zustand sowieso nicht ab. Mein Schwanz platzt, wenn du nicht sofort anfängst«, hustete ich benommen. Noah beugte sich meinem dringenden Verlangen. Beherzt löste er erst die engen Lederriemen, fasste dann mit einer Hand den Holzpfahl und mit der anderen meinen Schwanz. Unten zog er, oben massierte er meinen gepeinigten Hammer.

»Mehr … Schneller … Bitte!«

Ich jammerte und schrie gleichzeitig. Als das fette Teil mit einem Ruck durch meinen Schließmuskel rutschte, zogen sich meine Eier schlagartig zusammen, die Eichel spannte sich wie ein Segel im Sturm, der heiße Saft schoss wie eine Kanonenkugel aus meinem Schaft gegen die Wand hinter mir. Schneller als ein Kanonier je hätte nachladen können, klatschten weiße Batzen auf mein Gesicht und meinen Bauch. Befreit von dem Druck, seufzte ich erleichtert auf.

»Danke, Noah. Du hast mich erlöst.«

Zufrieden grinsend löste mein Retter die Schlingen um meine Beine und hob mich hoch.

»Ich dich bringen an Deck. Dann dich besser verstecken vor Bootsmaat. Er sein bestimmt sehr ärgerlich, wenn du nicht mehr hier sein.« Noah trug mich nackt wie ich war in seinen starken Armen den Niedergang hinauf. Mein Kopf ruhte sanft an seiner Schulter. Wie durch einen Nebel nahm ich wahr, wie er mich an Deck in eine dunkle Ecke legte, mir ein langes Hemd überstreifte und mich mit einer Decke sorgfältig zudeckte.

»Bin gleich wieder da. Nicht bewegen. Mache gutes Versteck fertig«, sagte Noah noch, bevor er verschwand.

Tiefe Müdigkeit übermannte mich. Zufrieden atmete ich die frische Nachtluft ein. Helle Sterne funkelten über mir. Die weißen Segel leuchteten matt im Mondlicht. Zum ersten Mal nach der langen Zeit der Gefangenschaft fühlte ich mich wieder frei. Dann fielen mir die Augen zu.

Ich weiß nicht, wie lange ich so dalag. Bei der kleinsten Bewegung schmerzten alle Knochen, meine Arme und Beine fühlten sich immer noch taub an und mein Kopf hatte Mühe, nicht ständig auf die Brust zurückzusinken. In meinen Rückenmuskeln schienen tausend Nadeln zu stecken. Ganz zu schweigen von meinem Hintern, der brannte wie in eine beißende Hölle, die ihr gleißendes Mündungsfeuer in heißen Schmerzblitzen in meine Lenden abfeuerte. Ich kroch zu einem großen Fass hinüber und lehnte mich mit dem Rücken dagegen. Es dauerte eine Weile, doch irgendwann fand ich eine einigermaßen bequeme Haltung, in der die Qualen erträglich waren.

Sehnsüchtig sah ich hoch zu den funkelnden Punkten am Nachthimmel, deren Schein ich so lange hatte missen müssen. Onkel Walter sagte immer, dass man den Wert scheinbar alltäglicher Dinge erst dann richtig zu schätzen lernt, wenn sie nicht mehr da sind. Ich hatte diese Weisheit meist beiläufig abgetan. Erst jetzt wurde mir klar, wie viel Wahrheit darin steckte. Der Anblick des weiten Sternenzeltes über dem Meer führte mir die Kostbarkeit der Freiheit schmerzlich vor Augen.

Ich sehnte mich zurück in die kleine Hütte im Wald bei Plymouth. Dorthin, wo in klaren Nächten nur die Sterne Brian und mich beobachtet hatten. Plötzlich vermisste ich meinen Geliebten wieder. Seine sanfte Stimme, seine warme Haut, diese unendliche Vertrautheit. Schon lange hatte ich nicht mehr an ihn gedacht. Wo er wohl sein mochte? Sicher glaubte er gar nicht mehr daran, mich noch einmal in diesem Leben wiederzusehen. Ob er um mich trauerte? Oder hatte er schon eine neue Liebe gefunden? Glaubte ich selbst daran, ihn je wieder in meine Arme schließen zu können? Für eine kleine Ewigkeit schien mein Herzschlag auszusetzen. Die Zeit dehnte sich ins Unendliche. Doch als dieser Moment vorbei war, blieb nichts zurück als eine tiefe Leere. Resigniert wanderte mein Blick über die wogende See.

Im Osten schickte die Sonne ihre ersten Vorboten voraus. Der erste Schimmer des Morgengrauens flackerte über den Horizont. Die Dämmerung tauchte das Schiff in ein gespenstisches Zwielicht. Trübe Schatten krochen über das leere Deck. In wenigen Augenblicken würde der Tag die Welt zurückerobern. Den Augenblick, bevor die Sonne die Wasseroberfläche durchbricht und ihre warmen Strahlen in die Welt entsendet, hatte ich auf der Margarita häufig herbeigesehnt und beobachtet. Wieder wurde mir der Verlust meiner Freiheit bewusst. Zwar konnte ich mich jetzt frei bewegen, aber wohin sollte ich fliehen? Sollte ich einfach über Bord springen und darauf hoffen, dass bald ein Schiff kommen würde, das mich aufnimmt? Noch war Zeit dafür. Oder sollte ich mir doch lieber einen sicheren Unterschlupf suchen und warten, bis wir an einer Insel vorbeisegelten, um mich dann heimlich von Bord zu schleichen?

Wo war eigentlich Noah geblieben? Er wollte doch gleich wieder zurück sein. Ein ungutes Gefühl breitete sich in meiner Magengrube aus, da hörte ich plötzlich einen erstickten Schrei. Dann fiel an Backbord laut klatschend etwas Schweres ins Wasser. Eilige Schritte eilten über das Deck davon. Alarmiert sprang ich auf, doch schon im nächsten Moment sackten meine Beine unter mir weg und ich schlug lang auf den Planken hin. Ich fluchte laut. Ein dünner Hilferuf klang vom Wasser zu mir herauf. Unter unsäglichen Schmerzen und weiteren Verwünschungen gegen meine Peiniger stemmte ich mich hoch und klammerte mich an die Reling. Unten im Wasser ruderte eine dunkle Gestalt hilflos mit den Armen. Ohne nachzudenken band ich mir ein Seil um die Hüften, zurrte das andere Ende an der nächsten Nagelbank fest und ließ mich über die Bordwand fallen. Eisige Kälte empfing mich, als ich in der schäumenden See aufschlug. Hohe Wellen schlugen über mir zusammen. Mein Atem stockte. Ich sank unter Wasser. Stille. Ein kurzer Moment von Frieden und Ruhe umgab mich. Wenn ich jetzt ... Prustend tauchte ich wieder aus den Fluten auf. Hatte ich mir vor ein paar Minuten noch ernsthaft eingebildet, schwimmend fliehen zu können? Ich zweifelte an meinem Verstand. Schnaubend sah ich in die Richtung, in der ich eben noch winkende Hände gesehen hatte. Sie waren verschwunden. Nein, doch nicht. Ein Stück weiter erblickte ich sie erneut zwischen den Wellen. Mit ein paar verzweifelten Schwimmzügen erreichte ich die Stelle. Gerade noch rechtzeitig, bevor der Schiffbrüchige erneut in den Fluten versank. Beherzt griff ich zu, zog den entkräfteten Körper zu mir heran. Unversehens zog mich das Gewicht wieder unter die Wasseroberfläche. Verzweifelt ruderte ich nach oben. Nein, hier sollte meine große Reise nicht zu Ende gehen. Meine Lunge füllte sich wieder mit Luft. Allerdings fühlte ich, wie meine Beine taub wurden. Auch meine Finger verkrampften sich in dem kalten Wasser zunehmend. Ich konnte den schweren Mann kaum noch halten. Da spannte sich auf einmal meine Sicherungsleine und wir wurden zurück Richtung Schiff gezogen. Laute Stimmen über mir brüllten Befehle. Das nächste, was ich wahrnahm, waren starke Arme, die mich packten und mit dem bewusstlosen Mann an Bord hoben.

»Bringt sie sofort unter Deck und packt sie warm ein«, dröhnte es vom Achterdeck. »Los, fass ihn unter die Arme. Mann, ist der schwer!«

Damit schnappten mich zwei stämmige Kerle. Ich sackte entkräftet in ihren Armen zusammen. Sie trugen mich die Stufen hinab unter Deck. Meine nassen Sachen wurden mir vom Leib gerissen und dann grob mein eisiger Körper abgerieben, bis er glühte. Schwielige Hände drückten und kneten jeden erdenklichen Muskel und verteilten überall eine schmierige Masse auf der feuchten Haut. Selbst zwischen den Beinen und an meinem Hintern hantierten die ungelenken Finger. Ich war zu schwach, um mich wehren zu können.

»Walöl hilft immer noch am besten, die Wärme im Körper zu halten. Unser Held wird's wohl überstehen. Den Rest muss eine dicke Decke besorgen. Und später ein heißer Rum. Das wird ihn wieder auf die Beine bringen.« Ich kannte die tiefe Männerstimme nicht. Willenlos ließ ich mich in eine Koje legen und fiel sofort in tiefen Schlaf. Nur einmal wurde ich kurz wach, als die Tür zu meiner Kajüte geöffnet wurde. Ich hörte, wie zwei Seeräuber leise über mich sprachen.

»Scheint alles in Ordnung zu sein. Er schläft noch. Gönnen wir dem Retter noch ein bisschen Ruhe. Der Kapitän wartet schon darauf, mit ihm zu sprechen.«

»Und? Gibt's schon was Neues über den Schuldigen?«, fragte der andere.

»Der Kapitän quetscht jedes Mannschaftsmitglied einzeln aus. Bis jetzt hat er alle wieder laufen lassen. Aber eins ist sicher: Findet er den feigen Halunken, der seinen Sohn, beseitigen wollte, wird der nicht lange auf den Strick warten müssen«, lautete die geflüsterte Antwort.

Später weckte mich ein leises Wimmern direkt neben mir. Trübe Streifen fahlen Lichts durchbrachen die Dunkelheit. Bis jetzt hatte ich geglaubt, alleine in der Kajüte zu sein.

»Nein … Nicht … Ich will nicht, lasst los«, jammerte der Mann im Traum. »Mir ist kalt, so kalt.«

Seine Zähne schlugen klappernd aufeinander. Sein ganzer Körper verkrampfte sich. Ich setzte mich auf und sah zu dem Häufchen Elend hinüber. Erst jetzt erkannte ich, wer da neben mir lag. Ich konnte es kaum glauben. Es war der Mann, den ich vor Kurzem noch mit meinen Blicken verschlungen hatte. Der Mann, der einen Tag zuvor noch stolz, selbstsicher und unerreichbar das Achterdeck beherrscht hatte. Nun drückte er sich hilfesuchend an mich.

»Jack. Jack, hörst du mich?«, flüsterte ich. »Es ist alles gut. Du bist in Sicherheit.«

»Mir ist so kalt, so kalt«, wiederholte er immer wieder. Erst jetzt sah ich, dass seine Decken heruntergefallen war und er entblößt und bibbernd in der kalten Koje lag. Rasch sprang ich auf und warf das schützende Tuch wieder über ihn. Dann schlüpfte ich ebenfalls darunter, rückte dicht an seinen Rücken und wärmte ihn. Der ganze Bursche glich einem Eisblock. Nur sein Kopf glühte vor Hitze.

»Was ist passiert?«, fragte er unsicher.

»Du wurdest über Bord geworfen. Ich bin hinterhergesprungen und habe dich aus den Wellen gefischt«, war meine einfache Antwort.

»Du warst bewusstlos und hast wohl einige Zeit fest geschlafen. Genau wie ich. Ich heiße übrigens Tom. Ich bin … «

»Ja, ich weiß«, unterbrach er mich. Noch immer zitterte er am ganzen Körper. »Wir haben dich zusammen mit dem kleinen Schatz erbeutet. Ich beobachte dich schon eine Weile, wenn du an Deck die Planken schrubbst. Mit dir haben wir eine wirklich lohnende Beute vor den Haien bewahrt.«

Wieder erschauerte Jack vor Kälte. Kräftig begann ich zuerst seinen Rücken, dann auch Arme und Beine zu reiben. Erst heftig und schnell knetend, dann langsamer und bedächtig streichelnd. Von dieser Tätigkeit wurde mir allmählich warm. Auch Jack entspannte sich nach und nach. Sein Zittern wurde schwächer. Als ich am Ende sanft seinen Bauch kraulte, hatte es ganz aufgehört.

»Langsam geht es mir besser«, bemerkte er dankbar.

Auch meine Lebensgeister waren vollends zurückgekehrt. Mein Schwanz drückte bereits sachte gegen Jacks strammen Hintern. Und als meine Hand weiter an seinem Bauch abwärtsfuhr, spürte ich, dass auch sein harter Riemen mir entgegenkam.

»Auch noch ganz kalt«, staunte ich. »Hier werden meine Hände kaum ausreichen, um die Kälte zu vertreiben.« Behutsam drehte ich Jack auf den Rücken. Ich rutschte nach unten und nahm seinen Ständer zwischen meine Lippen.

»In deiner Kehle ist es wirklich heiß. Genau das brauche ich jetzt«, ermunterte er mich. Meine Zunge umrundete seinen strammen Schaft. Schnell trieb ich meinen Mund über die ganze Länge auf und ab. Dann entließ ich den fetten Brocken wieder aus meinem Rachen und beschäftigte mich mit den immer noch frierenden Eiern. Nacheinander verschwanden die Nüsse in meinem Mund. Ich leckte sie von allen Seiten ab und rieb sie mit meiner Zunge warm.

»Auch dir ist sicherlich noch nicht überall warm«, unterbrach mich Jack. Nun rollte er mich auf den Rücken. Auf Hände und Knie gestützt drehte er sich über mir um und tauchte seinen Kopf zwischen meine Beine. Die heiße Zunge küsste meine Eichel, dann verschwand mein steifer Hammer in seinem Schlund. Sanft rutschte sein Mund tiefer. Seine zarten Lippen schmiegten sich immer fester um meinen Schwanz.

»Du darfst ruhig weitermachen«, murmelte er und wedelte auffordernd mit seinem Schwanz vor meinem Gesicht hin und her. Dann spreizte er die Beine weiter auseinander und schob mir seinen Steifen zwischen die Lippen. Ich legte meine Hände auf seine kühlen Arschbacken. Von hier aus arbeitete ich mich intensiv reibend zu seinem Arschloch vor. Jack gab ein leises Ächzen von sich, als meine Finger seinen engen Ring erreichten. Jedes Mal, wenn er meinen Schwanz tief in sich aufsaugte, schob ich meinen Finger mit Nachdruck in sein enges Loch. Die zuckenden Bewegungen des Kolbens in meinem Mund, zeigten mir, wie sehr in das erregte.

»Tief in mir drin ist es immer noch ganz kalt. Kannst du mich dort nicht auch noch wärmen?«, fragte Jack bittend, während er sich immer härter an meinem Finger rieb.

»Ich werde ein heißes Feuer in dir entfachen. Danach wird dir so schnell nicht wieder kalt werden«, versprach ich. »Leg dich auf den Rücken. Den Rest überlasse mir.«

Mit meinem ganzen Gewicht ließ ich mich auf Jack sinken. Meine Lippen berührten warm die seinen. Unsere Zungen trafen sich, unsere Körper fanden zitternd zueinander. Fest drückte ich meinen harten Schwanz gegen seinen.

»Mein heißer Pfahl wird dich durch und durch erwärmen«, raunte ich leise in sein Ohr. Dann lehnte ich mich vorsichtig zurück und legte mir seine Beine über die Schultern. Als ich mich behutsam wieder nach vorne beugte, fand mein feuchter Schwanz selbstständig sein weiches Ziel. Immer weiter winkelte ich Jacks Beine an und verstärkte dabei den Druck auf seinen Muskelring. Erneut berührten sich unsere Lippen, seine enge Pforte öffnete sich einladend, dann tauchte mein dicker Kolben bis zum Anschlag in Jack hinein.

»Ja, ich fühle dein feuriges Eisen«, stöhnte er. »Du bist wunderbar heiß.«

Fest rammte ich meinen Hammer in seinen Hintern, um auch den letzten Rest Kälte aus seinem Körper zu vertreiben. Immer wieder stieß ich zu, bis sich endlich die ersten Schweißtropfen auf seiner Stirn bildeten.

»Dir wird wohl langsam warm?«, fragte ich.

»Ja, du heizt mir ganz schön ein«, keuchte er.

»Soll ich lieber aufhören?«, schlug ich arglos vor und zog meinen Schwanz weit zurück.

Sofort ließ Jack hastig die Beine von meinen Schultern rutschen und schlang sie um meine Hüften. Entschlossen drückte er mit den Fersen gegen meinen Hintern – und damit meinen Hammer zurück in sein Loch. Er verringerte den Druck erst, als er meine Eier an seinem Arsch fühlte.

»Nein, ganz im Gegenteil«, raunte er. »Ich hätte es gerne noch ein wenig heißer.«

Um seine Aussage zu bekräftigen, schlang er seine Arme um meinen Rücken und zog mich noch näher zu sich heran. Liebevoll streichelten seine warmen Hände meine Haut. Sein harter Schwanz zuckte fordernd hoch, als ich mich auf seinen Bauch legte.

»Nun gut«, flüsterte ich. »Du hast es so gewollt.«

Mit kreisenden Bewegungen begann ich, meinen Schwanz in seinen feuchten Kanal zu treiben. Meine angespannten Bauchmuskeln rieben gleichzeitig seinen steifen Ständer. Jacks Hände hatten sich zu meinen Brustwarzen vorgewagt und drehten sie genüsslich mit den Fingerspitzen. Diese zarte Behandlung strahlte direkt in meinen Schwanz aus. Spürbar pochte meine Eichel und schickte kleine Lustblitze zu den Eiern, die sich vor Erregung zusammenzogen.

»Soll das heißen, ich kann noch ein paar Kohlen nachlegen?«, schnaufte ich schwer atmend.

Zur Antwort verstärkte Jack mit seinen Fersen den Druck. Jedes Mal schlug ich hart gegen seinen Arsch, sodass Jacks gesamter Körper unter meinen heftigen Stößen ruckte. Jammernd verlangte er nach mehr – und ich gab ihm mehr. Wie zwei Feuersteine, die man aneinander schlägt, um die Lunte einer Kanone zu entzünden, prallten unsere Leiber aufeinander. Mir war klar, dass nun jeder noch so kleine Funke zur Explosion führen konnte.

Es war Jack, der diesen Funken zum Überspringen brachte. Lustvoll peinigte er mit den Zähnen meine Brustwarze, stülpte saugend seine Lippen über die harten Knöpfe, züngelte mit der Zunge über ihre empfindlichen Spitzen. Dann biss er wieder vorsichtig hinein, sodass helle Lichtblitze hinter meinen geschlossenen Augen explodierten. Heulend warf ich den Kopf in den Nacken. Mit roher Gewalt trieb meinen Hammer in seinen Arsch und überschwemmte ihn mit meinem heißen Saft. Zuckend spritzte ich die aufgestaute Ladung in unaufhörlichen Stößen tief in seinen Hintern.

Die hitzige Reibung brachte auch Jacks Hammer an den Rand der Selbstentzündung. Eine letzte leichte Berührung seiner feuerroten Eichel durch meinen bebenden Bauch … Schon explodierte der dicke Schwanz in einem prasselnden Regen glühender

Samenfunken. Jack feuerte seine Soße über seine ganze Brust bis zum Hals hinauf. Im dämmerigen Licht funkelten die versprühten Gluttropfen wie kleine, feurige Sterne. Ich wanderte mit den Lippen an seinem Hals empor, heilte die Brandwunden der Ekstase mit meiner Zunge und ließ schließlich seinen Mund von dem saftig wärmenden Feuerwerk kosten.

»Danke, dass du mich gerettet hast«, sagte Jack nach einer Weile.

»Ehrlich gesagt, wusste ich gar nicht, wer da im Meer um Hilfe rief«, antwortete ich. »Aber ich bin unendlich froh, dass du es warst.«

Behutsam drückte ich seinen weichen Schwanz, der sich gleich wieder aufrichtete.

»Es scheint dir wirklich besser zu gehen«, stellte ich fest. »Das eiskalte Wasser hat offenbar keine bleibenden Schäden hinterlassen.«

»Auch dafür danke ich dir. Ohne deine fürsorgliche und wärmende Behandlung hätte ich dieses Abenteuer sicherlich nicht überstanden. Das werde ich dir nicht vergessen. Ich stehe tief in deiner Schuld.«

Jacks Gesichtsausdruck war bei diesen Worten sehr ernst geworden. Doch dann lächelte er wieder und zog mich zu sich heran.

»Wir sollten uns besser gut zudecken, sonst fangen wir wieder an zu frieren.«

Beide griffen wir nach den Decken, rückten noch ein wenig näher zusammen und schmiegten uns eng aneinander. Jack hatte seinen Rücken an meinen Bauch gepresst.

»Wenn dir wieder kalt wird, kann ich dich gerne noch einmal wärmen«, flüsterte ich.

»Ich kann es kaum erwarten, deinen Heizstab wieder in mir zu fühlen«, kam die leise Antwort. »Aber im Moment genieße ich einfach nur deine Nähe.«

Kurz darauf hörte ich Jack ruhig und gleichmäßig atmen. Ich drückte mich vorsichtig an ihn, deckte uns beide noch einmal sorgfältig zu und sank dann ebenfalls in einen langen, traumlosen Schlaf.

Am nächsten Morgen wurde ich durch die ersten Sonnenstrahlen geweckt, die durch eine halbgeöffnete Luke auf mein Gesicht fielen. Blinzelnd öffnete ich die Augen. Jack lag noch immer neben mir. Er hatte sich die ganze Nacht kaum gerührt. Nur ein paarmal begannen seine Arme zu zucken, er atmete unruhig und murmelte unverständliche Worte im Schlaf. Doch sobald ich sanft über seinen Rücken streichelte, rollte er sich wieder zusammen ohne wirklich erwacht zu sein. Wenig später atmete er wieder gleichmäßig.

Jetzt aber öffnete auch er seine Augen. Er drehte sich zu mir um. Seine Augen leuchteten groß und blau wie Seen im klaren, weißen Wolkenmeer. Verwundert sah er mich an.

»Ich dachte … Ich wusste nicht … «, stotterte er. »Du warst die ganze Nacht hier oder?«

»Ja, natürlich», antwortete ich. »Ich habe deine bösen Träume vertrieben und auf dich aufgepasst.«

Seine Gesichtszüge entspannten sich. Ein breites Lächeln entblößte seine ebenmäßigen Zähne. Die schwungvollen Linien seiner roten Lippen traten dadurch noch verführerischer hervor. Verlangend kosteten meine Lippen diesen sinnlichen Mund. Seine weiche Zunge traf die meine wie einen lang vermissten Freund. Erst nach einer langen, innigen Umarmung ließen wir zögernd, aber auch erleichtert voneinander ab.

»Mein Retter«, flüsterte Jack und hielt mit beiden Händen meine glühenden Wangen. »Du hast mich vor dem Ertrinken gerettet. Ich werde dir für immer dankbar sein, Tom. Als ich in das kalte Wasser tauchte, sah ich mein kurzes Leben in Bildern vor meinem inneren Auge vorbeiziehen. Erst da wurde mir bewusst, wie einsam ich bis jetzt war. Niemand hätte mich wirklich vermisst, wenn ich von dieser Welt verschwunden wäre. Du hast mich nicht nur aus dem Wasser geholt, du hast mich heute Nacht auch neu zum Leben erweckt.«

Verlegen wich ich seinem Blick aus.

»Als ich ins Wasser sprang, war es mir, egal ob ich überlebe«, gab ich zu. »Ich … Ich wollte davonschwimmen oder sterben. Nur in dieses dunkle Loch unter Deck wollte ich nie wieder zurück.«

Mein Kopf sank kraftlos auf seine Brust. Eine Träne rollte über mein Gesicht. Wie nah auch ich dem Tod gewesen war, wurde mir erst in diesem Augenblick bewusst.

»Gut, dass du es dir anders überlegt hast«, munterte Jack mich auf. Er legte eine Hand auf meinen Kopf. »Deine schönen Haare. Was ist damit passiert?«

»Sie wurden mir abrasiert.«

Vorsichtig nahm er mein Kinn in die Hand, hob meinen Kopf und sah mich lange wortlos an.

»Sie werden wieder wachsen und noch schöner werden. Ganz bestimmt.« Liebevoll streichelte er meinen Kopf. »Du hast mein Leben gerettet. Jetzt rette ich deins. Unter Deck brauchst du nur noch, um mit mir dieses Bett anzuwärmen, wenn mir mal wieder kalt ist. Einheizen kannst du wirklich gut. Sonst hätte ich die letzte Nacht vielleicht gar nicht überlebt.«

»Das werde ich gerne für dich tun«, antwortete ich dankbar.

Jack sprang aus dem Bett.

»Jetzt wollen wir aber nachsehen, was oben an Deck los ist. Komm, zieh dich an. Und hab keine Angst. Ich werde meinem Vater alles erklären. Er ist nicht das Ungeheuer, für das ihn alle halten. Allerdings amüsiert es ihn prächtig, wenn man vor ihm zittert, sobald er sein grimmiges Gesicht aufsetzt.«

Während Jack sich anzog, saß ich einfach nur da und sah dem Spiel seiner Muskeln zu. Da wurde plötzlich die Tür aufgerissen. Die stattliche Silhouette, die sich gegen das Licht im Türrahmen abzeichnete, ließ keinen Zweifel zu. Dieser Hüne konnte nur der Kapitän sein.

»Jack, geht es dir gut?« Fest zog er seinen Sohn an sich und drückte ihn. »Ich dachte schon, es wäre um dich geschehen. Die ganze Nacht habe ich die Mannschaft in die Mangel genommen, um herauszufinden, wer dich umbringen wollte. Erst als die neunschwänzige Katze die Runde machte, gaben Stevenson und Hawkins alles zu. Die Stricke sind schon geriggt. Komm, du sollst sehen, wie die beiden Halunken ihre gerechte Strafe bekommen.«

Schon zog er Jack mit nach draußen. Während seines Redeschwalls hatte ich versucht, mich so gut es ging unsichtbar zu machen. Dicht an die Wand gekauert, in der dunkelsten Ecke der Koje wagte ich kaum zu atmen.

»Warte noch«, hielt Jack seinen Vater auf. »Was ist mit Tom? Er hat mich gerettet.«

Aufgebracht kam der Piratenkapitän zurück und beugte sich zu mir hinunter. Seine Augen funkelten vor Wut.

»Du bleibst hier und rührst dich nicht vom Fleck«, knurrte er mich an. Er schob Jack vor sich her und schlug die Tür hinter sich zu. Ich hörte, wie er von außen den Riegel vorschob. Wieder einmal saß ich in der Falle. Der Halunke hatte seinen Sohn nicht einmal zu Wort kommen lassen. Mutlos hockte ich auf dem Bett und erwartete mein Schicksal. Wieder schlief ich ein.

Laute Schmerzensschreie weckten mich. Das Zischen einer Peitsche, die durch die Luft pfiff, und der knallende Aufschlag des Riemens auf nackter Haut, ließen mich erschauern. Schweiß trat mir auf die Stirn, immer wieder zuckte ich zusammen. Erst nach unzähligen weiteren Schlägen kehrte plötzlich Ruhe ein. Dann hörte ich, wie ein Beiboot zu Wasser gelassen wurde. Klatschend setzte es auf der Meeresoberfläche auf. Die unbeherrschte Stimme des Kapitäns ließ das ganze Schiff erzittern.

»Wenn ihr überleben solltet und ihr mir noch einmal unter die Augen tretet, werde ich euch eigenhändig erwürgen. Und jeder andere aus der Mannschaft darf ungestraft das Gleiche tun.“

Ich spähte vorsichtig aus der halbgeöffneten Luke. Zwei Männer lagen in einem kleinen Boot. Sie regten sich nicht. Wie eine kleine Nussschale tanzte der Kahn auf den Wellen. Schnell entfernte er sich von dem Piratenschiff, wurde immer kleiner, bis er irgendwann nur noch ein winziger Punkt am endlosen Horizont war. Mir war klar, dass es sich bei den Insassen des Bootes um Stevenson und Hawkins handeln musste. Und mir war auch klar, dass für die beiden kaum eine Aussicht aufs Überleben bestand. Es war eine harte, aber übliche Strafe unter Seefahrern, Meuterer auf offener See auszusetzen. Mit etwas Wasser, Proviant und einer Pistole mit nur einem Schuss. Was damit geschah, lag in der Hand der Verurteilten. Bei dem Gedanken an meine Peiniger erschauderte ich. Der »Tanz am Hanfstrick« war ihnen also erspart geblieben. Vielleicht war es besser so. Trotzdem vernebelten die düsteren Erinnerungen an die beiden Schurken meine Sinne wie dunkle Gewitterwolken. Da wurde ich plötzlich am Arm gepackt und geschüttelt. Ich schreckte hoch wie aus einem Albtraum.

»Tom, Tom was ist mit dir?« Jack stand vor mir und sah mich besorgt an. »Du hast laut geschrien, als ich hereinkam.»

»Ich weiß nicht, was war«, log ich. »Aber jetzt ist es vorbei.«

Vielleicht würde ich Jack irgendwann von dieser Geschichte erzählen. Aber irgendwann später, nicht heute.

»Was wird nun mit mir geschehen?«, fragte ich besorgt.

»Mein Vater möchte dich empfangen. Er kann es kaum abwarten, dich endlich zu kennenzulernen. Ich habe ihm von dir erzählt. Los, zieh dich an. Ich bringe dich zu ihm.«

Jack stellte mich auf die Beine und hielt mich in seinen Armen.

»Du zitterst ja immer noch. Hier, ich hab neue Sachen für dich. Nackt willst du Käpt'n Brandon ja sicherlich nicht gegenübertreten.«

»Was soll ich ihm denn erzählen?«, fragte ich Jack, während ich zögerlich Hemd und Hose anzog.

»Am besten die Wahrheit. Mein Vater ist ein kluger Mann. Er merkt sofort, wenn etwas nicht stimmt. Nur von heute Nacht solltest du nicht alle Einzelheiten erzählen«, setzte er schmunzelnd hinzu und drückte mir einen flüchtigen Kuss auf den Mund. »Die bleiben erst mal unser Geheimnis.«

Als ich die Kapitänskajüte betrat, fühlte sich mein Magen an wie ein schwerer Klumpen. Mächtig wie der Herrscher der Meere persönlich thronte Kapitän Brandon hinter einem riesigen Tisch. Seine imposante Gestalt flößte mir einen Heidenrespekt ein. Und auch die Dinge, die ich bereits über ihn wusste, reichten aus, um mich einzuschüchtern. Nur ein überaus erfahrener Seemann konnte es schaffen, den Haufen von Bösewichten und Schurken auf diesem Schiff mit eiserner Hand zu kommandieren. Nur ein ausgesprochen gewiefter Geist konnte immer wieder die Fährten reicher Handelsschiffe aufspüren. Und nicht zuletzt war es der langen, seemännischen Erfahrung des Kapitäns zu verdanken, dass er seinen Verfolgern immer wieder im letzten Augenblick entwischte. Über sein Leben rankten sich unter Seeleuten in aller Welt Mythen und Legenden. Keine glich der anderen. Nur dass Brandon trotz seiner Härte ungewöhnlich gute Umgangsformen pflegte, stand außer Zweifel. Einige munkelten, er stamme von einem alten Adelsgeschlecht ab, das durch Intrigen und haltlose Anklagen verarmt sei und seitdem vor den englischen Gesetzeshütern flüchten musste. Andere erzählten, dass das Schloss der Familie noch immer in der Nähe von London vor sich hin rottete und von bösen Geistern bevölkert wurde.

Doch dieses Wissen half mir momentan auch nicht weiter. Winzig klein fühlte ich mich vor Kapitän Brandon. Hilflos wanderte mein Blick über seine große Gestalt, von den breiten Schultern über die stattliche Brust, zu den kräftigen Armen und Händen. Er sah mich mit ruhigen, aber aufmerksamen Augen an. Neben ihm standen Noah und Jack.

Jetzt kommt alles raus, schoss es mir durch den Kopf. Mir wurde schwindelig. Ich musste nach der nächsten Stuhllehne greifen, um nicht den Halt zu verlieren. Die Stimme von Jacks Vater war dieses Mal beinahe fürsorglich, als er mich ansprach.

»Du bist wohl noch nicht ganz wieder bei Kräften, Tom. Setz dich doch.« Er deutete auf den Stuhl, an dem ich mich verzweifelt festklammerte. Ich ließ mich erleichtert darauf nieder.

»Zunächst möchte ich dir für deine Tapferkeit danken. Nicht jeder wäre so mutig gewesen und hätte sein Leben aufs Spiel gesetzt, um meinen Sohn zu retten. Noah hat mir inzwischen gebeichtet, dass er dich an Deck geholt hat. Er hat dich angeblich aus einer gefährlichen Lage befreit. Mehr wollte er mir nicht erzählen, aber da ich weiß, dass ich Noah vertrauen kann, glaube ich ihm. Nun ja … Wie es scheint, haben die beiden Halunken viel mehr Unheil angerichtet, als ich ohnehin angenommen hatte. Dafür haben sie ihre Strafe erhalten. Und nun zu dir: Du kannst dich ab sofort frei auf dem Schiff bewegen.«

Schweigend und erstaunt vernahm ich die letzten Worte. Kapitän Brandon war mittlerweile aufgestanden und um den Tisch herum auf mich zugekommen.

»Darauf gebe ich dir das Ehrenwort eines Freibeuters«, grinste er mich an und streckte mir seine Hand entgegen.

Noch völlig überrascht über die unerwartete Wendung meines Schicksals ergriff ich die Pranke und schüttelte sie heftig.

»Ja ja, schon gut. Nicht so kräftig, junger Mann. Diese Hand brauche ich noch.«

Damit entzog er mir seine Hand, trat einen Schritt auf mich zu und umarmte mich stürmisch.

»Danke, dass du meinen Sohn gerettet hast. Wenn Jack damit einverstanden ist, werde ich dich bis auf weiteres in seiner Kajüte einquartieren.«

Fragend blickte er zu Jack hinüber.

»Ja, natürlich, Vater, wir werden uns schon verstehen.«

Die Begeisterung in Jacks Blick war für mich unübersehbar, doch der Kapitän und Noah schienen nichts zu bemerken.

»Dann wäre das also geklärt«, freute sich der Kapitän und schlug sich lachend auf den Bauch. »Sagt mal, habt ihr auch so ein großes Loch im Magen wie ich? Dagegen sollten wir dringend etwas unternehmen. Ihr seid zur Feier des Tages meine Gäste. Noah, bestell dem Koch, er soll für uns ein kleines Festessen bereiten. Und für die Mannschaft gibt's eine Extraportion Rum.«

Als ich einige Stunden später die Achterkajüte betrat, erwartete mich eine prächtig gedeckte Tafel. Silberne Teller funkelten mit auf Hochglanz polierten Kerzenleuchtern um die Wette. Feierlicher Lichtschein brach sich in kostbaren Kristallgläsern, die tanzende Lichtreflexe an die Deckenbalken zauberten. Riesige Schalen, Servierbretter und schwere Karaffen ruhten zwischen den Schlingerleisten. Der Duft von knusprig gebratenem Fleisch und frischem Brot stieg in meine Nase. Mir lief das Wasser im Mund zusammen.

Es wurde ein sehr vergnüglicher Abend. Der schwere Wein löste nach und nach die Zungen aller Anwesenden. Ich erzählte ausgiebig von meinem Leben in Plymouth und meinem fürsorglichen Oheim. Und endlich erfuhr ich auch etwas mehr über Jack und die Umstände, wie er und sein Vater Piraten geworden waren. Es war eine lange und abenteuerliche Geschichte, die der Käpt'n sicher nicht zum ersten Mal erzählte. Mit ihr bewahrheitete sich zumindest ein Teil der Gerüchte, die ich bereits über den Piratenkönig gehört hatte. Jack und ich tauschten an diesem Abend viele verheißungsvolle Blicke aus. Ich hatte mich schon lange nicht mehr so wohlgefühlt. Als wir später in unserer gemeinsamen Koje lagen, trafen sich dann nicht nur unsere Blicke. Wieder wärmte ich Jack, so wie ich es ihm versprochen hatte. Und er wärmte mich – und mein aufgeregt schlagendes Herz.

Die nächsten Tage und Wochen vergingen wie in einem seltsamen Traum. Ich gewöhnte mich überraschend schnell an das Piratenleben. Meine anfängliche Unsicherheit legte sich mit jeder Stunde, die ich wie der Rest der Crew bei Wind und Wetter in den Wanten verbrachte. Es machte mir Spaß, mich im Wettkampf mit den erfahrenen Seebären zu messen. Bald schon war ich nicht mehr der Letzte, wenn es darum ging, die oberste Rahe am schnellsten zu erklimmen. Und manchmal war ich sogar der Erste.

Immer häufiger tauchten an der Kimm nun ungewöhnliche Wolken auf. Sie hatten die Form von weißen Segeln und gehörten, wie der Ausguck versicherte, eindeutig zu englischen Kriegsschiffen. Wir wurden verfolgt. In den ersten, unbedachten Momenten hoffte ich noch auf die Rettung durch meine Landsleute. Doch diese Hoffnung verwarf ich bald. Zu sehr hatte ich mich an das freie, ungezwungene Freibeuterleben gewöhnt, als dass ich die *Bone* hätte verlassen wollen. Ich musste zugeben, die Seefahrt hatte mich in ihren Bann gezogen. Aber sollte ich Brian deshalb wirklich für immer aufgeben? Ich fand einfach keine Antwort auf diese schmerzliche Frage. Da Kapitän Brandon es dank seiner eingespielten Mannschaft und seines wendigen Schiffs immer wieder schaffte, den Treibern zu entkommen, erübrigten sich diese

Gedanken jedoch bald. Nach fünf Tagen ununterbrochener Verfolgung rief der Kapitän überraschend alle Männer an Deck.

»Wie ihr seht bleibt uns diese verdammte Kriegsmarine seit Tagen am Heck kleben. Ich glaube, es ist an der Zeit, der alten Heimat Lebewohl zu sagen.«

Er machte eine bedeutungsvolle Pause, in der sich alle fragten, welche Teufelei er als nächstes ausgebrütet hatte. Neugierig sah ich zu Jack hinüber, der neben seinem Vater stand. Doch auch er schien vollkommen ahnungslos zu sein und zuckte nur unsicher mit den Schultern.

»Ich habe beschlossen, die Segel zu setzen und die Neue Welt jenseits der uns bekannten Meere zu erobern. Dort wo Land und Leute frei sind, wo uns die See mit offenen Armen empfängt, werden wir sicher sein vor unseren Verfolgern. Außerdem … « Die nächsten Worte sprach er betont langsam und deutlich. »Außerdem beladen die Spanier dort ihre Goldflotte. Eine reiche Beute ist uns sicher. Wollt ihr mir folgen in die Neue Welt?«

Ein Augenblick lang herrschte sprachlose Stille, dann erbebte das Schiff in einer Salve von Jubelrufen, wie ich es bisher noch nie erlebt hatte. Alle waren aus sich. Begeistertes Johlen und Rufen hallte über das Deck. Alle waren sich sicher, dass uns in der Ferne unendliche Freiheit und unbeschreiblicher Reichtum erwarteten.

»Wir werden uns davonmachen wie der Wind«, übertönte Brandons kraftvolle Stimme das Jubelgeschrei. »An der afrikanischen Küste machen wir einen letzten Zwischenhalt bei unseren Freunden, um Proviant aufzunehmen. Dann heißt unser neues Ziel: Amerika!«

Nur langsam legte sich der Freudentaumel. Er machte einer großen Erleichterung Platz. Endlich sollte das Katz-und-Maus-Spiel mit der englischen Kriegsmarine und allen anderen, die uns jagten, ein Ende haben. Die Besatzung war sichtlich froh darüber. Nur eine kleine Handvoll Männer wollte nicht mitkommen, um dieses Abenteuer zu wagen. Sie meldeten sich am nächsten Tag bei Kapitän Brandon. Er versprach, sie auszuzahlen und im nächsten Hafen an Land zu setzen. Schon kurz darauf peilten wir in Richtung der afrikanischen Westküste. Die Mannschaft bestand im Ganzen aus 115 Mann, die vielen verschiedenen Nationen angehörten. Nur die höchsten Posten an Bord waren von Engländern besetzt, der Rest kam aus Spanien, Frankreich oder Portugal. Sogar einige Schwarze aus dem fernen Afrika hatte es an Bord verschlagen. Verdiente Seeleute waren alle Besatzungsmitglieder der *Bone*, allerdings waren sie aus unterschiedlichsten Gründen von ihrem Land oder ihren Landsleuten verstoßen worden. Wahrscheinlich nicht immer zu Unrecht. Doch mir präsentierte sich die Crew lediglich als eine Horde athletisch gebauter Männer, guter Matrosen, heiterer und fröhlicher Naturen, die auch schwere Arbeiten nicht scheuten. Sie bildeten an Bord eine kleine Gemeinschaft, die nur ihren eigenen Regeln gehorchte. Nur Noah schien nicht richtig dazuzugehören. Er war ein wirklicher Einzelgänger. Für mich aber war er seit unserem ersten Zusammentreffen zu einem guten Freund geworden.

Eine kleine Bucht südlich von Agadir sollte der Ausgangspunkt für unsere gefahrvolle Reise in die Neue Welt werden. Vor allem die schwarzen Besatzungsmitglieder fieberten der Ankunft entgegen. Viele von ihnen hatte Kapitän Brandon vor einigen Jahren genau hier von einem sinkenden Sklavenschiff gerettet. Aus Dankbarkeit hatten Sie ihm ewige Treue geschworen. Seither hatten sie sich nie über ihren Retter beklagt, auch wenn er sie wie den Rest der Besatzung täglich zu Höchstleistungen antrieb.

Am zehnten Tag, nachdem der Käpt'n den neuen Kurs gesetzt hatte, tauchte endlich der lang ersehnte Landstreifen an Backbord auf. Schon in wenigen Stunden würden wir in den kleinen, unscheinbaren Hafen einlaufen. Nicht länger als fünf Tage sollte unser Aufenthalt dauern. Es sollten lediglich ein paar kleine Reparaturen am Schiff gemacht und einige Segel vor der stürmischen Überfahrt ausgetauscht werden. Die schwarzen Besatzungsmitglieder, deren

Familien in der Nähe wohnten, bekamen ausnahmsweise zwei Tage frei, um sich verabschieden zu können.

Ich stand gerade an Deck und versuchte die nahende Küstenlinie genauer auszumachen, als Jack am hinteren Niedergang erschien.

»Tom, komm her!«, winkte er mich aufgeregt zu sich heran.

»Mein Vater will mit uns sprechen. Wir sollen zu ihm in die Kapitänskajüte kommen.«

»Weißt du, was er von uns will?«, fragte ich beunruhigt. Jacks Vater ließ nur selten Besatzungsmitglieder zu sich rufen. Es musste sich also, um etwas außerordentlich Wichtiges handeln. Doch Jack sah mich beschwichtigend an.

»Keine Sorge. Ich weiß auch nichts. Aber sicherlich will er uns nur über ein paar Besonderheiten bei der Hafeneinfahrt unterrichten.«

Ich schwieg, aber es wunderte mich trotzdem, dass der Käpt'n mich sehen wollte. Ohne anzuklopfen öffnete Jack die Kabinentür. Kapitän Brandon saß hinter seinem riesigen Tisch. Er musterte uns eingehend.

»Meine Herren«, begann er förmlich, nachdem wir vor ihm Stellung bezogen hatten. »Wenn wir in einigen Tagen wieder unsere Anker lichten und aufbrechen in die Neue Welt, verlassen wir den alten Kontinent vielleicht für immer. Ich will es kurz zu machen.« Er räusperte sich geräuschvoll. »Ganz in der Nähe von hier, auf einer kleinen Insel, liegt ein Schatz vergraben.«

Jack und ich sahen uns sprachlos an.

»Ich möchte, dass ihr noch heute aufbrecht, um dieses Kleinod zu bergen und ohne großes Aufsehen an Bord zu bringen. Immer wenn ich in den letzten Jahren hier vorbeikam, habe ich meinen Anteil dort versteckt. Inzwischen stapeln sich wohl einige Kisten mit Gold und Edelsteinen an besagter Stelle. Ich vertraue dir, mein Sohn. Und dein Freund scheint mir der richtige Gefährte für diese bedeutsame Expedition zu sein. Zudem stelle ich euch Noah zur Seite. Er wird für euren Schutz sorgen. Ihr braucht aber noch zwei weitere kräftige und zuverlässige Seeleute, die euch helfen die schweren Kisten zu bergen.«

Brandon war aufgestanden und wanderte nachdenklich auf und ab.

»Ich wüsste, wem wir vertrauen können«, mischte ich mich ein. »Paul Morgan und Henry Torbett sind verschwiegen und ehrlich. Auf sie kann man sich mit Sicherheit verlassen.«

Paul Morgan war der Proviantmeister. Er war dafür verantwortlich, dass sich ausreichend Vorräte für die gesamte Fahrtdauer in den Lageräumen befanden. Ein wichtiger Posten. Ging der Proviantmeister zu sorglos mit der Verpflegung um, musste die Mannschaft am Ende hungern, was zu Krankheiten und Seuchen führen konnte. Hielt er die Vorräte aber unnötig lange zurück, führte das zu Unzufriedenheit oder sogar zur Meuterei. Paul beherrschte diesen schwierigen Balanceakt perfekt. Mit starker Hand regierte er über das Reich der Lagerräume, deren Betreten einfachen Mannschaftsmitgliedern streng untersagt war. Ein Verbot, an das sich alle hielten. Nicht zuletzt, weil sich niemand mit Paul anlegen wollte. Er war groß wie ein Baum, hatte kräftige Armen und breite Schultern. Er verstand keinen Spaß und ließ sich nur selten an Deck sehen. In der Besatzung galt er als mürrischer, aufbrausender Draufgänger.

Aber das war nicht Grund, warum ich ihn vorschlug, uns bei der Bergung des Schatzes zu helfen. Vor einigen Tagen hatte ich eine ungewöhnliche Begegnung mit dem Proviantmeister gehabt – mit ihm und mit Henry Torbett. Der Käpt'n hatte mich zu Paul geschickt, um Nachschub seines geliebten, spanischen Weines zu holen. Ich sauste los zu den Lagerräumen im Vorschiff, wo sich der Proviantmeister in der Regel aufhielt. In den letzten Wochen hatte ich alle möglichen Ecken und Winkel des Schiffes erkundet, aber hierher hatte es mich bisher noch nicht verschlagen. Unmengen von Kisten und schweren Säcken türmten sich bis unter die Decke des schummerigen Lagers. Nur den Meister der Vorräte konnte ich nirgends entdecken. Ich wollte gerade umkehren, als ich plötzlich Stimmen aus einem Raum weiter vorne hörte. Je näher ich kam, desto deutlicher erkannte ich Paul Morgans dröhnendes Organ.

»Los, stell dich nicht so an. Leg die Säcke hier ordentlich übereinander, dann wird's schon gehen. Hier, ich helfe dir. Na also, so passt es doch.«

»Pass doch auf, ich breche mir noch sämtliche Knochen«, donnerte nun ein anderer Kerl zurück. »Der Käpt'n wird gar nicht begeistert sein, wenn ich hier runterknalle und morgen auf der Krankenstation liege. Verdammt, nun halt doch endlich richtig fest.«

Das heftige Fluchen der Männer über ihre schwere Arbeit ließ mich vorsichtig sein. Auf keinen Fall wollte ich sie erschrecken und dadurch ein Unglück hervorrufen. Genauso wenig wollte ich in der hochkochenden Auseinandersetzung zwischen die beiden Streithähne geraten. Auf Zehenspitzen bog ich um die nächste Ecke. Was ich dort sah, haute mich um. Ich traute meinen Augen nicht. Da stand der Proviantmeister mit auf den Knien hängender Hose vor einem Stapel prallgefüllter Säcke und versenkte in diesem Moment seinen dicken Hammer in dem Arsch eines vor ihm liegenden Mannes. Der war vollkommen nackt und ruhte lang ausgestreckt auf dem Rücken. Er krallte sich mit beiden Händen an den Proviantsäcken fest, um nicht das Gleichgewicht zu verlieren, während Paul ihn an den Fersen festhielt und seine Beine weit auseinanderbog.

»Ja, so ist es gut, Paul. Schieb ihn weit rein. Lass mich deinen harten Riemen in meinem Arsch spüren. Ich habe schon so lange auf diesen Augenblick gewartet. Sieh nur, wie mein strammer Schwanz dir entgegenspringt«, stöhnte der nackte Kerl, in dem ich inzwischen Henry Torbett erkannt hatte, den Obermaat an Bord der *Bone*. ein Er war ein fast ebenso stattliches Mannsbild wie Paul Morgan. Ich hatte ihn schon häufiger bewundert, wenn er mit den anderen die schwere Ankerkette gelichtet und seine Kameraden dabei lautstark mit zotigen Seemannliedern angespornt hatte. Was ich jetzt von ihm sah, gefiel mir allerdings noch besser. Sein dicker Riemen ragte beinahe senkrecht in die Luft und zuckte erwartungsvoll auf und ab, während Pauls Teil seinen strammen Hintern enterte.

»Glaub mir, Henry«, brummte der Proviantmeister. »Schon sehr bald wirst du mich anflehen, dich von meinem stürmischen Hammer zu erlösen. Aber das wird dir nichts nützen. Wenn ich deinen Kiel erst richtig ausgelotet habe, werde ich dich so heftig rannehmen, dass dir der Orkan letzte Nacht wie eine kleine Brise vorkommen wird.«

Mit diesen Worten trieb Paul seinen langen Bolzen schnell und heftig voran. Im Nu hatte er die richtige Trimmung für sein Kommando gefunden. Sein Atem ging schneller. Immer wieder leckte er sich mit der Zunge über die weit geöffneten Lippen. Leidenschaftlich warf er den Kopf in den Nacken. Ich konnte förmlich spüren, wie ihm angesichts der gierigen Hingabe des Obermaats das Wasser im Mund zusammenlief. Henrys Adern an den Armen traten deutlich hervor, während er sich mit den Händen in den groben Leinensäcken festkrallte. Unter Pauls unnachgiebigen Stößen wankte der ganze Stapel bereits gefährlich. Doch Henrys dampfendem Hintern schien die Wucht des Proviantmeisters nur Lust auf Mehr zu machen. Das verriet der noch immer stramm aufragende Ständer des Obermaats. Längst versuchte auch mein Schwanz, der engen Hose zu entkommen. In inniger Betrachtung des sich mir darbietenden Schauspiels hatte ich mich an den offenen Türrahmen gelehnt und löste genussvoll die Bänder meiner Beinkleider. Schon lag mein praller Schwanz zuckend in meinen Händen. Das bebende Teil war kaum mehr zu bändigen. Henry erging es offenbar nicht anders. Er stöhnte inzwischen so laut, dass ich befürchtete, er wolle die ganze Mannschaft zusammenrufen, um sie dabei zusehen zu lassen, wie er von Paul bearbeitet wurde. Wild schlug sein Kopf hin und her. Sein verschwitzter Brustkorb hob und senkte sich zitternd. Aus der prallen Spitze seines zuckenden Riemens tropfte klarer Saft auf seinen angespannten Bauch.

Doch dann erstarrte Henry plötzlich inmitten seiner tobenden Bewegungen. Sein Kopf blieb auf der Seite liegen und er sah mich mit weit aufgerissenen Augen an. Er hielt den Atem an. Paul blieb das plötzliche Innehalten seines Kumpans nicht verborgen. Er folgte dem Blick des Obermaats. Für einen kurzen Moment herrschte Stille auf dem tosenden Meer. Nur Pauls schwer atmender Brustkorb bewegte sich auf und ab und sein starrer Blick musterte mich von oben bis unten. An meiner nicht zu übersehenden Erregung blieb er hängen. Langsam verzogen sich die Mundwinkel des Proviantmeisters zu einem verständnisvollen Grinsen.

»Du kommst gerade recht, Tom. Henry kann sich kaum noch halten bei der stürmischen See. Du bist doch ein kräftiger Bursche. Los, gib ihm ein bisschen Hilfestellung.«

Bedächtig nahm Paul seine Bewegungen wieder auf. Seine Arschmuskeln arbeiten schon wieder kräftig, als auch Henry sich entspannte, vorsichtig eine Hand von den Säcken löste und mich zu sich heranwinkte.

»Na, komm schon her. Du kannst mir helfen mich festzuhalten, wenn der nächste Sturm über mich hereinbricht. Ich glaube … Ah … die ersten …Brecher rollen … bereits heran.«

Die letzten Worte kamen nur stockend aus seinem Mund, da Paul schon wieder volle Fahrt aufgenommen hatte.

Unsicher näherte ich mich dem wilden Treiben. Meine Hose verlor ich nach zwei Schritten und mein Hemd fiel von alleine von den Schultern. Als ich neben den beiden stand, war ich nackt. Sofort packte Henry meinen Hintern und zog mich dicht zu sich.

»Hier finde ich viel Besseren halt«, keuchte er. »Pack mein Ruder und steuere mich durch diesen verfluchten Sturm. Nimm am besten … «

Was immer er auch noch sagen wollte, es ging in einem lauten Stöhnen unter. Paul hatte wohl eine besonders empfindliche Stelle getroffen, die den armen Henry vollends in den Wahnsinn trieb. Verzweifelt packte der Obermaat meinen Kopf und drückte ihn auf seinen steifen Schwanz hinab. Seine feuchte Eichel passte kaum in meinen Mund, so dick war sie inzwischen angeschwollen. Doch die kräftige Rechte an meinem Hinterkopf duldete keinen Widerstand. Tief rutschte der saftige Kolben in meine Kehle, während sich Henrys linke Hand zwischen meinen Arschbacken vergrub. Erst als zwei Finger tief in meiner Höhle steckten, schien Henry sich wieder einigermaßen sicher zu fühlen. Keuchend erwartete er die nächste Woge. Und die ließ nicht lange auf sich warten. Paul hatte nur zufrieden gebrummt, als Henrys Schwanz in meinem Mund verschwunden war. Jetzt tauchte er seinen Hammer wieder mit unverminderter Kraft in Henrys heiße Lustpforte. Mit jedem Wellenschlag stieß er auch den Schwanz in meinem Mund weiter und weiter. Meine eigenen Händen hielten sich nun gleichzeitig an Henry und den schwankenden Säcken fest. Mein Schwanz rieb unsanft zwischen Henrys haarigem Arsch und dem groben Sackstoff hin und her.

»So wird's gehen«, brummte Paul. »Schön festhalten, Burschen. Die nächsten Brecher haben es in sich.«

So etwas wie die nun lostobende Sturmflut hatte ich noch nicht erlebt. Den sich überschlagenden Stöße und Hieben von Pauls Rammbock konnte Henry nicht lange standhalten. Sein langgezogenes Stöhnen ging in schnelles und heftiges Keuchen über. Sein Hintern wand sich und versuchte der mächtigen Brandung zu entkommen, doch für Paul war es ein leichtes, dem Obermaat jedes Ausweichen unmöglich zu machen. Er legte kurzerhand die Fersen des unter ihm liegenden Matrosen auf seine breiten Schultern, packte sich die Hüften seines Opfers und rammte seinen harten Bolzen in noch rasanterem Tempo in dessen Arsch. Ich stemmte mich breitbeinig und mit aller Kraft gegen die schwankenden Säcke. Dennoch war mir klar, dass der instabile Aufbau jeden Augenblick in sich zusammenbrechen musste.

Plötzlich ging ein Zittern durch Pauls Körper. Keuchend hob und senkte sich sein Brustkorb. Dann zuckte sein Hintern wild hin und her, jäh zog er seinen dicken Schwanz aus Henrys Hintern. Mit einem lauten Schrei entlud sich sein angestauter Samen. Heißer Saft schoss mir über die Wange. Von der Wucht des heißen Strahls überrascht, wich ich zurück, als sich auch Henrys harter Riemen vor meinen Augen in ein berstendes Kanonenrohr verwandelte. Die letzte Attacke war selbst für ihn zu viel gewesen. Feuer speiend entlud sich seine gefährliche Waffe. Schlagartig bedeckte seine kochende Ladung mein verdutztes Gesicht.

»Mann, was für ein Anblick«, flachste Paul, als ich immer noch überrascht den zähen Saft von meiner Stirn wischte.

»Das ist die gerechte Strafe, wenn man zwei fleißige Matrosen bei der Arbeit stört«, stimmte Henry lachend ein.

»Ihr beiden würdet doch jetzt unter einem Stapel Säcke begraben liegen, wenn ich nicht gekommen wäre«, erwiderte ich trotzig.

»Und wenn du deine Arbeit vernünftig gemacht hättest, wärst du vielleicht auch gekommen, so wie wir«, grinste Paul verschlagen. »Aber da du uns geholfen hast, werden wir dir jetzt natürlich auch helfen, nicht wahr, Henry?« Der Obermaat nickte, und packte mich dann unerwartet von hinten.

»Auf seine Kameraden sollte man sich immer verlassen können. Und auf uns kannst du dich verlassen, Tom«, sagte er und warf mich auf den Stapel Säcke. Ächzend kam ich auf dem Rücken zum Liegen. Sofort griff mir Paul zwischen die Beine und zog sanft meine Eier nach unten. Schon fühlte ich seine Lippen über meiner Schwanzspitze. Die raue Zunge wanderte fordernd den Schaft entlang. Dann kam Henrys Zunge dazu. Von beiden Seiten bedrängten die zwei Mannsbilder meinen pochenden Hammer. Ihre Lippen wanderten unermüdlich über mein bestes Stück.

»Das halte ich nicht lange aus«, stöhnte ich schwer atmend.

»Wir haben ja auch nicht den ganzen Tag Zeit«, lautete die lachende Antwort des Proviantmeisters.

Mit jeweils einer Hand kneteten die beiden meine Brustwarzen. Die übrigen Hände suchten meinen Hintern nach seinem verborgenen Eingang ab. Kämpferisch zwängten sich zwei Finger durch meinen Muskelring. Gleichzeitig versank mein Schwanz zwischen den Lippen des ersten Draufgängers, während der zweite meine Eier in seine warme Mundhöhle gleiten ließ.

»Ahh … Uuhh … Ihr macht mich wahnsinnig«, schrie ich hemmungslos.

Brodelnd bahnte sich mein Samen seinen Weg. Wild bockend bäumte ich mich auf, während die beiden mit ihren Fingern in meinem Hintern spielten. Schon fühlte ich den heißen Saft durch meinen Schaft schießen. Als Henry plötzlich ruckartig seinen Kopf zurückzog spritzte mein Samen weit auf meinen Bauch. Der zweite Schuss ging sogar bis zum Hals hinauf. Der nächste Schuss traf mich direkt ins Gesicht.

»Na, wie schmeckt dir dein eigener Saft, nachdem du schon unseren gekostet hast?«, wollte Paul wissen.

Genießerisch leckte ich mir über die feuchten Lippen.

»Ich glaube, meiner schmeckt mir immer noch am besten. Aber sicher bin ich mir durchaus nicht.«

Mühsam setzte ich mich auf und strahlte die beiden Männer zufrieden an.

»Vielleicht kann ich ja später noch einmal eine kleine Kostprobe bekommen?«

Fragend sah ich Paul und Henry zwischen die Beine.

»Darüber lässt sich reden«, grinste Henry. »Oder was meinst du Paul?«

»Aber zuerst sollten wir diese Vorratssäcke richtig festzurren. Wenn beim nächsten Sturm die ganze Ladung verrutscht, möchte ich nicht, dass der Käpt'n hier unten steht«, gab Paul zu bedenken.

Beim Wort »Käpt'n« traten mir blitzartig Schweißperlen auf die Stirn.

»Ach ja … Ich sollte doch Wein … für den Käpt'n holen«, stotterte ich unbeholfen.

»Verdammt, dann solltest du dich sputen Tom. Wenn sein Essen schon auf dem Tisch steht, ohne dass sein geliebter Wein im Glas funkelt, hat die ganze Mannschaft morgen nichts zu lachen. Komm, ich hol dir schnell eine Flasche«, fluchte der Proviantmeister und war schon im Nebenraum verschwunden.

Ein Matrose trug gerade das Tablett mit den Speisen durch den schmalen Gang zur Kapitänskabine, als ich mit der Flasche eintraf.

»Der Wein für den Käpt'n«, rief ich aufgeregt hinter ihm her. Verdutzt sah er mich an, als ich die Flasche kommentarlos auf das Tablett stellte und mich schon wieder davonmachte. Achselzuckend öffnete er die Tür:

»Ah, endlich das Essen«, hörte ich Kapitän Brandon noch brummen. »Und der Wein ist auch dabei. Herrlich!«

Der Käpt'n hatte seinen edlen Tropfen also noch rechtzeitig erhalten. Die Kostprobe ihres besonderen Saftes waren mir Paul und Henry seither allerdings schuldig geblieben. Ich hoffte sehr, dass sich bei der Bergung des Schatzes eine Gelegenheit bieten würde, diese Schuld zu begleichen. Und da Kapitän Brandon nichts dagegen hatte, dass Obermaat und Proviantmeister unsere Exkursion begleiteten, stand dem auch nichts mehr im Weg.

»Paul Morgan und Henry Torbett also? Wenn du keine Einwände gegen die beiden hast, mein Sohn, wärt ihr dann also komplett.«

Diese kleine Truppe war meiner Meinung nach nicht nur komplett, sie war nahezu perfekt. Mein Schwanz zuckte bei dem Gedanken an die Tage in Gesellschaft dieser vier Prachtkerle munter hoch.

»Wann sollen wir aufbrechen, und wo liegt der sagenhafte Schatz, Vater?«, wollte Jack wissen.

»So gefallt ihr mir, Burschen. Ihr redet nicht lange herum, sondern kommt direkt zur Sache. Also, hier ist die Karte von der kleinen Insel. Ihre Lage wirst allerdings nur du allein erfahren, Jack. Packt Proviant für drei Tage ein. Heute Nacht werdet ihr die große Pinasse nehmen und lossegeln.«

Brandon drückte seinen Sohn fest an sich. Dann kam er zu mir.

»Pass gut auf ihn auf, Tom. Und kommt mir heil wieder zurück. Und jetzt los! Trefft eure Vorbereitungen so unauffällig wie möglich. Der Rest der Mannschaft muss nichts davon mitbekommen.«

Vor der Tür, klopfte Jack mir auf die Schulter: »Bist du bereit für unser kleines Abenteuer?«

»Mit dir jederzeit, Jack. Du sagst Noah Bescheid. Ich werde Paul und Henry in unsere Pläne einweihen. In zwei Stunden treffen wir uns zur ersten Lagebesprechung in deiner Kabine.«

»Vorher sollten wir noch klarstellen, wer dieses Unternehmen anführt, mein Freund.« Jack sah mich herausfordernd an.

»Aye, Aye, Käpt'n. Keine Frage, wer hier das Kommando hat«, gab ich grinsend zurück und salutierte pflichtbewusst.

»Am liebsten würde ich dir gleich hier zeigen, wozu ich dich abkommandieren möchte.«

Herzhaft griff er sich zwischen seinen Beinen. Nur widerwillig ließ sich der dicke Schwanz unter dem straff gespannten Stoff seiner Hose wieder zurechtrücken. Die Stelle, an der sich seine dicke Eichel an dem groben Leinen rieb, verfärbte sich bereits dunkel. Ich schmiegte mich an meinen Kapitän. Mein erwartungsvoller Riemen drückte sich hart gegen seinen Ständer.

»Ich werde jeden deiner Befehle ohne Widerrede ausführen«, flüsterte ich Jack ins Ohr. Zur Bestätigung leckte ich mit meiner feuchten Zunge zärtlich an seinem Hals entlang. Doch bevor sie ihren Weg zu seiner Brust fortsetzen konnte, nahm Jack meinen Kopf zwischen seine Hände.

»Nicht jetzt«, seufzte er. Seine großen, blauen Augen sahen mich sichtlich betrübt an. »Wir haben einen Auftrag zu erfüllen. Aber ich werde deine Gehorsamkeit später noch ausgiebig prüfen, verlass dich drauf. Übrigens: Wie kamst du überhaupt darauf, Morgan und Torbett vorzuschlagen«

»Den beiden kannst du vertrauen, wirklich! Aber das ist eine längere Geschichte. Vielleicht ergibt sich während unseres Streifzuges ja eine Gelegenheit, die beiden etwas näher kennenzulernen. Dann wirst du verstehen, warum.« Neugierig sah Jack mich an. Dann trennten sich unsere Wege.

Als wir uns später zu fünft in Jacks kleiner Kabine trafen, war die Spannung in der Luft förmlich zu greifen. Jack erklärte zunächst die Einzelheiten darüber, wo der Schatz versteckt lag und wie wir ihn heimlich an Bord bringen sollten. Paul und Henry machten große Augen und versprachen absolute Verschwiegenheit. Noah saß nur still dabei und ließ sich keinerlei Aufregung anmerken. Er verzog keine Miene. Sein Gesicht war so undurchsichtig wie immer. Trotzdem wusste ich, dass ich diesem schwarzen Kerl vor allen anderen mein Leben anvertrauen würde.

Nach Einbruch der Dunkelheit trafen wir uns wie vereinbart auf Deck wieder. Kapitän Brandon hatte die Pinasse unter einem Vorwand zu Wasser bringen lassen. Am nächsten Morgen würde das Verschwinden des Beibootes zwar Aufsehen erregen, aber auch dafür hatte Brandon sich bereits eine Erklärung zurechtgelegt: Der undankbare Tom hatte es nicht mehr ausgehalten und war geflohen. Die anderen vier hatten sofort die Verfolgung aufgenommen. Nach einigen Tagen würden sie mich als Gefangenen wieder zurück an Bord bringen. Ein kurzer Scheinarrest unter Deck würde sich dann nicht vermeiden lassen, doch der Kapitän hatte versprochen, persönlich Sorge dafür zu tragen, dass mir dort kein Haar gekrümmt wurde.

Jetzt aber mussten wir erst mal unbemerkt von Bord kommen.

Wir warteten, bis die erste Nachtwache ihren Rundgang beendet hatte, dann seilten wir uns von einer Kabine des Achterkastells vorsichtig an der Bordwand ab. Das Wetter war günstig. Der leichte, ablandige Wind würde uns dabei helfen, unser Ziel zügig zu erreichen. Leise und vorsichtig ruderten wir aus der kleinen Bucht. Die Riemen, die wir vorsorglich mit dicken Lappen umwickelt hatten, tauchten beinahe lautlos in das schwarze Wasser. Nur das Schnaufen einer aufgeschreckten Robbe an der Hafenausfahrt begleitete unseren heimlichen Aufbruch. Wir fuhren direkt auf die offene See hinaus. Für eine sichere Hafeneinfahrt war es bei der Ankunft der *Bone* bereits zu spät gewesen, sodass das Schiff erst am nächsten Morgen an der Kaimauer im Hafen festmachen sollte. Das verschaffte uns einen weiteren Vorsprung.

Draußen vor der klippenbewährten Bucht setzten wir das kleine Lateinersegel. Das Boot glitt hinein in die dunkle Nacht. Jack hatte von seinem Vater genaue Anweisungen erhalten. Dank einer genau festgelegten Route und präzisen Abgaben zu den Sternenbildern erreichten wir die kleine, vorgelagerte Insel schon nach kurzer Fahrt. Knirschend setzte die Pinasse auf dem flachen Sandstrand der halbmondförmigen Bucht auf. Im Nu hatte Noah mit ein paar trockenen Ästen ein kleines Feuer gezaubert. Nach einem kargen Nachtmahl rollten wir uns zusammen und warteten auf den Sonnenaufgang. Ich rückte ganz nah an Jack heran. Er umarmte mich und fuhr mit seinen Händen sacht über meinen Kopf.

»Sie stehen dir gut, diese kurzen Haare«, lächelte er mich an.

»Ich freue mich trotzdem schon auf den Tag, wenn sie wieder lang genug sind, um sie zusammenzubinden.«

»Dann werden wir schon in der Neuen Welt sein. Aber zuerst müssen wir unsere große Aufgabe meistern.«

»Ich kann es immer noch nicht fassen«, flüsterte ich. »Wir beide auf einer echten Schatzsuche.«

»Ich glaube nicht, dass wir lange suchen müssen«, antwortete Jack. »Nur wenn die Karte nicht stimmt oder wir einen Hinweis übersehen könnte es Probleme geben. Aber dann finden wir die Kisten ohnehin nie. In diesem Fall würde uns sicher weit Unangenehmeres erwarten als nur ein Tobsuchtsanfall meines Vaters.«

Ich zog Jack in meine Arme und küsste ihn leidenschaftlich.

»Mach dir keine Sorgen. Wir schaffen das schon. Außerdem habe ich von deinem Vater den Auftrag, gut auf dich aufzupassen.«

Jacks Antwort fiel nicht minder leidenschaftlich aus.

»Du bist ein wahrer Freund, Tom«, sagte er und presste dabei seine kreisenden Lenden gegen meinen steifen Schwanz. Dankbar lächelte ich ihn an. Mehr sprachen wir nicht in dieser Nacht. Unsere Lippen fanden andere Wege ihre Zuneigung auszudrücken als Worte.

Am nächsten Morgen führte Jack uns mithilfe der Karte zu dem Platz, an dem die gesammelten Reichtümer versteckt sein sollten. Lange Zeit folgten wir dem vorgezeichneten Weg mit den unauffälligen Markierungen. Er führte durch einen dichten Wald, entlang eines kleinen Flusses, bis zu einer schmalen, hohen Felsspalte. Hier blieb Jack stehen.

»Da wären wir. Nach den Angaben meines Vaters sind es von hier nur noch wenige Schritte. In der Höhle dort liegen die Kisten, die wir holen sollen.«

Vorsichtig zwängten wir uns einer nach dem anderen durch den engen Spalt. Jack entzündete eine Fackel. Flache, rutschige Stufen führten ins Innere des Felsens. Immer tiefer stiegen wir hinab, ließen Biegungen und Kreuzungen hinter uns, bis wir endlich eine große Höhle erreichten. Hell erleuchtete die Flamme den gewaltigen Raum. Ohne Probleme hätte der Besanmast einer kleinen Barke unter der hohen, steinernen Decke Platz gefunden. Erstaunt sahen wir uns an.

»Am anderen Ende der Höhle müssten die drei Kisten stehen«, sagte Jack und durchschritt zielsicher die Höhle. Hätte er die Fackel nicht dabeigehabt, wäre er wahrscheinlich über die drei staubigen Truhen gestolpert. So aber blieb er feierlich vor ihnen stehen, zog einen Schlüssel aus der Tasche und öffnete die schweren Vorhängeschlösser. Als er den Deckel der größten Kiste zurückklappte herrschte Totenstille. Alle starrten wir gebannt auf den Inhalt dieses Heiligtums. Und der konnte sich sehen lassen. Silbermünzen, goldene Pokale, reich verzierte Teller und Unmengen von Schmuck und Edelsteinen funkelten uns entgegen. Die Ladung der beiden kleineren Truhen war nicht weniger prachtvoll. Zusammengenommen mussten diese Reichtümer den Wert eines ganzen Herzogtums haben.

»Die meisten dieser Kostbarkeiten sind seit Jahrhunderten im Besitz unserer Familie«, sagte Jack schwermütig. »Mehr ist uns nicht geblieben, als wir aus England fliehen mussten.«

Schweigend und andächtig berührte er einige besonders schöne Stücke in der großen Truhe.

»Der Rest«, er deutete auf die zwei weiteren Kisten, »ist die Beute der letzten Jahre. Aber nun kommt und fasst mit an! Paul und Henry, ihr packt euch die dort vorne. Tom und ich werden diese hier nehmen. Noah, du trägst die kleinste.«

Keine der Truhen war riesig, da sie aber alle bis an den Rand gefüllt waren, bereitete es einige Mühe sie zum Ausgang zu schaffen. Auf dem weiten Weg zurück zum Boot mussten wir mehrere längere Unterbrechungen machen, um wieder zu Kräften zu kommen. Als wir den Strand erreichten, berührte die Sonne bereits den Horizont. Mit letzter Kraft hievten wir die Ladung in die Pinasse. Erst als alles sicher verstaut war, machte Jack wieder ein zufriedenes Gesicht.

»Der erste Teil unserer Mission wäre damit erledigt«, meinte er erleichtert. »Ich danke euch für euer tatkräftige Hilfe. Wir haben Grund zu feiern. Mein Vater hat mir dafür extra etwas mitgegeben.«

Unter unseren neugierigen Blicken zog Jack zwei große Flaschen Rum aus der Proviantkiste hervor.

Eilig verschwand Henry im Wald, um neues Holz zu holen, Paul entfachte die Feuerstelle von gestern Abend von neuem und Noah fing mit einem Speer ein paar Fische, die schon bald duftend über dem Feuer brutzelten. In gemütlicher Runde saßen wir um den knisternden Lichtschein herum. Rechts neben mir Jack und Noah, zu meiner Linken Henry und Paul. Überschwänglich drückte mir Jack einen Kuss auf den Mund, als ich ihm die Rumflasche reichte.

»Ho ho, ist das die Zugabe für besondere Verdienste? Dann wollen auch wir unseren Anteil«, forderte Henry grinsend. »Paul und ich haben schließlich die zweitgrößte Kiste geschleppt und das Holz für das Feuer habe ich ganz alleine gesammelt.«

»Hier, nimm die Flasche, Paul. Für zusätzliche Rationen ist der Proviantmeister persönlich zuständig«, unterbrach Jack seinen Kuss nur kurz. Paul interpretierte diese Aufforderung auf seine Weise.

»Los, komm her, Henry«, brummte er, streckte sich genüsslich im Sand aus und knetete seinen steifen Riemen. »Mit Erlaubnis des Käpt'n gibt's für dich jetzt eine extragroße Portion.«

Mit gierigem Blick nahm Henry noch einen kräftigen Schluck aus der Flasche. Dann reichte er sie hastig an Noah weiter und stürzte sich auf den harten Schwengel des Freundes. Im nächsten Moment sank er auf die Knie und sein Kopf verschwand zwischen Pauls Beinen.

Aus dem Augenwinkel beobachtete ich, wie Noah sich bedächtig hinter Henry schlich. Da der Obermaat bereits seine Hose abgestreift hatte, genoss Noah den Anblick des runden Matrosenhinterns, der im Feuerschein aufreizend leuchtete. Vorsichtig ließ er ein kleines Rinnsal Rum aus der Flasche durch Henrys Arschspalte fließen. Dann leckte er dem scharfen Tropfen mit der Zunge hinterher. Henry stöhnte auf, als Noah seine Zunge durch seinen engen Eingang schob.

»Ja, zeig es ihm Noah«, spornte Paul den Schwarzen an.

»Oh nein, nicht er. Dir werde ich zeigen«, dröhnte es zurück.

Noch bevor Paul etwas erwidern konnte, hatte er bereits Noahs fetten Riemen im Mund. Auf allen vieren kniete Noah über dem Proviantmeister und schob seine schwarze Schlange in dessen weit geöffnetes Maul. Nachdem Paul den ersten Schrecken überwunden hatte, packte er willig den prallen Hintern des Hünen und schob seinen Mund noch fester auf den unerwarteten Eindringling.

Jack sah mich mit großen Augen an. Ich hatte inzwischen meinen Kolben in der Hand und grinste frech: »Ich hatte dir doch gesagt, dass Paul und Henry die Richtigen für dieses Abenteuer sind. Und sogar Noah scheint sich nun endlich als Teil der Truppe zu fühlen.«

In der Tat boten die Drei einen äußerst einträchtigen Anblick. Pauls mächtige Pranken umschlossen Noahs schwarzen Arsch wie zwei riesige Zangen. Mit heftigen Stößen fuhr der schwarze Hammer in seinem gierigen Rachen vor und zurück, während Henrys Schlund Pauls Schwanz wie im Rausch bearbeitete. Rasend schnell hob und senkte sich sein Kopf über dem dicken Kolben des Proviantmeisters. Wilde Schatten tanzten über die verschwitzen Körper der gut eingespielten Mannschaft.

Eine Weile beobachtete Jack das außergewöhnliche Geschehen. Dann wandte er sich wieder mir zu, lächelte mich an und ließ wortlos meinen Schwanz in seinem Mund verschwinden. Verführerisch tanzte seine Zunge um meinen pulsierenden Schaft. Ich ließ ich mich genüsslich in den warmen Sand sinken. Meine Augen sahen zum klaren Himmel empor. Ein Meer von Sternen funkelte am weiten Firmament. Ich fühlte, wie Jacks heiße Hände meinen zitternden Körper streichelten. Seine zärtliche Zunge versuchte, diesen Himmel für mich einzufangen. Ich schloss meine Augen und gab mich diesem erhebenden Augenblick ganz hin, bis irgendwann kleine, farbige Punkte vor meinen Augen tanzten. Sie explodierten zu neuen glühenden Himmelskörpern, die wiederum in einem prächtigen Feuerwerk weitere Sterne erschufen. Stetig steigerte sich mein inneres Spektakel, bis ich irgendwann aufsah und die helle Pracht von einem noch schöneren Anblick weggewischt wurde. Vor meinen Augen ragte der schönsten Schwanz, den ich mir je vorstellen konnte, in die Höhe.

»Weißt du noch? In der Nacht, als du mich gerettet hast, hast du mir versprochen mich zu wärmen, wann immer mir kalt wird«, sagte Jack mit schmunzelnder Miene. »Ich glaube, jetzt ist so ein Moment. Unser Lagerfeuer ist schon fast ausgebrannt und mein Freund hier ist schon ziemlich abgekühlt.«

Sanft senkte Jack seinen Schwanz über mein Gesicht. Freudig nahm ich den zuckenden Kerl in meinen Mund. Gleichzeitig legte ich meine Hände auf seinen kalten Hintern und drückte den Ständer noch fester auf meine heißen Lippen. Stöhnend machte sich nun auch Jack über meinen Schwanz her.

Schon eine ganze Weile schwelgten wir in diesem sinnlichen Vergnügen, als wir plötzlich merkten, dass es um uns herum merkwürdig still geworden war. Wo steckten die anderen auf einmal? Alarmiert ließ ich Jacks Schwanz aus meinem Mund gleiten und sah mich um.

»Wir wollten euch nicht stören«, erklang auf einmal Pauls Stimme. Der Proviantmeister stand direkt über uns. Schelmisch leckte er sich die Lippen: »Euer Treiben hat uns ziemlich eingeheizt. Aber ich glaube, wir hätten da noch einiges beizusteuern.«

Sichtlich erregt rieb er seinen zuckenden Ständer. Noah und Henry, die links und rechts neben ihm standen, waren mit dem gleichen Eifer bei der Sache. Grinsend sahen Jack und ich uns an. Ein kurzes Nicken, und schon schnappte ich mir Pauls fetten Hammer. Kniend machte ich mich über den geäderten Riesen her, während Jack sich, wie nicht anders zu erwarten, auf Noahs dicke Schlange stürzte. Der schwarze Bolzen war einfach eine zu große Verlockung.

Nun stellte sich Henry neben Paul, sodass ich die harten Riemen der beiden Freunde abwechselnd verschlingen konnte. Der direkte

Vergleich zeigte deutliche Unterschiede in Form und Geschmack, dennoch waren beide auf ihre Weise unwiderstehlich. Unter dem wollüstigen Stöhnen der beiden Mannsbilder, drängten schon bald zwei Ständer gleichzeitig zwischen meine Lippen.

»Ich kann nicht mehr.« Paul ließ sich zu Boden sinken. Schwer atmend lag er auf dem weichen Sand. »Wenn ich es nicht besser wüsste, würde ich sagen, deine Zunge ist ein Werkzeug des Teufels.«

Diese Gelegenheit ließ Henry sich nicht entgehen. Blitzschnell bückte er sich und angelte sich Pauls pochendem Ständer. Hungrig machte er sich über die fette Beute her. Seinen Hintern ließ er dabei lüstern auf Pauls Gesicht sinken. In genau dieser Stellung hatten die drei noch vor Kurzem Jack und mich vorgefunden. Erst jetzt verstand ich, wie berauschend ihr Ausblick gewesen sein musste. Aufs höchste erregt schob ich meinen zuckenden Riemen zwischen Henrys Beine und drückte vorsichtig, aber unerbittlich meine heißen Lenden gegen die kühlen Arschbacken. Mein Schwanz rutschte nach unten, vorbei an seinen Eiern auf Pauls verschwitzte Stirn.

»Hier, Obermaat, jetzt kannst du auch mal versuchen, mit zwei Riemen gleichzeitig zu hantieren.«

Für den kräftigen Kerl schien es allerdings die leichteste Übung zu sein, zwei Schwänze gleichzeitig in sich aufzunehmen. Schon verschwand mein Mast neben Henrys Ständer in Pauls großem Maul. Ein Schauer durchfloss meinen Körper, als ich den zuckenden Schaft des Obermaats neben Pauls reibender Zunge an meinen Kolben spürte. Reichlich Speichel floss aus dem Mund des Proviantmeisters, während er eifrig weiter an unseren Schwänzen saugte. Ich widmete mich nun meinem eigentlichen Anliegen. Henrys praller Hintern hatte es mir schon die ganze Zeit angetan. Jetzt endlich kniete ich direkt vor seinen herrlichen Halbkugeln und konnte mich ohne Scham bedienen. Paul starrte mich von unten an, als ich meine feuchte Schwanzspitze aus seinem Mund zog und auf Henrys verlockenden Eingang richtete. Der dicke

Riemen in seinem Mund machte ihm das Sprechen zwar unmöglich, aber sein schelmischer Gesichtsausdruck sprach Bände. Behutsam führte ich meine feuchte Eichel an den magisch pulsierenden Punkt. Sofort waren Pauls Hände zur Stelle und halfen mir den Eingang des Bootsmaats zu öffnen. Dann empfing mich die enge Grotte. Keuchend warf Henry den Kopf in den Nacken, während sich die Hände seines Kumpels um seine bebenden Hüften legten und ihn auf meinen Pfosten zogen.

»Ahh. … Dein riesiger Mast sprengt meinen Hintern.«

»Das kann ich mir gar nicht vorstellen«, stieß ich zwischen zusammengebissenen Zähnen hervor. Dann trieb ich meinen Bolzen fest in seinen Arsch. Immer schneller schlugen meine Eier gegen den knackigen Hintern. Der breite Rücken glänzte vom Schweiß. Mein Blick wanderte mit meinen Händen die Wirbelsäule hinauf. Ich spürte die arbeitenden Muskeln unter meinen Fingern. Dabei tauchte mein bestes Stück wieder und wieder tief in ihn ein. Ein wohliges Seufzen entwich meinem Mund, als eine Hand von hinten ruckartig meine Eier griff. Wie ein strammer Eisenring schlossen sich Pauls gierige Finger um die empfindlichen Kugeln und kneteten sie bis zur Schmerzgrenze. Ich schrie laut auf.

»Hier wird dich niemand hören«, spürte ich nun Jacks heißen Atem an meinem Ohr. Seine kräftigen Arme schlossen sich von hinten um meinen Brustkorb. Er zog mich gierig gegen seine Brust. »Hab ich dich, du undankbare Landratte. Flüchten wolltest du also, obwohl wir dich in unserer Mitte so hilfsbereit aufgenommen haben. Dann müssen wir dir wohl zeigen, was Freibeuter mit untreuen Heuchlern anstellen. Aber wie ich sehe, hat dich unser Proviantmeister schon gut im Griff. Männer, ich werde euch lobend erwähnen. Ihr habt den Flüchtling gestellt und dingfest gemacht. Mir bleibt also nur noch, dem Verräter die Flucht nach hinten abzuschneiden.«

Damit stieß Jack seinen harten Hammer wie einen gezückten Säbel gegen meinen Hintereingang.

»Ergib dich, du elender Banause. Das ist der letzte Ausweg, um dein wertloses Leben zu retten.«

Jack gluckste vor Lachen, als er mir im Befehlston ins Ohr flüsterte: »Du solltest jetzt wimmern und um Gnade flehen.«

Nun lachte auch ich laut los.

»So ein jämmerliches Schauspiel habe ich ja noch nie erlebt«, prustete ich.

»Noah«, befahl Jack. »Stopf dem Verräter sein dreckiges Maul.«

Plötzlich stand der schwarze Riese vor mir. Breitbeinig über Henrys Rücken stehend drückte er mir sein Rohr an die Lippen. Ich wollte noch eine gehässige Bemerkung machen, doch die Antwort wurde von dem vorstoßenden Ständer erstickt. Mit voller Wucht rammte die riesige Schwanzspitze in meinen Rachen hinein, füllte ihn bis zum Anschlag aus. Von Noahs Lenden ging noch immer der Duft von Jacks Speichel aus, mit dem der prächtige Schwanz ausgiebig geschmiert worden war. Ich bot dem Eindringling so gut ich konnte die Stirn. Schließlich wollte ich mir von den anderen später nicht nachsagen lassen, ich hätte bei dieser Aufgabe versagt.

»So ist es gut, Noah«, raunte Jack hinter mir. Sein harter Schwanz rieb sich noch immer ungeduldig an meinem Hintern.

»Damit du in Zukunft nie wieder auf die Idee kommst, die Flucht zu ergreifen, wird es Zeit, dich jetzt endgültig in unsere Mannschaft aufzunehmen. Wenn du erst einmal erfahren hast, wie belebend der Freistoß durch einen Freibeuter ist, wirst du noch darum betteln und ewige Treue schwören zu dürfen.«

Jack verstärkte den Druck auf meine Lustpforte. Seine pralle Schwanzspitze zitterte aufgebracht an meiner empfindlichen Stelle. Dann packte er mit einem festen Ruck meine Hüften und zog mich auf seinen harten Mast. Wieder wurde mein Protest von Noahs schwarzem Knüppel erstickt. Der schweigsame Schwarze legte sogar seine Pranken auf meinen Hinterkopf und drückte meinen Kopf tiefer auf seinen Bolzen. Mit seinem plötzlichen

Stoß hatte Jack seinen Säbel bis zur Hälfte in meinen Arsch geschoben.

»Nun wie gefällt dir das, du englisches Landei?«, scherzte er. Amüsiert ließ der Piratenprinz meine tobenden Versuche über sich ergehen, seiner Züchtigung zu entkommen. Zumal sie lediglich dazu führten, dass sein Riemen immer tiefer zwischen meine Arschhälften rutschte. Mir war das nur recht. Ich wand mich so lange, bis ich seine Sackhaare an meinem Hintern fühlte. Dann gab ich mich endgültig geschlagen. Willenlos ließ ich zu, dass Jack mich erbarmungslos mit seinem Schwanz nach vorne schob. Ich ertrug, dass mein eigener Hammer dadurch bis zum Anschlag in Henrys Hintern getrieben wurde. Und ich wehrte mich nicht, als ich schließlich bewegungsunfähig zwischen den beiden Piraten festklemmte. Für eine Weile regte sich keiner von uns.

»So, jetzt ist der Gefangene nach allen Seiten gesichert«, triumphierte Jack. Die Genugtuung in seiner Stimme war unüberhörbar. »Willst du jetzt noch immer versuchen auszubüchsen, du Schurke?«

Laut klatschte er mit beiden Händen auf meinen aufgespießten Hintern. Längst hatte ich mich an die harte Rute in meinem Kanal gewöhnt, sodass die sanften Vibrationen der Schläge mir nur noch mehr Lust bereiteten. Auch der riesige Kerl in meinem Mund bereitete mir keine Probleme mehr. Und Pauls strammer Griff um meine Eier pumpte meinen eigenen Schwanz in Henrys Arsch so weit auf, dass der Bootsmaat unter mir erschöpft keuchte. Ich weiß nicht, wer von uns Kerlen sich als erstes rührte, oder ob wir alle wie auf ein geheimes Zeichen gleichzeitig in Bewegung gerieten. Doch plötzlich zog Noah seinen Schwanz ein Stück weit aus meinem Mund. Jack folgte seinem Beispiel und riss mich dabei mit nach hinten. Dabei wäre mein Schwanz fast aus Henrys herrlichem Hintern gerutscht. Da Paul aber immer noch meine Eier umklammerte, hielt er unsere heiße Verbindung aufrecht. Kurz darauf schlugen Jacks Lenden mit Feuereifer gegen meinen

Hintern, mein eigener Schwanz versank rasend in Henrys Tiefen, Noahs Bolzen kitzelte die hintersten Regionen meines Rachens und Pauls williges Maul schluckte Henrys fetten Masten.

Vor meinen Augen schwang Noahs dunkler Bauch vor und zurück. Über seine schwarze Haut tanzten bunte Sterne. Meine Zunge kreiste wild um seinen schwarzen Bolzen, als seine Eier explodierten. Mit dem unbändigen Schrei eines afrikanischen Ureinwohners ließ er seine dickköpfige Schlange kochende Lava versprühen. Nur die erste Ladung konnte ich aufnehmen, der Rest landete auf meiner Brust. Von dort aus lief der Samen in kleinen Rinnsalen an meinem Bauch hinunter.

Jack packte von hinten meine Brustwarzen. Er bearbeitete sie so heftig, dass mir der Schweiß ausbrach. Meine Augen waren noch immer wie hypnotisiert auf den Kopf der tropfenden, schwarzen Schlange vor mir gerichtet, als ich spürte, wie Henrys Ringmuskel sich ruckartig um meinen Riemen zusammenzog. Ein enthemmtes Gurgeln signalisierte mir, dass der Bootsmaat seinen Saft jetzt direkt in Pauls Mund spritzte. Gleichzeitig hielt er dessen eigene übersprudelnde Quelle in der Faust und ließ sein Gesicht von heißen Fontänen überschwemmen.

»Sag schon, willst du für immer unter uns Freibeutern leben? Bist du bereit dazu, Tom Moore?«, dröhnte Jack plötzlich hinter mir. Sein harter Schwanz traf nun den tiefsten Punkt in meinem Hintern. Ich fühlte sein bebendes Zittern, als ich herausschrie: »Jaaa, ich bin bereit!«

»Dann nehme ich dich hiermit ein für alle Mal und unwiderruflich in unsere Gemeinschaft auf«, brüllte Jack wie von Sinnen. Dann rauschte sein Samen in üppigen Strömen in mein Loch, während sich gleichzeitig meine erste Ladung in Henrys Hintern ergoss. Als Jack bemerkte, dass auch ich überfloss, zog er mich hastig an den Hüften nach hinten, sodass meine restlichen Salven auf die vor mir liegenden Männern niedergingen.

Kurz darauf lag ich erschöpft, aber glücklich in Jacks Armen.

»Es fühlt sich gut an, endlich ein gesetzloser Freibeuter zu sein«, strahlte ich ihn an.

»Es fühlt sich gut an, endlich einen wahren Freund unter all den Freunden gefunden zu haben«, lautete seine geflüsterte Antwort. Ein langer, inniger Kuss machte jede weitere Erklärung überflüssig.

Die anderen schliefen schon längst. Nur wir beide lagen noch wach und beobachteten die Sterne am Nachthimmel. Im Osten tauchten an der glatten Kimm die ersten Sterne der Plejaden auf. Daneben dümpelte die Pinasse mit leisem Schwappen vor sich hin. Kleine Gischtwellen rollten seitlich auf den Strand. Als das Siebengestirn vollzählig über dem Horizont prangte, trafen sich unsere Blicke. Jeder versank in den Augen des anderen und unsere Seelen verschmolzen.

Schon früh machten wir uns wieder auf den Weg. Der feine Sand knirschte unter dem flachen Bootsrumpf, als Noah die Pinasse zurück ins seichte Wasser schob. Mit der Schulter stemmte er sich gegen den hohen Bug. Dann war das Boot frei. Mit einer Leichtigkeit, die man dem schweren Kerl nicht zutraute, sprang er an Board.

Die Sonne schickte gerade ihre ersten Strahlen über den Horizont, um den neuen Morgen zu begrüßen. Wehmütig auf der Bugducht sitzend sah ich ein letztes Mal zu der kleinen Insel zurück. Vielleicht war es für lange Zeit das letzte Mal, dass ich einen weißen Strand und grüne Bäume zu sehen bekam. Die Erinnerung an die vergangenen zwei Tage und die heiße letzte Nacht ließ den stillen Strand umso verheißungsvoller erscheinen. Doch der Wind trieb uns unerbittlich aufs offene Meer hinaus. Plötzlich stand Jack vor mir.

»Na, Tom? Du wirst doch nicht etwa doch noch von Zweifeln geplagt?«

Beherzt zog er mich in seine Arme. Leidenschaftlich empfing mein Mund seine warmen Lippen.

»Du solltest zuversichtlich zum Horizont blicken. Dorthin wird die Reise gehen.«

Sanft drehte er mich um. Mein Rücken schmiegte sich an seine Brust, unsere Hände fanden sich auf meinem Bauch. Ich folgte seiner ausgestreckten Hand und ließ meinen Blick über das weite Meer und den strahlend blauen Himmel streifen.

»Ja, du hast ja recht«, seufzte ich. »Ich bin froh, dass wir gemeinsam dieses Abenteuer erleben werden.«

»He, ihr beiden. Wenn ihr mit eurem Geturtel fertig seid, würden wir gerne vom Käpt'n erfahren, wie es jetzt weitergeht«

Grinsend löste sich Jack aus unserer Umarmung und ging zu den anderen hinüber.

Gegen Mittag trafen wir auf der *Bone* ein. Die schweren Kisten hatten wir sicher unter dicken Planen versteckt. Sie würden dort bis zur Nacht bleiben. Dann sollten Paul und Henry sie heimlich in Sicherheit bringen. Zu diesem Zeitpunkt würde ich längst unter Deck schmoren. Bei unserer Ankunft wurde ich gefesselt und an Bord gebracht. Vor den Augen der gesamten Mannschaft wurde ich für die nächsten Tage in die dunkle Kerkerzelle verbannt. Wieder führten wir ein Schauspiel auf. Doch diesmal mussten wir dabei ernst bleiben. Um Jacks tiefe Verachtung für meine Flucht nicht in Zweifel zu ziehen, durfte er mich kein einziges Mal in meinem Verlies besuchen. Das war der einzige Haken an dem sonst so genialen Plan von Kapitän Brandon. Ich vermisste Jack. Ich sehnte mich nach seinen warmen Händen auf meiner Haut, nach seinen weichen Lippen an meinem Mund, nach seinem bezaubernden Lachen, das mein Herz bis zum Hals schlagen ließ.

Zu meinem Trost fand wenigstens Noah etwas Zeit, mich in der unbequemen Zelle zu besuchen. Er munterte sich auf seine besondere Art und Weise auf. Trotzdem kamen mir diese wenigen Tage vor wie ewige Jahre der Gefangenschaft.

Nach gründlicher Beratung kamen der Kapitän und seine engsten Vertrauten zu folgendem Entschluss: Weil ich zum Zeitpunkt meiner »Flucht« noch kein vollwertiges Mitglied der *Bone* gewesen war, galt mein Ausreißen nicht als Meuterei. Also wurde es als unglückseliger Irrweg eines Gefangenen abgetan. Andernfalls hätte ich mich mit einem Strick um den Hals am höchsten Mast wiedergefunden. Doch keiner der Seeleute wollte mich dort baumeln sehen. Viele von ihnen hatten mich mittlerweile ins Herz geschlossen. Es blieb also nur ein Ausweg. Ich musste vor versammelter Mannschaft den Eidschwur der Freibeuter ablegen. Damit würde ich einer von Ihnen werden. Mit allen Rechten und Pflichten.

»Bist du bereit, dich uns anzuschließen, Thomas Moore?«, fragte Kapitän Brandon bei der Zeremonie an Deck. »Bist du bereit ein Freibeuter zu werden mit Leib und Seele? Dann schwöre!«

Ich legte die Hand auf mein Herz.

»Hiermit schwöre ich, ab jetzt und für immer ein Freibeuter zu sein … Solange ich lebe.«

»Packt ihn«, rief plötzlich ein Seeräuber hinter mir. Augenblicklich hielten mich drei starke Kerle an Armen und Beinen fest. Ein Vierter packte meinen Kopf von hinten.

Ein stechender Schmerz durchzuckte mein Ohr, dann war ich schon wieder frei. Ich taumelte und wäre gestürzt, wenn Kapitän Brandon mich nicht aufgefangen hätte.

»Nun gehörst du untrennbar zu uns, Thomas Moore. Du trägst das Erkennungszeichen der Freibeuter für jedermann sichtbar an dir.«

Meine Hand tastete vorsichtig nach der schmerzenden Stelle an meinem Ohr. Ein kleiner, metallischer Ring durchstach nun das blutende Läppchen. Jack kam lächelnd auf mich zu.

»Willkommen an Bord, Freibeuter.«

Er drückte mich fest an sich. Dann brach beim Rest der Besatzung tosender Jubel los. Von allen Seiten wurde mir freundschaftlich auf die Schultern geklopft, ich wurde beglückwünscht und umarmt.

Zur Sicherheit sollte ich vorerst weiter in Jacks Kabine schlafen, damit er mich besser im Blick hatte.

»Und ich verspreche dir, Tom, dass du vor meinen Augen keine Gnade finden wirst, falls du dein Wort brichst«, verkündete Jack so laut, dass alle es hören konnten. Die umstehenden Seeleute murrten zustimmend.

»Jede noch so kleine Verfehlung wird in Zukunft deutliche Spuren auf deinem Rücken hinterlassen.«

Eigentlich wusste Jack, dass er sich um meine Aufrichtigkeit keine Sorgen zu machen brauchte. Ich hatte mich wirklich mit Leib und Seele dem Freibeuterleben verschrieben. Und ich war glücklich über diese Entscheidung. Seine Drohung diente aber noch einem anderen Zweck, als nur meine Treue zu beschwören. Wenn in den nächsten Wochen die Nachtwache an unserer Kajüte vorbeikam und wilde Schreie oder lautes Stöhnen hörte, wunderte sich niemand darüber. Allen war klar, dass der Kapitänssohn den Jungpiraten mit der Peitsche züchtigte. Dass ich Jacks besondere Strafen in Wirklichkeit gierig und demütig entgegennahm, blieb unser Geheimnis. Er bedeckte nicht nur meinen Rücken wieder und wieder mit heißen Küssen, sondern fand noch zahllose weitere Stellen an meinem Körper, an denen er mich peinigen konnte. Aber es war nicht die Peitsche, die mich vor Schmerz laut aufheulen ließ, sondern die scharfen Striemen seiner Zunge, die mir unendliche Lust bereiteten. Eines Nachts sagte er zu mir: »Ich möchte dir ein Geschenk machen.«

Im Schein der Kerze holte er zwei kleine Ringe aus einer Schatulle. Sie glänzten silbern und waren nicht ganz geschlossen.

»Du besitzt bereits das Zeichen der Freibeuter in deinem Ohr.«

Ich nickte zufrieden. Ich hatte mich schnell an mein neues Schmuckstück gewöhnt und es war mir eine Ehre, es tragen zu dürfen. Außerdem bereitete es mir ein diebisches Vergnügen, wenn Jacks heiße Zunge mit dem Ohrring spielte oder er mit den Zähnen daran zog.

»Ich habe gesehen, dass Du zusätzlich einen Ring am Finger trägst, den du nie abnimmst. Sicherlich ein Schmuckstück mit einer ganz besonderen Bedeutung. Gerne würde ich einmal seine Geschichte erfahren.«

Er hielt zärtlich meine Hände und streichelte sie.

»Es würde mich stolz machen, wenn du einen dieser beiden Ringe für mich tragen würdest. Den anderen werde ich nehmen.«

Verständnislos sah ich ihn an: »Aber für die Hand ist er doch viel zu klein. Etwa für das andere Ohr?«

»Nein,« sagte er sanft. »Er kommt hierhin.«

Jack legte den Ring feierlich auf meine linke Brustwarze. Ich zog vor Schreck die Luft ein, doch ich kannte ihn inzwischen gut genug, um zu wissen, dass er es ernst meinte ...

Diese Nacht wurde eine ganz besondere in meinem Leben. Lust und Schmerz verbanden Jack und mich seit diesen Stunden auf eine Weise, die sich mit Worten nicht beschreiben lässt. Wenn seine sinnlichen Lippen fortan meinen Mund verschlossen, wurde es noch stiller in unserer gemeinsamen Koje. Wir brauchten keine Worte mehr, um uns unsere Liebe zu gestehen.

Nach einigen Wochen hatte ich meinen Platz unter den Piraten gefunden. Mein geschickter Umgang mit Segeln und Tauen erleichterte mir den Zugang zu dieser eingeschworenen Gemeinschaft. Und da die anderen wussten, dass sie sich auf mich verlassen konnten, wurden meine ehemaligen Feinde sehr bald zu meinen neuen Freunden. Sie akzeptierten mich. Weil ich fühlte wie einer von ihnen. Weil ich ein echter Freibeuter geworden war. Ein Freibeuter unter Freibeutern.

Epilog

Alle Segel waren gesetzt. Der Wind von Nordost spannte das weiße Tuch. Die *Bone* schoss leicht wie ein Pfeil über das Wasser. Unzählige Male war ich in den letzten Wochen in die Wanten gestiegen, hatte unzählige Male die Binden gelöst und die Rahen gezogen. So auch jetzt. Auf halbem Weg nach unten hielt ich inne. Eine heftige Böe zerrte an den Seilen. Das Ziehen der straffen Taue und das Schaukeln des Riggs in meinen Händen erfüllten mich mit einem Glücksgefühl. Von hier oben aus konnte ich Jack beobachten. Breitbeinig und selbstbewusst stand er auf dem Achterdeck. Sein weißes Hemd stand wie immer halboffen, die wilden Haare waren zu einem Zopf zusammengebunden. Scharfsichtig prüfte er die Trimmung der Segel. Sein Blick folgte kundig jeder einzelnen Rahe. Erst als er mich hoch oben in den Seilen erblickte, unterbrach er seine sorgfältige Inspektion für einen Moment. Er nickte beinahe unmerklich mit dem Kopf, dann widmete er sich schon wieder seinen eigentlichen Aufgaben und blickte weit über den Bugspriet hinaus aufs offene Meer. Ich wusste, dass er mein breites Lächeln bemerkt hatte. Tagsüber an Deck ließen wir uns unsere tiefe Verbundenheit sonst nicht anmerken. Doch die gemeinsamen Nächte, in denen wir unsere Zweisamkeit genossen, konnte uns keiner nehmen.

Ich liebe es, hier in den Wanten zu stehen, den salzigen Wind und die belebende Sonne auf der nackten Haut. Ich folge Jacks Blick über das Wasser. Die Sonne senkt sich langsam dem Horizont entgegen. Ihr helles, strahlendes Weiß wird allmählich zu einem milden Rot. Die Wellen funkeln wie in Gold getauchtes Wasser. Juwelen in allen Regenbogenfarben blitzen darin auf. Sie weisen uns den Weg. Er führt Richtung Westen. Immer der Abendsonne entgegen. In die Neue Welt, zu neuen Abenteuern.

Fortsetzung folgt …